*Dr. Tom Brown*

# Der Blaulichtarzt
## Sekunden entscheiden

# Vorwort

Täglich begegnen uns im Straßenverkehr Fahrzeuge mit Blaulicht, Rettungswagen, Notarzt, Polizei oder Feuerwehr. Machen wir uns Gedanken darüber, dass in diesem Augenblick Menschen in Gefahr sind und dringend Hilfe brauchen? Denken wir an die vielen Helfer, die Tag und Nacht bereit stehen, um andere Menschen zu retten? Ohne weiter darüber nachzudenken lautet unser Kommentar vielleicht so: „Da ist wohl wieder etwas passiert."Die Kinder schauen wahrscheinlich noch fasziniert dem Blaulicht hinterher. Und das war es dann auch schon. Im nächsten Moment befinden wir uns sofort wieder in unserem Alltag zurück.

Mit diesem Buch möchte ich einen kleinen Einblick in mein Leben als Notarzt geben. Seit mehr als 20 Jahren bin ich hauptsächlich als freiberuflicher Notarzt tätig. In dieser Zeit habe ich mehr als 15.000 Patienten behandelt. Ich berichte im Folgenden über schöne und lustige Momente während meiner Dienste, aber auch über dramatische und tödliche Einsätze. Viele Krankheitsbilder sind zum besseren Verständnis näher erklärt. Ich gehe auch auf Schwierigkeiten und Probleme in meiner täglichen Arbeit ein, unter anderem mit Gaffern oder ignoranten Autofahrern.

Dieses Buch entstand aus einem inneren Bedürfnis heraus. Über einen längeren Zeitraum spürte ich den Drang, meine Erlebnisse zu verfassen und der Bevölkerung näher zu bringen. Es dauerte Monate, bis ich mich endlich hinsetzte, um dieses Projekt zu realisieren.

Es ist gar nicht einfach, erst einmal ein Konzept zu erstellen. Im März 2015 habe ich dann die ersten Seiten geschrieben. Dies tat ich zwischen meinen Notarzteinsätzen. Nachdem ich die ersten zehn Seiten geschrieben hatte, legte ich eine Pause ein. Mein Vorhaben lag wie ein riesiger, unüberwindbarer Berg vor mir. Ich genoss den Sommer. Dabei verschwendete ich erst einmal keinen weiteren Gedanken an mein Buch. Erst im Oktober kam die Initialzündung, akribisch mit neuem Schwung weiter zu schreiben. Geholfen hat mir Jan Beckers Buch „Du kannst schaffen, was Du willst". Ich kannte Jan bereits aus einigen Hypnosekursen, die ich bei ihm belegt hatte. In seinem Buch fand ich für mich die passende Textstelle, als hätte er sie genau für mich geschrieben. Ab diesem Zeitpunkt kannte meine Motivation, das Buch zu vollenden, keine Grenzen mehr. In jeder freien Minute hing ich am Computer. Acht Monate später konnte ich mein Werk beenden.

Tauchen Sie nun ein in die Welt des Notarztes.Ich wünsche Ihnen spannende und emotional bewegende Momente.

Dieses Buch widme ich den Menschen, die ich liebe.

Endlich hatte ich mein großes Ziel erreicht. Nach sechs Jahren intensivem Lernen saß ich nun mit meiner Familie und weiteren 150 Kommilitonen und ihren Angehörigen im großen Hörsaal der Anatomie der Medizinischen Fakultät. Zunächst spielte das Orchester der Hochschule ein Stück von Mozart. Ich war sehr berührt. Einerseits spürte ich innerlich eine große Erleichterung und Freude nach dieser langen, aber schönen Studentenzeit. Andererseits schlug mein Puls schneller und ich bemerkte eine leichte Anspannung. Der Dekan begrüßte und gratulierte uns in seiner Rede zu unserem bestandenen Examen. Danach wurde jeder Einzelne aufgerufen. Nun war ich an der Reihe. Voller Stolz stieg ich die Treppe des Hörsaales herab. Der Dekan überreichte mir meine Approbationsurkunde. Ich konnte meine Freudentränen kaum unterdrücken. Jetzt war ich Arzt. Dies war nun der schönste Tag in meinem Leben. Während die übrigen Kommilitonen ihre Urkunden erhielten, gingen mir viele Gedanken durch den Kopf.

Seit meiner Kindheit wollte ich immer Arzt werden, aber konnte es rational nicht erklären. Vielleicht lag der Grund in meinem Weihnachtsgeschenk von 1969. Ich war vier Jahre alt. Von meinen Eltern bekam ich einen roten Arztkoffer aus Plastik geschenkt. Darin befanden sich unter anderem ein Stethoskop, Spritzen, ein Arztkittel, ein Reflexhammer und vieles mehr. Von nun an war niemand mehr vor mir sicher. Auf jeder Familienfeier suchte ich Opfer, die ich untersuchen durfte. Doch irgendwann waren alle Verwandten untersucht. Da suchte ich mir neues Anschauungsmaterial für meine Studien. Mein Wissensdurst kannte keine Grenzen. Doch meine Schwester war hierüber nicht sehr erfreut. Denn meine nächsten Patienten waren ihre Puppen. Dabei reichte es mir nicht mehr diese nur äußerlich zu inspizieren, ich wollte ihr Innenleben kennenlernen. Arme und Beine wurden von mir fachgerecht amputiert. Doch der Höhepunkt meiner kindlichen Doktorspiele war eine neurochirurgische Operation, eine Trepanation. Hierfür suchte ich mir die Lieblingspuppe meiner Schwester aus. Ich bohrte ein riesiges Loch in den Schädel dieser Puppe und war ganz enttäuscht, dass der Kopf hohl war. Als meine ältere Schwester das Ergebnis meiner Operation sah, rannte sie wutentbrannt auf mich zu und schrie: „ Spinnst Du jetzt total? Was hast Du mit meiner Puppe gemacht?" Bevor sie mich verprügeln konnte, kam unsere Mutter, nahm meine weinende Schwester liebevoll in den Arm und sagte: „ Jetzt weine nicht. Ich kaufe Dir eine neue, noch schönere Puppe."

Es dauerte sehr lange, bis meine Schwester sich von diesem Schock erholte. Leider war dies auch mein letzter Eingriff an den Puppen, denn von nun an sperrte meine Schwester sie ein und ich kam nicht mehr an sie heran. Jetzt lagen meine ärztlichen Aktivitäten für längere Zeit auf Eis. Jedoch der Wunsch Arzt zu werden war weiterhin tief in meinem Innersten verankert.


Als wir in der ersten Klasse der Grundschule von unserem Lehrer nach unserem Berufswunsch gefragt wurden, antwortete ich mit sicherer Stimme: „ Wenn ich groß bin, werde ich Arzt!" Dies war für mich ganz klar. Da ich wusste, dass man zum Studieren gute Noten brauchte, war ich ein fleißiger Schüler. Meine Noten waren sehr gut, so dass ich problemlos das Gymnasium besuchen konnte. Hier wählte ich als erste Fremdsprache Latein, weil diese als Arzt ja sehr wichtig war. Meine Eltern fragten mich immer wieder, ob mein Traumberuf Arzt noch immer aktuell sei. Ich sagte ihnen, dass es für mich keine Alternative gebe. Mein Wunsch sei es, Menschen zu helfen. Doch woher kam dieser unabänderliche Wunsch?

In meiner Familie hatte bisher niemand einen medizinischen Beruf ergriffen. Mein Vater war als Ingenieur tätig und meine Mutter kümmerte sich um die Familie. Doch von meiner Mutter erfuhr ich, dass sie gerne Krankenschwester geworden wäre. Leider konnte sie sich diesen Berufswunsch nicht erfüllen. Im Kriegsjahr 1944 erlitt ihre Mutter, im achten Monat schwanger, einen Schlaganfall. Dieser wurde ausgelöst durch die schreckliche Nachricht, dass ihr Mann gefallen sei. Damals war meine Mutter acht Jahre, als dieses Schicksal ihr ganzes Leben verändern sollte. Sie musste die Mutterrolle übernehmen und für ihre Mutter und die beiden Brüder sorgen. Nach Beendigung der Schulzeit wollte sie ihre Ausbildung zur Krankenschwester beginnen, doch meine Großmutter gab ihr diese Erlaubnis nicht. Wer sollte sich dann um sie kümmern? Daher ging meine Mama wie die meisten Frauen zu dieser Zeit arbeiten, um das Geld für die Familie zu verdienen. Später mit zwanzig Jahren absolvierte meine Mutter wenigstens einen Kurs als Rot-Kreuz-Helferin. Voller Stolz zeigte sie mir Fotos von sich als Schwesternhelferin. In ihr wuchs wieder der Wunsch zur Ausbildung als Krankenschwester. Aber dann lernte sie meinen Vater kennen. Die Beiden heirateten ein Jahr später und dann kam meine Schwester zur Welt. So wurde wieder nichts aus ihrem Traumberuf. Fünf Jahre nach meiner Schwester wurde ich geboren. Als ich vier Jahre alt war, erlitt meine Großmutter ihren zweiten Schlaganfall. Mama nahm die Oma zu uns in die Wohnung. Ein Jahr später zogen wir in unser eigenes Haus. Während meiner Kindheit und Jugend erlebte ich meine Mutter als liebevolle Pflegerin ihrer gelähmten Mutter. So wurde ich geprägt durch die Fürsorge und Pflege eines hilfsbedürftigen Familienmitgliedes. Wahrscheinlich bestärkte dieser Umstand unwillkürlich meinen Kindheitswunsch Arzt zu werden.

Die Zeit auf dem Gymnasium verlief sehr gut. Immer mein Ziel vor Augen, lernte ich eifrig. Auch meine Noten blieben hervorragend. Ich war so fest vom Erreichen meines Berufswunsches überzeugt. Zwölf Jahre war ich alt, als wir Urlaub in einem kleinen Familienhotel in Österreich machten. Dort war auch ein junges Mädchen aus Hamburg zu Gast. Voller Stolz erzählte sie mir: „Du weißt schon, zur Zeit sind hier zwei Ärzte im Hotel anwesend!" Ich entgegnete: „Wieso zwei, nein es sind drei!" Sie darauf trotzig: „Nein, es sind zwei! Wieso sollten es drei Ärzte sein?" Da rief ich ihr lachend zu: „Es sind zwei approbierte Ärzte da und ein angehender Arzt! Das bin ich! Also doch drei!" Jetzt war die sonst so vorlaute Hamburger Deern absolut sprachlos! Die nächsten zwei Tage redete sie kein Wort mehr mit mir.

Ich war vierzehn Jahre alt, als meine Schwester Abitur machte. Auch sie wollte jetzt einen medizinischen Beruf ergreifen. Zunächst hatte sie sich zur Ausbildung als medizinisch technische Assistentin entschieden und bereits angemeldet. Doch plötzlich traf sie eine andere Entscheidung. Sie teilte uns mit: „Ich werde Medizin studieren!" Wir waren alle total überrascht von ihrem Vorhaben. Sie bewarb sich und bekam ein Jahr später ihren Studienplatz. In der Zwischenzeit hatte sie auf einer Privatschule eine Ausbildung zur Arzthelferin abgeschlossen.

Nach der mittleren Reife absolvierte ich ein vierwöchiges Pflegepraktikum im Krankenhaus unserer Stadt. Meine Eltern rieten mir dazu. Sie meinten: „Bevor Du endgültig Deinen Berufswunsch erfüllen möchtest, prüfe Dich, ob Du für diesen Beruf geeignet bist. Hier wirst Du wichtige Erfahrungen mit Krankheit und Tod sammeln." Der Rat meiner Eltern war ausgezeichnet.

Für mein Praktikum war ich auf der Unfallchirurgie eingeteilt. Meine Aufgaben bestanden unter anderem im Verteilen von Essen, Waschen von Patienten und Abwaschen der Nachtschränke. Natürlich gehörten auch das Entleeren der Urinflaschen sowie das Setzen der bettlägerigen Patienten auf das Steckbecken dazu. Das war nicht so angenehm. Während des Praktikums machte ich auch die ersten

Erfahrungen mit dem Tod. Bis zu dieser Zeit hatte ich noch keine Leiche gesehen. Es passierte in meiner Spätschicht. Das Pflegepersonal war in der Gemeinschaftsküche versammelt, als plötzlich auf dem Flur Hilfeschreie ertönten: „Hilfe, Hilfe, schnell meine Mutter stirbt!" Wir sprangen sofort auf und rannten ins Patientenzimmer. Die Patientin war total blau im Gesicht und atmete nicht mehr. Sofort wurde die Wiederbelebung angefangen. Eine Schwester beugte sich über den Kopf, überstreckte ihn und begann mit der Mund-zu-Mund-Beatmung. Die zweite Schwester übernahm die Herz-Druck-Massage. Hektisch rief mir eine der Beiden zu: „Tom, alarmiere schnell den diensthabenden Arzt. Dann bringe den Notfallwagen herbei." Auf diesem Wagen befanden sich alle für eine Reanimation notwendigen medizinischen Hilfsmitteln. Kaum fuhr ich mit dem Notfallwagen ins Krankenzimmer, eilte auch schon der diensthabende Arzt mit wehendem Kittel um die Ecke. Der Arzt übernahm sofort die Beatmung der Patientin. Sie wurde umgehend intubiert. Zügig legte er noch eine Infusion, um Medikamente zu verabreichen. Ich stand am Bettende und konnte nur zusehen, wie der Arzt und die Schwestern um das Leben der älteren Frau kämpften. Vergebens. Nach einer halben Stunde wurde die Reanimation abgebrochen. Die Patientin verstarb fünf Tage nach einer Schenkelhalsoperation an einer massiven Lungenembolie. Ich war sehr betroffen. Zwei Stunden später, nachdem die Angehörigen Abschied genommen hatten, sollte ich mit einer Schwester die Leiche in die Leichenhalle im Keller bringen. Dabei verspürte ich ein sehr beklemmendes, ängstliches Gefühl. Wir fuhren gerade mit dem Bett in den Aufzug, als ich nochmals ein Seufzen von der Leiche hörte. Ich erschrak und wurde ganz blass. Die Schwester lachte und beruhigte mich. Sie erklärte mir, dass sich noch Luft in der Lunge befand und diese nun durch das Holpern im Aufzug entwich. Bis wir in der Prosektur ankamen, wich mein Blick nicht mehr von der abgedeckten Leiche. Nicht, dass sie doch wieder aufsteht, dachte ich mir. Man hatte ja schon so allerlei Schauermärchen gehört. Aber es passierte nichts mehr. Die Erfahrungen im Krankenhaus bestätigten mich weiter, an meinem eingeschlagenen Weg festzuhalten.


Nun kamen die letzten beiden Schuljahre. Ich konzentrierte mich bei der Auswahl meiner Prüfungsfächer auf die Naturwissenschaft. Biologie, Chemie und Physik sind nämlich im Medizinstudium Bestandteil der vorklinischen Ausbildung. Im Juni 1984 hatte ich dann mein Abitur sehr erfolgreich bestanden, jedoch den Numerus clausus von 1,1 hatte ich nicht geschafft. Ich bewarb mich bei der Zentralvergabestelle für Studienplätze. Meine Eltern fragten mich: „Hast Du einen Plan B, falls Du nicht sofort einen Studienplatz bekommst?" Den hatte ich leider noch nicht. Sollte ich einen anderen Studiengang beginnen und dann versuchen, als Quereinsteiger in die Medizin zu wechseln, oder eine Ausbildung als Krankenpfleger anfangen? Ich entschied mich für die Krankenpflegeausbildung in der Hoffnung, doch noch einen Studienplatz für Medizin zu erhalten. Die Ausbildung sollte am 01. Oktober anfangen. In der Zwischenzeit jobbte ich in einer großen Firma, denn ich wollte mir ein eigenes Auto kaufen.

Jeden Tag schaute ich voller Spannung in den Briefkasten und wartete auf einen Brief von der Zentralvergabestelle. Endlich Mitte September war es soweit. Der langersehnte Brief traf ein. Ich war sehr aufgeregt, als ich mit zitternden Händen den Brief öffnete. Angespannt las ich die ersten Sätze. „Leider müssen wir Ihnen mitteilen, dass Sie zum Wintersemester keinen Studienplatz erhalten. Sie werden auf eine Warteliste gesetzt und können sich für das Sommersemester erneut bewerben!" Meine Enttäuschung war riesig.

Somit musste ich also die Ausbildung beginnen. Die Theorie fiel mir sehr leicht und auch mit der Praxis gab es keine Probleme. Aber es war natürlich nicht das, was ich mir seit meiner Kindheit vorgestellt hatte. Ich kam zwar sehr gut mit dem Pflegepersonal und den Patienten zurecht, doch ich wollte mehr. Weiterhin bewarb ich mich um einen Studienplatz, aber es kamen die nächsten Absagen. Auf der Warteliste rutschte ich jedes Jahr weiter nach oben. Endlich nach zwei Jahren wurde ich zum Medizinertest eingeladen. Dieser fiel super gut aus. Sofort bekam ich meine Zusage. Meine Ausbildung brach ich daraufhin ab, um endlich meinen Traum erfüllen zu können.

Am 15. Oktober ging es an der Universität des Saarlandes in Homburg los. Die Uni war 50 Kilometer von meiner Heimatstadt entfernt. Meine Schwester absolvierte hier noch das letzte Semester vor ihrem Staatsexamen. Dort bewohnte sie ein Einzimmerapartment, welches ich mitbenutzen konnte und danach alleine übernahm.

Das erste Semester verlief problemlos, weil hier nur Fächer wie Biologie, Chemie und Physik geprüft wurden. Und diese hatte ich ja bereits in meinen Abiturprüfungen. Aber dennoch war es ganz anders als zur Schulzeit. Anfangs waren wir dreihundertfünfzig Studenten aus der gesamten Republik. Im großen Hörsaal hatte nicht jeder einen eigenen Sitzplatz. Es dauerte eine ganze Weile, bis man Freundschaften schloss. Ich hatte Glück, dass ich mich schnell mit Klaus anfreundete. Er kam aus Schwaben in der Nähe von Augsburg. Klaus wohnte in demselben Haus wie ich. Morgens gingen wir zusammen an die Uni und belegten auch die meisten Praktika zusammen.

Ab dem zweiten Semester wurde es dann interessant mit Anatomie und Physiologie. Jetzt begann für mich die Zeit des Büffelns. Mittlerweile hatten bereits die ersten Studenten das Handtuch geworfen. Die Uni war dafür bekannt, dass die Ausbildung in der Vorklinik sehr hart war und ca. 40% der Studenten aufgaben. Viel Freizeit blieb also nicht. In Studentenkreisen hieß es immer: „Was ist der Unterschied zwischen einem Medizin- bzw. einem Physikstudent?" Die Antwort lautet: „Ein Medizinstudent lernt das Telefonbuch auswendig und ein Physikstudent lernt es anzuwenden!" Und genau so war es auch.

Klaus und ich bestanden alle Prüfungen auf Anhieb und nach zwei Jahren kam nun die erste ganz große Hürde, das Physikum. Den ganzen Sommer waren wir mit den Vorbereitungen auf dieses Examen beschäftigt. Wir waren beide sehr nervös, weil jetzt der gesamte Stoff der Vorklinik abgefragt wurde und auch die Durchfallquoten recht hoch waren. Ende September erhielten wir dann den Bescheid von der UNI. Bestanden! Uns Beiden fiel ein großer Stein vom Herzen. Endlich war der rein theoretische Teil des Studiums beendet, nun kam die Praxis. In unseren Kursen hatten wir die ersten Patientenkontakte. Ab jetzt bereitete uns das Studium viel mehr Spaß. Die nächsten Jahre vergingen wie im Flug. Wir bestanden die folgenden drei Staatsexamina und nach sechs Jahren hatten wir das Studium erfolgreich abgeschlossen.

Nach der großen Abschlussfeier trennten sich vorerst die Wege von Klaus und mir. Klaus bekam eine Anstellung in der Chirurgie in der Nähe von Augsburg. Es war eine Kleinstadt mit ungefähr neuntausend Einwohnern. Ich begann meine Ausbildung ebenfalls in der Chirurgie, ca. zwanzig Kilometer von meiner Heimatstadt entfernt. Mein Vertrag war auf achtzehn Monate begrenzt. Im Anschluss bemühte ich mich intensiv um eine neue Assistentenstelle, doch es war schwierig. In Deutschland war gerade eine Ärzteschwemme. Klaus hingegen hatte Glück gehabt, er hatte einen langfristigen Vertrag erhalten. Wir hatten auch nach dem Studium noch einen guten Kontakt. Als wir wieder einmal miteinander telefonierten, fragte er mich: „Wie sieht es bei Dir mit einer neuen Stelle aus?" „Jetzt habe ich bereits mehr als fünfzig Bewerbungen geschrieben, doch ich bekomme nur Absagen." Klaus entgegnete: „Da habe ich ja richtig Glück gehabt. Aber vielleicht habe ich eine Stelle für Dich!" „Wie, was und wo?" fragte ich ganz aufgeregt. „Der ehemalige Oberarzt meines Chefs übernimmt die Leitung einer Rehaklinik in der Nähe von Ingolstadt. Er sucht noch einen Assistenzarzt für die Orthopädie. Ich weiß, dass dies nicht Deinen Vorstellungen entspricht, aber besser Du hast erst mal eine neue Anstellung." Die erste Euphorie verschwand bei mir sehr schnell. Erstens wollte ich in ein Akutkrankenhaus und zweitens musste ich von zu Hause weg. Aber was blieb mir anderes übrig. Also bewarb ich mich als Assistenzarzt in der konservativen Orthopädie. Ich bekam die Stelle, zunächst einen Jahresvertrag. Der neue Job sollte am 01. Mai 1994 beginnen.

Als ich Klaus mitteilte, dass ich die Stelle bekommen habe und nun nach Bayern kommen werde, freute er sich sehr. Bei diesem Telefonat erzählte er mir von seiner neuen Aufgabe: „Tom, stell Dir vor, ab nächste Woche soll ich hier Notarztdienste übernehmen. "Ich war ganz überrascht und fragte ihn. „Wie geht dies denn so plötzlich?" Klaus erklärte mir: „In unserer Kleinstadt existiert seit zwei Jahren ein Notarztstandort. Das Krankenhaus verpflichtet sich tagsüber den Notarzt zu stellen, doch leider gibt es zu wenige Kollegen, die Dienste übernehmen wollen. So kam der Chef auf mich zu und stellte mich vor vollendete Tatsachen. Er sagte zu mir, ab nächste Woche gehören Sie zu unserem Notarztteam! Wäre das nicht auch etwas für Dich?" „Für mich?" Über so eine Tätigkeit hatte ich mir gar keine Gedanken gemacht. „Ja klar. Bald wirst Du in Bayern sein und bist maximal achtzig Kilometer von mir entfernt. Am Wochenende könntest du dann Dienste übernehmen, denn auch da haben wir Besetzungsprobleme."
Ich informierte mich sofort über die Voraussetzung für die Notarzttätigkeit. Man musste hierfür einige Notfallkurse in München absolvieren und zehn lebensrettende Einsätze als Praktikant mitfahren. Für die ersten Kurse fuhr ich noch vom Saarland aus nach München. Klaus bot mir an, an diesen Wochenenden in seiner Wohnung zu übernachten. Er hatte ein Zwei-Zimmer-Apartment gegenüber dem Krankenhaus. Es war schön, ihn nach unseren vielen gemeinsamen Jahren an der Uni wieder einmal persönlich zu treffen. Er erzählte mir von seinen ersten Notarzteinsätzen und machte mir diese Tätigkeit

richtig schmackhaft.        „Weißt Du", sagte er zu mir, „als Assistenzarzt bist Du eigentlich der Depp vom Dienst. Du nimmst die Patienten auf, darfst viele Arztbriefe schreiben und im OP bist Du der Hakenhalter vom Chef. Nur kleine Operationen darfst du selbst durchführen. Doch als Notarzt ist das ganz anders. Du arbeitest eigenverantwortlich und musst in kurzer Zeit die richtigen Entscheidungen treffen, um das Leben der Patienten zu retten. Das ist als Anfänger meistens sehr anstrengend und teilweise psychisch sehr belastend, aber bei vielen Patienten sieht man sofort den Erfolg der Behandlung." Klaus war von dieser ärztlichen Tätigkeit so begeistert, dass ich kaum abwarten konnte, meine Einsätze als Notarzt-Praktikant mitzufahren. Er fragte mich: „Na Tom, wann hast Du Zeit für Dein Praktikum?" „Dieses Jahr habe ich an Silvester dienstfrei und könnte - - ." Klaus lachte herzhaft und unterbrach mich. „Perfekt. Da habe ich mich schon im Notarztplan eingetragen. Dann können wir gemeinsam mit Blaulicht das Neue Jahr beginnen!"

Ich konnte Silvester kaum erwarten. Endlich war es soweit. Am 30. Dezember fuhr ich nach Bayern. Klaus ging mit mir nachmittags noch an der Rettungswache vorbei, um mich beim Wachleiter vorzustellen und mir alles zu zeigen. Die Wache liegt unterhalb des Krankenhauses, etwa fünfhundert Meter von Klaus' Apartment entfernt. Der Wachleiter und die übrigen Mitarbeiter empfingen mich sehr freundlich. Man zeigte mir die Aufenthaltsräume und natürlich die Fahrzeughalle. Dort standen ein RTW, ein KTW und natürlich das Herzstück, das Notarzteinsatzfahrzeug. Es war ein BMW 320i mit 160 PS. Mein Herz schlug bei diesem Anblick etwas schneller als sonst. Ich konnte meine Faszination nicht verbergen. Dann wurde mir die komplette Ausstattung mit den Einsatzgeräten erklärt. Anschließend bekam ich noch eine rote Hose und eine passende Rot-Kreuz-Jacke. Die Rettungsassistenten teilten mir mit, dass sie im Durchschnitt 2-3 Notarzteinsätze in 24 Stunden hätten. Hier am Standort gäbe es das

Rendezvous-System. Das bedeutet, dass der Rettungswagen und der Notarzt getrennt zum Einsatzort fahren. Der Vorteil sei, dass der Notarzt flexibel sei und bei Bedarf von einem Patienten zum anderen fahren könne, denn nicht immer sei für den Transport ins Krankenhaus die Anwesenheit des Arztes erforderlich. So komme der Notarzt mit vielen Rettungswagen unterschiedlicher Standorte zusammen. Insgesamt gebe es mehr Standorte für Rettungswagen als Notarztstandorte. Für Rettungswagen bestehe eine Hilfsfrist von zwölf Minuten, d.h. innerhalb dieser Zeit sollte der RTW beim Patienten eintreffen. Leider gebe es an einigen Standorten noch einen NAW, d.h. der Notarzt ist fest an den Rettungswagen gebunden. Im Bedarfsfall steht der Arzt für die Behandlung eines weiteren Notfallpatienten nicht zur Verfügung. Wenn ein Kranker dringend ärztliche Hilfe brauche, dann wählt er die Notrufnummer 19222. Unter dieser Nummer erreiche man die Rettungsleitstelle Augsburg, die die Einsätze für große Teile Schwabens disponiere. Diese wiederum alarmiert die nächstgelegenen freien Rettungsmittel.

Alle waren sehr nett zu mir, doch ich hatte nicht alles verstanden, was mir gesagt wurde. Und dies lag einzig und allein am bayerisch-schwäbischen Dialekt. Ich hatte vielleicht 60-70 Prozent verstanden. Dabei nickte ich oft mit dem Kopf und sagte „Ja, ja" und tat so, als würde ich alles verstehen. Nach zwei Stunden verabschiedeten wir uns und gingen zurück in Klaus' Wohnung. Wir hatten uns so viel zu erzählen, dass der Abend schnell vorbei ging. Um Mitternacht gingen wir zu Bett, denn am nächsten Morgen mussten wir um 6:30 aufstehen. Eine Stunde später sollte der Dienst beginnen. Ich schlief sehr unruhig, da ich vor meiner ersten Notarztschicht, wenn auch nur als Praktikant, sehr aufgeregt war.

Als der Wecker um 6:30 klingelte, war ich noch nicht ausgeschlafen. Doch es nützte nichts, ich musste aufstehen und mich fertigmachen, während Klaus das Frühstück vorbereitete. Pünktlich um halb acht klingelte es an der Tür. Der Fahrer des NEF brachte den Funkmelder vorbei. Klaus hatte Glück. Da er sehr nahe an der Wache wohnte, konnte er von seiner Wohnung aus zum Einsatz fahren. Er übergab mir den Piepser. „So mein Freund, heute übernimmst Du die Verantwortung." Ich sah ihn ganz entsetzt an und antwortete ihm: „Ich bin doch nur als Praktikant da und weiß doch gar nicht, was ich machen soll!" „Kein Problem, das wird schon funktionieren." Meine Anspannung war wohl nicht zu übersehen. Der Vormittag war schon fast vorüber und noch immer kein Einsatz. Allmählich wurde ich innerlich ruhiger. Zum Mittagessen bereiteten wir uns ein paar Spaghetti zu. Nun war es fast halb Drei und immer noch kein Einsatz für uns. Ich sagte zu Klaus: „Jetzt würde ich doch ganz gerne einmal zum Einsatz fahren. Ich bin ja hier, um Erfahrung im Rettungsdienst zu sammeln. Es dauerte noch zwanzig Minuten, bis der Melder zum ersten Mal ertönte. Das Alarmsignal war sehr penetrant, so dass ich zunächst erschrak. Mein Puls schlug schneller, doch Klaus lachte und rief: „So Tom, auf geht's zu Deinem ersten Einsatz!" In Windeseile zogen wir Schuhe und Jacke an und liefen zur Straße. Kaum angekommen fuhr auch schon das NEF mit Blaulicht und Martinshorn vor. Klaus fragte den Fahrer, einen Zivildienstleistenden, wo wir denn hinfahren und um was es denn ginge. Unser Fahrer Markus erklärte uns, dass wir an den Lech fahren, dort gebe es eine vermisste Person, nähere Angaben habe er nicht von der Rettungsleitstelle bekommen. Wir hatten eine Strecke von fünfzehn Kilometern vor uns. Klaus und ich unterhielten uns über das, was uns dort wohl erwarten würde, denn viele Informationen hatten wir nicht. Währenddessen fuhr Markus mit Sonderrechten an vielen Autos vorbei und natürlich über rote Ampeln. Das war schon ein sehr aufregendes Gefühl, wie die Autofahrer für uns Platz machten. Markus kannte die Einsatzstelle, somit musste Klaus ihn nicht an den Einsatzort navigieren. Nach zwölf Minuten erreichten wir den Einsatzort am

Lechufer. Wir mussten weit hinten parken, da bereits viele Fahrzeuge von Polizei, Feuerwehr und Wasserwacht vor uns eintrafen. Da es an diesem Tag häufig geregnet hatte, war der Boden sehr nass und matschig. Wir kämpften uns bis zum Ufer durch und fragten einen Polizisten, ob er uns mehr Auskunft geben könne. Er teilte uns mit, dass eine ältere Frau seit dem Vormittag vermisst sei. Es bestehe der Verdacht auf einen Suizid, da seit längerem Depressionen bei der Frau bekannt seien. In diesem Augenblick hörten wir von der Wasserwacht, dass ein lebloser Körper im Wasser gefunden worden sei. Nachdem die Person geborgen worden war, wurde sie ans Ufer gebracht. Klaus untersuchte sie. Das EKG zeigte eine Nulllinie, die Leichenstarre war schon teilweise eingetreten. Für uns Lebensretter gab es nichts mehr zu tun. Wir fragten uns unterdessen, was einen Menschen wohl antreibt, sich das Leben zu nehmen? Doch wir konnten keine eindeutige Antwort darauf finden. Die Gründe für einen Suizid sind so mannigfaltig und für Außenstehende nicht immer verständlich. Ursachen sind unter anderen kaum ertragbaren, nicht mehr therapierbare Schmerzen, unheilbare, tödlich verlaufende Krankheiten wie Krebs, psychische Erkrankungen, Liebeskummer, ausweglose Lebenssituationen, Einsamkeit. Aber für die Menschen, die sich das Leben nehmen, muss es einen enormen Druck geben, nicht mehr weiterleben zu können. Am schlimmsten betroffen sind hingegen die Angehörigen, die vom Freitod ihrer Liebsten nichts ahnen und damit völlig überraschend konfrontiert werden. Viele erheben Selbstvorwürfe, dass sie nichts vom Leid Ihrer Familienmitglieder mitbekommen haben und diesen nicht helfen konnten. Beschäftigt mit diesem Thema, gingen wir durch den Matsch zurück zu unserem Fahrzeug. Wir sahen aus, als hätten wir gerade an einer Schlammschlacht teilgenommen. Wir lachten und sagten: „Hoffentlich kommt auf dem Rückweg kein Einsatz für uns, denn so lässt uns niemand mehr in sein Haus!" Glücklicherweise kam kein weiterer Einsatz. Auf der Wache wechselten wir sofort unsere

Kleider und säuberten unsere Schuhe.

Kaum waren wir damit fertig, ging der Melder erneut. Das Meldebild lautete: „Sturz vom Dach!" Auf der Anfahrt spekulierten wir wieder, was jetzt auf uns zukommt. Klaus musste jetzt unseren Fahrer Markus anhand einer Straßenkarte zum Einsatzort lotsen. Der Rettungswagen war bereits eingetroffen und erklärte uns die Situation. Ein ca. 65-jähriger Mann stürzte bei Reparaturarbeiten aus ungefähr fünf Metern vom Dach auf die Terrasse. Klaus verschaffte sich sofort einen Überblick über die Verletzungen des Patienten. Der ältere Mann war kaum ansprechbar, er antwortete nicht mehr auf unsere Fragen, sondern stöhnte nur noch mit schmerzverzerrtem Gesicht vor sich hin. Uns fielen sofort die Blutlache am Kopf sowie der Blutaustritt aus einem Ohr auf, was auf eine sehr schwere Schädelverletzung hindeutete. Die weitere Untersuchung ergab Knochenbrüche am linken Arm und Unterschenkel sowie den Verdacht auf eine Rippenserienfraktur, weswegen der Patient auch sehr schwer atmete. Klaus ließ sofort über die Leitstelle nachfragen, ob wir einen Hubschrauber für den Transport des Patienten bekommen könnten. Das war an diesem Spätnachmittag nicht so einfach, da die Wetterbedingungen aufgrund starker Windböen und kräftigen Regens für den Helikopter recht ungünstig waren. Während unsere Anfrage lief, bemühten wir beide uns, intravenöse Zugänge zu legen, um dem Patienten schnell wirksame Schmerzmittel verabreichen zu können. Dies war gar nicht so leicht, da der Kreislauf des Patienten wegen des Blutverlustes und der kalten Außentemperatur stark zentralisiert war. Danach entschloss sich Klaus, den Patienten in ein künstliches Koma zu legen. Wir waren mit den Vorbereitungen für die Intubation beschäftigt, als wir die Nachricht erhielten, dass der Hubschrauber „Christoph 32" von Ingolstadt zu uns unterwegs sei. Wir waren sichtlich erleichtert. Es vergingen noch zwölf Minuten, bis wir aus der Ferne schon das Motorengeräusch des Hubschraubers vernahmen. Die Intubation war abgeschlossen. Wir waren gerade dabei die Frakturen zu schienen. Als der Hubschrauberarzt bei uns eintraf, war der Patient in einem stabilen Zustand. Klaus gab dem Kollegen die wichtigsten Informationen über das Verletzungsmuster und unsere bisher durchgeführten Maßnahmen. Gemeinsam legten wir den Patienten auf unsere Trage und brachten ihn in unseren Rettungswagen. Dort wurde noch eine Drainage in den Brustkorb gelegt, um die Belüftung der Lunge zu verbessern. Nach zwanzig Minuten wurde der Verletzte zum Hubschrauber gefahren. Der Patient war mittlerweile in Augsburg zur Weiterbehandlung angemeldet. Der Helikopter benötigte für den Transport gerade einmal fünf Minuten, während wir mit unserem Rettungswagen mindestens zwanzig Minuten gebraucht hätten. Außerdem war der Lufttransport für den Verletzten viel schonender. Frierend und durchnässt räumten wir mit dem Rettungsdienstpersonal unser Equipment auf. Etwas erschöpft von diesem anstrengenden Einsatz fuhren wir zurück auf die Wache.

Wieder mussten wir uns komplett umziehen. Danach tranken wir dort zusammen mit der RTW-Besatzung, mittlerweile war die Nachtschicht anwesend, eine heiße Tasse Tee, um uns aufzuwärmen. Nach diesen beiden aufregenden Einsätzen waren wir natürlich hungrig. Der Rettungsassistent  Heinrich hatte für diesen Silvesterabend Essen mitgebracht. Gemeinsam genossen wir das Abendessen in der Hoffnung, dass die Leitstelle uns in Ruhe ließ. Wir hatten Glück! Der Abend verlief dann relativ ruhig, für eine Silvesternacht ungewöhnlich. Gegen zehn Uhr in der Nacht wurden wir noch einmal alarmiert. Während wir Drei zum Auto stürmten, rief Klaus mir zu: „Tom öffne die Garagentore, während ich schon mal den Auftrag entgegennehme." Unser Fahrer fuhr aus der Garage, während Klaus die Adresse des Patienten von der Leitstelle notierte. Ich schloss wieder die Tore und stieg ein.  „Was liegt an?" fragte ich. „Eine bewusstlose Person!" antwortete Klaus. Dann suchte mein Studienkollege die Einsatzadresse im Kartenatlas. Vor der Haustüre wurden wir recht entspannt von den Angehörigen empfangen. So schlimm kann es also nicht sein, dachten wir uns. Es handelte sich um einen Kollaps. Alle Vitalwerte und das EKG waren in Ordnung, so dass wir den Patienten zu Hause lassen konnten. Zurück auf der Wache schauten wir noch fern und konnten gemeinsam um Mitternacht auf das Neue Jahr anstoßen, natürlich nur mit Mineralwasser. Um ein Uhr verabschiedeten wir uns und gingen zurück in Klaus' Wohnung. Bis zum Dienstende um7:30 hatten wir keinen Einsatz mehr. Meine ersten 24 Stunden im Rettungsdienst waren vorüber. Ich blieb noch einen Tag bei Klaus, dann musste ich wieder zurück ins Saarland.

Bis zum Antritt meiner neuen Stelle in Bayern am 01. Mai belegte ich noch zwei Notfallkurse in München. Dabei wohnte ich jedes Mal bei Klaus. Jedoch hatte ich keine Zeit, noch weitere Einsätze als Praktikant mitzufahren. Dies bedauerte ich sehr, da meine ersten Einsätze bei mir großes Interesse an der Notfallmedizin weckten. Doch ab Mai hatte ich dann endlich die Gelegenheit, regelmäßig bei Klaus auf dem NEF mitzufahren. Darüber war ich sehr froh, denn die Arbeit in der Konservativen Orthopädie erfüllte mich nicht. Zweimal die Woche musste ich neue Patienten nach Hüft-, Knie- oder Wirbelsäulen-Operationen aufnehmen, Therapiepläne erstellen und ewig lange Arztbriefe verfassen. Es fehlte mir die ärztliche Herausforderung. Die bekam ich nur im Notarztdienst. Daher fuhr ich alle zwei Wochenenden als Praktikant bei Klaus mit. Hier lernte ich die Akutmedizin kennen und sofort Entscheidungen zu treffen zum Wohle des Patienten. Diese ärztliche Tätigkeit begeisterte mich immer mehr. Ich konnte es kaum abwarten, bis ich meine Zulassung bekam und endlich allein verantwortlich als Notarzt fahren durfte. Am 15. Juli 1994 war es endlich soweit. Ab sofort war ich als Notarzt zugelassen!

Nun stand mein erstes Dienstwochenende als allein verantwortlicher Arzt vor der Tür. Freitags nachmittags fuhr ich zu Klaus, bei dem ich während meiner Bereitschaftszeit wohnen durfte. Einerseits freute ich mich auf meine neue Aufgabe und die damit verbundene Herausforderung, andererseits verspürte ich eine innere Unruhe und Unsicherheit. Würde ich immer die richtige Entscheidung für den Patienten treffen und keinen Behandlungsfehler begehen? Klaus hatte großes Verständnis für mich, denn ihm ging es in seinen ersten Diensten genauso wie mir. In den Nächten konnte er kaum schlafen aus Angst, er könne den Melder überhören und nicht rechtzeitig einsatzbereit sein. Denn wir haben gerade einmal zwei Minuten Zeit, um an Bord unseres Einsatzfahrzeuges zu sein. Weiterhin riet mir Klaus trotz innerer Aufregung nach außen hin kompetent und sicher aufzutreten. Doch leichter gesagt als getan. Was würde passieren, wenn mir der Patient dekompensiert, d.h. die Situation vor Ort mit den mir zur Verfügung stehenden Mitteln entgleitet? Diese Frage konnte er mir auch nicht beantworten, da er so einen Fall bisher noch nicht hatte. Beim Patienten war es wichtig, sich möglichst schnell ein Bild über die Gesamtsituation zu machen. Dazu gehörten gezielte Fragen zum aktuellen Beschwerdebild, den Patienten genau anschauen und untersuchen. Welche Untersuchungsmöglichkeiten haben wir Ort? Wir messen Puls, Blutdruck, Temperatur und den Blutzucker sowie den Sauerstoffgehalt im Blut und schreiben ein EKG. Weiterhin hören wir Herz und Lunge ab, untersuchen den Bauch, schauen in die Augen und prüfen, ob der Patient voll orientiert ist. Dies ereignet sich alles in den ersten vier bis acht Minuten. Selbstverständlich gibt es genügend Fälle, bei denen schon ein Blick genügt und wir wissen, was zu tun ist. Manchmal müssen wir sofort intervenieren, um Leben zu retten. Theoretisch hatte ich ja alles in meinen Notfallkursen gelernt, doch in der Praxis sieht bekanntermaßen alles anders aus.

Für meine Tätigkeit hatte ich mir mittlerweile eigene Arbeitskleidung gekauft, rote Hosen und eine rote Jacke. Ich hatte mich gerade umgezogen, als es an der Tür klingelte. Mein Fahrer Johannes brachte mir pünktlich um 19:30 den Piepser, jetzt also wurde es ernst. Ich verspürte ein leicht mulmiges Gefühl in der Magengegend. Klaus berichtete mir über seine letzten Einsätze und seine Erfahrungen. So verging der Abend ziemlich schnell. Um 23:00 legte ich mich zum Schlafen auf die Couch, doch ich konnte nicht einschlafen. Die innere Anspannung vor meinem ersten Notarzteinsatz war zu groß. Gegen Morgen schlief ich endlich ein und träumte natürlich von Horrorunfällen. Davon aufgeschreckt erwachte ich schweißgebadet und merkte nach kurzer Zeit, dass es doch nur ein Traum war. Darüber war ich natürlich sehr froh. Somit endete mein erster Nachtdienst mit einer Nullschicht.

Am Vormittag kam dann der erste Einsatz. Ich war schnell draußen und Michael, ein Zivildienstleistender, holte mich ab. Zu dieser Zeit waren viele Zivis im Rettungsdienst tätig. Ihre Dienstzeit betrug zwei Jahre. Die meisten waren sehr motiviert und hatten Freude an Ihrer Arbeit. Alle mussten zuerst eine Ausbildung zum Rettungsdiensthelfer absolvieren. Jeder wurde intensiv über das Blaulichtfahren belehrt, da dies ein großes Risiko darstellt. Gegenüber einem normalen Verkehrsteilnehmer besteht im Rettungsdienst ein achtfach erhöhtes Unfallrisiko. Diese jungen Burschen waren zwischen 19 und 21 Jahre alt. Manch einer hatte gerade erst den Führerschein bestanden und kein eigenes Fahrzeug. Jetzt sollten sie ein Fahrzeug mit 160 PS fahren, welches mit unseren Einsatzgeräten fast überladen war. Hinzu kam, dass keiner Erfahrungen mit kranken und verletzten Menschen hatte. Für die meisten von ihnen bedeutete die Einsatzfahrt eine riesige Stresssituation, besonders das Überholen von Fahrzeugen an unübersichtlichen Stellen und Aufpassen auf den Gegenverkehr. Hatten die Verkehrsteilnehmer wirklich unser Blaulicht und Martinshorn wahrgenommen? Man musste immer mit Fehlern der Autofahrer rechnen, was für uns ein sehr hohes Gefährdungspotential bedeutete. Oftmals registrierten die Verkehrsteilnehmer uns erst sehr spät, dies zeigte sich in plötzlichen abrupten Lenkbewegungen nach rechts. Gottseidank passierte dabei nichts Schlimmeres. Bei einigen wenigen Zivis fühlten wir Notärzte uns sehr unwohl auf Grund ihres unsicheren Fahrstiles. Da waren wir häufig froh, wenn wir wieder heil zu Hause ankamen.

Bei meinem Fahrer Michael hatte ich heute keine Bedenken. Er war bereits seit einem Jahr dabei und fuhr sehr sicher. Auch fachlich war er sehr interessiert, er war gerade dabei, seine Ausbildung zum Rettungssanitäter zu beenden. Michael teilte mir den Einsatzort mit, damit ich ihn auf der Karte suchen konnte. Das war für mich nicht so angenehm. Ich vertrug das Autofahren eh nicht so gut, jetzt musste ich meinen Fahrer noch navigieren, d.h. ich konnte nicht wahrnehmen, wo wir hinfuhren, sondern musste nach unten auf den Plan schauen. Beim teilweise ruckartigen Überholen anderer Fahrzeuge wurde mir schlecht. Ich wurde blass, bekam Schweißausbrüche und ein flaues Gefühl in der Magengegend. Als Kind hatte ich schon große Schwierigkeiten mit meinem Gleichgewichtsorgan. Ich dachte, na super, wird mir jetzt bei jeder Einsatzfahrt schlecht werden?

Am Einsatzort kam mir der Rettungsassistent des RTW, der schon vor uns eintraf, entgegen und fragte: „Hallo Doc, geht es Dir nicht gut?" Etwas gequält antwortete ich: „Passt schon!" Er fuhr fort: „Wir haben hier einen Treppensturz vorliegen. Das Sprunggelenk ist gebrochen." Ich dachte für mich, Gottseidank ein chirurgischer Fall, da kenne ich mich auf Grund meiner chirurgisch- orthopädischen Ausbildung bestens aus. Mit der Inneren Medizin hatte ich es nicht so. Im Hauseingang saß eine Frau mittleren Alters mit schmerzverzerrtem Gesicht. Sie hatte die letzten Treppenstufen verpasst und war mit dem Sprunggelenk umgeknickt. Nachdem ich mich kurz vorgestellt hatte, untersuchte ich den verletzten Fuß. Der Fuß war im Gelenk ausgekugelt und man konnte eine kleine Wunde sehen. Hier spießte ein Stück des Wadenbeines heraus, also eine offene Fraktur. Das Gefühl im Fuß war nicht beeinträchtigt. Ich legte der Frau eine Infusion und erklärte ihr, dass ich eine kurze Narkose bei ihr durchführen würde. Sie würde schlafen, während ich den Fuß wieder in die richtige Stellung brächte und schiente. Erst im Rettungswagen auf dem Weg ins Krankenhaus würde sie aufwachen. Damit war sie sofort einverstanden. Kurz nach Gabe der Medikamente schlief die Patientin ein. Ich legte meine linke Hand um die Achillessehne, die rechte Hand umfasste die Ferse. Mit einem kräftigen Zug am Fuß reponierte ich das Sprunggelenk, verband die offene Stelle und legte eine Schiene an. Von alledem bekam die Patientin nichts mit. Im RTW wurde sie dann wach. Sie sah uns doppelt und auch das Sprechen fiel ihr zunächst sehr schwer. Ich erklärte ihr, dass die Narkose daran schuld sei. Sie fühle sich jetzt, als ob sie mehrere Wodka und Whisky auf ex getrunken habe. Aber sie hatte keine Schmerzen mehr, war total euphorisch und erzählte uns verrückte Dinge. Die Frau war von den Medikamenten so begeistert, dass sie rief: „Diese Substanzen sind  ja genial, kann ich die mal wieder haben!" So verging die Zeit im RTW wie im Flug. Ich brachte die Patientin in das Krankenhaus, im dem Klaus arbeitete. Dort wurde sie sofort operiert.

Den nächsten Alarm bekamen wir am Nachmittag. Das Meldebild lautete „Schlaganfall."

Bei diesem Krankheitsbild gibt es ganz unterschiedliche Ursachen und daraus resultierend erheblich differierende Prognosen für die Patienten. Ca. 80% sind sogenannte unblutige Schlaganfälle und ca. 20% entstehen auf Grund von Hirnblutungen. Daneben gibt es in wenigen Fälle als Ursache Tumore oder entzündliche Gehirnerkrankungen. Die Beschwerden treten insgesamt sehr plötzlich auf, daher der Name „Schlaganfall". Bei den      „unblutigen" Schlaganfällen kommt es zu einem akuten Stopp der Durchblutung eines Hirngefäßes. Ursache hierfür ist in der Regel ein Gerinnsel, in der Fachsprache Thrombus genannt. Es kommt zu Ausfällen in den nicht mehr mit Blut versorgten Hirnarealen. Je nachdem, welche Hirngefäße bzw. Hirnareale betroffen sind, sind die Symptome unterschiedlich. Typische Symptome sind unter anderem Sprachstörungen sowie Lähmungen von Armen und Beinen, ein hängender Mundwinkel. Die Patienten sind meistens ansprechbar. Heutzutage kann man diesen Patienten helfen, indem man die Gerinnsel im Gefäßsystem auflöst. Entscheidend hierfür aber ist der Zeitfaktor nach Beginn des Ereignisses, die Behandlung im Krankenhaus sollte innerhalb der ersten drei Stunden erfolgen. Die Prognose beim „blutigen" Apoplex ist deutlich schlechter. Die Patienten sind meist bewusstlos durch den hohen Druck im Gehirn, den die Hirnblutung verursacht.

In unserem Fall sahen wir eine ca. 75-jährige Patientin auf der Couch liegend. Der Mundwinkel war verstrichen, die Sprache war sehr verwaschen und sie konnte den rechten Arm nicht mehr bewegen. Die Tochter erzählte uns, dass sie ihre Mutter nach dem Einkaufen so vorfand. Eine Stunde zuvor sei noch alles in Ordnung gewesen. Es sah wirklich nach einem klassischen Apoplex aus. Ich schickte sofort einen Mitarbeiter nach draußen, um die Liege für den Transport zu richten. Währenddessen untersuchten wir Blutdruck, Puls, Sauerstoffsättigung und schrieben ein EKG. Ich legte sofort einen Zugang, mein Rettungsassistent untersuchte noch der Vollständigkeit halber den Blutzucker. Als der Mitarbeiter von draußen wieder hereinkam und sagte, dass alles für den Transport vorbereitet sei, lachten wir alle. Ich sagte ihm, dass es wohl bei einer Versorgung zu Hause bleiben würde. Er sah uns ungläubig an, eine Patientin mit Schlaganfall daheim lassen. Ob wir noch bei Trost seien, fragte er uns. Ich klärte ihn umgehend auf. Die Patientin war Diabetikerin und hatte einen Blutzucker von 35mg%. Dies erklärte ihre schlaganfallähnlichen Symptome. Das

Gehirn braucht für seine Tätigkeit viel Zucker. Fehlt dieser, besteht die Gefahr, dass es zu Ausfällen im Gehirn kommt. Es entsteht für die Außenstehenden der Eindruck, dass ein Schlaganfall vorliegt. Bei dieser Frau waren wir auf das „Chamäleon" Unterzucker gestoßen. So ein Unterzucker kann auch Krampfanfälle wie bei einem Epileptiker auslösen. Ich injizierte der Frau 3 Ampullen Glukose und siehe da, die wundersame Heilung der Patientin setzte binnen weniger Minuten ein. Bei einem Unterzucker sieht man als behandelnder Notarzt sofort den Erfolg. Nach zehn Minuten waren alle Beschwerden weg und wir konnten die ältere Dame als geheilt zu Hause lassen. Der Grund für die Hypoglykämie war einfach eine zu geringe Nahrungsaufnahme nach dem Spritzen von Insulin.

Am späten Abend fuhren wir dann zu einem Patienten mit Herzschmerzen. Die Fahrer hatten erneut gewechselt, jetzt durfte Johannes endlich den ersten Einsatz mit mir fahren. Diesmal war der RTW unserer Wache mit dabei. Die Wohnung lag nur wenige Minuten von unserem Standort entfernt. Ein Mann um die 60 Jahre öffnete die Tür. Er erklärte uns, dass er seit einer Stunde einen Druck hinter dem Brustbein verspüre mit Ausstrahlung in den linken Arm. Weiterhin könne er nicht richtig durchatmen und es sei ihm nicht wohl. Solche Beschwerden habe er noch nie gehabt. Sofort schrieben wir ein EKG unter dem Verdacht eines Herzinfarktes. Glücklicherweise war das EKG unauffällig. Ich legte einen Zugang und wir verabreichten bei guten Blutdruckverhältnissen einen Hub Nitro-Spray, worauf es dem Patienten besser ging. Der Verdacht auf eine Angina pectoris verstärkte sich. Hierbei kommt es durch Verengung der Herzgefäße zu einer Minderversorgung des Herzens mit Sauerstoff. Dies führt zu den typischen Schmerzen hinter dem Brustbein. Das Nitro-Spray erweitert die Gefäße. Durch die bessere Blut- und Sauerstoffversorgung am Herz vergehen die Beschwerden relativ schnell. Nach der Gabe von blutverdünnenden Medikamenten zum Schutz des Herzens brachten wir den Mann zur weiteren Abklärung ins Krankenhaus. Die genaue Abgrenzung, ob es sich nur um eine kurzfristige Minderversorgung des Herzens mit Sauerstoff handelt oder doch ein Herzinfarkt vorliegt, kann nur in der Klinik erfolgen. Dazu benötigt man die Bestimmung spezieller Blutwerte, den sogenannten Herzenzymen. Das war es auch schon für den Rest der Nacht.

Sonntags vormittags ging noch einmal mein Piepser. Diesmal handelte es sich um eine Atemnot. Bei diesem Patienten war Asthma bekannt, welches sich über Nacht verschlechterte. Er konnte kaum sprechen, so schwer musste er schnaufen. Bei einem Asthmaanfall verkrampft sich die Muskulatur in den Bronchien. Die Luft strömt ungehindert in die Lunge ein. Das Problematische aber ist, dass der Patient die Luft nicht mehr herausbekommt. Daher sieht man oft, dass sich die Patienten mit beiden Armen abstützen und die Lippen zusammenpressen. Diese unterstützenden Maßnahmen sollen helfen, den hohen Widerstand in den Bronchien zu überwinden und die Luft nach draußen zu befördern. Schon vor unserer Behandlung signalisierte uns Patient, dass er auf keinen Fall mit ins Krankenhaus gehe. Die Sauerstoffsättigung im Blut war sehr schlecht und auf der Lunge hörte man massive Nebengeräusche. Trotz Medikamentengabe verbesserte sich der Zustand des Patienten kaum. Er sah jetzt wirklich ein, dass ein stationärer Aufenthalt unumgänglich sei. Danach war Ruhe bis Dienstende. Um 19:30 wurde der Melder wieder abgeholt. Mein erstes Wochenende als Notarzt war beendet. Glücklich darüber, dass die ersten Einsätze so gut verliefen, fuhr ich wieder nach Hause.

Im Gegensatz zu meiner Notarzttätigkeit war meine Arbeit als Assistenzarzt sehr langweilig. Ich fühlte mich als Arzt absolut unterfordert. Umso mehr freute ich mich bereits auf mein nächstes

Dienstwochenende. Ich war sehr froh, dass ich auch weiterhin während meiner Bereitschaft bei Klaus wohnen durfte und nicht auf die Rettungswache musste. Dies war nicht selbstverständlich, denn Klaus hatte seit kurzem eine neue Beziehung, eine Röntgenassistentin. Sabine war eine sehr sympathische Frau, mit der ich mich auch auf Anhieb sehr gut verstand. Sie arbeitete im selben Krankenhaus wie Klaus. Da sie sich fast täglich sahen, hatte sie nichts dagegen, dass ich einmal im Monat bei Klaus übernachtete. Im Gegenteil, wir verbrachten viele vergnügliche Nachmittage und Abende während meines Dienstes zusammen.

Mein zweites Dienstwochenende war im August, es war ein sehr heißes Wochenende. Bei meinem ersten Einsatz begegnete ich einem jungen Patienten, der sehr heftig auf einen Wespenstich reagierte. Als ich ihn anschaute, dachte ich zuerst bei mir, Frankensteins Monster säße vor mir. Sein Gesicht war um die Hälfte angeschwollen, er sah fast nichts mehr aus seinen Augen. Die Zunge war so riesig, dass sie nicht mehr in seinen Mund passte. Er klagte über heftigsten Juckreiz und Atemnot. Der Körper war heiß, gerötet und mit einem Ausschlag übersät. Da hatte die Wespe ganze Arbeit geleistet. Ich legte sofort eine Infusion, verabreichte Cortison und Antihistaminika, um die allergische Reaktion zu stoppen. Der junge Mann war in einem schlechten Zustand. Sein Blutdruck war im Keller, der Puls raste und auf seiner Lunge hörte man deutliche Geräusche wie bei einem starken Asthmaanfall. Das ganze Team arbeitete sehr zügig, denn wir wussten, dass sein Zustand kritisch war. Das größte Risiko bestand in eventuell auftretenden Herzrhythmusstörungen bis hin zum Herzstillstand. Mit Blaulicht fuhren wir nach Augsburg ins Krankenhaus. Über die Rettungsleitstelle wurde der junge Mann bereits dort angemeldet. Das bedeutet, dass für unseren Patienten sofort bei unserer Ankunft eine freie Behandlungskabine mit einem Team aus Ärzten und Pflegepersonal bereitsteht. Während des Transportes war ich sehr angespannt. Zu allem Überfluss war der Rettungswagen total überwärmt, da wir keine Klimaanlage im Fahrzeug hatten. An dieser Ausstattung zum Wohl der Patienten und der Rettungsdienstmitarbeiter wurde zu dieser Zeit leider noch gespart. Der Patient wurde unterwegs komplett überwacht mittels EKG und Sauerstoffmessung im Blut, Puls und Blutdruck regelmäßig kontrolliert. Auf dem Transport verbesserte sich der Zustand des Mannes auf Grund unserer Medikation etwas. Dennoch war ich glücklich, als ich ihn im verbesserten Zustand im Krankenhaus übergeben konnte. Am Klinikum trockneten wir unseren Schweiß ab, der nicht allein durch die hohen Außentemperaturen verursacht war. Bevor wir uns auf die Rückfahrt zu unserem Standort begaben, tranken wir noch einen halben Liter Wasser auf ex aus.

Nachdem wir bereits auf dem Heimweg waren, fragte uns die Leitstelle nach unserem Standort. „Auf der B2" meldete ich über den Funk. „Perfekt" schallte es aus dem Funkhörer, „dann geht es für Euch weiter Richtung Norden. Verkehrsunfall mit zwei PKW, eine Person vermutlich eingeklemmt!" Na Bravo, dachte ich, das Wochenende geht schon gut los. Auf der Anfahrt gingen mir tausend Gedanken durch den Kopf, was jetzt wohl auf mich zukommt. Nach zehn Minuten erreichten wir die Einsatzstelle. Von weitem sah man schon ein Lichtermeer von Blaulicht. Mehrere Feuerwehrautos und ein RTW waren bereits eingetroffen. Ich sprang aus dem NEF und rannte zur Unfallstelle. Zwei Autos waren frontal ineinander gefahren. Ein Rettungsassistent kam mir relativ ruhig entgegen und signalisierte mir, dass es auf den ersten Blick schlimmer aussehe als es in Wirklichkeit sei. Erleichtert atmete ich tief durch. Ich verschaffte mir schnell einen Überblick über das Geschehen. Beide Fahrzeuge waren vorne komplett zerstört. Neben dem ersten Auto stand ein Mann, der sich an den Hals fasste. Er war einer der beiden Fahrer. Der Verletzte war voll orientiert, klagte über Kopf- und Nackenschmerzen sowie über Schmerzen in der Lendenwirbelsäule.

Ich ordnete sofort eine Stabilisierung der Halswirbelsäule mittels Stifneck an und ließ den Patienten auf eine Vakuummatratze zum Schutz der Wirbelsäule legen. Sonst hatte der Verletze, der allein in seinem Fahrzeug saß, keine weiteren Beschwerden angegeben. Danach wendete ich mich dem anderen Fahrzeug zu. Darin saß am Steuer eine junge Frau, die ebenfalls allein unterwegs war. Sie schrie so laut, dass es einem durch Mark und Bein fuhr. Immer wieder rief sie: „Holt mich hier raus, holt mich endlich hier raus!" Die Patientin befand sich in einem totalen emotionalen Schockzustand und ließ sich gar nicht beruhigen. Von der Feuerwehr erfuhr ich, dass sie nicht eingeklemmt sei, sondern nur eingesperrt. Sie konnte alles frei bewegen, nur die Tür war so verklemmt, dass man sie nicht öffnen konnte. Die Jungs von der Feuerwehr waren beschäftigt, die Tür mit einem Spreizer zu öffnen, was nach einigen Minuten gelang. Die junge Frau reagierte gar nicht auf meine Fragen, wo es ihr wehtue, sie schrie einfach weiter. Die ersten Untersuchungsbefunde im Auto ergaben ein Schleudertrauma und den Verdacht auf eine Fraktur des Brustbeines. Nach Legen eines intravenösen Zuganges, was durch ihre psychische Erregung erschwert war, bekam sie von mir ein Schmerzmittel und ein starkes Medikament zur Beruhigung. Ohne dieses hätten wir sie nicht aus ihrem Fahrzeug bekommen. Nachdem beide Patienten vor Ort versorgt waren, fuhren wir mit ihnen zum Krankenhaus. Nach diesen beiden Einsätzen, auch durch das warme Wetter bedingt, war ich doch etwas erschöpft. Ich freute mich auf eine Verschnaufpause, welche ich auch bekam.

Erst zehn Stunden später brauchte man wieder meine ärztliche Hilfe. Alarmiert wurde ich zur Verbrennung bei einem Kleinkind. Bei Kindernotfällen waren alle Rettungsdienstmitarbeiter angespannter als sonst. Daher fuhren wir schneller als gewöhnlich. Vor Ort stürmte ich ins Haus und fragte: „Was ist passiert?" Die Eltern antworteten: „Unsere zweijährige Tochter hat sich an der heißen Herdplatte die Hand verbrannt." Julia saß weinend auf dem Schoß der Mutter. Ich sah mir die Verletzung an und konnte mir ein Lächeln nicht verkneifen. „Das sieht ja gar nicht schlimm aus!" sagte ich zu Julia. Sie hatte viel Glück gehabt, sie hatte nur drei kleine Brandblasen an den Fingerkuppen. Während wir noch die Finger kühlten, hörten wir aufgeregte Stimmen im Eingangsbereich. Eine ältere Frau lief ins Zimmer hinein, stolperte fast über den Hund, der am Boden lag, und schrie: „Was ist mit meiner Enkelin, was ist mit Julia?" Die Oma schnaufte schwer und hatte einen hochroten Kopf. Als sie sah, dass ihrer Enkelin nicht viel passiert war, beruhigte sie sich ein wenig. Wir kontrollierten ihren Blutdruck, der durch ihre Sorge um ihre Enkelin auf 220/100 mmHg angestiegen war. Somit hatte ich gleich eine zweite Patientin, die ich behandeln durfte. Nach zwanzig Minuten hatten wir den Blutdruck im Normbereich, so dass wir ruhigen Gewissens wieder fahren konnten.

An diesem Wochenende hatte ich nur noch einen weiteren Einsatz. Schuld war die Hitze. Wir wurden an einen Badesee gerufen. Der junge Mann hatte starke Kopf- und Nackenschmerzen, war leicht benommen und hatte bereits mehrfach erbrochen. Auf die Frage, wie lange er bereits am See läge, hörten wir, dass er schon viele Stunden direkt in der prallen Sonne gelegen sei. Ich hatte sofort den dringenden Verdacht auf einen Sonnenstich. Damit war nicht zu spaßen, ein Sonnenstich kann sehr gefährlich sein. Durch die lange Sonneneinwirkung wurden die Hirnhäute sehr stark gereizt. Hätte sich der junge Mann vermehrt im Schatten aufgehalten, wäre ihm nichts passiert. Ich verabreichte ihm 1000 ml Infusionslösung. Wir meldeten den Patienten umgehend auf der Intensivstation an. Dort würde er ein bis zwei Tage bleiben müssen, bis alle Symptome wieder verschwunden wären.

Mit diesem Einsatz endete mein zweites Dienstwochenende. Ich war selbstverständlich immer noch nervös, aber mit jedem erfolgreich behandelten Patienten wuchs meine Sicherheit. Als Notarzt hat man eine sehr große Verantwortung und ich war mir dessen sehr bewusst. Wie intensiv sich mein Unterbewusstsein mit meiner Tätigkeit befasste, wurde mir bei einem Besuch bei meinen Eltern klar. Ich übernachtete in meinem alten Kinderzimmer. In der Nacht träumte ich, dass ich Notarztdienst hätte. Plötzlich ging mein Melder los. Dies war für mich so real, dass ich im Halbschlaf aufsprang, um mein Bett lief und dann gegen die Wand prallte. Ich erschrak und wusste im ersten Moment gar nicht, was überhaupt los war und wo ich bin. Ich brauchte einige Minuten, bis ich richtig wach war und realisierte, dass ich keinen Dienst hatte. Es war nur ein Traum!

Regelmäßig teilte mich Klaus einmal im Monat für ein Wochenende ein. Ich freute mich immer darauf, da ich als Notarzt im Gegensatz zu meiner Assistentenstelle sehr gefordert wurde. Mitte September nach den großen Ferien war ich wieder im Notarztdienst. Schon kurz nach Dienstbeginn ging es los. „Schwerer Verkehrsunfall mit Motorrad", so kam die Einsatzmeldung von der Leitstelle. Nach zehn Minuten erreichten wir den Ort des Geschehens. Von unserem Fahrzeug aus sahen wir schon die Einzelteile eines Motorrads verstreut im Feld liegen, weit davon entfernt einen leblosen Körper im Acker. „Das sieht nicht gut aus" sagte ich zu meinem Fahrer. Mit einem beklemmenden Gefühl ging ich in Richtung der leblosen Person, vorbei an einer großen Zahl Einsatzkräfte der freiwilligen Feuerwehr. Sie lachten und scherzten, was ich zunächst angesichts der Situation nicht für angebracht hielt. Als ich beim Opfer angekommen war, sah ich das Ausmaß seiner Verletzungen. Er hatte keine Chance und war wohl sofort tot. Es lief mir eiskalt den Rücken herunter, als ich in seine noch geöffneten Augen schaute. Dieser starre Blick sollte mich für längere Zeit beschäftigen. An seinem Körper war nichts mehr heil. Arme und Beine waren mehrfach frakturiert und total deformiert, das Genick war gebrochen. Der Brustkorb war ganz eingedrückt. Ich schätzte den Toten vielleicht auf Mitte Zwanzig.

Er war allein beteiligt. Mit äußerst hoher Geschwindigkeit musste er ohne Fremdeinwirkung gestürzt sein, wobei er wohl dabei gegen ein Verkehrsschild prallte und dann in den Acker flog. Dies war mein erster Verkehrstoter. Ich war sehr betroffen und fragte mich immer wieder nach dem „Warum?". Wäre er mit seinem Motorrad normal gefahren, wäre vermutlich nichts passiert. Warum war er so schnell unterwegs? Doch ich konnte im Moment keine Antwort darauf finden, zu viele Gedanken gingen in meinem Kopf herum. Ich hielt mich etwas abseits von den übrigen Rettungskräften auf, ich wollte jetzt für ein paar Minuten allein sein. Mir wurde wieder bewusst, dass der Tod allgegenwärtig ist. Dieses Thema ist für viele Menschen ein Tabuthema, doch ich musste mich jetzt damit auseinandersetzen. Als Arzt ist man täglich mit Krankheit und Tod konfrontiert. Im Rettungsdienst ist dies durch die akuten lebensbedrohlichen Erkrankungen und die Unfälle sehr ausgeprägt. Hier begegnet man dem Tod in jedem Lebensalter, angefangen von der Fehlgeburt, dem plötzlichen Kindstod, natürlichem Tod in jedem Lebensalter, Selbstmord, Mord bis hin zu den Verkehrstoten. Dabei ist es wichtig, solche Einsätze schnell zu verarbeiten. Dies ist nicht immer so einfach, denn manche Einsätze sind psychisch sehr belastend. Aber die mentale Verarbeitung ist Voraussetzung, dass man den Beruf weiter ausüben kann. Denn selbst nach einem schweren Einsatz muss man sofort wieder konzentriert bereit sein für den nächsten Notfallpatienten. Während ich weiter über dieses Thema nachdachte, bekam ich Verständnis für die Reaktion der jungen Feuerwehrmitglieder. Ihr Lachen und Scherzen angesichts eines Toten war Ausdruck für ihre seelische Verarbeitung, also ein Selbstschutz. So hart es klingt, aber es ist wichtig für alle Mitarbeiter der Hilfsorganisationen, keine negativen Emotionen an sich heranzulassen. Wer zu viel an Emotionen zulässt, leidet irgendwann selbst an Depressionen und ist nicht mehr in der Lage, in seinem Beruf weiterzuarbeiten. Wie würde es mir gelingen, zukünftig mit solchen schweren Ereignissen umzugehen? Ich war ein sensibler, gefühlsbetonter Mensch und konnte nicht gleich alle Gefühle von mir abschütteln. Natürlich kannte ich Kollegen, die insgesamt sehr gefühlskalt und emotionslos waren, aber ich konnte es nicht.

Dieser Einsatz und die Erinnerung an den starren Blick des Toten ließen mich in dieser Nacht kaum schlafen. Immer wieder hatte ich diesen Anblick vor mir. Egal, was ich versuchte, diese Bilder waren sehr lange präsent. Ich wusste auch, dass ich irgendwie abschalten musste, denn ich hatte noch viele Stunden Bereitschaftsdienst. Einige Stunden lag ich aber wach, bis ich endlich gegen drei Uhr einschlief.

Die Nachtruhe währte jedoch nicht lange. Zwei Stunden später wurde ich aus dem Schlaf gerissen. Noch im Halbschlaf zog ich mich an und lief auf die Straße, wo mich mein Fahrer abholte. Diesmal gab es einen Kindernotfall, Atemnot. Fast zeitgleich sagten mein Fahrer und ich: „Es wird sich mit Sicherheit um einen Pseudokruppanfall handeln!". Als wir bei der Familie ins Haus eintraten, hörten wir schon den typischen Husten mit dem klassischen Einatemgeräusch. Wir sahen uns an und schmunzelten. Unsere Vorahnung war richtig. Der dreijährige Stefan saß im Badezimmer auf dem Schoß der Mutter. Sie hatte bereits das Fenster geöffnet und das Wasser in der Dusche laufen lassen. Dies sorgte schon für leichte Verbesserungen. Wir lobten die Frau für ihre ersten hilfreichen Maßnahmen. Sie erzählte uns, dass bei Stefan alles in Ordnung war, als sie ihn ins Bett legte. Wach wurde sie durch diesen stakkatoartigen Husten. Den kannte sie von ihrer Nichte, die vor kurzem einen Pseudokruppanfall hatte. Daher wusste sie, was sie als erstes tun sollte. Von uns bekam Stefan noch ein Kortisonzäpfchen und wir ließen ihn inhalieren, was er gut tolerierte. Nach einer Viertelstunde ging es ihm sichtlich besser. Alle Beschwerden waren natürlich noch nicht weg, dies konnte noch einige Stunden dauern. Stefans Mutter war die ganze Zeit sehr ruhig geblieben, was nicht selbstverständlich ist. Viele Eltern sind meist sehr aufgeregt und ängstlich, teilweise reagieren sie panisch oder sogar hysterisch. Aber bei diesem Einsatz lief alles ganz geordnet ab. Stefan durfte zu Hause bleiben. Wir ließen noch ein weiteres Zäpfchen für alle Fälle da.

Mittlerweile war es hell draußen. Auf dem Rückweg besorgten wir uns noch frische Semmeln zum Frühstück. Müde von der letzten Nacht legte ich mich nochmals hin. Gegen Mittag kam der nächste Einsatz. „Waldunfall" hieß unsere Einsatzmeldung. Ein Einweiser würde am Waldrand auf uns warten und zum genauen Einsatzort bringen. Als wir ankamen, wartete leider niemand mehr auf uns. Von der Leitstelle erfuhren wir, dass der Einweiser den RTW an den Zielort führe, er käme wieder zurück und würde uns dann auch hinbringen. Nach einigen Minuten tauchte ein Fahrzeug auf, welchem wir in den Wald folgten. Alleine hätten wir die Einsatzstelle nie gefunden. Wir stellten unser Fahrzeug auf dem Waldweg ab und mussten uns noch ca. 300 Meter durch unwegsames Gebiet durchkämpfen. Währenddessen erklärte uns der Einweiser, der Sohn des Verunfallten, dass sein Vater allein im Wald beim Arbeiten war. Er hatte einen heftigen Streit mit ihm, weil der ältere Herr unbedingt allein in den Wald wollte. Waldarbeiten sollten wegen der erhöhten Unfallgefahr immer mindestens zu Zweit ausgeführt werden. Der Sohn konnte aber nichts gegen den Eigensinn des Vaters unternehmen. Als der Mann nicht zum Mittagessen erschien, machte die Familie sich Sorgen. Daraufhin fuhr der Sohn los und fand ihn unter dem Baum. Alleine war er nicht in der Lage, den Baum von seinem verletzten Vater zu entfernen. Sofort fuhr er zurück ins Dorf und informierte die Rettungsleitstelle.

Auf der Lichtung eines Hügels kümmerte sich schon die RTW-Besatzung um den Schwerverletzten. Er war nur noch bedingt ansprechbar und lag halb unter dem Baum. Der Rettungsassistent hatte dem bereits unterkühlten Patienten eine Infusion gelegt. Er bekam von mir noch starke Betäubungsmittel. Die Untersuchung ergab eine Oberschenkelfraktur, Verdacht auf Rippenfraktur und Gehirnerschütterung. Nun stellte sich die Frage, wie wir ihn unter dem Baum befreien und zum RTW transportieren könnten. Hierzu brauchten wir die Feuerwehr. Ich schickte einen Mitarbeiter zurück zu unserem RTW, denn der Funk war die einzige Verbindungsmöglichkeit zu unserer Leitstelle. Mobiltelefone hatten wir zu dieser Zeit noch nicht. Der Assistent gab über Funk eine Lagemeldung ab. Er forderte für die technische Rettung des Verletzten die Feuerwehr sowie für den Transport einen Hubschrauber an. Unterdessen hatte ich den kreislaufschwachen Patienten in ein künstliches Koma versetzt, weiterhin wickelten wir ihn zum Wärmeerhalt in unsere Spezialfolien ein, die Körpertemperatur war bereits auf 35°C gesunken. Endlich zehn Minuten später traf die Feuerwehr ein. Ausgerüstet mit Kettensägen arbeiteten sie sich zu uns durch. Vorsichtig zerlegten sie den Baum, damit niemand weiteres verletzt würde. Nachdem der Verletzte befreit war, fixierten wir ihn auf der Schaufeltrage. Nun stand uns noch der Marsch vom Hügel zu unserem RTW bevor. Der Boden war weich und rutschig. Aber wir hatten genügend Männer vor Ort, um den Patienten und unser Equipment sicher zum Fahrzeug zu bringen. Von dort fuhren wir langsam durch den Wald zurück. Anschließend übergaben wir den Verletzten an die Hubschrauberbesatzung, die am Waldrand auf uns wartete. Der Rettungswagen war so schmutzig geworden, dass er für einen weiteren Patienten nicht mehr einsatzbereit war. Wir machten uns wieder auf den Heimweg und wollten uns in unserem Städtle etwas zum Mittagessen besorgen. Doch kurz bevor wir uns unser Mittagessen kaufen konnten, kam ein neuer Auftrag von der Leitstelle: „Rauch aus Wohnung!" Wir sahen uns an und sagten fast zeitgleich: „Ach nein. Muss das jetzt sein!" Wir waren hungrig und es war unklar, wie lange dieser Einsatz dauern würde. Aber es half ja nichts. Dienst ist Dienst und dann muss alles andere warten. Fünf Minuten später wurden wir wieder über Funk gerufen: „Ihr könnt wieder einrücken. Die Feuerwehr hat die

Wohnung erkundet. Es waren nur angebrannte Speisen. Ihr seid nicht mehr erforderlich." Sofort strahlten wir wieder, also konnten wir die Aktion Mittagessen wieder in Angriff nehmen. Im Supermarkt kauften wir dann ein. Einige Menschen sahen uns komisch an und tuschelten miteinander. Ich sah meinen Fahrer fragend an. Er erklärte mir, dass einige wohl glauben, dass wir mit Blaulicht zum Einkaufen fahren. „Sie haben uns bestimmt gesehen, als wir noch vor wenigen Minuten mit Sonderrechten unterwegs waren und jetzt schon beim Einkaufen sind. Immer wieder gibt es diese Unterstellungen, dass wir mit Blaulicht zu Bäcker oder Metzger fahren. Die Erklärung ist ganz einfach. Es kommt immer wieder vor, dass wir auf dem Weg zum Einsatz abbestellt werden. Wir schalten dann aber sofort unser Blaulicht aus. Natürlich erledigen wir danach im Stadtgebiet noch verschiedene Dinge. Und dies wird beobachtet. Somit entsteht dieser falsche Eindruck. Keiner von uns würde die Sonderwarneinrichtungen missbräuchlich benutzen, dass ist sogar strafbar. Mittlerweile lachen wir nur über diese Vorwürfe."

Nach dem Mittagessen gönnten wir uns eine längere Erholungspause. Erst am Abend benötigte man wieder meine ärztliche Hilfe. Gemeinsam mit unseren Jungs fuhren wir zur Einsatzstelle. Ein Mann war die Treppe heruntergefallen. Beim Betreten des Hauses vernahm ich schon das Stöhnen des Patienten. Er lag im Keller. Der Verletzte wollte sich noch ein paar Flaschen Bier besorgen, stolperte und stürzte dabei sechs Stufen herunter. Die Sprache des Patienten war nur lallend und mir kam ein gewaltiger Alkoholgeruch entgegen. Bewegungsunfähig lag er auf dem Boden. Ursächlich hierfür war meiner Meinung nach mehr der hohe Promillegehalt als die eigentlichen Verletzungen. Er hatte eine mittelgroße Kopfplatzwunde und einen leichten Klopfschmerz über der Lendenwirbelsäule. Sonst fiel mir nichts auf. Die RTW-Besatzung legte ihm einen Kopfverband an und wir schleppten ihn mittels Schaufeltrage nach oben. Dies war nicht so einfach, da der Patient nicht kooperativ war. Er war sehr unruhig und wir mussten aufpassen, dass wir nicht auch noch stürzten. Im Krankenhaus behielten sie ihn dann, damit er seinen Rausch ausschlafen konnte, die Verletzungen waren wirklich nur gering. Die Nacht blieb bis zum Morgen ruhig.

Dann wurde ich wieder gefordert. Akute Atemnot. Ich dachte, hoffentlich nur ein Asthmaanfall. Aber diesmal war die Situation lebensbedrohlich. Der ältere Mann, vielleicht um die siebzig, bekam fast keine Luft mehr. Er atmete sehr schnell, die Arme waren zur Hilfe aufgestützt und man hörte ein Brodeln. Der Patient war schon nicht mehr in der Lage, auf meine Fragen zu antworten. Seine Gesichtsfarbe war grau, der ganze Körper kaltschweißig. Wir sahen uns an und wussten, dass jetzt Eile geboten war, wenn wir sein Leben retten wollten. Es handelte sich um ein akutes Versagen des Herzen, möglicherweise auf Grund eines Herzinfarktes. Die Lunge füllte sich bereits mit Wasser. Ich verteilte schnell die Aufgaben. Ein RA sollte dem Patienten den Blutdruck messen und ein EKG schreiben, ein anderer Infusion und Medikamente richten und mein Fahrer die Sauerstoffsättigung messen und Sauerstoff verabreichen. Ich hörte die Lunge ab, überall vernahm ich Rasselgeräusche, als ob man mit einem Strohhalm in ein Wasserglas pustet. Die Vitalwerte waren äußert miserabel. Die Sauerstoffsättigung betrug gerade einmal 70%, der Puls raste bei 130 Schlägen/ Minute und der Blutdruck war kaum tastbar, vielleicht bei 80mmHg. Der Patient befand sich im kardialen Schock. Das EKG zeigte typische Infarktzeichen. Angesichts der prekären Situation wurde ich entgegen meiner ruhigen Art hektischer. Ich wusste, dass es Spitz auf Knopf steht! Es war sehr schwierig, unter diesen schlechten Bedingungen eine Infusion zu legen, der Kreislauf war schon zentralisiert. Mit viel Glück fand ich eine kleine Vene. „Super, gut gemacht", mein Fahrer klopfte mir anerkennend auf die Schulter. „Schnell bringt die Trage herein. Michael bereite die Intubation vor und zieh mir die Medikamente hierfür auf. Ich möchte ihn im Rettungswagen intubieren." Trotz Sauerstoffgabe und Medikamenten zum Ausschwemmen des Lungenödems, verschlechterte sich der Zustand des Patienten. Im Eiltempo brachten wir den Mann auf der Trage in unser Fahrzeug. Ich übernahm die Beatmung zunächst mittels Ambu-Beutel. Michael spritzte auf meine Anweisung Medikamente zur Blutverdünnung und Narkosemittel. Der Patient war sehr unruhig und brauchte eine große Dosis, bis ich ihn endlich intubieren konnte. Anschließend musste er sofort über den Tubus abgesaugt werden. Dabei saugten wir insgesamt 250-300 ml schaumige, hellrote Flüssigkeit ab. Das Herz hatte nicht genügend Kraft, das Blut weiter zu transportieren. Dabei kam es zu einem Rückstau. Flüssigkeit und rote Blutkörperchen wurden hierbei in die Lunge gepresst. Der Anteil der roten Blutkörperchen ließ die Flüssigkeit hellrot erscheinen. Wir meldeten den Patienten umgehend im Krankenhaus an, damit sofort ein Notfallteam den Kritischen Patienten übernehmen konnte. Unterwegs verschlechterte sich der Zustand zusehends. Mich beschlich ein ungutes Gefühl, ob ich den Patienten überhaupt noch lebend ins Krankenhaus bringen könnte. Mein Gefühl täuschte mich leider nicht. Immer wieder mussten wir Flüssigkeit über den Tubus absaugen. Kurz vor Erreichen unseres Zieles ertönte der Alarm unseres EKG - Nulllinie! „Michael, komm wir müssen reanimieren. Zieh Adrenalin auf!" Ich begann mit der Herzdruckmassage. Bei jedem Drücken stieg die hellrote Flüssigkeit im Tubus höher. Aber das Adrenalin zeigte am Herzen keine Wirkung. Unter Reanimationsbedingungen gingen wir in den Eingriffsraum im Krankenhaus. Dort verabreichte man ihm weiter Adrenalin, jedoch ohne Erfolg. Der Kollege untersuchte das Herz mit Ultraschall. Das Herz stand still. Der Diensthabende brach die Wiederbelebung ab. Der Patient, um dessen Leben wir so intensiv gekämpft hatten, war unter meinen Händen verstorben. Ich war sehr bedrückt. In mich gekehrt verließ ich wortlos das Krankenhaus. Hatte ich wirklich alles richtig gemacht, hätte ich sein Leben nicht doch retten können? Ich stand draußen allein, als Michael auf mich zukam. „Tom", sagte er, „mach Dir keine Vorwürfe, Du hast wirklich alles gegeben! Es wird immer solche Situationen geben, dass wir einem Menschen trotz aller Bemühungen nicht mehr helfen können." Ich musste akzeptieren, dass unsere medizinischen Möglichkeiten begrenzt sind. Es war ein hartes Wochenende für mich, ich hatte zwei tote Patienten.

In Gesprächen mit Freunden und Verwandten bearbeitete ich in den folgenden Wochen das schwierige Thema Tod. Dabei half mir auch mein Glaube. Ich hatte einige Priester in meinem Bekanntenkreis, die mir sehr halfen. Zum einen sei es wichtig, kein Mitleid mit Patienten oder Angehörigen zu empfinden. Ich sah meine Gesprächspartner entgeistert an! „Wieso soll ich keine Gefühle zeigen?" fragte ich. „Halt Tom, das haben wir nicht gesagt. Du sollst nur kein Mitleid haben. Denn wie das Wort bereits beinhaltet, leidest Du mit. Das ist aber nicht sinnvoll in Deinem Beruf. Wenn Du alles an Dich heranlässt, bist Du irgendwann nicht mehr in der Lage, Deinen Beruf auszuüben. Du musst immer einen klaren Kopf behalten, um Deinen Patienten helfen zu können. Sehr wohl darfst Du den Menschen gegenüber Gefühle zeigen in Form von Mitgefühl. Dies ist ein großer Unterschied zu Mitleid!"
Ich verstand nun, was sie meinten. „Und was noch sehr wichtig ist. In der katholischen Lehre ist der Tod nicht das Ende, auf einer anderen Ebene, die wir mit unserem Verstand nicht erfassen können, geht es weiter. Nach dem Tod beginnt das ewige Leben, was auch immer es bedeuten mag. Wir verstehen oft nicht, warum junge Menschen sterben müssen und Ältere, die gerne von dieser Welt gehen möchten, nicht sterben dürfen. Dies wird immer ein Mysterium für uns bleiben, welches wir jedoch so annehmen müssen. Diese Entscheidungen werden auf einer höheren Ebene, die wir als Gott bezeichnen, getroffen. Schau, es gibt Religionsgemeinschaften, die nach dem Tod eines Verwandten lachen, singen und feiern. Sie freuen sich mit dem Verstorbenen,

dass es ihm jetzt in einer anderen Welt gut geht. Vielleicht können wir von diesen Menschen lernen, unseren Umgang mit dem Tod und dem Trauern zu verändern." Diese Aussagen haben mir bei der Verarbeitung sehr geholfen. Die Gespräche gaben mir außerdem die Kraft, meine Notarzttätigkeit weiterzuführen. Mir war klar, dass es immer wieder Momente geben wird, in denen ich nicht mehr helfen kann. Auch konnte ich lernen, negative Einflüsse von mir fernzuhalten ohne meine Menschlichkeit zu verlieren. Schließlich war ich Arzt und kein Mediziner. Dieser Unterschied ist mir sehr wichtig. Als Arzt sehe ich den Patienten als Mensch und behandle ihn dementsprechend. Ein Professor an der Uni gab uns einmal einen guten Rat. „Behandle Deinen Patienten genauso wie die Menschen, die Dir am nächsten stehen! Dann triffst Du immer die richtigen Entscheidungen. Für deine Angehörigen wirst Du immer andere Therapien wählen als für Fremde." Diese weisen Worte habe ich mir zu Eigen gemacht.

Ein Arzt kümmert sich  sowohl um die körperlichen als auch die seelischen Probleme von Patienten und seinen Angehörigen. Ein Mediziner, von denen es leider zu viele gibt, spult emotionslos sein medizinisches Programm ab. Auch ich hatte mit Kollegen schon einige negative Erfahrungen gemacht. Ich fragte mich oft, woher diese Halbgötter in Weiß ihre Arroganz hernahmen. Natürlich genießen wir Ärzte in der Bevölkerung ein hohes Ansehen. Wir haben eine lange Ausbildung durchlaufen und eine hohe Verantwortung für unsere Patienten. Aber letztlich vollbringen wir eine Dienstleistung. Dessen sollten wir uns bewusst sein.

Psychisch gestärkt bereitete ich mich auf meinen nächsten Dienst vor. Der Winter hatte frühzeitig im November Einzug gehalten. Die Nächte waren sehr frostig. Teilweise schneite es. Auch der Nebel bereitete uns bei unseren Einsatzfahrten erhebliche Schwierigkeiten. Ich mahnte meine Fahrer, immer den Witterungsverhältnissen entsprechend angepasst zu fahren. Wir hatten einige wenige Heißsporne dabei. Diese mussten wir zwischendurch einbremsen. Sie fuhren nach dem Motto „Blaulicht an, Hirn aus". Doch solch ein Verhalten ist im Rettungsdienst fehl am Platz. Rasen bringt gar nichts, damit gefährden wir nur uns selbst und andere. Wichtig ist, dass wir sicher am Einsatzort ankommen. Die zwanzig Sekunden, die wir möglicherweise früher eintreffen, retten nicht mehr Menschenleben! Durch die Erfahrungen meiner letzten Dienste war mir klar, dass wir durch äußere Umstände wie schneebedeckte und vereiste Straßen auch mal zu spät zu kommen.

Am Abend fuhr ich mit Johannes hinaus zu einem Kindernotfall. „Bewusstlos, ein Jahr alt." Mit diesen spärlichen Informationen, die viel Raum für Spekulation ließen, fuhren wir los. Es gehen einem immer viele Gedanken durch den Kopf. Was erwartet uns? Ein plötzlicher Kindstod, Fieberkrampf oder nur ein Kollaps? Während der Fahrt war ich angespannt. Wir waren vor dem RTW am Einsatz. Die Tür zur Wohnung war offen. Beladen mit unseren Koffern eilten wir hinein. Die Mutter der kleinen Sophie saß ganz aufgeregt im Wohnzimmer neben der kleinen Maus. „Sie atmet nicht mehr. Schnell, ihr müsst sie wiederbeleben!" Ich sprang sofort zu unserer kleinen Patientin. Mein Puls schlug in diesem Moment ebenfalls höher. Ich dachte noch, lieber Gott bitte keine Kinderreanimation. Bei der schnellen orientierenden Untersuchung konnte ich einen schwachen, sehr schnellen Puls tasten. Auch atmete Sophie, wenngleich nur oberflächlich. Ihr Körper war sehr heiß. Der Verdacht auf einen Fieberkrampf lag nahe. Ich fragte die Mutter genau nach dem Geschehen. Doch sie schrie nur: „Stellen Sie doch jetzt keine Fragen, retten Sie mein Kind!" Ich versuchte in diesem Moment, Ruhe in die Situation zu bringen. „Ihr Kind lebt. Es hatte wohl einen Fieberkrampf. Ich verstehe Ihre Aufregung und die Sorge um ihr Kind. Versuchen Sie sich trotzdem zu beruhigen. Wir werden alles tun, damit es Ihrem Kind wieder besser geht." Kurz einige Anweisungen an Johannes gebend, wendete ich mich der Mutter zu. Allmählich gelang es mir, die Mutter zu beruhigen. Inzwischen war auch die RTW- Besatzung eingetroffen. Ich gab der Kleinen ein fiebersenkendes Zäpfchen bei einer Temperatur von knapp 40°C. Der Puls lag bei 180 Schlägen/ Minute, der Blutdruck bei 80 mm Hg und der Sauerstoffgehalt bei 96%. Langsam begann Sophie sich zu bewegen. Die Mutter lief zum Sofa und nahm überglücklich ihre Tochter in den Arm. „Sie lebt, sie lebt" rief sie mit Tränen in den Augen. Schluchzend erzählte mir die Mutter dann genau, was passiert war. „Seit dem Morgen hatte Sophie Fieber. Gegen Abend stieg es schlagartig an, obwohl sie von mir fiebersenkende Medikamente bekam. Ich nahm Sophie auf den Arm, um ihr etwas zu trinken zu geben. Plötzlich überstreckte sie sich für einige Sekunden und blieb dann schlaff auf meinem Arm liegen. Sie war ganz blass um den Mund und bewegte sich nicht mehr. Ich dachte, jetzt ist sie tot. Im ersten Moment wusste ich nicht, was ich machen sollte. Ich bin allein, mein Mann kommt erst am Abend von der Spätschicht nach Hause. Zunächst versuchte ich, sie zu beatmen. Dann wählte ich die Notrufnummer. Ich konnte nur noch die Adresse durchgeben und sagen, dass mein Kind bewusstlos ist und nicht mehr atmet. Bis zu Ihrem Eintreffen habe ich immer wieder Mund-zu-Mund-Beatmung durchgeführt. Das war doch richtig, oder?" „Selbstverständlich!" Daraufhin erklärte ich der jungen Mutter, die noch immer von diesem dramatischen Ereignis mitgenommen war, was bei einem Fieberkrampf geschieht. „Bei sehr hohem Fieber kommt es bei kleinen Kindern wie Ihrer Sophie zu einer Reaktion im Gehirn. Dabei kommt es für die Angehörigen zu diesen schrecklichen Erfahrungen, dass die Kinder einen Streckkrampf bekommen oder ganz schlaff und regungslos sind. Entweder sind sie ganz blass im Gesicht oder sogar bläulich gefärbt. Aber dennoch atmen die Kinder, auch wenn es für Außenstehende einen ganz anderen Anschein hat. Nach dem Krampfen kommen die Kinder in eine Nachschlafphase.

Das dauert einige Minuten. Daher glauben die Angehörigen, dass das Kind nicht mehr lebt. Fieberkrämpfe sind im Kleinkindesalter sehr häufig und für die Kleinen nicht gefährlich. Wir bringen Ihre Tochter zur Sicherheit aber nach Augsburg in die Kinderklinik, damit sie dort weiterhin beobachtet werden kann. Sie fühlen sich dann auch wesentlich sicherer. Jetzt packen Sie in aller Ruhe einige Dinge für den stationären Aufenthalt zusammen  und informieren Ihren Mann in der Arbeit. Sobald Sie fertig sind, fahren wir los. In der Zwischenzeit kümmern wir uns um Sophie. Wir setzen sie in den Kindersitz und fixieren diesen auf unserer Trage." Wesentlich entspannter stieg die Mutter zu uns ins Fahrzeug. Unterwegs entschuldigte sie sich noch für ihr Verhalten. Ich entgegnete ihr, dass ihr Verhalten absolut verständlich für uns war. Sie solle sich keine Gedanken mehr darüber machen. Der Transport verlief ohne Zwischenfälle. Sophie wurde immer wacher und spielte mit dem Rettungsdienst-Bärchen, den jedes Kind von uns geschenkt bekommt.

Auf dem Rückweg fing uns die Leitstelle  wieder ab. Es war gegen 23 Uhr. Der Nebel verzog sich langsam. „Wir haben einen weiteren Einsatz für euch. Eine Person wurde innerorts von einem Auto erfasst. Nähere Angaben liegen uns noch nicht vor. Die Feuerwehr ist schon alarmiert." Prophylaktisch fragte ich schon: „ Wie sieht es mit einem Hubschrauber aus? Wer fliegt heute Nacht?" „Christoph 1 aus München. Wir klären mal ab, ob er daheim ist und bei dieser Wetterlage überhaupt fliegen kann. Gebt uns relativ schnell eine Lagemeldung ab!" Zehn Minuten später waren wir an der Einsatzstelle. Die Feuerwehr war bereits da und stand um einen PKW herum. Ich rannte zu dem Auto, sah aber keinen Patienten. „Wo ist denn der Patient?" „Er liegt noch unter dem Fahrzeug". „Was? Das gibt es doch nicht!" fauchte ich zornig die Jungs von der Feuerwehr an. Wütend rief zu ihnen: „Jetzt aber zackig. Greift alle miteinander an und hebt das Fahrzeug hoch." Es war nur ein Kleinwagen, sodass sie mit vereinten Kräften den Wagen hochheben und nach hinten wegschieben konnten. Oh mein Gott dachte ich, als ich nur noch ein zusammengefaltetes Menschenknäuel vor mir sah. Zunächst konnte ich mich gar nicht orientieren, wo oben und unten war. Ich sah nur zerfetzte Kleidung, offene Hautstellen mit teilweise freiliegender Muskulatur. Dieser Verletzte konnte diesen Unfall gar nicht überlebt haben. Das war mein erster Gedanke. Ich ging um dieses Knäuel herum und entdeckte seinen Kopf. Er lag zwischen seinen Füßen. Jetzt konnte ich langsam erkennen, wie er auf der Straße lag. Kopf und Rücken lagen unten und die Beine waren nach hinten gelegen wie bei einer Rolle rückwärts. Ich nahm seine Beine und legte sie wieder in eine normale Position. Ich tastete danach seinen Carotispuls am Hals. Entgegen aller Befürchtungen, der Patient lebte! Ich führte sofort einen orientierenden Bodycheck durch, um das Verletztenmuster zu ermitteln. Der Patient war nicht mehr ansprechbar, sein Brustkorb war instabil, Wirbelsäulen- und Beckenverletzungen waren höchst wahrscheinlich. Mein Fahrer gab alle Informationen an die Leitstelle weiter und fragte nach dem Hubschrauber. Kurz darauf wurde uns bestätigt, dass Christoph 1 aus München zu uns käme. Er bräuchte aber 45 Minuten. Wir atmeten erleichtert auf. Doch hoffentlich würde der Patient so lange durchhalten. Sein Zustand war äußerst kritisch. Sein Blutdruck betrug nur noch 80 mmHg. Auf Grund seiner schweren Verletzungen war mit einem weiteren Abfall zu rechnen. Ich legte noch auf der Straße einen Zugang. Das gestaltete sich sehr schwierig, da es mittlerweile sehr kalt war und auch meine Finger immer steifer wurden. Danach wurde der Verletzte narkotisiert und intubiert. Sein Kreislauf machte immer noch mit. Wir brachten ihn in unser Fahrzeug. Dort bekam er eine zweite Infusion. Die linke Lunge war nicht mehr richtig belüftet. Nun musste ich seinen Pneumothorax behandeln. Die gebrochenen Rippen hatten sein Rippenfell verletzt. Dadurch strömte Luft zwischen die Rippen und die Lunge ein. Dies kann lebensbedrohlich werden, da die einströmende Luft den Lungenflügel zusammendrückt. Die einzige

Möglichkeit zur Entlastung der Lunge besteht darin, eine Drainage nach außen zu legen. Dazu wird eine sogenannte Thoraxdrainage gelegt. Unter sterilen Bedingungen wird mit einem Skalpell oberhalb der fünften Rippe seitlich ein kleiner Schnitt durch die Haut gesetzt. Mit einer Schere wird im Anschluss die Muskulatur von der Rippe gelöst. Durch diesen Schlitz wird ein Saugrohr in den Brustkorb gelegt. Darüber kann die Luft nach außen entweichen, die Lunge kollabiert nicht mehr. Der Zustand des jungen Mannes blieb erstaunlicherweise weiterhin stabil. Ich dachte: „Junge halte durch, nur noch wenige Minuten, bis der Hubschrauber eintrifft." Wir versorgten als Letztes seine Wunden. Kaum fertig mit der Primärversorgung landete der Christoph 1. Ich war sehr glücklich, dass ich meinen Patienten lebend übergeben konnte. Wir alle wunderten uns über seine Bärennatur. Er hatte nicht nur einen Schutzengel gehabt, sondern eine ganze Armee von ihnen! Nachdem der Hubschrauber abgeflogen war, war meine Arbeit aber noch nicht erledigt. Da stand noch die junge Fahrerin, nicht nur vor Kälte zitternd, am Fahrbahnrand. Sie hatte Tränen im Gesicht und stand total unter Schock. Schluchzend fragte sie: „Wird er überleben?" Ich antwortete ihr: „Das werden die nächsten Tage zeigen. Aber ich bin sehr zuversichtlich, dass er es schaffen wird!" Mir war klar, dass die junge Frau weitere psychologische Unterstützung brauchte. Da sie nicht weit vom Unfallort wegwohnte, machte ich ihr den Vorschlag, dass ich bei ihr zu Hause das Gespräch fortsetzen werde. Damit war sie sofort einverstanden. Immer noch völlig aufgelöst, erzählte sie mir, wie es zu dem verhängnisvollen Unfall kam. „Ich war auf dem Heimweg von einer Betriebsfeier. Alkohol habe ich keinen getrunken. Dies wurde mir durch einen Alkoholtest seitens der Polizei bestätigt. Die Sichtweite war durch den Nebel sehr gering. Daher fuhr ich auch recht langsam. Plötzlich sah ich etwas Dunkles vor mir auf der Straße liegen. Ich versuchte noch zu bremsen, aber es war zu spät. Es gab einen dumpfen Schlag, kurz danach kam ich zum Stehen. Ich stieg aus und hörte nur ein Wimmern unter dem Auto. Ich konnte zuerst nicht erkennen, ob ein Tier oder ein Mensch unter meinem Auto lag. Mit einer Taschenlampe konnte ich erkennen, dass es ein Mensch war. Ich bin schuld, wenn er stirbt!" Erneut brach sie in Tränen aus. Beruhigend sprach ich zu ihr: „Ich verstehe Ihren momentanen Gemütszustand sehr gut. Machen Sie sich bitte keine Vorwürfe. Sie können nichts dafür. Sie haben keinen Alkohol getrunken und waren mit angepasster Geschwindigkeit unterwegs. Der junge Mann war dunkel angezogen und Sie konnten ja auch nicht damit rechnen, dass jemand einfach auf der Straße liegt." Eine gute Stunde war ich in ihrer Wohnung, bis ich das Gefühl hatte, dass ich sie mit ihrer Familie allein lassen konnte. Dieser Einsatz hatte auch mich sehr viel Kraft gekostet. Gegen zwei Uhr war ich zurück. Während ich mich hinlegen konnte, hatte die RTW-Besatzung noch zwei Stunden Arbeit vor sich. Sie mussten den Wagen komplett säubern und unser verbrauchtes Material wieder auffüllen. Diese Nacht war für sie gelaufen. Wochen später erfuhr ich, dass unser Unfallopfer von einer Party kam. Dort hatte er große Mengen Alkohol getrunken. Auf seinem Heimweg wurde er so müde, dass er sich zum Schlafen legte. Dabei realisierte er nicht mehr, dass er sich auf der Straße befand. Einige Wochen später erfuhr ich, dass er sich von seinen Verletzungen wider Erwarten gut erholt hatte. Jetzt sei er auf Reha. Wahrscheinlich würde er fast vollständig wiederhergestellt werden. So viel Glück hat man nur einmal im Leben!

Die Leitstelle gönnte mir einige Stunden Ruhe. Dann ging es weiter. Ein Mann, Mitte dreißig mit Schmerzen in der rechten Seite. Der Patient krümmte sich auf dem Bett vor lauter Schmerzen. „Ich halte es nicht mehr aus!" Um das richtige Schmerzmittel für ihn zu finden, musste ich den jungen Mann aber genauer befragen. Er gab an, dass die Schmerzen krampfartig vom Rücken bis nach vorne in die Leiste ausstrahlten. Außerdem sei ihm schlecht und er habe zweimal erbrochen. Bei dieser Aussage blitzte bei mir sofort eine Verdachtsdiagnose auf. Als er dann auf meine Nachfrage, wie es denn mit dem Wasserlassen sei, bestätigte, dass er kaum Wasserlassen konnte und dabei ein Brennen verspürte, war fast alles klar. Meine klinische Untersuchung mit dem klopfschmerzhaften Nierenlager ließ keinen Zweifel mehr offen. Er hatte einen Nierenstein, der sich gerade auf dem Weg durch den Harnleiter befand. So eine Kolik ist wirklich äußerst schmerzhaft. Mein Patient bekam eine große Dosis krampflösender Medikamente, die jedoch nur wenig Wirkung zeigten. Folglich injizierte ich ihm noch ein starkes Betäubungsmittel, worauf es ihm deutlich besser ging. Zur weiteren Behandlung wurde er in die Urologie nach Augsburg transportiert. Während des Transportes wurde ich abgerufen. Da es meinem Patienten relativ gut ging, konnte ich ihn verlassen und war bereit für den nächsten Einsatz. Diese Flexibilität war der deutliche Vorteil des Rendezvous-Systems. Im Verlauf meiner Dienste kam ich mit vielen RTW'S der unterschiedlichsten Rettungswachen von Augsburg bis Nordschwaben zusammem. Außerdem lernte ich somit auch die Region Schwaben kennen.

Nun ging es für uns zum Fußballplatz, eine Knieverletzung. Ja klar, Samstag nachmittags, die Hobbykicker waren zugange. Ich erinnerte mich auf der Anfahrt daran, wie Klaus und Sabine von ihren Erlebnissen mit den Hobbysportlern an ihren Wochenenddiensten im Krankenhaus berichteten. „Tom, Du glaubst gar nicht, wie mir diese Fußballer auf die Nerven gehen. Es vergeht kein Wochenende, ohne dass sich irgendjemand von denen verletzt. Meist kommt nicht nur einer, sondern im Verlauf eines Nachmittags sind es mehrere. Falls Du am Abend glaubst, jetzt sind die Spiele vorbei und es kehrt Ruhe ein, kommt doch noch ein Nachzügler in die Klinik. Und glaub mir, zum Teil sind es heftige Verletzungen. Die Jungs gehen bei ihrem Sport so enthusiastisch zu Werke, als ob es um die deutsche Meisterschaft ginge. Dabei sind es nur Amateure, aber die sind oft ehrgeiziger als die Profis! Ich freue mich immer auf die Sommer- bzw. die Winterpause."

Sabine konnte diese Aussagen nur kopfnickend bestätigen. Jetzt war ich gespannt, was auf mich zukommt. Mehrere Einweiser dirigierten unser NEF zum Spielfeld. Wir fuhren neben den Patienten auf den Platz. Die Augen aller Spieler und Zuschauer waren auf uns gerichtet. Kurz nach uns traf auch der RTW ein. Der betroffene Spieler saß bewegungsunfähig auf dem Rasen, Schmerzen hatte er in Ruhe kaum. Die Kniescheibe war herausgesprungen. „Wie ist es passiert?" fragte ich. „Ich wollte den Ball spielen, trat dabei in den Rasen und verdrehte das Knie. Dann machte es „Klack" und die Kniescheibe hing daneben." „Keine Sorge, die Patella werde ich hier einrenken, das ist eine meiner leichtesten Übungen!" scherzte ich. „Du erhältst ein Schmerzmedikament und ein Beruhigungsmittel, dann bekommst Du von dem ganzen Prozedere nichts mit. Anschließend muss im Krankenhaus noch ein Röntgenbild angefertigt werden." Über die Infusion applizierte ich die Medikamente. Nachdem der Verletzte eingeschlafen war, reponierte ich die Kniescheibe. Dies war ein Kinderspiel. Ein leichter Ruck und die Patella war wieder da, wo sie hingehört. Im Krankenhaus war man natürlich hocherfreut. Der Diensthabende erzählte uns, dass unser Patient schon der vierte verletzte Fußballer für ihn sei. Also doch, „Sport ist Mord".

Klaus lachte, als ich ihm von meinem Erlebnis auf dem Fußballplatz berichtete. „Deshalb schaue ich mir Fußball nur im Fernsehen an. Ach übrigens die Sportschau beginnt gleich. Mach es Dir schon einmal auf der Couch bequem, ich habe das Abendessen bereits vorbereitet. Sabine wird auch gleich da sein. Es gibt noch einiges wegen der Dienste an Weihnachten und Silvester zu besprechen. Tom, wie sieht es bei Dir mit Notarztdiensten an den Feiertagen aus?" „Ich muss die Nacht vor Heiligabend den Dienst im Krankenhaus übernehmen, dann muss ich nach Weihnachten wieder bis Silvester arbeiten." „Hervorragend. Könntest Du dann hier am ersten und zweiten Weihnachtsfeiertag den Notarztdienst übernehmen? Ich habe Dienst am Heiligabend und wollte mit Sabine für ein paar Tage zu ihren Eltern ins Allgäu. Du könntest mich morgens ablösen. Dann hätten wir ein paar Tage für uns, denn im Krankenhaus bin ich zum nächsten Dienst in der Silvestergruppe eingeteilt." „Selbstverständlich. Da ich im Moment alleine bin, kannst Du mich zum Dienst einteilen. Dann habt ihr Beiden wenigstens einige Tage zum Skifahren." Inzwischen war Sabine eingetroffen und wir aßen die Pizza, die Klaus für uns zubereitet hatte. Klaus, der neben seiner Assistententätigkeit viele Notarztdienste in seiner Freizeit übernahm, freute sich auf diese kurze Auszeit an den Feiertagen. Mir machte es nichts aus, an Weihnachten Notarzt zu fahren. Im Gegenteil. Zum einen wäre ich alleine in meiner Wohnung gewesen, denn zum Kurztrip nach Hause zu meinen Eltern war der Weg zu weit. Zum anderen bereitete mir die verantwortungsvolle Notarzttätigkeit im Gegensatz zu meiner langweiligen Assistentenarbeit   sehr viel Freude. Und außerdem verstand ich mich mit den Mitarbeitern der Rettungswache hervorragend.

Nach einer ruhigen Nacht wurde ich sonntags vormittags nur noch zu einem Notfall gerufen. Eine alte Frau war in ihrer Wohnung gestürzt. Der Sohn fand sie auf dem Boden liegen und alarmierte uns. Sie lag schon ungefähr zwei Stunden auf dem Boden und konnte alleine nicht mehr aufstehen. Die rechte Hüfte war sehr schmerzempfindlich, das Bein war verkürzt und nach außen gedreht. Sie hatte sich eine klassische Schenkelhalsfraktur zugezogen. Die Patientin wurde von uns nach Gabe eines starken Schmerzmedikamentes auf eine Vakuummatratze gelegt. Der Fahrer fuhr sehr schonend, da unsere RTW's sehr hart gefedert sind und man jede Bodenwelle spürt. Besonders die Straßen kurz vor dem Krankenhaus waren mit Schlaglöchern übersät. Im Krankenhaus übergab ich die Patientin dem Chirurgen. Heute hatte Sabine im

Röntgen Dienst. Ich streckte den Kopf in die Röntgenabteilung und rief: „Hallöchen Sabine. Ich bringe Arbeit für euch, eine Schenkelhalsfraktur." „Das macht nichts. Es ist im Moment sowieso ruhig, dann habe ich jetzt wenigstens etwas zu tun" antwortete mir Sabine. Das war der letzte Einsatz für dieses Wochenende.

Den Rest des Tages unterhielt ich mich mit Klaus über unsere Arbeit und zukünftige Pläne. „Na Tom, was machst Du, wenn Deine Zeit in der Orthopädie im nächsten Jahr zu Ende geht?" „Ich bin gerade dabei, Bewerbungen zu schreiben. Ich möchte unbedingt wieder in ein Akutkrankenhaus. Weißt du, meine Arbeit ist momentan sehr unbefriedigend. Ich fühle mich unterfordert. Spezialbehandlungen werden vom Chef und von den Oberärzten ausgeführt. Das einzige, was ich anwenden kann, ist Akupunktur. Jetzt kommt mir zugute, dass ich die Ausbildung während meines Studiums angefangen habe." Auch Klaus hatte zusammen mit mir einige Akupunkturkurse belegt, nachdem ich ihn erfolgreich wegen seines Heuschnupfens mit den Nadeln behandelt hatte. Ich meinerseits fand den Zugang zur Akupunktur durch meinen HNO-Arzt, da ich durch meinen Heuschnupfen sehr geplagt war. Mein Arzt konnte mir mit Eigenblutbehandlungen und Ohrakupunktur helfen. Das waren meine ersten Erfahrungen mit Naturheilkunde. Danach interessierte ich mich auch immer mehr für die Alternativmedizin. Klaus konnte ich ebenfalls für die Naturheilmedizin begeistern. Die Schulmedizin hat ihre Grenzen und ich stellte immer wieder fest, dass man mit alternativen Methoden doch noch mehr Heilungschancen für die Patienten hat. „Klaus, was hältst Du davon, wenn wir uns gemeinsam weiterbilden? Zusatzausbildungen wie Sportmedizin oder Chirotherapie könnten wir auch im Alltag eines Akutkrankenhauses nützlich anwenden!" „Du hast Recht Tom. Erst kürzlich kam ein Patient mit Rückenschmerzen zu mir in die Ambulanz. Er hatte sich verhoben. Mit Sicherheit war ein Wirbel blockiert. Ich konnte ihm nur eine Spritze verabreichen, jedoch die Ursache beheben war mir nicht möglich. Super Idee. Das greifen wir im Neuen Jahr gleich an. Es wird sicherlich fantastisch, wenn wir zwei uns gemeinsam fortbilden werden, so wie in alten Zeiten! Ich weiß, dass wird viel Freizeit und auch Geld kosten, aber es ist zum Wohl unserer Patienten. Sabine wird bestimmt damit einverstanden sein." Während wir so unsere Pläne schmiedeten, verging die Zeit im Eiltempo. Das Klingeln der Haustür unterbrach unsere euphorische Stimmungslage. Der NEF-Fahrer war da, um den Melder abzuholen. Wieder war ein Wochenende vorbei.

In den folgenden Wochen informierte ich mich eifrig über unsere besprochenen Zusatzausbildungen. Im Februar hatte ich eine Woche Urlaub. Genau zu diesem Zeitpunkt wurde eine Woche Fortbildung Sportmedizin angeboten. Es waren noch einige Plätze frei. Sofort telefonierte ich mit Klaus. Er war begeistert. Vielleicht könnte Sabine mitkommen, es wäre wie ein kleiner Urlaub. Klaus und Sabine bekamen diesen Urlaub auch genehmigt. Ebenfalls organisierte ich zwei Plätze für unseren ersten Chirotherapiekurs. Klaus und ich hatten bereits gemeinsame Pläne für eine langfristige Zusammenarbeit. Voraussetzung dafür waren diese Ausbildungen.
Flugs verging die Zeit bis Weihnachten. Mein Dienst am 23. Dezember in der Reha-Klinik war sehr ruhig, so wie fast immer. Entspannt ging ich an Heiligabend nach Hause und bereitete mir ein exklusives Frühstück zu. Es war ein kalter, aber sonniger Tag. So entschloss ich mich, bei diesem herrlichen Wetter spazieren zu gehen. Abends traf ich mich mit Mitarbeitern des Hauses, die wie ich ebenfalls ohne Familie hier waren. Gemeinsam waren wir essen. Gegen 23 Uhr ging ich in meine Wohnung, denn am nächsten Morgen musste ich Klaus als Notarzt ablösen.

Die Straßen am ersten Feiertag waren in der Früh total leer. Bei Klaus gab es noch ein gemeinsames Frühstück mit Sabine. Dann machten die Beiden sich auf zu ihrem wohlverdienten Kurztrip. „Ich wünsche Euch schöne, erholsame Tage. Kommt ohne Verletzungen wieder zurück!" „Wir passen schon gut auf uns auf. Dir wünschen wir einen stressfreien Dienst!" „Und danke nochmals, dass ich in Deiner Abwesenheit Deine Wohnung weiterhin nutzen darf!" „Keine Ursache. Mach's gut." Ich machte es mir bequem. Aber die Ruhe währte nicht lange. Sie wurde von dem penetranten Ton meines Melders unterbrochen. „Bewusstlos in der Kirche" lautete die Einsatzmeldung. Vor der Kirche wurden wir schon erwartet. Man führte uns in die Sakristei. Dort saß ein älterer Mann. Sein Gesicht war blass, sein Körper schweißig. Er klagte über Übelkeit, jedoch nicht über Brustschmerzen. Die Angehörigen erklärten mir, dass er plötzlich zusammengesunken sei und etwa eine Minute nicht ansprechbar war. Die Kirche war vollbesetzt und dazu noch der Duft des Weihrauches. Das war zu viel für den Patienten. Das EKG war altersentsprechend ohne Hinweis auf eine akute Herzschädigung, der Blutdruck etwas niedrig. Da sich der alte Mann immer noch nicht wohlfühlte, fuhren wir ihn vorsorglich ins Krankenhaus.

Sofort danach musste ich zum nächsten Notfall. „Atemnot". Die ältere Patientin lag friedlich im Bett. Mit fragendem Blick wandte ich mich an die Angehörigen: „Welche Beschwerden hat Ihre Mutter jetzt genau?" „Wissen Sie" antwortete mir die Tochter, „meine Mutter ist seit einem halben Jahr ein Pflegefall. Sie hatte einen Schlaganfall. Seitdem liegt sie in diesem Pflegebett." „Einen Moment bitte, welche Beschwerden hat sie denn aktuell, weswegen wir mit Blaulicht hierhin gekommen sind?" Ich hatte währenddessen die Untersuchung der Patientin angefangen. Der Blutdruck war normal und auch die Lunge war völlig unauffällig. „Ja jetzt hat sie Atemnot." „Aha" entgegnete ich verständnislos. „Die Lunge ist absolut in Ordnung, die Sauerstoffsättigung mit 96% hervorragend." Wir schrieben zur Absicherung noch ein EKG, welches auch keinen krankhaften Befund zeigte. „Außerdem hat meine Mutter seit Tagen kaum etwas gegessen!" Der nächste fadenscheinige Grund wurde nun angeführt. Die Intention dahinter war mir mittlerweile klar geworden. „Wann fahren sie denn in Urlaub?" „Ei nächste Woche" antwortete mir die Tochter spontan. Da merkte sie erst, dass ich sie überrumpelt hatte. Mit Schamesröte im Gesicht versuchte die Tochter sich zu rechtfertigen. „Meiner Mutter ging es die letzten Tage wirklich schlecht. Im Krankenhaus soll man sie wieder richtig auf die Beine bringen!" Mitleidig sah ich die alte Frau an. Sie konnte nicht widersprechen. Seit ihrem Schlaganfall war das Sprechzentrum betroffen. Ich hatte keine Lust, mich mit den Angehörigen herumzustreiten. „Jungs, packt die arme Frau ein, sie kommt auf Wunsch der Tochter ins Krankenhaus!" Der Tochter zugewandt sagte ich nur noch provokant: „Na dann einen schönen Urlaub. Jetzt haben Sie ihr Ziel erreicht, indem Sie Ihre Mutter erfolgreich abgeschoben haben!" Verlegen sah sie wortlos zu Boden. Bei der Übergabe im Krankenhaus entschuldigte ich mich zuerst beim diensthabenden Internisten, dass ich ihm diese alte Frau stationär brachte. „Es tut mir leid, ich bringe Dir die Patientin nicht aus medizinischen Gründen"—der Kollege unterbrach mich und ergänzte meinen Satz, „sondern aus sozialen Gründen, weil die Familie sie über die Feiertage los werden wollten!" „Genauso ist es." „Kein Problem, ich nehme sie stationär auf. Weißt Du, seitdem ich Notarzt fahre, verstehe ich meine Kollegen draußen vor Ort viel besser. Leider kommt man häufiger in die Zwickmühle, dass man Patientin aus sozialer Indikation mitnehmen muss. Gerade an den Feiertagen nehmen wir viele Menschen auf, weil die Angehörigen ihre Ruhe haben wollen oder in Urlaub fahren. Unsere Kollegen im Krankenhaus zeigen hierfür oft kein Verständnis und motzen uns an. Aber daran habe ich mich gewöhnt." Ich war froh, dass der Internist so locker darüber sprach.

Inzwischen meldete sich mein Magen, er wollte gefüllt werden. Ich fuhr mit meinem Fahrer auf die Wache. Dort bestellten wir unser Essen beim Pizzaservice. Gemeinsam mit der RTW-Besatzung konnten wir unser Mittagessen genießen. Aber die Ruhe währte nicht lange. „Das gibt es doch gar nicht" rief ich. „Ich dachte, an Weihnachten sind die Dienste relativ ruhig." Mein Fahrer zuckte nur mit den Schultern. Und weiter ging es. Ein Patient mit „unklaren Bauchschmerzen". Ich lachte. „Das passt ja super. Da hat sich bestimmt wieder jemand überfressen und jetzt spannt der Bauch!" Wir waren schnell am Einsatzort. Die Frau mittleren Alters krümmte sich vor Schmerzen. Sie habe krampfartige Schmerzen im Oberbauch und unter dem Rippenbogen. „Seit wann haben Sie die Schmerzen?" fragte ich. „Es fing gestern Abend an. Ich verspürte ein leichtes Ziehen. Schlecht wurde mir auch kurz nach dem Abendessen." „Was haben Sie denn gegessen?" „Wir hatten Ente. Und Wein hatte ich auch noch getrunken." „Strahlt der Schmerz gürtelförmig in den Rücken aus?" „Ja genau." Die Untersuchung im Oberbauch sowie unter dem rechten Rippenbogen war sehr schmerzempfindlich. „Haben Sie Gallensteine?" Die Patientin überlegte kurz und bestätigte, dass man vor Jahren bei einer Ultraschalluntersuchung einen kleinen Stein festgestellt hatte. Bislang hatte er ihr keine Probleme bereitet. Ich erklärte der Frau, dass durch das gestrige fette Essen und den Alkohol die Gallenblase gereizt wurde. „Jetzt müssten wir zur Behandlung ins Krankenhaus. Den Schmerz kann ich Ihnen zwar zum größten Teil bereits zu Hause nehmen, aber die Begleitentzündung muss stationär mit Antibiotika therapiert werden." Es half nichts, trotz Weihnachten musste die Frau ins Krankenhaus.

Mit der Nachtschicht rückte ich noch einmal aus. Wie am Morgen war „Bewusstlos" gemeldet. Als wir in die Hofeinfahrt fuhren, sprangen uns schon einige Familienmitglieder aufgeregt entgegen. „Schnell, der Großvater!" „Was ist passiert?" fragte ich beim Hineinlaufen. Außer

„Helfen Sie schnell!" kam keine Antwort. Vor dem Tannenbaum auf dem Boden lag der Großvater regungslos. Eine Reanimation, ausgerechnet an Weihnachten, dachte ich. Die ganze Familie war versammelt. Ich schickte alle Verwandten aus dem Zimmer bis auf den Sohn, der mir noch am ruhigsten erschien. Puls war keiner mehr tastbar. Die Pupillen waren noch relativ eng. Sofort verteilte ich die Aufgaben. Zu meinem Fahrer Markus: „Du beginnst mit der Herzdruckmassage!" „Heinrich, gib mir einen Ambubeutel zum Beatmen, richte danach die Intubation her. Stefan, Du klebst das EKG." Markus und ich führten die ersten Basismaßnahmen durch. 30 Mal Druckmassage und dann zweimal Beatmen. Das EKG zeigte eine Nulllinie an. Also weitermachen. „Heinrich, wie weit ist die Intubation?" „Ich bin gleich soweit." „Stefan, mache eine Infusion fertig und zieh mir Adrenalin auf, 3:10 zur Gabe über den Tubus!" „Ja, wird sofort erledigt!" Heinrich reichte mir den Spatel zum Intubieren an. Ich konnte mir den Eingang zur Luftröhre gut einstellen. „Tubus!" Von dem Patienten kam kein Abwehrreflex mehr. Daher konnte ich den Tubus problemlos hineinschieben. „Blocken und Fixieren!" Stefan hatte währenddessen Markus bei der Herzdruckmassage abgelöst. Diese Tätigkeit war sehr schweißtreibend, zumal die Wohnung durch den Kamin im Wohnzimmer überhitzt war. Ich gab das vorbereitete Adrenalin über den Tubus. „Heinrich, schließe jetzt unsere Beatmungsmaschine an! Ich schaue nach einer Vene für einen Zugang." Nach einer geeigneten Vene für die Infusion suchend, wandte ich mich dem Sohn zu. „Welche Vorerkrankungen hat Ihr Vater und was war genau vorgefallen?" „Am Nachmittag klagte er über leichte Übelkeit und leichte Schmerzen in der Brust. Das hat er öfter, daher haben wir uns nichts dabei gedacht. Außerdem wollte er keinen Arzt sehen. Mein Vater hatte vor einigen Jahren einen Herzinfarkt, von dem er sich aber wieder gut erholt hatte. Nach dem Essen ging er zum Sofa und fiel einfach um." Zwischenzeitlich schaute ich auf das EKG, aber das Adrenalin zeigte keine Wirkung. Die Jungs wechselten noch einmal ihre Positionen, Markus übernahm erneut die Druckmassage. Mein erster Versuch der Venenpunktion schlug fehl. Ich war nervös und versuchte mich innerlich zu beruhigen. Heinrich, der erfahrene Rettungsassistent merkte dies und sagte zu mir: „Du schaffst das schon!" Beim nächsten Versuch traf ich dann die Vene. Ich seufzte tief. „Noch einmal Adrenalin. Dann brauche ich noch Aspirin und Heparin, wahrscheinlich hat er einen Herzinfarkt erlitten." Der Sohn verließ immer wieder das Zimmer, um den Angehörigen den Stand unserer Rettungsbemühungen durchzugeben. Nach Medikamentengabe konnte ich einen schwachen Carotispuls tasten. Erstmals keimte Hoffnung in uns auf. Doch nach zwei Minuten war die Wirkung verpufft. Nochmals verabreichte ich Adrenalin. Mittlerweile war eine Viertelstunde vergangen. Erneut zeigte das Herz Reaktionen, leider nur für kurze Zeit. Wir wiederholten die Adrenalingabe noch mehrmals, aber immer schlechter reagierte das Herz auf das Medikament, am Schluss gar nicht mehr. Aus dem Nebenzimmer hörten wir Weinen und Kinderschreien. Ich hatte keine Hoffnung mehr, dass wir den Patienten retten konnten. Vierzig Minuten waren seit unserem Eintreffen vergangen. Die Pupillen waren weit und lichtstarr geworden. Ich brach die Reanimation ab. Doch jetzt kam die schwierigste Aufgabe für mich. Ich musste den Angehörigen die schlechte Nachricht vermitteln, und das am Fest der Freude. Die Familie blickte gebannt auf mich, als ich ins Nebenzimmer trat. Betroffen schüttelte ich den Kopf. „Es tut mir leid, wir konnten nicht mehr helfen. Wir haben unser Möglichstes gegeben, aber wir hatten keine Chance. Vermutlich hat er einen ganz akuten Herzinfarkt gehabt." Die Enkel schrien nur „Opa, Opa ist tot." Die Witwe saß erstaunlich ruhig auf dem Stuhl. „Ich habe es vermutet, nachdem ich ihn auf dem Boden liegen sah." Zwar hatte sie Tränen in den Augen, aber sie schien sehr gefasst zu sein. Ich schritt langsam auf sie zu und gab ihr die Hand. „Mein Beileid." Sie ergriff meine Hand und drückte sie ganz fest. „Vielen Dank an sie und ihr Team für ihre Bemühungen.

Ich bin sicher, dass sie alles versucht haben! Nochmals Danke." Ich war sichtlich berührt von der Reaktion der älteren Frau. „Kann ich noch etwas für sie tun?" „Nein, es ist schon in Ordnung, wir kommen in der Familie mit der Situation zurecht. Kann ich meinen Mann jetzt sehen?" „Einen kleinen Moment noch, wir entfernen noch alle Kabel und Schläuche von ihm. Wo sollen wir Ihren Mann denn hinlegen?" „Legen sie ihn bitte auf das Sofa, das war sein Lieblingsplatz. Letztes Jahr hatten wir die Goldene Hochzeit gefeiert. Wir führten eine glückliche Ehe. Jetzt bleiben mir noch meine Enkelkinder, für die ich gerne weiterlebe." Ich sah schnell ins Wohnzimmer. Der Tote lag friedlich auf dem Sofa. Ich führte die Ehefrau zu ihm. Sie setzte sich zu ihm und streichelte ihm zärtlich über die Wangen. „Mein Josef, so hast Du es Dir immer gewünscht. Einfach umfallen und sterben. Aber warum gerade an Weihnachten?" „Sollen wir noch den Pfarrer verständigen?" fragte ich den Sohn. „Danke, ich kümmere mich darum." Wir verabschiedeten uns und zogen uns zurück. Mit diesem bewegenden Einsatz endete der erste Weihnachtstag. Danach sah ich noch fern, um mich abzulenken. Ich dachte immer wieder an die Familie. Besonders für die Enkelkinder musste es sehr schlimm sein, gerade an Weihnachten den Großvater zu verlieren. Während sich die anderen Kinder über die Geschenke freuten, trauerten sie um den geliebten Opa. Aber so ist das Leben. Freud und Leid liegen oft ganz dicht beieinander.

Am folgenden Morgen schneite es. Ich wartete schon auf die ersten Schneeunfälle, aber diese blieben zunächst aus. Der erste Einsatz am zweiten Feiertag führte uns erneut zu einer bewusstlosen Person. „Nicht schon wieder, hoffentlich keine Reanimation wie gestern!" rief ich zu meinem Fahrer. Wegen der schlechten Straßenverhältnisse kamen wir nur langsam voran. Auf dem Funkkanal erschallte plötzlich die Stimme eines RTW-Fahrers, die zu einem anderen Einsatz unterwegs waren. Er rief verzweifelt die Rettungsleitstelle. Nachdem der Disponent fragte, was er denn wolle, kam eine Antwort, die ich mein Leben lang nicht vergessen sollte. „Leitstelle Augsburg, wir haben ein Problem!" „Welches Problem habt ihr denn?" „Wir können mit unserem Fahrzeug nicht weiterfahren!" „Ja und warum nicht?" „Unser rechter Außenspiegel ist defekt!" „Das sollte euch doch nicht weiter beeinträchtigen!" „Eigentlich schon, aber unser Rettungswagen liegt auf dem Spiegel!" Langes Schweigen am Funk. „Wir kamen auf der Ausfahrtschleife der Autobahn ins Rutschen und jetzt liegen wir auf der Seite. Uns geht es gut. Schicke uns den Abschleppdienst!" Vom Disponenten, von dieser Mitteilung völlig überrascht, kam nur noch „Ja, wird erledigt". Mein Fahrer und ich mussten laut über diese coole Aktion lachen. Diese Besatzung hatte diesen Unfall locker weggesteckt. Als wir an der Wohnung ankamen, hörten wir schon lautes Lachen. Also konnte es nicht so dramatisch sein. „Heute sind wohl alle gut drauf" scherzte ich. Was war passiert? Die Tochter, sie war ungefähr sechzehn Jahre, hatte sich bei der Vorbereitung des Frühstücks mit dem Brotmesser in den Finger geschnitten. Es blutete recht heftig. Als sie ihr eigenes Blut sah, wurde sie ganz blass, kippte um und war einige Sekunden nicht ansprechbar. Vorsorglich alarmierten die Eltern den Rettungsdienst. Beim Eintreffen lag das junge Mädchen auf dem Boden, war ansprechbar, jedoch ein wenig blass um die Nase. Der Blutdruck war zwar noch etwas niedrig, aber sie konnte bereits wieder lachen. Wir lachten mit, als wir hörten, was geschehen war. Ich klebte ein Pflaster auf die Schnittwunde. Nach einigen Minuten bekam sie wieder mehr Farbe ins Gesicht und der Blutdruck normalisierte sich ebenfalls. Wir wünschten der Patientin noch erholsame Tage und fuhren wieder zurück. Endlich mal wieder ein entspannter Einsatz.

Draußen hörte unterdessen der Schneefall auf. In den folgenden Stunden wurde es wärmer, so dass alles wegtaute und die Straßen wieder frei und trocken waren. Die Mittagszeit verbrachte ich auf der Wache. Wir Notärzte und das gesamte Rettungsdienstpersonal verstanden uns super. Das ist wichtig, denn bei der Patientenrettung muss man zusammenarbeiten und sich aufeinander verlassen können. Am frühen Nachmittag ertönte der Melder erneut. Das gesamte Team musste zu einer verletzten Person ausrücken. Die ältere Frau war vor der Haustür auf dem Weg zum Mülleimer auf der glatten Treppe ausgerutscht. Sie hatte erstaunlicherweise kaum Schmerzen. Das Sprunggelenk war deformiert, leider hatte sie zusätzlich eine offene Wunde. Das bedeutete Arbeit für den Chirurgen. Solch eine offene Fraktur muss wegen der erhöhten Infektionsgefahr innerhalb weniger Stunden operiert werden. Der Chirurg, ein Kollege von Klaus, der bis dahin einen ruhigen Dienst hatte, war über unser Erscheinen nicht sonderlich erfreut. „Na fantastisch" sagte er, „jetzt darf ich meinen Hintergrund informieren, dass wir heute noch operieren müssen!" „Wer hat denn heute Hintergrund bei euch?" fragte ich. „Kollege David. Er ist der einzige Facharzt im Moment und hat die Bereitschaft für unseren Chefarzt übernommen. Eigentlich ist er Assistenzarzt, aber gelegentlich vertritt er den Chef." „Na dann viel Erfolg für die Operation." Wir fuhren zurück auf die Wache. Die Jungs waren gerade mit dem Putzen des RTW und Auffüllen des Verbrauchsmaterials fertig, als sie wieder hinausfahren mussten.

„Verkehrsunfall" hieß es. Mein Fahrer und ich warteten einen kurzen Augenblick, ob wir eventuell mitfahren sollten. Aber für uns gab es keinen Alarm. In der Rettungswache machten wir den Funk an, um den Einsatz zu verfolgen. Nach ungefähr zehn Minuten erfolgte die erste Lagemeldung. Männlich, ca. 40 Jahre, ansprechbar, mittelschwer verletzt. Die Anfrage der Leitstelle, ob ein Notarzt erforderlich sei, wurde verneint. „Wir kommen alleine zurecht." In Ordnung dachte ich, dann sind die Verletzungen nicht gravierend. Nach weiterer zwanzig Minuten kam die Meldung des RTW. Wir sind unterwegs ins

Kreiskrankenhaus. Nochmals eine halbe Stunde später rückte unser Rettungsmittel ein. Die Assistenten kamen in die Gemeinschaftsküche und fragten mich: „Weißt Du, wen wir jetzt gefahren haben?" „Woher soll ich das wissen?" „Der Verunfallte war der Dr. David!" „Das gibt es doch gar nicht! Wie konnte dies denn geschehen?" „Auf gerader Strecke kam sein Auto von der Fahrbahn ab. Dein Kollege konnte sich an nichts mehr erinnern. Außer seiner Amnesie klagte er noch über Kopf- und Nackenschmerzen. Er war auf dem Weg ins Krankenhaus. Dort wollte er unsere Patientin von vorhin operieren." Ich war total geschockt. „Und warum habt ihr mich nicht nachgefordert, zumindest zur Analgesie?" „Ach das ging schon so" war die lapidare Antwort. Die Nachtschicht traf gerade ein. Als sie von dem Unfall hörten, waren sie alle entsetzt. „Wer kümmert sich jetzt um die Operation und den verunglückten Kollegen?" fragte ich weiter. „Der Assistenzarzt hat den Chef erreicht. Der wird im Krankenhaus sofort nach dem Rechten sehen." Ich konnte gar nicht mehr abschalten. Der Unfall des Kollegen ließ mich nicht los. Welche Bewandtnis dieses Ereignis für mich haben sollte, konnte ich noch nicht erahnen.

Kurz vor meinem Feierabend meldete sich die Leitstelle auf der Wache. Nach dem Telefonat erklärte mir Michael, dass Dr. David entgegen aller Vermutungen doch schwerer verletzt sei. Die Nachtschicht solle ihn zur Weiterversorgung in die Neurochirurgie nach Augsburg verlegen. Ich ging zurück in Klaus' Wohnung. Dort musste ich mich erst von dieser schlechten Nachricht erholen, bevor ich mich auf den Heimweg machte. Auf der Rückfahrt fuhr ich entgegen meines üblichen Fahrstils extrem vorsichtig. Kaum in meinem Apartment angekommen, griff ich zum Telefonhörer und rief die Wache an. „Hallo Michael, wisst ihr jetzt etwas mehr über Dr. Davids Zustand?" „Viel kann ich Dir nicht darüber erzählen" meinte Michael. „Ich habe ihn in der Ambulanz des Krankenhauses übernommen. Dr. David hatte immer noch starke

Kopf- und Nackenschmerzen. An den Unfallhergang konnte er sich bis jetzt nicht erinnern. Die Röntgenbilder zeigten keine knöchernen Verletzungen. Daher mussten wir ihn nach Augsburg transportieren, um CT- Bilder anfertigen zu lassen. Mehr wissen wir nicht." „Ich danke Dir für diese ersten Informationen. Werde mich bei Gelegenheit bei euch melden." Die Unfallursache blieb rätselhaft. Ein Fremdverschulden konnte durch die Polizei ausgeschlossen werden. Wie würde Klaus reagieren, wenn er vom Unglück seines Kollegen erfahren würde? Schließlich müssten er und die anderen Assistenzärzte die Arbeit inklusive Bereitschaftsdienste des Dr. David mitübernehmen.

Aufgrund der Ereignisse der letzten Stunden schlief ich in dieser Nacht sehr unruhig. Übermüdet ging ich am folgenden Morgen zur Arbeit. Glücklicherweise war zwischen den Tagen in meiner Klinik wenig zu tun. Es wurden nur sehr wenig neue Patienten aufgenommen. So konnte ich meine verbliebenen Arztbriefe diktieren. Es ist schön, wenn man das Neue Jahr mit einem aufgeräumten Schreibtisch beginnen kann. Außerdem nutzte ich diese Zeit, das letzte Jahr noch einmal zu reflektieren. Vor einem Jahr an Silvester hatte ich im Rettungsdienst angefangen, nun bin ich schon seit fast sechs Monaten als allein verantwortlicher Notarzt tätig. Wie die Zeit vergeht! Ich könnte mir meine Arbeit ohne den Notarztdienst gar nicht mehr vorstellen. Das war die Tätigkeit, die ich immer wollte, den Menschen helfen. Hier arbeitete ich direkt am Patienten ohne einen Chef. Auch brauchte ich keine langen Arztbriefe schreiben oder lästige Anfragen von Krankenkassen beantworten. Die Behandlung, der Verlauf, Medikamentengabe usw. werden auf einem speziellen Protokoll dokumentiert. Das Original bekommt das Krankenhaus oder der Patient selbst, der Durchschlag bleibt bei mir. Diesen muss ich zehn Jahre lang aufbewahren. Im Durchschnitt hatte ich zwischen vier und sechs Notfallpatienten am Wochenende. Das ist relativ wenig im Vergleich zu großen Standorten wie Augsburg. Jedoch für meinen Einstieg reichte es. So blieb mir immer genügend Zeit, mich nach den Einsätzen zu regenerieren. Selbst wenn nachts mehr Einsätze kamen, konnte ich mich tagsüber hinlegen. Ich fand es einfach fantastisch von Klaus, dass ich einmal im Monat das Wochenende in seiner Wohnung verbringen durfte. Zum einen hatte ich die Gelegenheit, mich mit Klaus über alles Mögliche zu unterhalten, zum anderen war er nicht immer da. Er verbrachte viel Zeit mit Sabine. Auf der Wache wäre es nicht so entspannt zugegangen. Natürlich hatten die Dienste auch Nachteile. Es kam vor, dass man gerade im Bad beim Duschen war und der Melder losging. Dann wurde es hektisch. Im Galopp abtrocknen und teilweise halb nass in die Kleider springen. Oder man war hungrig, saß vor dem besten Essen und musste alles stehen und liegen lassen, weil wir sofort starten müssen. Bei längeren Einsätzen oder mehreren in Folge drückte auch schon gelegentlich die Blase. Da musste gelegentlich dieses menschliche Bedürfnis bei den Patienten vor Ort erledigt werden. Das nächtliche Aufstehen fiel manchmal schwer, wenn ich gerade eingeschlafen war und unsanft durch den Piepser geweckt wurde. Doch im Laufe der Zeit gewöhnte ich mich daran, sogar an das Navigieren meines Fahrers mittels Stadtplänen. Teilweise wurde mir dabei immer noch schlecht, aber es wurde immer besser. Am Ende des Quartals reichte ich dann meine ersten Abrechnungsscheine bei der zuständigen kassenärztlichen Vereinigung ein. Zwei Quartale später wurde das Geld ausbezahlt. Im Januar bekäme ich mein erstes Geld. Das Salär würde bei der geringen Patientenzahl nicht so üppig ausfallen, aber ich freute mich auf die zusätzlichen Einnahmen. Mein jetziges Grundgehalt als Assistenzarzt war nicht sonderlich hoch. Ich verdiente nicht viel mehr als eine Krankenschwester im Haus. Für meine Bereitschaftsdienste im Haus bekam ich fast keine Zuschläge, da sie abgefeiert wurden. In meinen Diensten, im Durchschnitt hatte ich zwei bis drei, hatte ich auch wenig zu tun. Die Klinik bestand aus zwei Gebäuden. In dem einen war die

Orthopädie untergebracht, im anderen Innere Medizin und Neurologie. Wir Assistenzärzte waren im Dienst jeweils für alle drei Fachrichtungen zuständig. Wir mussten zum Teil weite Wege zurücklegen. Ich hatte meistens Glück, dass meine Dienste ruhig verliefen. Vieles Konnte ich telefonisch erledigen wie die Anordnung von Schlaftabletten. Ansonsten war meine Arbeit in der Orthopädie ebenfalls wenig spektakulär. Montag und Dienstag war Anreisetag. Das bedeutete die Aufnahme von vier bis fünf Patienten am Tag. Für jede Untersuchung mit Dokumentation benötigte ich durchschnittlich eine Stunde. Danach erfolgte die Erstellung der Therapieplanung für jeden Einzelnen. Die meisten Patienten kamen nach Operationen mit Gelenkersatz wie Hüft- oder Knieprothesen bzw. Wirbelsäulenversteifungen. Mittwochs war immer große Visite mit dem Chefarzt, donnerstags und freitags standen die Abschlussuntersuchungen an. Ich betreute ungefähr dreißig Patienten auf meiner Station, die meisten blieben vier bis sechs Wochen. Zweimal in der Woche hatte ich zusätzlich Sprechstunde für besondere Anliegen. Für alles, wofür sich niemand vom Personal verantwortlich sah, schickte man die Patienten zum Arzt in die Sprechstunde nach dem Motto „der Doktor wird's schon richten"! Kaum vorstellbar, mit welchen Problemen die Patienten zu mir kamen. So musste ich einmal eine schriftliche Anweisung an die Küche herausgeben, damit die Patientin eine Kanne Tee mit auf ihr Zimmer nehmen durfte. Da fragte ich mich schon, warum ich Arzt geworden war! Das hatte mit Medizin nichts zu tun. Viel Zeit kostete mich das Schreiben der Entlassungsbriefe. Sie waren recht umfangreich mit vier bis sechs Seiten. Für die Rentenversicherungsträger mussten genaue Angaben über Anzahl und Art der verordneten Therapien angegeben werden. So zählte ich von den Therapieplänen der Patienten alle Therapien durch, um sie in den entsprechenden Formularen auszufüllen. Eigentlich vergeudete Zeit, aber es musste leider sein. Da ich es nicht immer schaffte, alle Briefe während meiner Arbeitszeit zu schreiben, nahm ich sie häufig mit zu mir nach Hause. Mein Apartment, eine sehr schöne möblierte Wohnung, war nur fünf Minuten zu Fuß von der Klinik entfernt. Nur noch fünf Monate dachte ich, dann läuft mein Vertrag aus. Ich wollte unbedingt wieder in ein Akutkrankenhaus Aber ich hatte noch keine andere Weiterbildungsstelle. Der Markt war mit Ärzten übersättigt. Ich bekam auf meine Bewerbungen fast nur Absagen. Dennoch war ich nicht verzweifelt. Im Gegenteil, ich war sehr zuversichtlich, dass es schon irgendwie weitergehen würde.

An Neujahr telefonierte ich mit Klaus. Zunächst wünschte ich ihm und Sabine alles Gute für dieses neue Jahr. Dann wollte ich gleich wissen, wie es dem Kollegen David geht. „Was hört man über die Genesung des Kollegen?" „Viel kann ich Dir darüber nicht berichten. Er liegt noch auf der Neurochirurgie. Vermutlich sind Bandstrukturen an der Halswirbelsäule verletzt, die Wirbel sind anscheinend in Ordnung. Eine Operation ist momentan nicht geplant. Wie es weitergeht, ist noch ungewiss." „Jetzt kommt auf euch Assistenten viel mehr Arbeit auf." Klaus seufzte. „Zum einen müssen wir seine Nachtdienste übernehmen, aber das wäre nicht so wild. Viel schlimmer für uns ist, dass wir Kollegen seine Stationsarbeit mitmachen müssen und auch häufiger in den Operationssaal zum Assistieren müssen. Viel Freizeit wird nicht übrig bleiben. Wenigstens ist die Sportmedizinfortbildung im Februar genehmigt." „Es wäre ärgerlich gewesen, wenn sie gestrichen worden wäre. Und wie waren Eure Tage im Schnee?" Klaus erzählte mir ausführlich über ihre Erlebnisse. Nach einer halben Stunde beendeten wir unser Telefonat. „Klaus, ich wünsche Dir viel Energie für die nächsten Wochen. Wir sehen uns Mitte Januar bei meinem Dienstwochenende."

Der Wetterbericht hatte Blitzeis vorhergesagt. Auf dem Weg zu Klaus fuhr ich an diesem Freitagnachmittag äußerst vorsichtig über die

Landstraßen. Es nieselte leicht. Ich atmete auf, als ich endlich an Klaus' Wohnung ankam. „Hallo Klaus, dieses Wochenende wird zum Notarzt fahren nicht lustig werden. Bei dem angekündigten Eisregen haben wir schlechte Karten." „Das ist richtig, zumal in unserer Region der Winterdienst auch noch eingeschränkt ist. Ich lebe in einem armen Landkreis, der sich so etwas nicht leisten kann." „Wie waren die letzten beiden Arbeitswochen für Dich?" „Eigentlich ganz in Ordnung. Der Stationsalltag begann zum Jahresanfang recht langsam. Du weißt ja, in Bayern gehen die Uhren anders. Hier beginnt das Leben erst nach dem sechsten Januar, Heilige Drei Könige. Um Deine nächste Frage vorwegzunehmen, nein ich habe keine Neuigkeiten bezüglich des Kollegen David." Ich lachte. „Du kennst mich wirklich gut." „Tja, sechs Jahren gemeinsames Studium, da lernt man einen Menschen gut kennen." Wir hatten an diesem Abend wie immer viel zu bereden.

Die Nacht blieb ohne Einsatz. Am folgenden Morgen standen wir rechtzeitig auf. Klaus hatte Dienst im Krankenhaus. Vom Fenster aus sahen wir bereits das Glitzern auf der Straße. „Das könnte ein ungemütlicher Dienst werden." „Das sehe ich genauso Tom." „Du hast aber den Vorteil, dass Du im Trockenen sitzt, während wir gefährliche Einsatzfahrten vor uns haben. Hoffentlich kommen wir unfallfrei an. Wir sehen uns bestimmt heute noch, wenn ich als Patientenlieferant zu Dir komme." „Untersteh Dich!" sagte Klaus mit einem Augenzwinkern. Unterdessen fing es zu regnen an. Die Straßen und die Gehwege wurden immer glatter. Lange musste ich nicht auf meinen ersten Verunglückten warten. Es war kurz nach acht. Aha dachte ich, die Geschäfte öffnen und den ersten Kunden hat es wohl hingehauen. Genauso war es auch. Mein Fahrer kam im Schneckentempo zu mir. Er rutschte mehr als er fuhr. Wir mussten nur fünfhundert Meter zum Parkplatz des Supermarktes fahren. Da lag der Patient auch schon auf dem Boden. Er hielt sich das linke Handgelenk. Ich brauchte keinen Röntgenblick, um die Fraktur zu erkennen. Das Handgelenk war deformiert. Nach Schmerzmittelgabe und Anlegen einer Schiene am Gelenk übergab ich Klaus den ersten Patienten in seinem Dienst. „Das fängt bereits gut an. Ich hoffe nicht, dass es so weitergeht." „Aber damit musst Du rechnen, Klaus. Alles ist mittlerweile spiegelglatt. Du hast Dir einen schlechten Tag für Deine Arbeit ausgesucht!" „Haha!" Unsere kleinen Neckereien wurden durch das Piepsen meines Melders unterbrochen. „Also bis später Klaus." „Ist das jetzt eine Drohung von Dir?" „Würde ich nicht so sehen."

Jetzt sollten wir zu einer bewusstlosen Person fahren. Der Einsatzort lag ungefähr fünfzehn Kilometer entfernt. „Ob wir bei diesen Straßenverhältnissen überhaupt dort ankommen!" sagte ich zu Christian, meinem Fahrer. „Sollte wirklich eine lebensbedrohliche Erkrankung bei diesem Patienten vorliegen, hätte er schlechte Karten." Mit Tempo 20km/h tasteten wir uns durch die Stadt. Das Heck unseres Autos tanzte Lambada. Wir mussten aufpassen, dass wir nicht gegen parkende Autos stießen. Nach zehn Minuten hatten wir erst den Stadtrand erreicht. „Wenn wir in dem Tempo weiterfahren, erreichen wir unser Ziel vielleicht in zwei Stunden." Als nächstes mussten wir eine kleine Anhöhe hinauf. Christian gab sein Bestes, aber die Reifen griffen nicht. Langsam rutschten wir zurück. Wir riefen die Leitstelle in Augsburg. „Wir haben keine Chance zu unserem Einsatzort zu kommen. Die Straßen sind nicht befahrbar." „Verstanden. Brecht den Einsatz ab. Die Angehörigen des Patienten haben wieder angerufen und mitgeteilt, dass ihr Verwandter wieder ansprechbar ist. Aber ich habe einen neuen Einsatz für euch. Einen Sturz!" „Welch ein Wunder bei diesem Wetter." Der Anfahrtsweg war nur kurz. Dennoch benötigten wir eine Viertelstunde. Eine ältere Frau wollte unbedingt zum Bäcker. Sie kam nicht weit. Auf dem Gehweg in der Nähe ihrer Wohnung rutschte sie aus. Sie klagte über starke Schmerzen im Oberschenkel. Der Schenkel war bereits stark angeschwollen. Es gab klinisch keinen Zweifel, dass der Knochen frakturiert war. Routinemäßig bekam sie eine Kurznarkose, damit sie von unseren Manipulationen nichts mitbekam. Beim Umlagern spürte ich, wie die gebrochenen Knochenenden knirschten. „Klaus wird begeistert sein, wenn wir den nächsten Patienten zum Operieren bringen." Am Krankenhaus wurden wir in der Ambulanz von Klaus empfangen. „Tom, was bringst Du jetzt? Ich bin mit dem ersten Patienten noch nicht fertig. Mein Chef ist auch schon da, weil wir gleich in den OP müssen." „Wieder etwas für eure Werkstatt. Eine Oberschenkelfraktur." „Das wird meinen Chef gar nicht erfreuen, wenn er heute so viele Patienten operieren muss." „Das verstehe ich. Aber was sollen wir machen? Ich hoffe, dass die Menschen vernünftig sind und so lange zu Hause bleiben, bis die Situation sich draußen bessert. Die Streufahrzeuge sind auch hier schon unterwegs. Vielleicht bis später." „Muss nicht sein Tom."

Die Außentemperatur stieg langsam. Durch den Einsatz des Winterdienstes verbesserten sich die Straßenverhältnisse. Dennoch fuhren wir zum dritten Sturz an diesem Tag. Der Mann mittleren Alters stürzte vor seiner Haustür, als er Salz streuen wollte. Sein Sprunggelenk hatte es erwischt. Dieser Patient hatte kaum Schmerzen, auch nicht beim Anlegen der Beinschiene. Die Versorgung war schnell durchgeführt. Dann transportierten wir ihn zu uns ins Krankenhaus. Klaus kam gerade aus dem OP zurück. Als er mich sah, sprach er: „Nein, nicht Du schon wieder! Wir sind gerade erst fertig geworden. Was ist es diesmal?" „Eine unkomplizierte Fraktur des Sprunggelenkes." „Oh je, mein Chef wird im Dreieck springen." „Da können wir nichts ändern." „Ja, ich weiß. Am Anfang stand die freie Berufswahl. Hätten wir eben etwas Gescheites gelernt!" „Oder wären Beamte geworden. Das hat meine Mutter immer zu mir gesagt. Ich habe nicht auf sie gehört. Wollte immer Arzt werden. Bin aber sehr glücklich mit meiner Berufswahl. Ich könnte nicht stundenlang am Schreibtisch sitzen und irgendwelche verstaubte Akten wälzen. Unsere Tätigkeit, vor allem im Rettungsdienst, hingegen ist sehr abwechslungsreich." „Das ist richtig. So und jetzt kümmere ich mich um diesen Zugang. Tom, gönne mir wenigstens ein wenig Zeit, bis Du den Nächsten bringst." „Werde mich bemühen. Aber Du weißt, wir denken und die Leitstelle lenkt." Die Straßen waren inzwischen eisfrei. Hoffentlich würden die Einsätze auf Grund der verbesserten Wettersituation weniger werden.

Unser Magen meldete sich. Es musste jetzt Mittagszeit sein. Der Zivi und ich fuhren zum Einkaufen für uns und die RTW- Besatzung. Auf der Wache bereiteten wir in der Küche unser gemeinsames Mittagessen zu, Schnitzel mit Soße und Spätzle. Das Essen sollte immer schnell auf dem Tisch stehen, denn wir mussten jederzeit mit einem Alarm rechnen. Ich versuchte in meinen Diensten regelmäßig um zwölf Uhr zu essen. Erfahrungsgemäß waren die meisten Alarmierungen zwischen elf und dreizehn Uhr. Wenn ich hungrig ausrücken musste, wurde ich zum Teil richtig grantig. Aber im Rettungsdienst kannst Du nichts planen. Heute hatten wir jedenfalls genügend Zeit, unsere Mahlzeit zu genießen. In der Wache hatten wir den Funk laut gestellt. Hier konnten wir immer mithören, was in unserer Region alles passierte. Im Moment war alles ungewöhnlich ruhig. War es die Ruhe vor dem Sturm? Eigentlich hatten wir unser Soll bereits erfüllt. Mit drei Einsätzen lag ich bereits über dem Tagesdurchschnitt unserer ländlichen Rettungswache.

Die Stille auf dem Funkkanal wurde durch das Ertönen unserer Melder abrupt unterbrochen. „Verkehrsunfall mit Motorrad in unserer Kleinstadt." Nach zwei Minuten waren wir am Unfallort. Aus der Entfernung sahen wir das Motorrad neben einem Kleinwagen auf der Straße liegen, auf dem Gehweg befand sich eine regungslose Person. Ich rannte sofort zu dem bewusstlosen Motorradfahrer. Zusammen mit meinem Fahrer zogen wir vorsichtig unter Stabilisierung der

Halswirbelsäule den Helm ab, während die RTW- Besatzung die Kombi öffnete und ein EKG anlegte. Aus Mund und Nase lief Blut heraus und die Pupillen vergrößerten sich bereits. „Der Patient hat ein massives Schädelhirntrauma! Wie sieht das EKG aus?" fragte ich meine Mitarbeiter. „Nulllinie!" „Da werden wir keine Chance haben. Trotzdem, beginnt mit der Herzdruckmassage. Ich versuche zu intubieren." Ich kniete mich auf den Boden und hob den Kopf des Verunglückten an. Dabei spürte ich ein Knirschen in der HWS. Mit dem Spatel schob ich die Zunge zur Seite und sah das Blut im Rachenraum stehen. Eine junge Frau, die zittrig neben dem Kleinwagen stand, schaute uns ganz aufgeregt zu. Sie musste die Fahrerin des Autos gewesen sein. Mit Tränen in den Augen flehte sie uns mit zarter Stimme an. „Bitte, ihr müsst ihn retten. Ich wollte das nicht, ich habe ihn nicht gesehen. Bitte tut alles!" Ich schüttelte den Kopf und gab das Zeichen zum Abbruch des Wiederbelebungsversuches. Der Motorradfahrer war tot. Die Pupillen waren jetzt maximal weit und entrundet. Ich stand vom Gehweg auf, um mich um die Autofahrerin im Schockzustand zu kümmern. Auf dem Weg zu ihr sah ich die große Delle in der Fahrertür. Der Motorradfahrer wollte stadteinwärts fahren und nach links zum Supermarkt abbiegen. Er übersah dabei das entgegenkommende Fahrzeug und stieß mit voller Wucht mit seinem Kopf gegen die Autotür. Dabei zog er sich die tödlichen Verletzungen, einen Genickbruch und ein Schädelhirntrauma zu. Während ich mich mit der jungen Frau unterhielt und zu beruhigen versuchte, hörte ich in einiger Entfernung eine Autotür zuschlagen und eine laute Stimme. Eine Frau stürmte in Richtung des Unfallortes. „Was ist da los?" Als sie schon relativ nah war, schrie sie: „Das ist ja mein Verlobter! Was ist mit ihm? Ist er tot?" Die Frau war außer sich. Unbeschreibliche, dramatische Szenen spielten sich ab. Jetzt wollte sie zu mir und der jungen Frau rennen, doch die Polizei konnte sie gerade noch zurückhalten. „Hat die da meinen Verlobten getötet? Sagt, war sie es?" Die Emotionen der Frau gerieten außer

Kontrolle. „Ich bringe Dich um, Du Mörderin! Ich bringe Dich um, so wie Du meinen Liebsten umgebracht hast!" Die Polizei hatte Mühe, sie aufzuhalten. Zu meinem Fahrer sagte ich: „Bring die Autofahrerin in Sicherheit, denn ich weiß nicht, was hier noch passiert. Die Verlobte versuchte immer wieder, sich loszureißen, doch die Polizisten hatten sie mittlerweile im Griff. „Jungs, holt schnell unsere Trage aus dem Rettungswagen. Dann können wir die Verlobte des Opfers darauf fixieren." „Super Idee" riefen die Polizisten, die weiterhin die Frau im Zaum halten mussten. Mit vereinten Kräften konnten wir die Frau trotz harter Gegenwehr auf unsere Trage legen und fixieren. Sie hörte nicht auf zu schreien: „Ich bringe sie um, diese Mörderin." Im RTW legte ich ihr mit Mühe eine Infusion und spritzte mit Zustimmung der Polizei ein Beruhigungsmedikament. Das war die einzige Möglichkeit, diese Frau zur Ruhe zu bringen. Nach etwa zehn Minuten wirkte das Medikament. Die Frau wurde langsam müde. Endlich wurde sie etwas zugänglicher. Nachdem wir ihre Adresse erfahren hatten, fuhren wir sie zusammen mit der Polizei nach Hause. In Ihrer Wohnung versuchte ich erneut, mich mit der Frau zu unterhalten. Ich zeigte großes Verständnis für ihre augenblickliche Gefühlslage. Sie erklärte uns, dass sie rein zufällig an der Unfallstelle vorbeigekommen sei. Sie habe von weitem das Motorrad auf dem Boden liegen sehen und sofort an ihren Verlobten gedacht. „Ich kann Sie gut verstehen, wie schrecklich es ist, einen geliebten Menschen auf solch tragische Weise zu verlieren. Doch bis jetzt ist noch nicht geklärt, wie es zu diesem Unfall kommen konnte. Die Polizei muss erst alle Spuren auswerten. Ob die junge Autofahrerin oder Ihr Verlobter diesen Unfall verursacht hat, werden wir in den nächsten Tagen durch einen Gutachter erfahren." In der Zwischenzeit waren die Eltern der Frau eingetroffen. Sie sahen unsere Einsatzfahrzeuge. Daraufhin kamen sie in die Wohnung der Tochter und wollten wissen, was geschehen sei. Als sie von dem tödlichen Unfall hörten, wurden sie ganz blass. Die Frauen umarmten sich und gaben ihren Gefühlen freien Lauf. Wenige

Minuten später verabschiedeten wir uns von der trauernden Familie. Wir konnten nichts weiter für sie tun. So ein Schicksalsschlag ist nicht nur für die Angehörigen schwer, auch wir Retter fühlen uns oft nach solch einem Einsatz mitgenommen. Jedoch haben wir meist nicht lange Zeit, um darüber nachzudenken, denn oft warten die nächsten Notfallpatienten auf uns. Dann müssen wir wieder den Kopf frei haben, um hundert Prozent einsatzbereit zu sein. So war es auch jetzt.

Lange waren wir nicht auf der Wache, als wir erneut ausrücken mussten. Diesmal zu einer Geburt. „Das gibt es doch nicht. Gerade erst ist ein Mensch verstorben und jetzt wird ein neuer Erdenbürger geboren. Ist total irre. Aber so ist das wahre Leben!" Zeitgleich mit dem Rettungswagen kamen wir an. In dem Haus lag die Frau auf dem warmen Boden. Das Neugeborene lag schreiend daneben, der junge Mann wollte einfach nicht auf uns warten. So blieb mir nur noch das Abnabeln übrig. Ich setzte zwei Klemmen an der Nabelschnur und schnitt sie mit einer sterilen Schere durch. Es war meine erste Geburt als Notarzt. Ein aufregender Moment. Glücklicherweise hatte ich wenig Arbeit mit dieser Entbindung. Ich war darüber sehr erleichtert, denn es fehlt einfach die Erfahrung. Ich untersuchte den Säugling. Alles war bestens. „Herzlichen Glückwunsch zu diesem strammen, gesunden Burschen! Ist bei Ihnen alles in Ordnung?" Die junge Mutter nickte. Wir packten den Neugeborenen in eine Wärmefolie und bereiteten den Transport ins Krankenhaus vor. Die junge Familie strahlte vor Glück. Innerhalb von zwei Stunden sahen wir, wie dicht Freud und Leid beieinander liegen.

Am Spätnachmittag dieses ereignisreichen Tages wurde ich noch einmal gefordert. „Betriebsunfall an einem Funkmast". Es begann schon zu dämmern. Als wir am Einsatzort eintrafen, war die Feuerwehr bereits mit dem Aufstellen eines Leuchtmastes beschäftigt. Ich fragte den Einsatzleiter, was passiert sei. „Schau einmal ganz nach oben auf den Mast" sagte er zu mir mit einem süffisanten Lächeln. Ich blickte langsam nach oben und rief: „Oh verdammt. Das kann doch nicht wahr sein." An der Spitze des Mastes kurz oberhalb der letzten Plattform hing ein Mann. „Wisst ihr schon näheres?" „Nein. Der Mann lebt und bewegt sich. Wir haben eine Drehleiter angefordert. Der Mast ist zu hoch, wir kommen mit der normalen Leiter nicht an ihn heran." „Wie hoch schätzt Du die Höhe ein?" „Das sind ungefähr 25 Meter!" „Na super. Und das bei meiner Höhenangst!" Der Einsatzleiter lachte. Mir hingegen war nicht zum Lachen zumute. Ich spürte mein Herz schneller bis in den Hals hinein schlagen. Meine Knie wurden richtig weich bei dem Gedanken, dass ich im Korb der Drehleiter hoch hinaus musste. Schon immer hatte ich mehr als ein mulmiges Gefühl, wenn ich auf einem hohen Turm stand. Doch diese Türme waren im Gegensatz zur Drehleiter wenigstens standfest. Unterdessen kam die Drehleiter und alles wurde für diesen Einsatz vorbereitet. Nachdem alles gesichert war, wurde es Ernst für mich. Obwohl es ziemlich kalt war, waren meine Hände feucht und ich begann zu schwitzen. Ich stieg zusammen mit einem Feuerwehrmann in den Korb ein. Eine Trage für die Höhenrettung war am Korb befestigt. Langsam fuhren wir gen Himmel. Es kam Wind auf und der Korb begann zu wackeln. Hoffentlich steht das Fahrzeug sicher und kippt nicht um, dachte ich für mich. Bei jedem Meter, den es nach oben ging, fühlte ich mich schlechter. Nach ungefähr 30 Sekunden hatten wir die oberste Plattform des Mastes erreicht. Mit zaghafter Stimme fragte ich den Verletzten, was passiert sei und wo er Schmerzen habe. Er wollte eine Leitung reparieren, die am Morgen durch den Eisregen beschädigt worden war. Obwohl er mit Gurten gesichert war, rutschte er ab und schlug mit dem rechten Bein hart auf der Plattform auf. Dabei hatte er sich den Unterschenkel gebrochen. Aber wie sollte die Rettung jetzt ablaufen? Die Plattform war sehr schmal. Dort hätte ich keine Möglichkeit, dem

Verletzten eine Infusion mit Schmerzmitteln zu legen. Außerdem war ich nicht gesichert und zu ängstlich, um vom Korb hinüber zu klettern. Ich teilte dem Verletzten mit, dass er ohne Schmerzmittel auskommen müsse. Er solle versuchen, sich seitlich auf unsere Trage zu rollen. Der Feuerwehrmann unterstütze unseren Patienten. Unter Schmerzen gelangte er endlich auf die Trage. Nun konnten wir den Weg nach unten antreten. Wir kamen der Erde immer näher. Langsam bekam ich wieder ein sicheres Gefühl. Am Boden nahm die RTW- Besatzung den Patienten in Empfang. „Wie war die Aussicht da oben?" fragten die Jungs. „Hört nur auf, ihr kennt ja meine Höhenangst." „Jetzt hast Du es geschafft." Ich atmete tief durch. Diese Rettung hatte mich viel Überwindung gekostet. Mein Puls beruhigte sich wieder. Jetzt konnte ich mich um den Verunfallten kümmern. Außer der Fraktur hatte er keine weiteren Verletzungen von dem Sturz davongetragen. Er war nur leicht unterkühlt. Wir brachten den Patienten in unser Krankenhaus. Klaus sah sehr erschöpft aus. „Es tut mir leid, dass ich…" Klaus unterbrach mich. „Passt schon, ist ja schließlich unser Beruf. Seit dem letzten Patienten, den Du gebracht hast, kamen ständig neue Patienten in die Ambulanz. Ich hatte vielleicht zehn Minuten Pause, um auf die Toilette zu gehen und zu essen. Was fehlt ihm?" „Eine geschlossene Unterschenkelfraktur." „Vielleicht ist es eine glatte Fraktur und wir können bis Montag für die Operation warten." „Ich wünsche Dir danach eine ruhige Nacht." „Das wäre schön. Also bis morgen früh Tom." Die Nacht war ruhig. Ich erwachte, als Klaus am Morgen von seinem Dienst nach Hause kam. Er hatte im Gegensatz zu mir nicht so viel Glück. Er legte sich sofort ins Bett. Nach dem Frühstück ging ich zur Wache, denn ich wollte Klaus in seiner Ruhe nicht stören. Bis zum Schichtwechsel wurde ich nicht mehr alarmiert. So ist es eben. An einem Tag bist Du voll beschäftigt und am nächsten Tag sitzt Du die ganze Zeit herum. Notfälle lassen sich einfach nicht planen.

Ich fuhr zu Klaus. Diesmal war kein Dienstwochenende, sondern unsere langersehnte Sportmedizinfortbildung stand auf dem Programm. Gut gelaunt fuhren Klaus, Sabine und ich Richtung Österreich. Der Chefarzt der Chirurgie entbehrte Klaus nur ungern angesichts des Ausfalls des Kollegen David. „Mein Chef macht immer nur Andeutungen. Vermutlich wird der Kollege noch viel länger ausfallen. Ich habe zufällig ein Gespräch zwischen ihm und dem Oberarzt mitbekommen. Anscheinend verhandeln sie mit der Verwaltung um eine Vertretung für ihn. Doch es gibt momentan wohl kein grünes Licht. Aber jetzt kommt es. Als in der Verwaltung eine Angestellte wegen einer Armfraktur ausfiel, war zwei Tage später eine Aushilfe da. Typisch für die Verwaltung. Sie brauchen eben jemanden, der den Kaffee kocht! Dass wir Ärzte Überstunden schieben, interessiert dagegen niemanden!" „Tja, an der Basis, an der die wirkliche Arbeit passiert, wird gespart." „Übrigens, ich habe meinem Chef durch die Blume mitgeteilt, dass Du auf der Suche nach einer neuen Anstellung bist. An seinem Gesichtsausdruck konnte ich erkennen, dass er sehr interessiert war. Gesagt hat er zu diesem Thema allerdings nichts. Dies wird er erst, wenn die neue Stelle genehmigt wird. Wäre doch cool, wenn wir als Kollegen zusammen arbeiten könnten!" „Das klingt nicht schlecht. Aber über ungelegte Eier rede ich nicht. Es könnte noch so viel dazwischenkommen." „Ich verstehe Dich schon. Nach meinem Gefühl wird mein Kollege nicht so schnell wieder arbeitsfähig sein. Ich bin sicher, dass mein Chef auf Dich zugehen wird, sobald die Stelle bewilligt ist. Er spricht nur Gutes über Dich und weiß, dass Du sehr solide arbeitest." „Warten wir es ab. Doch jetzt wollen wir uns in den folgenden Tagen ganz auf die Sportmedizin konzentrieren."

Unser Tagungshotel war ein ehemaliger Gutshof bei Saalfelden. Die Verpflegung und die Zimmer waren hervorragend. Vormittags und nachmittags gab es Vorträge, in der Mittagszeit fand der aktive Sportteil statt. Klaus und Sabine hatten sich für Ski alpin entschieden, ich hingegen für Skilanglauf. Als Flachlandtiroler war es mir in meinem Alter zu riskant, um noch mit der Abfahrt anzufangen. Ich wollte keine Verletzung riskieren, die einen längeren Ausfall zur Folge hätte. Doch wenn man die richtige Technik für Langlauf lernen möchte, ist der Anfang relativ schwer. Dennoch genoss ich den Skikurs. Abends vor dem Essen ging es zum Aufwärmen in die Sauna. Nach dem Essen nutzten wir die Gelegenheit, um uns mit den Kollegen aus anderen Regionen auszutauschen. Dabei vergaßen wir bei interessanten Gesprächen oft die Zeit. Leider gingen diese spannenden Tage viel zu schnell vorbei.

Ende Februar übernahm ich turnusgemäß mein obligatorisches Notarztwochenende. Klaus sah sehr erschöpft aus. Die Mehrarbeit und die zusätzlichen Dienste im Krankenhaus neben seiner Notarzttätigkeit kosteten viel Kraft. „Ich hoffe, dass wir endlich bald entlastet werden. Kollege David wird Gerüchten zufolge möglicherweise noch das ganze Jahr ausfallen. Mein Chef hat angedeutet, dass sich unsere Situation bald ändern wird. Da bin ich mal gespannt." „Das wünsche ich euch allen, denn diese Zusatzbelastung hält man nicht ewig aus!" Der abendliche Smalltalk zwischen uns dauerte nicht lange, denn Klaus musste am nächsten Morgen schon wieder zum Hausdienst.

Die Freitagnacht blieb ohne Einsatz. Erst nach dem Frühstück musste ich ausrücken. „Blutung im Magen-Darm-Trakt." Der ältere Mann lag im Bad auf dem Boden. Er war sehr blass. Sein Puls raste und der Blutdruck war nur schwach tastbar. In der Toilettenschüssel sah ich eine Mischung zwischen hellrotem Blut und dunklen Blutkoageln. Der Patient hatte keine Kraft mehr, alleine aufzustehen. Das Bad war sehr eng, so dass wir ihn auf ein Tragetuch legten und im Schlafzimmer ins Bett brachten. Dort legte ich zwei Infusionen, um seinen Kreislauf in Schwung zu bringen. Ich versuchte die Ursache für die Blutung zu eruieren. Von der Ehefrau erfuhr ich, dass er seit zwei Monaten regelmäßig Schmerzmittel einnahm. Die Substanzen hatten die Magenschleimhaut angegriffen.

Dabei hatte sich ein Magengeschwür entwickelt. Leider ist das eine starke Nebenwirkung einiger Analgetika, vor allem bei langfristigem Gebrauch. Seit gestern sei auch der Stuhlgang schwarz gewesen, ein sogenannter Teerstuhl. Zu viert schleppten wir den kreislaufinstabilen die Treppen herunter. Wir meldeten den Patienten im Krankenhaus an. Bei ihm musste sofort eine Magenspiegelung durchgeführt werden, um die Blutungsquelle zu stoppen. Dank der Infusionen stabilisierte sich der Zustand des Patienten während des Transportes. Als wir im Krankenhaus ankamen, war bereits alles für die sofortige Behandlung des blutenden Magengeschwüres vorbereitet.

Auf dem Rückweg zu meinem Fahrzeug lief mir der Chefarzt der Chirurgie über den Weg. Er kam auf mich zu. „Guten Morgen Kollege Brown." „Guten Morgen Herr Weinelt." „Wie ich gehört habe, sind Sie auf der Suche nach einer neuen Assistentenstelle? Das ist doch richtig?" „Ja, das stimmt." „Sie haben mit Sicherheit Kenntnis von dem Unglück des Kollegen David genommen? Voraussichtlich wird er dieses Jahr seine Tätigkeit nicht mehr aufnehmen können. Ich habe endlich die positive Zusage der Verwaltung, ab 01. April einen neuen Assistenten einzustellen. Dabei habe ich an Sie gedacht. Ich habe Sie als zuverlässigen Arzt kennengelernt und ich bin sicher, dass Sie sehr gut in unser Team passen. Haben Sie Interesse?" „Das klingt hervorragend, aber mein Vertrag läuft noch bis zum 01. Mai. Ich weiß nicht, ob ich meinen Arbeitsvertrag vorzeitig auflösen kann." „Zerbrechen Sie sich darüber nicht den Kopf. Selbst wenn sie erst zum Mai anfangen könnten, soll dies kein Problem sein. Herzlich willkommen bei uns." Herr Weinelt streckte mir seine Hand entgegen. Überglücklich, eine neue Anstellung zu haben, schlug ich ein. „Vielen Dank Herr Weinelt, ich freue mich auf meine neue Aufgabe." „Auf eine gute Zusammenarbeit." Ich hätte vor Freude hüpfen können. Am liebsten hätte ich Klaus gerne sofort von dieser guten Nachricht unterrichtet, aber er war gerade mit einem Patienten auf der Intensivstation beschäftigt. Strahlend verließ ich das Krankenhaus. „Was ist nur mit Dir los? Du lächelst wie ein Honigkuchen!" fragte mein NEF-Fahrer. „Spätestens ab Mai fange ich hier in der Chirurgie an. Dann werden wir uns nicht nur am Wochenende sehen." „Das ist doch super. Ich freue mich für Dich."

Meine Stellensuche hatte erst einmal ein Ende. Zugegeben die chirurgische Abteilung war nicht groß. Es gab drei Stationen mit insgesamt sechzig Betten. Dennoch hatte ein kleines Kreiskrankenhaus auch Vorteile. Die Atmosphäre für die Patienten war sehr familiär. Für den Patienten hatten die Kollegen auch Zeit, um ein kurzes persönliches Gespräch zu führen. In den großen Krankenhäusern ist der Patient nur eine Nummer, die Behandlung erfolgt wie am Fließband. Ich freute mich riesig, mit Klaus zusammenarbeiten zu können. Wichtig für mich war auch, dass ich bereits viele Mitarbeiter des Hauses kennengelernt hatte. Somit war ich nicht fremd beim Antritt meiner Assistentenstelle. Ebenfalls konnte ich weiterhin am Notarztdienst teilnehmen. Im Gegenteil, als Assistent wurde ich sogar vertraglich für den Rettungsdienst verpflichtet. Großzügig gestattete das Haus den Assistenten, die Einsätze selbst mit der kassenärztlichen Vereinigung abzurechnen. Für uns bedeutete dies eine zusätzliche Einnahme während unserer regulären Arbeitszeit im Krankenhaus. Das war nicht überall so. In einigen Krankenhäusern mussten die Kollegen den Notarztdienst ohne einen finanziellen Ausgleich übernehmen. Es gab also viele Gründe, sich zu freuen. So gut gelaunt hatten mich die Rettungsassistenten noch nie gesehen. Ich hätte die ganze Welt umarmen können. Und jeder freute sich mit mir. Nun brauchte ich eine Wohnung. Jeder auf der Wache gab mir hierzu Tipps.

Aus unserer begeisternden Zukunftsplanung wurden wir abrupt herausgerissen. Das komplette Team musste zum Einsatz. „Verdacht auf Bandscheibenvorfall". Der Mittvierziger lag mit schmerzverzerrtem Gesicht auf dem Boden. Auf einer Schmerzskala von 0-10 gab er die Stärke 10 an. Er konnte sich keinen Millimeter mehr bewegen. Die Schmerzen strahlten von der Lendenregion bis zu den Zehenspitzen aus. Außerdem gab er Gefühlsstörungen im Bein an. Schon häufiger habe er starke Schmerzen gehabt, aber heute seien sie unerträglich. Ein Bandscheibenvorfall sei vor einigen Wochen diagnostiziert worden. Ich injizierte ein starkes Betäubungsmittel, worauf die Beschwerden wesentlich leichter wurden. Aber wir standen jetzt vor einem anderen Problem. Wie sollten wir den schwergewichtigen Patienten von ungefähr 150 Kilogramm vom ersten Stock ins Erdgeschoss bringen? Das alte Haus hatte eine enge und sehr steile Treppe. Für uns vier Personen war es unmöglich, diesen Mann unfallfrei nach unten zu befördern. Es blieb uns keine andere Wahl. Wir mussten die freiwillige Feuerwehr unserer Kleinstadt mit deren Drehleiter alarmieren. Im ersten Stock gab es einen Balkon, über den der Zugang möglich war. Nach zehn Minuten trafen die Jungs ein. Sie verschafften sich zunächst einen Überblick, ob sie die Drehleiter überhaupt einsetzen konnten. Erfreulicherweise gab es keine hohen Bäume bzw. Stromleitungen, die im Weg waren. Mittlerweile hatte sich auf der Straße eine große Schar schaulustiger Nachbarn versammelt. So eine Aktion live zu erleben ist allemal besser als die Dokus im Fernsehen anzuschauen. Die Straße wurde komplett gesperrt und der Korb langsam an den Balkon herangefahren. Im Haus hoben wir mit acht Personen den adipösen Patienten auf die Trage. Mit vereinten Kräften schafften wir ihn auf den Balkon hinaus und hievten ihn auf den Korb der Drehleiter. Bei dieser Kraftanstrengung kamen wir ganz schön ins Schwitzen. Dann liefen wir hinunter, um ihn am Boden wieder in Empfang zu nehmen. Ein letztes Mal anheben und dann ab in den Rettungswagen. Wir atmeten alle tief durch. Fürs erste war es geschafft. Das Umlagern im Krankenhaus war kein Problem mehr. Mittels eines Rollbretts konnten wir ihn von unserer Trage ins

Krankenhausbett rollen. Nach der Übergabe fragte ich Klaus, der heute endlich einen ruhigeren Dienst erwischt hatte: „Hast Du einen Moment Zeit für mich?" „Na klar, der Patient ist nicht vital bedroht, er kann kurz warten." „Ich habe brandaktuelle Neuigkeiten für Dich!" „Dann schieß los." „Ich weiß, dass ihr bald einen neuen Assistenten bekommt." „Woher hast Du diese Information?" „Von Deinem Chef, ich habe vorhin mit ihm gesprochen." „Spann mich nicht so lange auf die Folter." „Nur nicht so eilig, Klaus." „Komm schon, Tom, raus mit der Sprache. Wer ist es?" „Dein neuer Kollege steht vor Dir!" „Ist das wirklich wahr?" „Sehe ich etwa aus, als würde ich Witze machen?" Klaus umarmte mich vor allen Leuten. „Das ist fantastisch. Endlich sind wir wieder vereint. Wie in alten Tagen an der Uni!" Er überlegte kurz. „Du stehst mir dann ja auch vermehrt zum Notarztfahren zur Verfügung. Ich habe sowieso jeden Monat Schwierigkeiten, den Plan zu füllen. Wann fängst Du bei uns an?" „Das steht noch nicht ganz fest. Es ist abhängig davon, ob ich früher aus meinem Arbeitsvertrag herauskomme. Falls nicht, fange ich am 01. Mai an. Den Arbeitsvertrag bekomme ich in zwei bis drei Wochen, wenn alles geklärt ist. Ich freue mich auf jeden Fall." „Ich auch. Morgen werden wir mit einem Glas Sekt auf die neue Stelle anstoßen. Aber jetzt muss ich mit meiner Arbeit weitermachen." „Schon klar."

Zurück in Klaus' Wohnung telefonierte ich mit meiner Familie im Saarland. Meine Eltern waren sehr erfreut, dass die Stellensuche im Moment beendet war. Sie hätten es gerne gesehen, wenn ich wieder zurück in die Heimat gekommen wäre. Die einzige Anstellung dort wäre in einer Reha-Klinik gewesen, aber dies wollte ich nicht. Das verstanden sie auch. Wenigstens war ich nicht allein, da ich nun mit Klaus in einer Abteilung zusammenarbeiten würde.

Nach einer Nullschicht in der Nacht rückte ich gegen halb neun aus. Klaus kam gerade von seinem Dienst zurück. „Hallo Kollege" rief er. „Ich wünsche Dir einen schönen Tag. Wohin fahrt ihr denn?" „Zu einer bewusstlosen Person, vermutlich nach Sturz." Mit meinem Fahrer Markus ging es zu einem landwirtschaftlichen Hof. Die Eltern des Patienten empfingen uns. „Wir wissen nicht, was los ist. Unser Sohn gibt nicht mehr an." Der 20-jährige Sohn lag vor dem Bett auf dem Boden. Er bewegte sich hin und her. Auf Ansprache und Setzen eines Schmerzreizes reagierte er nicht. Die Pupillen waren seitengleich, aber reagierten träge auf den Lichtreiz. An der rechten Schläfe entdeckte ich eine Platzwunde. „Merkwürdig" sagte ich. „Das Bett ist nicht so hoch, als dass man sich so eine Verletzung zuzieht. Außerdem passt sie nicht zu einem Sturz. Sie ist sternförmig. Und der Patient wäre wenigstens ansprechbar." Ich hatte zunächst keine Erklärung für den Zustand des Verletzten. Zu meinen Mitarbeitern: „Bringt die Schaufeltrage, wir werden ihn damit heruntertragen." Ich legte wie bei jedem Notfallpatienten eine Infusion. Als wir den jungen Mann umdrehten, um ihn auf die Schaufeltrage zu legen, fanden wir die Ursache seiner Verletzung. Er lag auf einer Kleinkaliberpistole. Er hatte sich selbst in den Kopf geschossen. Die Schussverletzung erklärte die sternförmige Wunde an seiner Schläfe. Aufgrund des kleinen Kalibers gab es kein Austrittsloch. Die Kugel steckte noch in seinem Kopf. Ab jetzt wurde ich etwas lauter. „Also jetzt müssen wir einen Zahn zulegen. Die Zeit ist gegen uns. ich weiß nicht, welche Verletzungen die Kugel im Gehirn angerichtet hat. Wir müssen schleunigst ins Klinikum nach Augsburg." Leider stand für einen schnellen Transport kein Hubschrauber zur Verfügung. Die Rettungsassistenten wussten, dass es um Leben und Tod ging. Sie kannten mich inzwischen recht gut. Wenn ich aufs Tempo drückte, dann hatte es seinen Grund. Ich unterrichtete die Eltern über den Ernst der Lage, während die RA's den Patienten an unsere Überwachung anschlossen. Mit Sonderrechten rasten wir Richtung Augsburg. Wir hatten eine Fahrtzeit von ca. 40 Minuten vor uns. Wir mussten durch jeden Ort durchfahren, das kostete viel Zeit. Umgehungsstraßen gab es noch keine bis Augsburg. Der Ausbau der Bundesstraße war erst in

Planung. Der Zustand des Patienten verschlechterte sich unterdessen. Der Puls wurde langsamer und die rechte Pupille immer größer. Dies sprach für eine Erhöhung des Hirndruckes, ausgelöst durch eine Hirnblutung. Da der Verletzte mittlerweile mit der Sauerstoffsättigung abfiel, entschied ich mich für die Intubation. Der Fahrer des RTW fuhr an den Straßenrand und kam nach hinten. Einer bereitete die Intubation vor, der andere zog die Medikamente auf. Die Intubation gelang recht zügig, so dass wir fünf Minuten später unsere Fahrt erneut aufnehmen konnten. Über die Leitstelle hatte ich schon ein CT angemeldet. Bei Eintreffen am Klinikum war die Pupille maximal weit, ein schlechtes Zeichen. Würden die Kollegen ihn noch retten können? Wir fuhren gleich durch ins CT. Ich wartete die Untersuchung ab. Das Ergebnis interessierte mich brennend. Als die Bilder ersten Bilder auf dem Monitor erschienen, war klar, dass es keine Rettung für den jungen Mann gab. Die Blutung war so groß, dass die eine Hirnhälfte bereits zur anderen Seite verdrängt wurde und die Blutmassen in die Hirnventrikel flossen. Es war nur eine Frage der Zeit, bis er sterben würde. Wir hatten alles versucht, was in unserer Macht stand. Die RTW-Besatzung musste nach diesem blutigen Einsatz ihr Fahrzeug kräftig schrubben. Ich spendierte allen als Dank für den anstrengenden Einsatz einen Kakao aus dem Automaten. Darüber freuten sie sich sehr. Die Fahrzeughalle am Klinikum war voll mit RTW's aus Augsburg und dem Umland belegt. Hier hatten wir die Gelegenheit, uns mit den Kollegen von den anderen Notarztstandorten auszutauschen. Ich empfand diese Gespräche immer als sehr wichtig und informativ. So lernte ich auch im Laufe der Zeit alle Notärzte und Rettungsassistenten im Bereich der Leitstelle Augsburg kennen. Meist nahm ich mir zehn bis fünfzehn Minuten für den Smalltalk mit den Kollegen Zeit, bis ich mich für die Leitstelle erneut einsatzbereit meldete.

Ich hatte mich gerade frei gemeldet, als die Leitstelle einen Einsatz in

Augsburg für uns hatte. „Na Bravo, in Augsburg kenne ich mich ja gar nicht aus." „Ich auch nicht" sagte mein Fahrer. Wir blieben in der Ausfahrt der Notaufnahme stehen. Ich nahm den großen Stadtplan heraus und versuchte verzweifelt, die Straße zu finden. Ich wurde langsam hektisch und nervös, weil ich sie einfach nicht finden konnte. Wir fragten bei der Leitstelle nach, ob sie uns wenigstens die grobe Richtung angeben könnten. Die Straße befand sich in der Nähe des Bahnhofs. Den kannten wir, sodass wir wenigstens losfahren konnten. Unterwegs fand ich schließlich die kleine Straße. Der Rettungswagen war gerade eingetroffen. Zusammen gingen wir über einen Hinterhof in das Haus. Das Haus war nicht sonderlich gepflegt. Die Treppenstufen aus Holz waren ausgetreten. Wir kämpften uns an Kinderwagen und anderen Dingen vorbei in den vierten Stock. Einen Aufzug existierte in diesem alten Haus nicht. An der Wohnungstür vernahmen wir einen lauten Geräuschpegel. Wir mussten an einer großen Ansammlung Menschen vorbei, um ins Wohnzimmer zu gelangen. Auf dem Sofa lag eine junge Frau. Sie atmete schnell und schien die Umwelt gar nicht wahrzunehmen. Die halbe Familie redete auf sie ein. „Was ist mit ihr los?" fragte ich. In schlechtem Deutsch sagten mir fast alle zugleich: „Sie bekommt keine Luft!" „Was genau ist passiert?" Wieder redeten alle zugleich. Wir verstanden unser eigenes Wort nicht mehr. Mit jeder Minute unserer Anwesenheit strömten mehr Menschen aufgeregt in die Wohnung. Inzwischen waren um die 20 Personen in dem kleinen Zimmer versammelt. Mit der Patientin konnte ich gar nicht sprechen, so laut war die Kulisse. Es war lauter als auf einem türkischen Basar. Und je mehr Familienmitglieder eintrafen, umso schlechter ging es der Patientin. Sie stöhnte laut vor sich hin und hyperventilierte. Ich gab meinen Mitarbeitern ein Zeichen, das sie ihr eine Tüte zum Rückatmen geben sollten. Es ging wirklich nur über Zeichensprache, unser eigenes Wort verstanden wir nicht mehr. Ich wurde langsam sauer, weil ich mich bei einem solchen Lärm nicht um die Patienten kümmern konnte.

Daher zog ich jetzt die Reißleine. „Stopp" schrie ich wütend, „sofort alle raus hier. So kann ich hier nicht arbeiten." Unglaublich. Ich war total erstaunt. Die türkische Familie verließ anstandslos das Zimmer. Sie hatten auf mich gehört und verhielten sich auch weiterhin ruhig. Wir verschlossen die Tür, damit ich mich in aller Ruhe mit der jungen Türkin unterhalten konnte. Sie hechelte immer noch, die Hände waren verkrampft und die Augen geschlossen. Sie sah aus, als müsste sie jeden Moment sterben. Ein Rettungsassistent hielt ihr eine Tüte vor den Mund, damit sie ihre Ausatemluft auch wieder einatmen konnte. Eine Hyperventilation wie diese kommt überwiegend bei Frauen vor, nur gelegentlich sind auch junge Männer betroffen. Auslöser hierfür sind meist seelische Probleme, Überlastungssituationen oder Streitigkeiten. Die Patienten atmen zu schnell und zu oberflächlich. Sie atmen zu viel Sauerstoff ein und zu viel Kohlendioxid ab. Als Folge kommt es zu einer Verschiebung des Calciumstoffwechsels. Die Symptome bei der Hyperventilation reichen von Schwindel über Kopfschmerzen bis hin zum Kribbeln/ Pelzigkeit in Händen und Füßen. Höhepunkt ist das Verkrampfen von Händen und Füßen, manchmal auch des Mundes. Der Mund sieht dann wie ein Fischmaul aus. Die erste Maßnahme ist die Rückatmung der eigenen Ausatemluft. Die kohlendioxidhaltige Luft wird vom Patienten wieder eingeatmet. Dadurch versucht man eine Verschlimmerung der Situation zu verhindern. Im nächsten Schritt wird beruhigend auf den Patienten eingewirkt. Voraussetzung für eine Symptomverbesserung ist die Normalisierung der Atmung. Meistens gelingt das durch beruhigende Worte. Im Regelfall erholt sich der Körper innerhalb einer halben bis einen Stunde. Dann haben sich alle Symptome zurückgebildet. Leider gibt es auch Fälle, bei denen die Patienten sich nicht beruhigen lassen. Sie schaffen es mental einfach nicht von ihrem Problem loszulassen und abzuschalten. Bei diesen Menschen sind wir gezwungen, Beruhigungsmedikamente  entweder als Tablette oder sogar über die Vene zu applizieren. Einige wenige von ihnen müssen wir zur Behandlung ins Krankenhaus transportieren. In unserem Fall konnten wir die Patientin ohne Medikamente zur Ruhe bringen. Ich sprach sie an: „Ich weiß, dass Sie mich verstehen. Bitte öffnen Sie Ihre Augen und sehen mich an. Ihre Familie ist nicht mehr im Raum. Sie bekommen nicht mit, wenn Sie mit uns sprechen." Die junge Frau von ungefähr 20 Jahren blinzelte noch kurz mit den Augen. Dann öffnete sie ihre Augen und sah mich an. Erstaunlicherweise war ihre Atmung auch schon ruhiger geworden. Es lag wohl daran, dass sie nun mit uns alleine im Raum war, unbeobachtet von ihrer Familie. Im Laufe meiner notärztlichen Tätigkeit sollte ich noch oft die Erfahrung machen, dass sich in diesem Kulturkreis bei Anwesenheit der eigenen Familie die Symptome bei den Patienten verschlimmerten. „Wie heißen Sie?" „Ceyda". „Ok, Ceyda. Was haben Sie jetzt noch für Beschwerden?" „Einen leichten Schwindel und Kribbeln in Händen und Füßen." „Wenn Sie weiterhin so ruhig atmen, werden alle Symptome in einer halben Stunde vorbei sein. Und nun erzählen Sie mir, was die Ursache für diese Hyperventilation war. Gab es einen Streit?" Das erschien mir als wahrscheinlichste Ursache. Ceyda nickte. „Worum ging es denn? Du kannst es mir beruhigt mitteilen, Deine Verwandten werden es nicht erfahren. Ich habe Schweigepflicht." „Ich habe einen jungen Mann kennengelernt. Gestern Abend bin ich deswegen später nach Hause gekommen. Meine Eltern hatten schon geschlafen. Heute Morgen musste ich Rede und Antwort stehen. Da gab es einen heftigen Streit. Meine Eltern lehnen diesen Mann ab. Ich darf ihn nicht wiedersehen, sonst…" Sie brach in Tränen aus. „Sonst passiert was?" Schluchzend erzählte sie weiter. „Ich bin zwar in Deutschland geboren und habe auch inzwischen einen deutschen Pass, aber meine Eltern sind strenggläubige Moslems. Dieser junge, sympathische Mann ist Deutscher. Auch wenn ich hier aufgewachsen bin, so leben wir nach unseren türkischen Gewohnheiten. Also darf ich nur mit einem türkischstämmigen Mann eine Beziehung eingehen und heiraten. Und ich muss gehorchen!" Die junge Frau tat mir sehr leid. Ich konnte ihr bei dieser Problematik nicht helfen. „Ich kann verstehen, was in Ihnen vorgeht. Traditionen sind zwar wichtig, aber man sollte auch mit der Zeit mitgehen und nicht an verstaubten, alten Mustern hängenbleiben. Ich wünsche Ihnen für die Zukunft trotzdem alles Gute. Ich werde Ihrer Familie sagen, dass sie Sie heute in Ruhe lassen soll. Langfristig wird es Ihnen aber nichts nützen." Mit traurigem Blick streckte sie mir die Hand entgegen. „Trotzdem vielen Dank für Ihre Hilfe." Beim Verlassen der Wohnung ermahnte ich den Rest der Familie. „Ceyda braucht heute viel Ruhe. Also keinen Streit mehr, sonst gehen die Beschwerden von vorne los und wir müssen sie dann ins Krankenhaus bringen." Sie sahen uns mit großen Augen an und versprachen uns, dass die junge Frau ihre Ruhe bekommen wird. Draußen diskutierten wir noch einige Minuten lang über den Unsinn solcher mittelalterlichen Vorstellungen. Wir konnten diese überholten Moralvorstellungen nicht nachvollziehen. Schließlich leben wir in einer modernen Welt und jeder Mensch hat das Recht auf Selbstbestimmung. Wir hätten uns noch viel länger über diese Thematik austauschen können, doch wir mussten langsam zurück zu unserem Standort.

Weit kamen wir nicht. Wenn man einmal in Augsburg war, war das Risiko hoch, noch weitere Einsätze in der Stadt zu fahren. Erneut musste ich mit dem Stadtplan kämpfen. Diesmal fand ich die Straße schneller. Wir mussten ans andere Ende der Stadt zu einem „entgleisten Diabetes". Wieder ein Mehrfamilienhaus ohne Aufzug. Wir waren zuerst am Einsatz. „Ach nein, jetzt müssen wir unser ganzes Material mitnehmen" schimpfte ich. „Warte einen Moment, der RTW biegt gerade um die Ecke." „Sehr gut, dann können wir alles aus dem Rettungswagen nehmen." Zusammen stiefelten wir in den dritten Stock. Ein Mann empfing uns vor der Tür. „Es geht um meine Mutter. Sie ist zuckerkrank und muss Insulin spritzen. Bitte folgen sie mir."

Bereits im Eingangsbereich stapelten sich rechts und links die Kisten. „Wundern sie sich bitte nicht" ergänzte der Mann, „ meine Mutter kann sich von nichts trennen. Sie sammelt alles." Wir kamen zum Wohnzimmer. Von der Patientin war nichts zu sehen. Mannshoch türmten sich Zeitungen und Zeitschriften. Wie durch ein Labyrinth schlängelten wir uns durch einen 50 Zentimeter breiten Gang. Wir kamen nur langsam voran, da auch der Boden unter unseren Füßen klebte. In dieser Wohnung war schon lange nicht mehr geputzt worden. Das Labyrinth schien kein Ende zu nehmen. Endlich nach unzähligen Windungen erreichten wir die Patientin. Schläfrig lag sie in ihrem Sessel. Zu meinen Rettungsassistenten. „Messt den Blutzucker und bereitet eine Infusion vor. Den Rest sparen wir uns angesichts der Umstände in dieser Wohnung. Und bleibt nicht zu lange auf der gleichen Stelle stehen, ihr wisst nicht, ob ihr da wieder weg kommt!" Allgemeines Gelächter. Normalerweise kniete ich mich zum Legen der Infusion vor die Patienten. Doch in diesem speziellen Fall wollte ich es nicht wagen, den Boden oder etwas anderes zu berühren. Ich ging etwas in die Knie und verrenkte mich, um die Nadel zu legen. Der Blutzucker betrug 35mg%. Kein Wunder, dass die Frau nicht mehr reagierte. „Zieht drei Ampullen Glucose auf." Mich an den Sohn wendend. „Bereiten Sie ein Brot mit Wurst oder Marmelade zu. Wenn Ihre Mutter in Kürze aufwacht, muss sie unbedingt etwas essen, bevor der Zuckerspiegel wieder abfällt. Ins Krankenhaus muss sie nicht." Nach der Glukosegabe wachte die alte Frau nach einigen Minuten auf. "Was ist los?" „Sie hatten einen Unterzucker." „Schon wieder?" „Anscheinend spritzen Sie sich ihr Insulin und vergessen zu essen. Nach dem Spritzen müssen Sie immer essen, um einen Unterzucker zu vermeiden." Aber es machte wohl keinen Sinn, die Frau zu belehren. Wenn man diese Messiwohnung sah, war uns klar, dass sie genauso sorglos mit ihrem Körper umging. „Jetzt geht es Ihnen ja gut. Ihr Sohn bringt Ihnen ein Brot, dass sie aufessen müssen." Die Kontrollmessung des Blutzuckers ergab nun einen Wert von 140 mg%. Schleunigst verließen wir diese Müllhalde. Die Behandlung dauerte nicht einmal zehn Minuten. So schnell war ich noch nie aus einer Patientenwohnung verschwunden. Die Rettungsassistenten und ich konnten kaum glauben, was wir gesehen hatten. Solch eine Wohnung kannten wir bisher nur aus dem Fernsehen. „So Markus, jetzt aber schnell weg aus Augsburg, bevor die Leitstelle uns wieder einfängt." Doch diesmal klappte es.

Nach 45 Minuten stand ich vor Klaus' Wohnung. Ich öffnete ganz leise die Tür in der Annahme, dass Klaus nach seinem Nachtdienst noch schläft. Er war gerade aufgestanden. „Komm herein Tom, ich bin schon wach." „Das ist prima. Ich habe einen Mordshunger nach diesem Vormittag." „Ich auch" schallte es aus dem Bad. „Im Tiefkühlfach sind zwei Pizzen. Du kannst sie gleich im Ofen aufbacken. Bis dahin bin ich im Bad fertig." „Und jetzt noch einmal. Ist es wirklich wahr, dass Du ersatzweise als Assistent in unsere Abteilung kommst?" „Ja. Dein Chef hat mir die Stelle zugesichert. Wegen der einzelnen Formalitäten werden wir noch zusammen telefonieren." „Ist total abgefahren. Ich hätte nie gedacht, dass wir nach dem Studium auch noch zusammen als Kollegen arbeiten. Ich muss mit Herrn Weinelt reden, ob Du nicht auf der gleichen Station wie ich arbeiten kannst. Auf Dich kann ich mich hundert Prozent verlassen. Das ist nicht bei allen Kollegen so." Neben unserem Gespräch aßen wir unsere Tiefkühlpizza. „Am Abend nach Deinem Dienst köpfen wir zur Feier des Tages eine Flasche Sekt. Ich rufe gleich Sabine an. Sie möchte mit Sicherheit mitfeiern."
Klaus nutzte den Nachmittag, um mich über die Interna der Chirurgie aufzuklären. Er charakterisierte jeden Arzt der Chirurgie, angefangen vom Chef bis hin zum Oberarzt und den Assistenten. Auch bezog er das Pflegepersonal mit ein. „Wir haben sehr liebe und hilfsbereite Schwestern auf den Stationen, es gibt aber auch einige wenige mit Haaren auf den Zähnen. Da musst Du am Anfang sehr vorsichtig sein.

Mit manchen von meinen Kollegen kommen sie gut zurecht. Doch wenn sie jemanden nicht leiden können, dann bekommt er es gewaltig zu spüren." „Mach Dir keine Sorgen, Klaus. Bislang bin ich noch mit jedem Menschen gut ausgekommen. Ich werde auch die schwierigen Krankenschwestern mit meinem Charme knacken." Inzwischen war mein Dienst fast beendet und Sabine war eingetroffen. Auch sie freute sich über die künftige Zusammenarbeit. Nach pünktlichem Dienstende floss endlich der Sekt.

Die kommenden Wochen an meiner alten Wirkungsstätte vergingen schnell. Ich kam zwar nicht früher aus meinem Arbeitsvertrag heraus, aber diese vier Wochen würde ich auch durchstehen. Schließlich hatte ich ja noch eine Woche Urlaub zugute. Diese würde ich für den Umzug in meine neue Wohnung nutzen. Telefonisch hatte ich mit meinem neuen Chef Dr. Weinelt alle Formalitäten besprochen. Der Arbeitsvertrag würde mir zugeschickt werden. Diesen erhielt ich Mitte März. Mit großer Freude unterschrieb ich. Auch hatte ich eine schöne Wohnung in Aussicht. Klaus hatte sich darum gekümmert. Das Apartment lag strategisch hervorragend, 300 Meter vom Krankenhaus und 600 Meter von der Rettungswache entfernt. Besser ging es nicht. Ende März war es wieder soweit. Mein obligatorisches Notarztwochenende. Vor meinem Dienstantritt besichtigte ich meine neue Wohnung. Sie war gerade erst fertiggestellt worden. Die Wohnung war sehr hell mit Blick auf das Krankenhaus. Der Vermieter war sehr freundlich. Der Mietvertrag lief ab 01. Mai, ich dürfte aber schon ein paar Tage früher hinein. Das passte hervorragend. So könnte ich meinen Urlaub nutzen und mir meine Wohnung einrichten. Ab diesem Zeitpunkt könnte ich dann in meinem Notarztdienst von meiner Wohnung aus fahren. Es war super, dass ich während meiner Dienste in Klaus' Wohnung sein durfte. Dennoch freute ich mich auf mein neues Zuhause. Somit war es das letzte Mal in Klaus' Apartment.

Wir hatten wie immer viel zu besprechen. Es stand ja noch unsere gemeinsame Chirotherapieausbildung für dieses Jahr auf dem Programm. Dafür brauchten wir die Zustimmung des Chefarztes. Es ist immer schwierig, wenn in einem kleinen Krankenhaus zwei Kollegen gleichzeitig weg sind. Aber Dr. Weinelt zeigte viel Verständnis, wenn sich seine Assistenten medizinisch fortbildeten und seine Abteilung davon profitierte.

Ich war gerade in meiner ersten Tiefschlafphase, als mich der Alarm des Melders aus meinen Träumen riss. Es war gegen ein Uhr. „Schwerer Verkehrsunfall. Einmal eingeklemmt." Sofort war ich hellwach. Eilig rannte ich nach draußen. Im Dunkeln sahen wir am Unfallort ein Lichtermeer aus Blaulicht. Die Dorffeuerwehr war am Einsatz. Das Auto war am Dorfeingang frontal gegen eine Betonmauer gefahren. Von außen sah ich, dass die Motorhaube eingedrückt war, sonst war nichts zu erkennen. Als ich dann neben der Fahrertür stand, sah ich mit Entsetzen das grausame Ausmaß dieses Unfalls. Auf der Fahrerseite sah ich einen zum größten Teil verkohlten Menschen. Sein verbranntes Gesicht war nicht mehr zu erkennen. Bei dem Aufprall hatte sich der überhitzte Motorblock in die Fahrgastzelle gedrückt. Dabei fing das Innere des Fahrzeugs Feuer. Der Fahrer hatte keine Chance mehr aus dem brennenden Auto zu entkommen, da er mit den Füßen eingeklemmt war. Er verbrannte bei lebendigem Leib. Die Feuerwehr, die innerhalb weniger Minuten vor Ort waren, hatte den Brand bis zu unserem Eintreffen gelöscht. Es gab dennoch für den Fahrer keine Rettung mehr. Zu schnell brannte der Innenraum. Ich dachte, dass er tot sei. Plötzlich bewegte sich der Kopf und der Mund öffnete sich. „Verdammt, er lebt noch" schrie ich in Richtung der Assistenten. „Was?" riefen sie fassungslos. „Los, bringt den Koffer, er lebt noch!" Wir öffneten die Tür. Der penetrante Geruch verbrannter Haut und Haare stieg in meiner Nase hoch. Wie gelähmt starrte ich auf den Schwerstverletzten. Ich brauchte sehr viel Überwindung, um den Stauschlauch an seinem Oberarm zu fixieren. Wo sollte ich bei dieser verkohlten Haut noch eine Stelle für die Infusion finden? Schließlich fand ich an der Hand eine kleine Stelle, die nicht so arg verbrannt war. Ich zögerte. „Was ist mit Dir?" fragten meine Jungs. „Es geht schon wieder." Ich spürte die verbrannte Haut unter meinen Handschuhen. Sie knisterte wie Pergamentpapier. Trotz meiner inneren Unruhe traf ich die Vene. Jetzt konnte ich endlich ein starkes Betäubungsmittel spritzen. Der junge Mann reagierte immer noch. „Es nützt nichts, wir müssen ihn aus dem Auto herausbekommen und in unseren Rettungswagen legen." Wir wussten nicht, wo wir ihn überhaupt anfassen sollten. Die Kleidung war total zerfetzt und hatte sich in die Haut eingebrannt. Mit Hilfe der Feuerwehr brachten wir ihn aus dem Auto. Der Verbrannte zuckte immer noch. Wie lange würde das noch dauern? Auf unserer Trage schoben wir ihn in unser Fahrzeug. Ich dachte immer: „Lieber Gott, erlöse diesen jungen Menschen doch endlich von seinen Qualen. Lass ihn sterben!" Ein RA legte das EKG an. Wir mussten noch fast zehn Minuten warten, dann war es soweit. Der Herzschlag stoppte. Auf dem EKG war die Nulllinie zu sehen. Wir waren alle erleichtert, dass sein Leiden ein Ende hatte. Es herrschte Stillschweigen im RTW. Schon lange hatten wir keinen solch psychisch belastenden Einsatz mehr gehabt. Wir waren sehr mitgenommen. Doch der Einsatz war für uns noch nicht beendet. Ich öffnete die Seitentür, um draußen frische Luft zu schnappen, denn im Innenraum unseres RTW roch es ungemein stark nach Verbranntem. Kaum atmete ich richtig durch, kam ein Mitglied der Feuerwehr auf mich zu. „Herr Doktor, bitte schauen Sie nach unserem Kommandanten, es geht ihm nicht gut." „Was fehlt ihm denn?" „Der Verunglückte war sein Sohn." „Verdammte Scheiße. Das darf doch nicht wahr sein." Ich war total entsetzt. Damit hatte ich nicht gerechnet. „Er war als Erster am Unfallort. Trotzdem konnte er ihm nicht mehr helfen. Sein Sohn war nur 200 Meter von seinem Elternhaus entfernt. Der Vater war durch den heftigen Aufprall wach geworden. Er rannte auf die Straße und sah am Ortsende das Unfallauto. Er zog sich in Windeseile an und ließ den Feuerwehralarm auslösen. Den Rest kennen Sie." „Was für ein dramatisches Schicksal. Ich kümmere mich sofort um den Vater." Der Mann stand regungslos abseits seiner Feuerwehrkameraden. Ich ging auf ihn zu und stellte mich kurz vor. „Wie kann ich Ihnen helfen?" „Im Moment gar nicht. Oder können Sie mir meinen Sohn zurückgeben?" Es folgte eine kurze Pause. Die Tränen liefen ihm die Wangen herunter. „Ich habe alles versucht, meinen Jungen zu retten. Ich bekam die verklemmte Tür nicht auf. Im Innenraum brannte es bereits. Ich hatte keinen Feuerlöscher dabei. Er verbrannte vor meinen Augen." Ich fand keine tröstenden Worte. Wie grausam musste es für den Vater gewesen sein, seinen Sohn auf diese Art sterben zu sehen. Ich legte meinen Arm um seine Schulter. Mehr konnte ich momentan nicht tun. Nach einigen Minuten fragte er mich: „Darf ich meinen Sohn noch einmal sehen?" „Selbstverständlich. Aber möchten Sie sich das wirklich antun? Wollen Sie Ihren Sohn nicht lieber so in Erinnerung bewahren, wie Sie ihn zu Lebzeiten kannten?" „Ich bin seit 25 Jahren bei der Feuerwehr. Glauben Sie mir, da habe ich viel gesehen. Ich möchte einmal noch seine Hand halten, bevor er abgeholt wird." „Ich begleite Sie zu unserem Fahrzeug. Was ist mit Ihrer Familie? Benötigen Sie psychische Betreuung in den nächsten Stunden?" „Vielen Dank, wir werden dies schon irgendwie gemeinsam durchstehen." Während der Vater Abschied nahm, kam die Polizei zu mir. „Herr Doktor, der Staatsanwalt möchte eine Blutprobe von dem Unfallopfer. Er möchte wissen, ob Alkohol im Spiel war. Würden Sie das übernehmen?" Nur sehr zögerlich willigte ich ein. Für eine solche Blutprobe musste ich Leichenblut aus der Beinvene entnehmen. Bei einem Schwerstbrandverletzten eine schwierige Aufgabe. Nachdem der Vater das Fahrzeug verlassen hatte, begann ich mit der Blutentnahme. Ich konnte nicht einfach mit einer Spritze Blut aus der Vene entnehmen. Mit einem Skalpell präparierte ich die Leiste frei, bis ich die Vene freigelegt hatte. Bei jedem Schnitt knirschte die verbrannte Haut. Es war keine schöne Arbeit. Als ich die Vene vor mir sah, entnahm ich mit einer Spritze fünf Milliliter Blut. Dieses übergab ich der Polizei. Das Blut wurde anschließend zur Untersuchung nach München in das Rechtsmedizinische Institut geschickt. Von den übrigen Mitgliedern der Feuerwehr benötigte niemand seelischen Beistand. So zog ich mich vom Einsatzort zurück. Mittlerweile war es drei Uhr. Die RTW-Besatzung musste noch solange vor Ort bleiben, bis ein Bestattungsinstitut die Leiche übernehmen würde. Die Nacht war gelaufen. Als erstes wechselte ich die Kleidung. Alles roch nach Rauch. Nach diesem Einsatz konnte ich lange nicht einschlafen. Ich musste immer an den Vater denken, der diese grauenvolle Nacht in seinem Leben nie vergessen würde. Den Geruch des verbrannten Fleisches spürte ich den folgenden Tagen immer noch in der Nase.

Am frühen Vormittag wurde ich zum nächsten Patienten gerufen. Ein älterer Mann mit Druck auf der Brust. Der Patient lag im Schlafzimmer auf dem Bett. „Seit wann haben Sie die Beschwerden?" fragte ich. „Seit einer Stunde." „Fühlt sich das an, als ob ein Mühlstein auf der Brust liegt und man nicht mehr richtig durchatmen kann?" „Ja genau. Er strahlt zudem in den linken Arm aus." „Ist ihnen schlecht oder hatten Sie einen Schweißausbruch?" Dies verneinte der Patient. „Michael, reich mir bitte die Blutdruckmanschette rüber und bereite das EKG vor!" Dem Patienten zugewandt: „Welche Medikamente nehmen Sie regelmäßig ein?" Er schickte seine Frau in die Küche, um den Verordnungsplan zu holen. Unterdessen hatte ich den Blutdruck gemessen. Er war mit 130/80 mmHG absolut perfekt. Ich wandte mich erneut an meine Assistenten. „Bereitet einen Zugang vor und gebt mir das Nitro-Spray. Ich drehte mich in Richtung Patient und erschrak. Der Mann verdrehte die Augen und fing an zu krampfen. Die Pupillen erweiterten sich. Der Krampf war durch den Sauerstoffmangel im Gehirn verursacht.

„Schnell auf den Boden mit ihm. Michael schalte den Defibrillator ein, Markus gib mir den Ambubeutel." In wenigen Sekunden lag der Patient auf dem Boden. Der Carotispuls war nicht tastbar. Michael gab mir die Defi-Elektroden, die er bereits mit Gel eingefettet hatte, in die Hand. Ich leitete über diese Elektroden den Herzrhythmus ab. Er flimmerte. „Michael, lade den Defi auf 200 Joule. Nach dem Ladevorgang gab ich den Schock ab. Der Rhythmus sprang um. Der Mann hatte wieder einen normalen Sinusrhythmus. Er öffnete die Augen und fragte uns: „Was ist eigentlich los? Ich glaube, ich habe kurz geschlafen." „So ähnlich" antwortete ich. „Ihr Herz hat geflimmert. Wir haben mittels eines Elektroschocks wieder alles in Ordnung gebracht. Wir müssen mit Ihnen ins Krankenhaus zur weiteren Behandlung fahren." „Muss das wirklich sein?" fragte unser Patient ungläubig. „Falls Sie noch ein paar schöne Jahre verbringen möchten, bleibt uns keine andere Wahl." Kaum hatte ich die Infusion gelegt, flimmerte der Patient erneut. Ich gab wieder einen Schock ab. Glücklicherweise sprang er auch diesmal sofort um. Der Mann war wieder wach. Nun hatte er den Stromschlag gespürt. „Was macht ihr mit mir? Die Brust tut mit jetzt mehr weh als vorher." „Ich musste Sie erneut defibrillieren." Ich applizierte zügig blutverdünnende Medikamente. Das EKG zeigte hingegen keinen Hinweis auf einen Infarkt. Die Ursache für das Flimmern blieb unklar. Wir beeilten uns, den Patienten in die Klinik zu bringen. Unterwegs gab es keinen Zwischenfall mehr. Der Patient hatte sehr großes Glück gehabt, dass er während unserer Anwesenheit flimmerte. Wäre dies unbeobachtet geschehen, hätte er dieses Ereignis nicht überlebt. Das war der erste Einsatz, bei dem es auf die Sekunde ankam.

Typisch für unsere Landwache verlief der Nachmittag wie so häufig ganz ruhig. Gegen elf Uhr abends, ich wollte gerade ins Bett gehen, ertönte mein Piepser. „Bewusstlos im Keller." Vor dem Haus torkelten schon einige Jugendliche umher. Sie schienen nicht älter als 15 Jahre zu sein. „Wo müssen wir hin? Kann uns einer von euch den Weg zeigen?" Mit verwaschener Sprache sagte einer der Jungs: „Kommt mit. Ich zeige euch den Weg." Er war nicht mehr ganz sicher auf den Beinen. Hoffentlich würde er heil die Treppe hinunterkommen, sonst hätten wir den nächsten Patienten. Aber er schaffte es nach unten in den Keller. Laute Technomusic dröhnte uns entgegen. Im Keller waren noch ungefähr 20 Jugendliche. Ziemlich betrunken kamen einige auf uns zu und lallten. „Was wollt ihr denn hier?" Wir schoben sie zur Seite und suchten die bewusstlose Person. In der Ecke lagen zwei Kids, die nicht mehr ansprechbar waren. „Wieso sind es zwei Patienten?" Ein Mädchen, das nicht so viel Alkohol konsumiert hatte, erklärte uns, dass das zweite Mädchen erst seit fünf Minuten nicht mehr reagiere. „Also Jungs, bestellt sofort einen zweiten Rettungswagen. Das wird ein Sammeltransport nach Augsburg in die Kinderklinik auf die Intensivstation. Gebt der Leitstelle Bescheid, dass zwei Betten für uns reserviert werden." Zu dem Mädchen:

„Sorge dafür, dass die Musik abgestellt wird, damit wir in Ruhe arbeiten können. Weißt Du vielleicht, wie viel und was die beiden Mädels getrunken haben? Wo sind die Eltern des Gastgebers?" „Die Beiden haben viel Wodka getrunken, wie viel genau kann ich nicht sagen. Ich schaue dann, wo die Erwachsenen sind." Kurz danach war endlich die schreckliche Musik aus und wir verstanden unser eigenes Wort wieder. Beide Mädchen waren absolut bewusstlos. Keine zeigte irgendwelche Reaktionen mehr, selbst auf stärkste Schmerzreize kam nichts mehr. Die Pupillen waren durch den Alkohol sehr weit und reagierten nicht auf meine Pupillenleuchte. Eine von ihnen hatte massiv erbrochen und lag mit ihrem Kopf halb in ihrem Erbrochenen. Der Puls war schwach tastbar. Beide bekamen eine Infusion. Wir waren alle fassungslos über den schlechten Zustand der Mädchen. Inzwischen kamen die Eltern des Gastgebers zu uns. Ich war entsetzt darüber, dass keiner den Alkoholkonsum der Minderjährigen gelegentlich kontrollierte. Entschlossen trat ich dem Ehepaar entgegen. Vorwurfsvoll sprach ich mit ihnen. „Die beiden Mädchen sind durch den Alkohol komatös. Wir müssen sie jetzt auf die Intensivstation bringen. Sie haben ihre Aufsichtspflicht verletzt. Warum haben sie nicht zwischendurch nachgesehen, ob alles in Ordnung ist?" Etwas verlegen antworteten sie. „Man kann die Kinder doch nicht ständig beobachten und kontrollieren." „Sie sehen ja, was dabei herauskommt. Na viel Vergnügen, wenn sie den Eltern der Mädchen erklären müssen, warum ihre Töchter ins Krankenhaus müssen!" „Wo kommen die Beiden hin?" „Nach Augsburg in die Kinderklinik." Sie nahmen es zur Kenntnis, zuckten mit den Schultern und gingen wieder. Meine RA's brachten das eine Mädchen in unseren Rettungswagen, während ich bei der anderen Patientin blieb. Ich musste aufpassen, dass sie nicht erbricht. Durch den Alkohol waren ihre Schutzreflexe teilweise ausgefallen. Es bestand die Gefahr, dass sie ihr eigenes Erbrochenes aspirierte und daran erstickte. Mittlerweile war der zweite RTW da. Beide 14bzw. 15 Jahre alten Mädchen transportierten wir in stabiler Seitenlage auf unserer Trage. Ihr Zustand blieb auch auf der Fahrt unverändert. Nach 30 Minuten erreichten wir die Klinik. Die diensthabende Kollegin war über die Einlieferung der beiden komatösen Patientinnen nicht sehr erfreut. Es bedeutete für die Schwestern auf der Intensivstation viel Arbeit, die Mädchen lückenlos zu überwachen. Die Assistenten und ich diskutierten noch recht heftig über das Thema Komasaufen. In diesem Fall waren Eltern im Haus, aber es interessierte sie nicht, was die Minderjährigen so trieben. Im Gegenteil, oft kaufen die Erwachsenen die harten alkoholischen Getränke für die Party. Verständnislos über diese Auswüchse und die Gleichgültigkeit der Erwachsenen fuhren wir zurück.

Auf halber Strecke erwischte es uns. „Tablettenintoxikation". Als Hintergrundinformation bekamen wir die Aussage, dass der Alarm über eine Freundin lief. Die betroffene Person habe am Telefon mitgeteilt, dass sie psychisch am Ende sei und nicht mehr leben möchte. Da es unklar sei, ob die Frau die Wohnung öffnen werde, kämen auch Polizei und Feuerwehr. Wir kamen als Letzte an. Im Treppenhaus des Mehrfamilienhauses standen Polizei, Rettungsassistenten und Mitglieder der Feuerwehr. Zwei von ihnen versuchten die Wohnungstür zu öffnen. Trotz Klingeln und lautstarkem Klopfen öffnete die Frau die Türe nicht. Nach fünf Minuten war der Weg für uns frei. Die Frau um die 60 Jahre lag bedingt ansprechbar im Schlafzimmer. „Verschwindet endlich. Lasst mich doch sterben." Eine leere Flasche Wein lag neben dem Bett. Während wir uns um die Patientin kümmerten, suchte die Polizei nach einem Abschiedsbrief und den Medikamenten, die sie wahrscheinlich eingenommen hatte. „Was haben Sie außer Alkohol noch eingenommen?" „Lasst mich einfach in Ruhe. Ich will allein sein." „Wir möchten Ihnen gerne helfen. Sie hatten mit Sicherheit Ihre Gründe für diesen Schritt. Aber jetzt sind wir da. Wir haben eine Fürsorgepflicht für Sie. Ich lege Ihnen eine Infusion, anschließend geht es ins Krankenhaus." „Meinetwegen. Tun Sie, was Sie müssen. Aber ich will nicht in die Klapse." „Ich verspreche Ihnen, dass wir nach Augsburg ins Krankenhaus in die Notaufnahme fahren. Dort werden Sie zuerst behandelt. Doch nun noch einmal. Welche Tabletten und wie viele haben Sie davon eingenommen? Sie würden unsere Arbeit enorm erleichtern." „Ich habe eine ganze Menge an Schmerzmitteln geschluckt. Darunter waren Paracetamol und Ibuprofen. Wie viele Tabletten es letztendlich waren, weiß ich nicht mehr. Unterdessen hatte die Polizei einen handgeschriebenen Zettel gefunden sowie einige leere Blister. Darunter waren mindestens 20 Tabletten Paracetamol 500 mg. „Wann haben Sie die Tabletten genommen?" „Ungefähr vor einer Stunde." Zu meinem Fahrer. Lauf schnell zu unserem Auto und bringe den Antidotkoffer mit. In diesem speziellen Koffer waren die Gegenmittel für einige Giftstoffe. So auch eine Substanz bei Überdosierung von Paracetamol.

Das Teuflische am Paracetamol ist, dass beim Abbau des Wirkstoffes eine Substanz entsteht, die die Leber irreversibel schädigt. Darum ist es wichtig, dieses Abbauprodukt rechtzeitig zu neutralisieren. Bei dieser Patientin waren wir glücklicherweise noch im Zeitfenster. Wir hingen ihr eine Infusion mit dem Gegenmittel an. Sie konnte aus eigener Kraft die Treppen zu unserem Fahrzeug hinunterlaufen. Die Polizei fragte uns, ob ein Beamter zur Bewachung bei uns mitfahren müsse. Ich verneinte, da die Patientin freiwillig mitkam. Dennoch würde die Polizei auf der Inspektion eine Zwangseinweisung für die Frau schreiben. Für die Patientin bedeutete es, dass sie nach der Akutbehandlung der kombinierten Tabletten- und Alkoholintoxikation in die Psychiatrie verlegt würde. Diese Artikeleinweisung erfolgt immer bei Selbst- bzw. Fremdgefährdung. Auf dem Weg ins Krankenhaus erzählte mir die Patientin, dass sie seit kurzem unter einer depressiven Phase litt. Ihr Ehemann hatte sich von ihr getrennt. Das habe sie aus der Bahn geworfen. Einerseits lebe sie gerne, andererseits sehe sie momentan keine Zukunftsperspektive. Aus Verzweiflung habe sie Alkohol getrunken. Dann sei es ganz spontan zu dieser Kurzschlussreaktion gekommen. Sie habe diesen Abschiedsbrief geschrieben, aber wollte wenigstens noch mit einem vertrauten Menschen reden. Unter Tränen sprach sie weiter. Ihrer besten Freundin habe sie alles am Telefon gebeichtet. Diese hatte letztlich die Rettungsleitstelle angerufen. Die Patientin hielt inne. Die Tränen liefen die Wangen herunter. „Eigentlich schäme ich für mein Verhalten. Ich schäme mich, weil ich keine Kraft hatte, mit meinem Problem zurechtzukommen. So viele Menschen schaffen es, mit weit schwierigeren Situationen umzugehen." Ich nahm ihre Hand. „Machen Sie sich jetzt nicht so viele Gedanken. Sie bekommen professionelle Hilfe. Sie werden sehen, dass Sie aus ihrer vermeintlich ausweglosen Situation wieder herauskommen. Da bin ich ganz sicher. Haben Sie vertrauen." „Ich bitte Sie um eine ehrliche Antwort. Muss ich in die Psychiatrie?" „Zunächst werden Sie im Krankenhaus behandelt. Wenn keine Gefahr mehr für ihren Körper besteht, werden Sie dem Psychiater vorgestellt. Das ist in Deutschland Gesetz. Das können weder wir Ärzte noch die Polizei ändern. Wichtig für sie ist, dass Sie kooperativ sind. Umso schneller dürfen Sie die Psychiatrie verlassen." „Ich danke Ihnen für die ehrliche Auskunft." Im Krankenhaus wurden wir schon erwartet. Der Kreislauf der Patientin war während des Transportes stabil. Sie hatte großes Glück, dass wir nach der Einnahme des Paracetamol zügig die Gegenmaßnahmen einleiten konnten. Mit Spätschäden seitens der Leber war nicht mehr zu rechnen. Diese Patientin wollte sich gar nicht umbringen. In ihrer Lage überschlugen sich die Ereignisse. Es war vielmehr ein Hilferuf.

Diese Hilferufe sind relativ häufig. Die Anzahl der Selbstmordversuche ist ungefähr zehnmal so hoch wie die durchgeführten Suizide. Der Anteil der Frauen liegt bei etwa 90 Prozent. An der Auswahl der eingenommenen Medikamente lässt sich meist erkennen, dass es eigentlich nur ein Warnsignal an die Umgebung ist. Oft werden Antibiotika, Schmerzmittel oder pflanzliche Beruhigungsmedikamente in größerer Menge konsumiert, häufig in Kombination mit Alkohol. Nur in ganz seltenen Fällen finden wir stark wirksame Psychopharmaka, die unter Umständen tödlich wirken können, wenn keine schnelle Rettung stattfindet. Durchgeführte Suizide mit Tabletten sind eher eine Rarität. Bei den Selbstmordversuchen sind auch sogenannte „Pulsaderöffnungen" beliebt. Auch hier besteht selten eine Lebensgefahr für die Patienten, da die Verletzungen in der Regel oberflächlich sind. Alle diese Menschen möchten gerettet werden, da sie ihre Umgebung über ihr Vorhaben in irgendeiner Weise rechtzeitig in Kenntnis, sei es telefonisch, über SMS oder What's App. Gründe für ihre Suizidversuche sind mannigfaltig. Wir finden akute und chronische Überlastungssituationen, Einsamkeit, Trennung vom Partner, Liebeskummer, finanzielle Krisen, leichte bis mittelschwere

Depressionen. Wer sich wirklich umbringen möchte, führt es still und heimlich aus. Für die Angehörigen ist diese drohende Gefahr kaum zu erkennen. Jährlich gibt es in Deutschland über zehntausend Suizidtote, mehr als doppelt so viele wie Verkehrstote. Bei den Suiziden ist das Verhältnis Männer und Frauen genau umgekehrt. Mehr als 80 Prozent der Opfer sind männlich. Suizidversuche und vollendete Suizide sind über das ganze Jahr gleichmäßig verteilt. Eine Häufung an Feiertagen wie Weihnachten oder Ostern konnte ich nicht feststellen.

Erst am Sonntagnachmittag wurde meine ärztliche Hilfe zum letzten Mal für dieses Wochenende benötigt. Die Patientin klagte über Herzrasen. Sie habe dies schon häufiger gehabt. Es wurde ihr immer ein spezielles Medikament gespritzt, dann war alles wieder im grünen Bereich. Und ins Krankenhaus gehe sie sowieso nicht mit. Die Beschwerden hätten vor einer Stunde begonnen. Sie habe wie schon oft alles versucht, den schnellen Puls selbst in den Griff zu bekommen, aber es sei ihr nicht gelungen. Das Herzrasen setze plötzlich ein wie aus dem Nichts. Sie zeigte uns den Stapel mit Notarztprotokollen der vielen Kollegen vor mir. Die Frau mittleren Alters war absolut entspannt. „Dann werde ich wie meine Vorgänger mein Bestes geben und hoffen, dass dieses Medikament Ihnen auch dieses Mal wieder hilft." Ein Assistent hatte das EKG angelegt und den Blutdruck gemessen. Die Patientin hatte eine Herzfrequenz von 160 Schlägen in der Minute. Ihr Blutdruck war trotz dieser Tachykardie recht stabil. „Ihr Herz rast wie ein Formel-Eins-Motor." Langsam spritzte ich ihr das Antiarrhythmikum. „Gleich wird es warm in der Brust werden." „Ich weiß, habe es schon oft genug mitgemacht." Ich schaute auf den EKG-Monitor. Nach der Injektion war vielleicht eine Minute vergangen, da sprang der Rhythmus schlagartig um. Es ist immer wieder faszinierend, diesen Moment auf dem Monitor zu verfolgen. „So das war es jetzt." Die Patientin lächelte und bedankte sich bei uns. „Bis zum nächsten Mal. Es ist nur eine Frage der Zeit, bis ich erneut einen Notarzt brauche." Das waren die Situationen, weswegen ich meinen Beruf so liebte. Sofort unter der Therapie konnte ich den Behandlungserfolg erleben.

Am vorletzten Aprilwochenende, eine Woche nach Ostern zog ich freitags endlich in meine neue Wohnung. Sie war noch äußerst spartanisch eingerichtet. Außer der Küchenzeile, einer Couch, zwei Sesseln, dem Fernseher und einer Matratze war die Wohnung leer. Die Möbel, die ich nur sehr kurzfristig bestellen konnte, würden erst in der letzten Aprilwoche geliefert. Aber das war mir einerlei, Hauptsache in den eigenen vier Wänden. Es waren ja nur wenige Tage, bis ich alles komplett einrichten könnte. Ich hatte noch meinen Resturlaub zur Verfügung. Das würde reichen, bis zum Antritt meiner neuen Assistentenstelle. Meine persönlichen Dinge hatte ich aus dem vorherigen Apartment alle mitgenommen. Die Kartons standen verteilt in der ganzen Wohnung herum. Trotz des Chaos übernahm ich dieses Wochenende als Notarzt. Versorgen konnte ich mich wenigstens. Die Küche war fertig angeschlossen. Mit meiner alten Wirkungsstätte in der konservativen Orthopädie hatte ich innerlich schon abgeschlossen. Ich freute mich auf die neuen Aufgaben.

Pünktlich um halb acht erschien Markus mit dem Piepser. Die Fahrer mussten sich daran gewöhnen, dass ich jetzt von meiner eigenen Wohnung aus fuhr. Aber sie lag nur wenige Meter von Klaus' Apartment entfernt. Markus war neugierig und wollte sofort mein neues Domizil inspizieren. Viel gab es zwar nicht zu sehen, aber das war ihm gleich. Wir hatten unseren kleinen Rundgang nicht ganz beendet, da ging es schon los. Was für ein Einstand. Zu unserer Einsatzstelle hatten wir nicht weit, sie war innerorts.
Eine 92- jährige Patientin war gestürzt. Die Schwiegertochter empfing uns an der Haustür. „Ich bekomme sie alleine nicht hoch. Bitte folgen

sie mir in den ersten Stock." Die alte Frau lag vor dem Bett. „Grüß Gott. Was ist denn passiert? Haben Sie Schmerzen?" „Nein" antwortete die Frau mit verwaschener Sprache. Hatte sie womöglich einen Schlaganfall erlitten? Sie bewegte Arme und Beine. Beim Versuch aufzustehen, fiel sie immer wieder zurück. Als ich direkt vor ihr war, wurde mir die Ursache klar. Der Geruch ihrer Ausatemluft verriet mir des Rätsels Lösung. Die Oma roch stark nach Alkohol. „Hat ihre Schwiegermutter Alkohol getrunken?" „Ja, das ist das große Problem." Ich untersuchte die Patientin auf mögliche Verletzungen aufgrund des Sturzes. Es gab keinen Anhalt für eine Fraktur. Gemeinsam hoben wir sie auf und legten sie ins Bett. Blutdruck und EKG waren unauffällig. „Was sollen wir jetzt mit Ihrer Schwiegermutter machen? Ins Krankenhaus bringen, damit sie ihren Rausch ausschlafen kann, macht keinen Sinn. Das wird an der Gesamtsituation nichts ändern. Trinkt sie regelmäßig Alkohol?" „Oh ja, fast jeden Tag. Und sie trinkt Hochprozentiges, Wodka, Gin oder Whiskey. Ich habe ihr oft schon die Flaschen weggenommen. Das nützt jedoch gar nichts. Wir können sie nicht rund um die Uhr beobachten. Trotz ihres hohen Alters läuft sie mit ihrem Rollator zum Discounter vor und besorgt sich Nachschub. Wir sind ratlos. Das geht bereits mehrere Jahre so. Na gut, lassen sie sie hier." Unverrichteter Dinge verließen wir das Haus. Unglaublich. Dies war die älteste chronische Alkoholikerin, die ich je gesehen hatte.

Die erste Nacht in meinem neuen Heim durfte ich durchschlafen. Am Vormittag wurde ich zu einem Krebspatienten im Endstadium gerufen. Die überforderte Ehefrau hatte uns angefordert. Ihr Ehemann, vielleicht um die 70 Jahre, lag apathisch im Bett. „Fahren Sie meinen Mann schnell ins Krankenhaus. Ich glaube, es geht mit ihm zu Ende." „Wollen Sie ihn wirklich zum Sterben ins Krankenhaus abschieben?" „Ja. Ich glaube, dass ich es nicht schaffe, ihn sterben zu sehen." Der Patient lag friedlich in seinem Bett. Zwar atmete er schwerer, aber er schien keine

Schmerzen zu haben. Sein Puls war kaum mehr tastbar und die Augen waren geschlossen. Die Beine waren kalt und nach und nach wurde eine netzartige Gefäßzeichnung an den unteren Extremitäten sichtbar. Häufig ein Indiz für den nahenden Tod. Ich wandte mich der Ehefrau zu. „Ich habe Angst. Angst vor dem Tod. Ich weiß nicht, ob ich die Kraft habe, bei seinem letzten Atemzug dabei zu sein" sagte sie. „Das verstehe ich sehr gut. Das geht vielen Menschen so. Aber Sie haben jetzt die große Chance, Ihren Mann auf seinem letzten Weg zu begleiten. Wollen Sie ihm das verwehren?" „Nein, natürlich nicht!" „Sie bekommen eine große Gnade geschenkt, dass Sie bei seinem Heimgang dabei sein dürfen. Mein Team und ich werden auch solange bei Ihnen bleiben. Wir lassen Sie nicht allein. Haben Sie Kinder?" „Ja. Sie sind informiert. Gleich müssten sie eintreffen." „Wie lange waren Sie mit Ihrem Mann denn zusammen?" „Mehr als 40 Jahre." „ Das ist eine lange Zeit. Da wächst man zusammen." „Vor zwei Jahren haben wir von seiner Krebserkrankung erfahren. Bauchspeicheldrüsenkrebs. Die letzten Wochen hat er rapide abgebaut. Er war mehrmals im Krankenhaus. Daher war es sein Wunsch, dass er zu Hause sterben darf." „Dann erfüllen Sie seinen Wunsch. Zum einen wissen wir nicht, ob er den Transport überleben würde. Zum anderen würde er im Krankenhaus in ein Zimmer abgeschoben, wo er einsam in einer kalten, sterilen Atmosphäre sterben würde. Das hat er nach diesen langen gemeinsamen Jahren doch nicht verdient." „Sie haben Recht. Mit Ihrer Hilfe werde ich es schaffen." Die Kinder waren in der Zwischenzeit angekommen. Ich klärte sie über die Situation auf, dass es wahrscheinlich nur noch kurze Zeit bis zum Ableben ihres Vaters dauern würde. Die Marmorierung war jetzt bis zum Bauch fortgeschritten. Vermutlich würde der Tod in wenigen Minuten eintreten. Die Angehörigen saßen am Bett des Patienten. Zur Überwachung und Dokumentation war der Mann an unser EKG angeschlossen. Wir hielten uns im Hintergrund auf, damit die Familie beim Abschiednehmen ungestört war. Aus der Ferne sah ich, dass der Sterbende noch einmal kurz die Augen öffnete und sich seiner Frau zuwandte. Noch ein letzter tiefer Atemzug, dann schloss er für immer die Augen. Unser EKG schlug Alarm, da es jetzt die Nulllinie anzeigte. Sofort schalteten wir den Alarm aus und druckten das EKG zur Dokumentation des Todeseintritts aus. Wir drückten der Familie unser Beileid aus. Die Ehefrau kam zu mir und drückte meine Hand ganz fest. „Vielen Dank, dass Sie mich überzeugt haben, meinen Mann zum Sterben zu Hause zu lassen. Ich bin froh, dass ich die letzten Minuten bei ihm sein durfte. Das war doch sehr wichtig für mich. Ich glaube, dass ich dadurch die Angst vor dem Sterben und dem Tod überwunden habe. Diese positive Erfahrung werde ich allen Freunden und Bekannten weitergeben. Und wie geht es nun weiter?" Ich erklärte der Witwe, dass ich als Notarzt keinen Totenschein ausstelle. Ich würde veranlassen, dass ein Kollege vorbeikommt, der den Tod bescheinigt. Danach könne sie dann ein Bestattungsinstitut anrufen. Die Mitarbeiter würden alle weiteren Fragen beantworten. Das ganze Team war erleichtert, dass sie den sterbenden Mann nicht mehr ins Krankenhaus fahren mussten. Dies war die erste Sterbebegleitung als Notarzt.

Nach einer längeren Pause fuhr ich zu einer Patientin im Unterzucker. Kein Problem dachte ich auf der Anfahrt. Nach ein wenig Glukosegabe intravenös wäre die Patientin schnell wieder fit. Leider ein Irrtum. Die Frau lag bewusstlos in der Küche. Die Eltern, die im Erdgeschoss des Hauses wohnten, vernahmen ein dumpfes Geräusch über sich. Daraufhin eilten sie eine Etage höher und fanden ihre Tochter in der Küche. Die Frau war erst Ende Dreißig, aber schon zu 80 Prozent erblindet. Weiterhin waren auch einige Zehen amputiert. Der Diabetes sei bei ihr sehr schwer einstellbar. Sie reagierte auf keinen Schmerzreiz mehr. Ich suchte nach einer Vene für einen Zugang. Fehlanzeige. Ich fand keine einzige Vene, weder an Armen, Beinen noch als ultima ratio am Hals. Langsam wurde ich nervös. Ich musste eine Vene finden. Die

Suche dauerte schon mindestens zehn Minuten. Meine Mitarbeiter wussten, wenn ich nichts mehr finde, dann sieht es wirklich schlecht aus. Ich war bekannt dafür, dass ich selbst die Kleinste Vene irgendwo am Körper treffe. Diesmal schien ich zu scheitern. Mein Puls beschleunigte sich und die Hände wurden feucht. Ich schickte still ein Stoßgebet gen Himmel. Dann entschloss ich mich zu einer ungewöhnlichen Aktion. Ich suchte mir die Beinarterie auf. Direkt daneben lag die Vene. Blind punktierte ich die Beinvene in der Leiste. Ich hatte Glück. Die Punktion war erfolgreich. Jetzt konnte ich den Zucker über diese Vene injizieren. Nach kurzer Zeit war die junge Frau wieder ansprechbar. Den restlichen Ausgleich ihres Zuckerspiegels konnte sie nun mit Hilfe eines Brotes herstellen. Bei diesem Einsatz stieg mein Adrenalinspiegel, während ich sonst immer Ruhe ausstrahlte. Nach und nach baute er sich bis zum nächsten Notarzteinsatz ab. Im Anschluss an diese Hypoglykämie eilten wir zu einem Krampfanfall.

Ein siebenjähriger Junge öffnete uns die Tür. „Meine Mama liegt im Wohnzimmer." Dort fanden wir eine Frau um die Dreißig. Sie war noch schläfrig. Beim Anlegen der Blutdruckmanschette öffnete sie die Augen. Bei unserem Anblick erschrak die Patientin. „Was ist eigentlich los?" Die Frau war noch völlig desorientiert. Ihr Sohn ging zu ihr und sagte: „Mama, Du bist umgefallen und hast mit Armen und Beinen gezuckt. Aus Deinem Mund ist Blut gelaufen." Die Frau konnte dies nicht glauben. Der Junge war völlig ruhig, absolut ungewöhnlich für ein Kind seines Alters. „Wie heißt Du eigentlich?" „Kevin." „In Ordnung, Kevin. Was hat sich genau abgespielt?" „Ich bin vom Spielen heimgekommen. Dann ging ich ins Wohnzimmer. Da habe ich gesehen, wie meine Mama umgefallen ist und gezuckt hat." „Warst Du nicht erschrocken und aufgeregt?" „Nein. Ich nahm das Telefon und wählte den Notruf. Dem Mann am Telefon habe ich alles erzählt." Das hast Du super gemacht! Du bist ein richtiger Held." Der Junge strahlte. „Woher wusstest Du, wo Du anrufen sollst?" „Das haben wir vor kurzem in der Schule durchgenommen." Ich war tief beeindruckt von dem disziplinierten Verhalten dieses jungen Kerls. Die Mutter wurde etwas wacher, aber realisierte immer noch nicht genau, was mit ihr passiert war. Mittlerweile waren auch die Großeltern im Haus. Sie wohnten einige Häuser entfernt. Nachdem sie unsere Fahrzeuge vor der Tür sahen, eilten sie herbei. Die Oma nahm Kevin in den Arm. „Hast Du den Notarzt gerufen?" Voller Stolz. „Ja Oma. War doch kein Problem." „Ich hätte in meiner Aufregung gar nicht gewusst, wo ich anrufen müsste." „Aber Oma, das weiß man doch!" Die Frau hatte erstmalig gekrampft. Sie hatte einen deutlichen Zungenbiss. Uns blieb keine Wahl. Die Patientin musste zur Abklärung der Ursache mit uns in die Neurologie nach Augsburg mitfahren. Noch einmal lobte jeder von uns Kevin für sein besonnenes und kluges Verhalten. An diesem Beispiel sieht man, wie wichtig Aufklärung im Umgang mit Notfällen ist. Deshalb sollten die Kinder bereits im Kindergarten bzw. in der Grundschule den Umgang mit diesen Situationen lernen. Den Kindern muss die Angst genommen werden. Deshalb besuchen viele Schulen und Kindergärten Rettungswachen in ihrer Umgebung. Den Kindern werden die Fahrzeuge und die einzelnen Geräte gezeigt, auch dürfen sie auf der Trage im RTW probeliegen. Dies wird von den Kids äußerst positiv aufgenommen.

Sonntags kam nur noch ein Einsatz, nicht weit von der Wache entfernt. Wieder einmal eine bewusstlose Person. Die ganze Familie, ungefähr 20 Personen, saßen im Wohnzimmer. „Wer ist der Patient?" Die Familie deutete auf einen älteren Mann. „Was ist denn geschehen?" Der alte Mann erwiderte: „Plötzlich war mir schlecht. Dann weiß ich nichts mehr. Jetzt geht es mir gut." Die Tochter ergänzte: „Wie Sie sehen, sind wir beim Kaffeetrinken. Mein Vater sackte in sich zusammen und war ungefähr eine Minute weg. Er war ganz schweißig." „Am besten ist es, wenn wir in einen anderen Raum gehen, wo wir ihn in Ruhe untersuchen können." Der alte Mann war blass im Gesicht und noch etwas unsicher auf den Beinen. Im Nebenzimmer legten wir ihn auf ein Sofa. Der Blutdruck war zu niedrig, EKG und Blutzucker unauffällig. Ich ließ eine Infusion hineinlaufen. Unterdessen fragte ich, was denn gefeiert werde. „Mein Urenkel hat heute Kommunion. Ich bin schon seit früh morgens auf den Beinen." „Wahrscheinlich war alles zu viel für Sie. Da hat ihr Körper einfach schlapp gemacht." „Das kann gut sein. Ich bin nicht mehr der Jüngste. Nächsten Monat werde ich 90 Jahre." „Respekt, so alt hätte ich Sie nicht geschätzt. Wie fühlen Sie sich nach der Infusion?" „Viel besser. Muss ich ins Krankenhaus?" „Nein. Wir können Sie hier bei der Familie lassen." „Das ist sehr schön. Danke." Der Zustand des Patienten hatte sich deutlich gebessert. Er hatte wieder eine rosige Farbe und auch der Blutdruck stieg wieder. Wir waren ungefähr eine halbe Stunde vor Ort, als wir gehen wollten. Die Tochter des Mannes kam zu uns. „Darf ich sie zu Kaffee und Kuchen einladen?" „Das ist sehr freundlich, aber wir möchten ihre Familienfeier nicht stören." „Sie stören uns nicht. Sie haben sich so gut um meinen Vater gekümmert." Wir schauten uns an und nickten zustimmend. „In Ordnung wir nehmen Ihre Einladung dankend an." „Jungs, bringt unsere Geräte ins Auto und teilt der Leitstelle mit, dass wir noch vor Ort bleiben. Ist ja egal, ob wir hier sind oder auf unserer Wache." Wir blieben eine Stunde bei der Kommunionfeier und genossen den köstlichen Kuchen. Nur allzu selten bekommen wir auf diese Weise ein Dankeschön für unsere Arbeit.

In der folgenden Woche wurden meine Möbel geliefert. Nun konnte ich in aller Ruhe meine Wohnung komplett einräumen. Mit Klaus und Sabine feierte ich die Einweihung meines neuen Heimes. „Tom, ich freue mich total, dass wir ab nächster Woche zusammenarbeiten. Es steht hundertprozentig fest, dass wir auf der gleichen Station sind."

„Ich finde das auch klasse." „Ich habe auch schon den Dienstplan dabei. Du hast fünf Hausdienste. Für den Notarztdienst würde ich Dich gerne zehnmal einsetzen." „Selbstverständlich. Das schaffe ich schon." Klaus teilte mich dreimal am Tag, dreimal in der Nacht und an einem Wochenende ein. Die Tagdienste teilten sich die Internisten und die Chirurgen. Die Chirurgen waren während der Notarztbereitschaft nur für die Patientenaufnahme auf Station und die frischen Fälle in der Ambulanz zuständig.

Am zweiten Mai begann mein erster Arbeitstag. Der stellvertretende Verwaltungschef führte mich durch das ganze Krankenhaus und stellte mich überall vor. Ich wurde sehr freundlich aufgenommen. Am nächsten Tag ging es erst richtig mit der Arbeit los.

Die tägliche Routine spielte sich schnell ein. Um halb acht startete ich mit den Blutentnahmen und der kurzen Visite. Die Morgenbesprechung war um acht. Ab halb neun wurden die Operationen durchgeführt. In dem kleinen Krankenhaus waren die Operationen meist bis zum frühen Nachmittag beendet. Für die Ambulanz war immer ein Kollege eingeteilt, der sich um die akuten Verletzungen wie Schnittwunden oder Frakturen bzw. Zugänge durch den Rettungsdienst kümmerte. Zwischen halb vier und vier fand die Nachmittagsbesprechung mit der OP-Einteilung für den nächsten Tag statt. Wir Ärzte wechselten uns bei der OP-Assistenz ab, so dass jeder genügend Zeit für seine Stationsarbeit hatte. Dies beinhaltete neben der Patientenaufnahme OP-Aufklärung, Verbandswechsel, Arztbriefe und Gespräche mit den Angehörigen. Nicht zu vergessen die lästigen Anfragen der Krankenkassen. Dieser bürokratische Akt wurde im Laufe meiner Tätigkeit immer zeitaufwendiger. Dennoch war anfangs genügend Zeit für ein gelegentlich privates Gespräch mit den Patienten vorhanden. Diese familiäre Atmosphäre wurde von allen Seiten geschätzt. Schnell hatte ich mich eingearbeitet. Ich kam mit allen Kollegen und dem Pflegepersonal hervorragend zurecht.

In der ersten Woche hatte ich meinen ersten Ambulanzdienst, gekoppelt mit dem Notarztdienst. Einerseits sah es der Chefarzt Dr. Weinelt nicht gerne, wenn wir zum Einsatz fahren mussten, da wir dann im Haus fehlten. Andererseits brachten wir den größten Teil der Notfälle in unser Krankenhaus, was für den Erhalt dieses kleinen Landkrankenhauses auch sehr wichtig war. Mein erster Einsatz an der neuen Wirkungsstätte führte mich in eine Hausarztpraxis. Auf der Anfahrt fragte ich mich, warum ich in eine Praxis fahren sollte. Kämen die Kollegen denn nicht allein mit der Situation zurecht? In der Praxis angekommen, war ich total überrascht. Der Patient klagte über Schmerzen in der Brust. Ich wurde vom Kollegen empfangen und bekam eine ausgezeichnete Übergabe. Der Patient war schon komplett versorgt. Er hatte eine Infusion und alle notwendigen Medikamente waren gespritzt. Der Kollege drückte mir alle Befunde in die Hand und sagte zu mir: „Bringen Sie meinen Patienten gut in die Klinik!" Jetzt verstand ich den Grund meiner Anforderung. In diese Praxis sollte ich während meiner langjährigen Notarzttätigkeit regelmäßig fahren. Diesen Kollegen war es äußerst wichtig, dass ihre Patienten durchgehend von ihrer Praxis bis ins Krankenhaus optimal betreut sind. Eine Philosophie, die bei den Patienten sehr gut ankam. Diese Praxis entwickelte sich zur größten Hausarztpraxis in der Region. Leider dachten zu dieser Zeit die wenigsten Hausärzte so. Meistens war das Gegenteil der Fall. Nur keinen Notarzt anfordern, selbst bei schwerwiegenden Notfällen. Die Kollegen hatten vermutlich Angst, man könnte einen Fehler bei ihrer Behandlung entdecken. Oder hatten Angst, was die Leute denken, wenn schon wieder der Notarzt vor der Türe steht. Doch diese Gedanken waren absolut falsch. Leider waren es immer wieder die gleichen Kollegen, die in schweren Fällen nur einen Rettungswagen oder häufig sogar nur einen Krankentransport anforderten. Die Leitstelle kannte seine Pappenheimer im Laufe der Zeit. Wenn diese Ärzte einen Krankentransport bestellten, meist mit dem Zusatz „aber eilig", wurde in der Regel bereits ein RTW mit Blaulicht geschickt. Sehr häufig wurde von dem Rettungsteam sogar zur Behandlung der Notarzt nachbestellt, da viele Patienten in einem schlechten Zustand waren. Dazu fuhr der RTW ein Stück von der Praxis weg, damit der Arzt nicht mitbekommen sollte, dass der Notarzt nachgefordert wurde. Einige Kollegen wurden richtig böse, wenn ein Notarzt mitalarmiert wurde. Dies war absolut unverständlich, denn erstens ging es um die optimale Versorgung ihrer Patienten. Zweitens brauchten sie die Kosten für den Einsatz nicht zu tragen. Warum dann diese ablehnende Haltung? Im Laufe der Zeit veränderte sich jedoch die Einstellung der meisten Hausärzte. Immer häufiger wurden wir von ihnen zur Betreuung ihrer Patienten auf dem Weg ins Krankenhaus gerufen. Sie hatten inzwischen verstanden, dass wir einerseits keine Konkurrenz waren und andererseits keine vermeintlichen Behandlungsfehler ihrerseits beanstandeten. Natürlich gab es in der Qualität der Vorversorgung erhebliche Unterschiede. In einigen Praxen waren die Patienten mit allem versorgt, so dass wir sofort mit dem Transport beginnen konnten. In anderen Praxen war noch nichts passiert. Hier mussten wir den Patienten in den Praxisräumen erst medikamentös behandeln. So mancher Kollege oder Kollegin war sich einfach nicht mehr sicher genug, einen venösen Zugang zu legen. Das erfuhr ich auch bei einem Patienten mit Asthmaanfall. Der Patient tat sich sehr schwer beim Atmen. Der Hausarzt war schon lange vor uns in der Wohnung und hatte uns alarmiert. Als ich ihn fragte, was er bereits unternommen habe, sagte er freundlich. „Nichts, ich habe auf sie gewartet." Der Patient saß auf dem Bett. Er hatte die Arme seitlich aufgestützt, um seine Atemhilfsmuskulatur einzusetzen. Seine Gesichtsfarbe war leicht bläulich angefärbt. „Gebt ihm vier Liter Sauerstoff über Maske, eine grüne Infusionsnadel für mich und zieht Cortison und Theophyllin auf. Nachdem ich die Infusion gelegt hatte, drückte ich sie meinem Kollegen in die Hand. „Halten Sie sie bitte fest." Mit einem Lächeln nahm er die Flasche und stellte sich etwas abseits in die Ecke, damit wir in Ruhe arbeiten konnten. Aufmerksam sah er unserem schnellen Handeln zu. Der Zustand des Patienten besserte sich nur ganz langsam. Der Hausarzt wartete sogar noch so lange, bis sein Patient sicher in unserem Rettungswagen war. Dann bedankte er sich für unsere Hilfe und fuhr zurück in seine Praxis. Diese Erfahrungen konnte ich erst sammeln, als ich an Wochentagen als Notarzt unterwegs war. An den Wochenenden fuhr ich immer direkt zu den Patienten. Weiterhin musste ich feststellen, dass die Patienten in den ländlichen Gebieten größtes Vertrauen zu ihren Hausärzten hatten. Das ging so weit, dass Patienten selbst mit massivem Herzinfarkt oder schwerer Atemnot von ihren Angehörigen zuerst zum Hausarzt gebracht wurden anstatt umgehend den Notarzt zu rufen. Dabei ging oftmals wertvolle Zeit verloren.

Meine Einarbeitung in den Krankenhausalltag verlief sehr gut. Auch die vielen Notarztdienste ließen sich mit der Arbeit im Krankenhaus hervorragend vereinbaren. Die nächtlichen Notarztdienste verliefen zum Teil sehr ruhig. Selbst wenn ein Einsatz in der Nacht kam, war der nächste Tag auf Station kein größeres Problem für mich. Ich war noch jung genug, um dieses Schlafdefizit zu kompensieren. Nur selten kamen nachts zwei oder sogar mehr Einsätze. In diesen Ausnahmesituationen war der Folgetag mühevoll. An diesen Abenden ging ich eben früher ins Bett. Und schon war ich am nächsten Tag wieder fit. Manchmal übernahm ich den Notarztdienst nach meinem 24-Stunden-Hausdienst. Nach dem Dienst hatte ich frei. Zu Hause legte ich mich zum Schlafen hin und stand nur auf, wenn mein Melder ging.
Natürlich litt mein Privatleben angesichts der vielen Dienste. Zwei Wochenenden waren mit Diensten im Haus und als Notarzt belegt. Gelegentlich fuhr ich zu meinen Eltern ins Saarland. Und da waren auch noch die Fortbildungen, die ich besuchte. Viel Freizeit blieb mir nicht. In dem kleinen ländlichen Städtchen war nicht viel los. Unter

der Woche wollte ich auch nicht nach Augsburg fahren. Das war mir zu weit. Für die 35 Kilometer benötigte man 45 Minuten. Klaus machte sich Sorgen um mich. „Was soll ich nur mit Dir machen? Du bist nur am Arbeiten und denkst an Deine Fortbildungen. Ich glaube, ich muss eine Freundin für Dich finden!" Ich lachte. „Nicht jeder hat so viel Glück wie Du mit Deiner Sabine." „Da hast Du Recht. Wir zwei sind sehr glücklich miteinander." „Außerdem möchte ich eigentlich keine Partnerin aus dem medizinischen Bereich. Da besteht die Gefahr, dass zu viel über Patienten oder Krankheit gesprochen wird. Du kennst es doch aus unserer Studienzeit. Wir waren an einer rein medizinischen Fakultät. Wie lange haben wir es geschafft, uns mit den Kommilitonen über nichtmedizinische Themen zu unterhalten? Das war nur kurze Zeit, bis wir wieder bei der Medizin waren." „Stimmt." „Ein zweiter wichtiger Punkt ist das Gerede am Arbeitsplatz. Wenn Du auf Station freundlich zu jemandem bist oder ein freundliches Lächeln schenkst, wird Dir gleich ein Verhältnis angedichtet." „Ja das Getratsche im Krankenhaus ist groß. Ich weiß nicht, was über mich geredet wird. Aber das interessiert mich nicht." „Als nächstes finde ich die meisten Mitarbeiterinnen unattraktiv. Und wenn mir mal eine gefällt, ist sie zu jung oder bereits vergeben. Ich weiß, dass ich ein hoffnungsloser Fall bin. Vielleicht bin ich zu wählerisch." „Ich verstehe Dich." „Hinzu kommt, dass ich eine Partnerin für eine langfristige Beziehung suche, am liebsten für immer. Kurze Flirts sind nicht mein Stil. Ich bin ein Familienmensch und möchte selbst eine eigene Familie gründen. Die Partnerin muss vor allem meinen Beruf akzeptieren. Damit verbunden ist mangelnde Zeit und keine Flexibilität. Selten kann ich etwas spontan mit Freunden unternehmen. Mein Leben orientiert sich an meinem Dienstplan. Das wollen viele Frauen nicht. Ein Familienleben als Arztehefrau fordert oftmals Verzicht. Das ist der Grund, warum viele Arztehen scheitern. Dennoch gebe ich die Hoffnung nicht auf, eines Tages die Richtige zu finden, egal wie lange es dauert."

Klaus und ich ergänzten uns bestens im Krankenhaus. Wir waren ein eingespieltes Team. Die Kollegen waren teilweise neidisch auf unsere optimale Zusammenarbeit. Wenn einer von uns Beiden zum Notarzteinsatz musste, übernahm der andere seine Aufgaben. Das praktizierten wir auch, wenn der Eine nach einem anstrengenden nächtlichen Notarztdienst übermüdet war. Oder einer stand im Notarztplan und hatte kurzfristig einen wichtigen Termin, dann sprang der andere für ihn ein. Unsere Freundschaft hielt beispiellos. Unser Motto war das der drei Musketiere. „Einer für alle, alle für einen!" Aufgrund unserer fantastischen kollegialen Zusammenarbeit, hielten wir an der langfristigen Planung, eine gemeinsame Praxis aufzubauen fest. Wie und wann das geschehen sollte, ließen wir offen. Eine Karriere im Krankenhaus strebte keiner von uns an. Die Arbeit im Krankenhaus veränderte sich im Verlauf der folgenden Monate. Der Chefarzt bereite sich bereits auf seinen Abschied im kommenden Jahr vor. Aus diesem Grund arbeitete sich der designierte Nachfolger als Oberarzt ein. Ab diesem Zeitpunkt wehte ein anderer Wind. Der neue Chef erweiterte das operative Angebot. Von nun an wurden Hüft- und Knieprothesen eingebaut. Die OP-Zahlen stiegen rasant. Bis dato durften wir Assistenzärzte kleinere Eingriffe selbst durchführen. Ab jetzt operierte nur noch die Obrigkeit, wir wurden nur noch zum Haken halten degradiert. Es zählten einzig und allein die Fallzahlen. Zeit für die Patienten hatten wir kaum noch. Die Statistik musste stimmen. Die Zunahme der Bürokratie weckte den Unmut in Klaus und mir. Wir wurden Ärzte, um Menschen zu helfen. Fließbandarbeiter wollten wir nicht sein. Überspitzt sagte ich oft. „Das System Krankenhaus würde viel besser funktionieren, wenn zwei Störfaktoren nicht wären. Der Patient und seine Angehörigen. Sie kosten uns viel Zeit, die uns von der Bürokratie verloren geht."

Die einzige Abwechslung blieb der Notarztdienst. Wir freuten uns über jeden Einsatz während unserer Dienstzeit im Krankenhaus. Bei diesen Einsätzen redete uns keiner ins Handwerk. Wir waren die allein Verantwortlichen. Zwischendurch schickte ich ein Stoßgebet zum Himmel. „Lieber Gott, lass mich endlich wieder hinausfahren." Hin und wieder wurde mein Wunsch sofort erhört. Ich erinnere mich an einen Patienten, der sich ein Stück von der Fingerkuppe abgetrennt hatte. Eine aufwendige Verschiebeplastik lag in der Ambulanz vor mir. Dieser Eingriff bedeutete, dass ich an der Kuppe die Haut Y-förmig einschneiden und das ganze Gewebe verschieben musste, bis der Hautdefekt gedeckt wäre. Mit vielen kleinen Nähten würden dann die Schnitte zusammengenäht werden. Zu diesem filigranen Eingriff hatte ich keine Lust. Gerade hatte ich die Betäubung des Fingers vorgenommen, als der Melder losging. Das Piepsen war für mich eine Erlösung. Ich stand auf und sagte zur Schwester: „Rufen Sie bitte einen Kollegen, der den Eingriff beendet. Ich bin dann mal weg."

Markus war innerhalb zwei Minuten am Krankenhaus. „Wir fahren zu einer bewusstlosen Person auf dem Gehsteig." In meiner Anfangszeit wären mir tausend Gedanken durch den Kopf gegangen, was mich wohl erwarten würde. Aber nach einem Jahr hatte ich viel Erfahrung gesammelt. Am Einsatzort würde sich schon zeigen, was zu tun ist. Mein Adrenalinspiegel stieg kaum noch. Im Gegenteil, ich war verärgert, wenn ich eine Schicht ohne Einsatz hatte. Vor allem am Wochenende war es unter Tags langweilig, wenn ich nicht nach draußen konnte. Als Diensthabender konnte ich mich nicht weit von meiner Wohnung wegbewegen. Markus war ziemlich flott unterwegs. In einem Ort schrie ich noch. „Pass auf, da vorne auf der Straße steht ein Huhn." Zu spät. Im Seitenspiegel sah ich nur noch die Federn durch die Luft fliegen. „Tja" meinte Markus, „mit Verlusten muss man rechnen!" Zehn Minuten später bogen wir in die Zielstraße ein. Auf dem Gehsteig lag eine 40-jährige Frau. Neben ihr lag ein Besen. Die Nachbarin, die uns empfing, erklärte uns, was sie beobachtet hatte. „Frau Huber war den Gehsteig am Fegen. Ich wollte zum Einkaufen gehen. Ich grüßte sie freundlich, als sie plötzlich ohne Vorwarnung wie ein nasser Sack umfiel. Das war ein richtiger Schock für mich. Ich sprach sie an, rüttelte sie, aber sie reagierte nicht mehr. Aufgeregt lief ich zurück und wählte den Notruf. Bis jetzt ist sie nicht mehr aufgewacht." „Wissen Sie, ob sie irgendwelche Vorerkrankungen wie Diabetes hat?" „Mir ist nichts dergleichen bekannt." Zum RTW-Team wendend. „Nehmt zügig die Trage aus dem Fahrzeug, ich untersuche sie drin." Der erste Check verhieß nichts Gutes. Die Frau war tief bewusstlos. Auf meinen heftigen Schmerzreiz folgte keine Reaktion. Dann öffnete ich die geschlossenen Augenlider. Die Pupillen waren mittelgroß und seitengleich. Aber die Augen schauten nach oben und bewegten sich ständig hin und her. Die Reaktion der Pupillen auf mein Leuchten war ebenfalls sehr träge. Ich hatte den dringenden Verdacht auf eine Hirnblutung. Alle Anzeichen sprachen dafür. Ich wusste, jetzt geht es um Minuten, die über ihr weiteres Schicksal entscheiden. „Bereitet eine Narkose und die Intubation vor." In einem solch schnellen Tempo hatten wir schon lange nicht mehr zusammengearbeitet. Jeder wusste, was er zu tun hatte. Die Patientin hatte gute Venenverhältnisse. Rasch war der Zugang gelegt. Markus fixierte ihn. Michael übernahm das Spritzen der Narkosemittel. Währenddessen beatmete ich die Frau mit dem Ambubeutel. Der zweite Rettungsassistent hatte den Tubus vorbereitet. Markus legte noch das EGK und die Sauerstoffsättigung zur Überwachung an. Nachdem die Medikamente wirkten, nahm ich den Spatel und stellte mir zum Intubieren den Kehlkopf ein. Kaum sah ich die Stimmritze, spritzte mir aus der Lunge eine riesige Fontäne entgegen. Was war das? So etwas hatte ich noch nie erlebt. Wieso kam mir so viel Flüssigkeit aus der Lunge entgegen? Sie hatte doch keine Lungenproblematik, sondern höchstwahrscheinlich eine Hirnblutung. Später erhielt ich die Antwort auf meine Frage. Aufgrund der Blutung folgte eine Hirndrucksteigerung. In ganz seltenen Fällen kann es durch diese Drucksteigerung zu einem reflektorischen Reiz der Lunge mit Ausbildung eines Lungenödems kommen. Dies nennt man neurogenes Lungenödem. Bei dieser Patientin habe ich diese Rarität das erste und letzte Mal in meiner langjährigen Notarzttätigkeit gesehen. „Absauge, schnell!" Ich saugte die Flüssigkeit ab und versuchte erneut, den Tubus durch die Stimmritze einzuführen. Diesmal gelang es. Die Manschette am unteren Ende des Tubus wurde mit zehn Milliliter Luft durch ein Seitenventil gefüllt. Dadurch wird er geblockt, um ein Verrutschen zu verhindern. Danach schlossen wir unsere Beatmungseinheit an. Darüber wurde die Frau während des Transportes automatisch künstlich beatmet. Der ganze Vorgang dauerte trotz der Komplikation nur zehn Minuten. Michael fuhr sicher, aber mit hohem Tempo Richtung Augsburg. 15 Minuten dauerte die Fahrt, er hatte sich selbst übertroffen. Am Klinikum ging es gleich Richtung CT, das wir über die Leitstelle angemeldet hatten. Dort wurden wir erwartet. Ich wartete die Untersuchung ab, weil mich das Ergebnis brennend interessierte. Nach den ersten Aufnahmen konnte man auf dem Bildschirm die Blutung erkennen. Auslöser war sehr wahrscheinlich ein Aneurysma. Dies ist eine Gefäßmissbildung, die meist angeboren ist. Die Gefäßwand ist dünner. Daher kann sie durch eine Druckerhöhung reißen. Ursachen für die Druckerhöhung sind Schläge auf den Kopf wie z.B. beim Boxen sowie Pressen auf der Toilette oder bei der Geburt. In der Regel wissen die Menschen nichts von der Missbildung. Eine Blutung trifft sie daher wie ein Blitzschlag aus dem normalen Alltag heraus. Neben der plötzlichen Bewusstlosigkeit aus dem Nichts heraus können massive Kopfschmerzen, die sich anfühlen, als ob es den Schädel auseinanderreißt, Hinweis auf eine solche Blutung sein. Im vorliegenden Fall ordnete der Neurochirurg die sofortige Operation an. „Bei optimalem OP-Verlauf können wir das Leben der Frau retten. Doch welche Schäden sie zurückbehalten wird, können wir bei dieser ausgedehnten Blutung nicht abschätzen."

Von der Alarmierung bis zur Übergabe in der Klinik waren nur 50 Minuten vergangen. Für diese hervorragende Teamarbeit gab ich allen als Belohnung den berühmten Klinikumskakao aus. Die Jungs freuten sich über die Anerkennung. Solche erfolgreich abgeschlossenen Einsätze sind ein großer Ansporn für die kommenden Herausforderungen im Rettungsdienst. Wochen später erfuhren wir mehr über den weiteren Heilungsprozess der Patientin. Ihr Sohn war nämlich Zivildienstleistender auf einer Wache im benachbarten Kreisverband. Normalerweise erhielten wir von den Krankenhäusern keine Rückmeldung über unsere Notfallpatienten. Das ist sehr schade, da wir Notärzte nie erfahren, ob unsere Verdachtsdiagnosen richtig waren oder ob wir wichtige Details übersehen haben. Denn niemand ist perfekt und aus Fehlern können wir zum Wohle anderer viel lernen. Die Mutter des Zivi hatte ausgesprochenes Glück gehabt. Die Operation war sehr erfolgreich verlaufen. Sie hatte keine Lähmung davongetragen und das Sprachzentrum war nur diskret betroffen. Nach dem Aufenthalt im Krankenhaus folgte eine vierwöchige Rehabilitation. Danach waren sogar die leichten Sprachprobleme behoben. Dieser unglaublich positive Verlauf war für diese Familie wie ein Sechser im Lotto.

Nach diesem hektischen, aber letztlich lebensrettenden Einsatz ließen wir uns mit der Rückfahrt Zeit. Mir war es egal, ob die Kollegen im Krankenhaus wegen meines langen Fortbleibens meckerten. Zu allem Überfluss bekamen wir noch einen Folgeeinsatz. Wir brauchten nur eine Minute bis zu unserem Ziel, da der Einsatzort nur 500 Meter vom Klinikum entfernt lag. Der 80-jährige Patient öffnete uns selbst die Tür. „Was haben Sie für Beschwerden?" „Seit heute früh bin ich so schwindelig. Sonst fehlt mir nichts." Schwindel kann sehr viele Ursachen haben. Er kann unter anderem von der HWS kommen oder durch Durchblutungsstörungen im Gehirn, von Störungen im Gleichgewichtsorgan im Innenohr oder durch niedrigen Blutdruck bedingt sein. Daher fragte ich gezielt nach. „Dreht es sich wie im Karussell, schwanken Sie wie auf dem Schiff oder ist es eher ein dumpfes Gefühl im Kopf? Sind Sie beim Gehen unsicher?" „Ich würde eher sagen wie ein Leeregefühl im Kopf." Der Blutdruck war mit 80/50 mmHg sehr niedrig. Der niedrige Blutdruck würde den Schwindel erklären. Routinemäßig legten wir das EKG an. Ich sah auf den Monitor und erschrak. Ich konnte nicht glauben, was ich da sah. Der Patient hatte nur noch 11 Herzschläge in der Minute. Damit hatte ich nicht gerechnet. Ein Wunder, dass er noch ansprechbar war und nur über den Schwindel klagte. Ein Blick zu den Rettungsassistenten genügte. Einer sprang unverzüglich nach draußen, um die Trage zu holen. „Eine Infusion und Atropin." Mittels des Atropins versuchte ich, den Pulsschlag zu erhöhen. Ehe der Patient reagieren konnte, hatte ich schon die Vene punktiert und das Atropin injiziert. „Also wir müssen ganz dringend ins Krankenhaus." „Ja warum denn? Wegen dieses bisserl Schwindel?" Das Medikament zeigte keinerlei Wirkung. Ich erklärte dem Patienten, dass er sofort einen Schrittmacher brauche, da sein Herz extrem langsam schlage. Ich hatte nun zwei Möglichkeiten. Entweder noch vor Ort einen externen Herzschrittmacher über Klebeelektroden anlegen oder den Patienten einladen und sofort losfahren. Angesichts der Tatsache, dass der Patient bei Bewusstsein, der Blutdruck halbwegs akzeptabel und das Klinikum in Sichtweite war, entschied ich mich für die zweite Variante. Unseren hastigen Rettungseinsatz konnte der alte Mann in seiner Tragweite immer noch nicht so ganz verstehen. Im Klinikum war alles für die Weiterversorgung vorbereitet. Die Aktion einschließlich Transport dauerte 15 Minuten. Das war neuer Rekord. Zurück im heimischen Krankenhaus fragten die Kollegen: „Wo warst Du denn solange?" „Ich musste nach Augsburg fahren und bekam dort einen Anschlussauftrag. Notarzteinsätze sind halt eben nicht planbar. Wenn ihr im Einsatz seid, übernehme ich eure Arbeit auch. Das gleicht sich im Laufe der Zeit aus." Danach waren sie ruhig. Klaus lächelte. „Die lieben Kollegen haben Angst, sie müssten zu viel arbeiten."

Unser Einsatzfahrzeug war inzwischen sechs Jahre alt. Jeder der Ärzte liebte diesen BMW wegen seiner optimalen Straßenlage. Doch leider war die entsprechende Kilometerzahl von mehr als 200.000 km erreicht. Das geliebte Auto musste durch ein Neues ersetzt werden. Klaus, der als Obmann des Standortes für die Dienstplaneinteilung und alle weiteren Belange wie z.B. medikamentöse Ausrüstung zuständig war, versuchte mit den Verantwortlichen für den Rettungsdienst im Kreisverband Kontakt aufzunehmen. Für uns Ärzte war es wichtig, ein geeignetes Fahrzeug mit allen möglichen Sicherheitsstandards zu erhalten. Doch der Leiter des Rettungsdienstes ließ Klaus abblitzen. „Na Klaus, wie ist das Gespräch mit dem Kreisverband gelaufen?" „Hör bloß auf!" Klaus war verärgert. „Diese Ignoranten und Profilneurotiker! Was bilden die sich eigentlich ein. Ich habe unsere notärztliche Position sachlich dargestellt. Sofort wurde interveniert. Der Kreisverband sei einzig und allein für die Neubeschaffung verantwortlich. Sie müssten ja auch alle Kosten tragen. Daher werden sie ein entsprechendes Fahrzeug ordern. Wir würden dann schon rechtzeitig informiert werden. Den Weg hätte ich mir sparen können." „Lassen wir uns überraschen, womit wir künftig zu den Patienten fahren." Zu dieser Zeit war es so, dass die Kreisverbände einen bestimmten Betrag in der Höhe eines Standardgolfs als Zuschuss zur Verfügung gestellt bekamen. Alle weiteren Kosten für Ausbau und Ausrüstung mussten vom Roten Kreuz getragen werden. Bei der Beschaffung des BMW hatte eine ortsansässige Bank kräftig gesponsert. Doch diesmal sah es schlecht aus. Die BRK-Führung gab uns kein Mitspracherecht bei der Neuanschaffung. Wir mussten abwarten, welches Auto uns vor die Nase gesetzt wird. Im September nach der Urlaubszeit sollte das neue Einsatzfahrzeug offiziell eingeweiht werden. Im August erfuhren wir, dass ein japanischer Geländewagen gekauft wurde. Wir Ärzte waren total entsetzt. Dieses Auto war für unsere Zwecke völlig ungeeignet. Zum einen der kurze Radstand und der hohe Schwerpunkt. Bei maximaler Zuladung würde das Kurvenfahren zum Glücksspiel werden. Der Kofferraum war für all unsere Einsatzgeräte und Notfallkoffer viel zu klein. Sogar der Rücksitz musste genutzt werden, um alles zu verstauen. Bei einem Unfall würden uns diese Teile wie Geschosse um die Ohren fliegen. Der Oberhammer war jedoch, dass dieses Fahrzeug ohne Beifahrerairbag ausgestattet war. Die Sicherheit der Ärzte wurde vom Leiter Rettungsdienst absolut ignoriert. Das Auto wurde vom Händler mitgesponsert. Wahrscheinlich brauchte der Kreisverband kein Geld draufzahlen. Wir vermuteten sogar, dass vielleicht Geld vom Zuschuss übrig blieb. Beweisen konnten wir diesen Verdacht leider nicht. Alles auf Kosten unserer Sicherheit. Klaus spottete, als er die Information über dieses Auto bekam. „Dieses Einsatzfahrzeug wird das erste Jahr nicht überleben!" Wie Recht sollte er mit seiner Weissagung behalten.

Bis zum Sommer hatten wir keine schwerwiegenden Einsätze mehr. Die meisten Einsätze erfolgten wegen internistischer Probleme wie Engegefühl in der Brust, hohem Blutdruck, Kreislaufkollaps, allergischen Reaktionen, Atemnot, Bauchschmerzen oder Unterzucker. Die Unfälle, zu denen wir gerufen wurden, waren leicht bis mittelschwer. Bei den Unfällen lernte ich im Laufe der Zeit die Mitglieder der Stadtfeuerwehr sowie der Wehren im ganzen Umkreis kennen. Ebenso ging es mit der Polizei. Immer wieder trafen wir am Einsatzort aufeinander. Der Umgang war immer freundlich. Mit der Zeit war ich mit allen per Du. Das erleichterte die Zusammenarbeit ungemein.

Den nächsten schweren Verkehrsunfall hatte Klaus zu versorgen. Diesmal war es umgekehrt wie sonst. Ich hatte Dienst im Haus und er brachte mir den Verletzten. Ein Motorradfahrer war gestürzt und gegen einen Zaun geprallt. Klaus fing an, mir das Verletzungsmuster mitzuteilen. „Bei meinem Eintreffen war er ansprechbar und voll orientiert. Übelkeit gibt er nicht an. Er hat Schmerzen in der

Halswirbelsäule, im Brustbereich und im rechten Fuß. Zur Analgesie hat er ein Betäubungsmittel bekommen." Ich schaute mir kurz den Patienten an. Der Fuß war massiv angeschwollen und der Patient atmete schwer. Ich sah Klaus an und fragte ihn: „Bist Du sicher, dass dieser Patient bei uns im Krankenhaus richtig ist? Ich habe ein ungutes Gefühl." Klaus stutzte. Er wirkte verunsichert. „Ich habe noch eine Wunde zu nähen, dann kümmere ich mich um diesen Verletzten." Klaus bot mir sofort seine Hilfe an.       „Tom, während Du die Wunde nähst, ordne ich schon einmal das Röntgen an, solange kein weiterer Einsatz kommt." „Einverstanden." Nach zehn Minuten war mein Patient fertig. Ich ging zur Röntgenabteilung. Die ersten Bilder waren angefertigt. Die HWS zeigte eine Stauchung. Auf der Thoraxaufnahme sah ich zwei gebrochene Rippen und eine Stauchungsfraktur der Brustwirbelsäule, einen lebensbedrohlichen Pneumothorax konnte ich nicht erkennen. Dennoch wurde mein Gesichtsausdruck immer ernster. Was würde das Röntgenbild des Fußes zeigen?  Auch Klaus' Miene verfinsterte sich. „Tom, ich befürchte, dass Du Recht hast. Dieser Patient ist wirklich nichts für unser Kreiskrankenhaus. Aber warten wir noch die letzte Aufnahme ab." Die Aufnahme des Fußes bestätigte unsere Vermutung. Die Fußwurzelknochen standen nicht mehr da, wo sie hingehörten. Mehrere Knochen waren luxiert, eine dringliche Indikation für eine Operation. Würde diese Verletzung nicht schnell behandelt werden, könnte der Verunfallte seinen Fuß langfristig nicht mehr benutzen. „Ich informiere den Oberarzt über unseren Patienten. Er ist heute Abend auf einer Veranstaltung. Aber er hat mir die Nummer seines Funktelefons aufgeschrieben." „In Ordnung Tom. Ich habe Dir die Suppe eingebrockt. Gemeinsam werden wir sie auslöffeln." Verzweifelt kehrte ich zu Klaus zurück. „Ich kann ihn einfach nicht erreichen, er geht nicht an sein Telefon. Es ist wie verhext. Und das immer dann, wenn es äußerst dringend ist. Die Adresse des Lokals hat er leider nicht mit angegeben. Murphys Law scheint sich einmal mehr zu bewahrheiten. Was schief

gehen kann, geht schief und wenn etwas schief geht, geht alles schief!"
„Probiere es weiter, Tom. Parallel informiere ich die Leitstelle. Sie
sollen für unseren Patienten eine Zielklinik suchen, die ihn umgehend
operieren kann. Wir müssen die Angelegenheit selbst regeln." Der
Oberarzt war unerreichbar. „Klaus, ich habe alles versucht, aber jetzt
müssen wir handeln. Was sagt die Leitstelle?" „Sie fragen in Augsburg,
Ulm und Ingolstadt an. Sobald sie eine positive Zusage erhalten,
rufen sie bei uns an." „Wunderbar." Zehn lange Minuten mussten wir
warten, bis der erlösende Anruf kam. „Hier ist Peter von der Leitstelle.
Das Klinikum Ingolstadt nimmt euren Patienten auf. Jetzt müssen wir
noch klären, mit welchem Rettungsmittel er befördert wird. Laut der
diensthabenden Chirurgin sollten die Verletzungen am Fuß so schnell
wie möglich operiert werden. Damit scheidet eine Verlegung mit dem
RTW fast aus. Die arztbesetzten Hubschrauber sind momentan alle
im Einsatz. Die letzte Hoffnung ist der Bundeswehrhubschrauber am
Standort Manching. Mein Kollege telefoniert im Augenblick mit ihnen.
Das einzige Problem liegt darin, dass er nicht mit einem Arzt besetzt ist.
Wer würde mitfliegen?" „Das muss ich noch abklären. Ich habe meinen
Hintergrund nicht erreicht. Ich bin allein mit dem Internisten im Haus.
Ich rufe gleich zurück. Bis dahin wisst ihr auch, ob der „Ingo 51" den
Transport übernimmt." „Einverstanden. Bis gleich." Ich erklärte Klaus
die Lage. Gespannt hatte er das Telefonat verfolgt. Ein letzter Versuch,
den Oberarzt zu erreichen, scheiterte. „Es gibt nur eine Lösung" sagte
Klaus entschlossen. „Ich muss den Notarztdienst für die Dauer dieser
Verlegung abgeben. Einer von uns Beiden fliegt mit. Der andere hält
im Haus die Stellung." „Dann wirst Du mitfliegen müssen. Ich darf als
Diensthabender das Haus nicht verlassen." „Pass auf Tom. Ich habe den
ganzen Aufwand verursacht. Außerdem durfte ich bei einem meiner
Einsätze bereits im Hubschrauber mitfliegen. Dieser Flug gehört
Dir. Ich übernehme solange Deinen Dienst." „Was wird morgen der
Oberarzt dazu sagen?" „Der soll sich nur klein halten. Schließlich hat

er Bereitschaft und muss jederzeit erreichbar sein. Ist er aber nicht! Mach Dir darüber nicht so viele Gedanken." Das war geklärt. Nun rief ich die Leitstelle zurück. „Wie sieht es mit dem Hubschrauber aus?" „Positiv. Er wird in einer halben Stunde am Krankenhaus landen." „Super. Zur Information. Ich werde mitfliegen und Klaus bleibt im Krankenhaus. Für die Zeit meiner Abwesenheit muss der Notarzt abgemeldet werden." „Dann muss es so sein. Augenblicklich ist sowieso wenig los. Einen Haken gibt es aber noch. Der „Ingo51" kann Dich nicht mehr zurückfliegen, weil es dann zu dunkel ist. Er hat keine Nachtflugerlaubnis." „Wie komme ich wieder zurück?" „Keine Panik. Das haben wir organisiert. Ein KTW wird Dich zurückbringen." Zur angegebenen Zeit hörten wir in der Ferne ein dumpfes Motorengeräusch. Die alte Militärmaschine war nicht zu überhören. Die Piloten waren sehr freundlich. Im Krankenhaus lagerten wir den Patienten um und trugen ihn zum Heli. Ich bekam eine kurze Einweisung. Mein Herz schlug vor Freude auf meinen ersten Hubschrauberflug schneller. Ich setzte meinen Helm mit integriertem Funk auf und schnallte mich an. Ohne Helm hätte man sein eigenes Wort nicht verstanden. Der Patient war gut auf der Trage fixiert. Er war kreislaufstabil. Ein Zwischenfall war während des Fluges nicht zu erwarten. Er war an die Monitore angeschlossen, mit denen wir seine Vitalwerte ständig im Blick hatten. Sollte der Patient unterwegs plötzlich einen Kreislaufstillstand bekommen, hätten wir ein riesiges Problem. Im Hubschrauber ist es so eng, dass der Arzt bzw. Rettungsassistent nur an den Kopf bzw. an die Arme herankommt. Aber eine Wiederbelebung ist in der Luft nahezu unmöglich. Bei solch einem gravierenden Zwischenfall müsste der Pilot zügig einen Landeplatz finden, den Patienten ausladen und dann erst könnte die Reanimation beginnen. Daher können eigentlich nur kreislaufstabile Patienten mit dem Hubschrauber geflogen werden. Alle anderen Patienten werden bodengebunden ins Krankenhaus gebracht. Endlich ging es los. Der Pilot startete die Maschine. Die Rotoren drehten sich immer schneller und der Lärmpegel im Innenraum stieg. Langsam hoben wir ab. Erst stiegen wir senkrecht mindestens hundert Meter auf. Ein herrlicher Ausblick aus der Luft auf das Krankenhaus und das beleuchtete Städtchen. Ich genoss diesen Moment. Die Flugzeit sollte 19 Minuten dauern. Schade dachte ich. Viel zu kurz. Die Landschaft aus der Vogelperspektive zu beobachten war fantastisch. Es war wie im Urlaub. Nach der berechneten Flugzeit landeten wir in Ingolstadt. Ich hätte noch weiter fliegen können. Am Landeplatz lagerten wir unseren Patienten in einen RTW um und fuhren zur Notaufnahme. Ich übergab der Kollegin alle Befunde. Ein Blick auf die Röntgenbilder genügte ihr. „Der Fuß sieht nicht schön aus. Der OP ist für ihn vorbereitet. Vielen Dank, Herr Kollege." Ich verabschiedete mich. Die KTW-Besatzung wartete in der Ambulanz auf mich. Draußen setzte die Dunkelheit ein. Kurz vor Mitternacht war ich zurück. Klaus empfing mich mit den Worten: „Wie war Dein erster Flug?" „Einfach genial, leider zu kurz. Was hat sich hier ereignet?" „Du hast nichts verpasst. Den Patienten auf den Stationen geht es gut. Ich habe eine Schnittwunde versorgt. Das war es. Ich melde mich bei der Leitstelle zurück. Wir sehen uns morgen. Gute Nacht Tom." „Gute Nacht Klaus. Nochmal danke, dass ich fliegen durfte. Bis morgen."

Am folgenden Morgen wurde diese abendliche Blitzaktion in der Besprechung diskutiert. Der Oberarzt, der sonst immer seinen zumeist kritischen Kommentar abgab, hielt sich diesmal kleinlaut zurück. Dr. Weinelt stand voll und ganz hinter unserem Vorgehen. Das musste man dem Chef lassen. Er hatte zwar zwischendurch seine cholerischen Anfälle und schrie durch die Gegend. Aber nach kurzer Zeit war alles vergessen. Zur Beruhigung brachten wir immer wieder Gummibärchen mit. Auf die stand er besonders. Niemals war er nachtragend oder fiel uns in den Rücken. Im Gegenteil. Er stellte sich immer schützend vor seine Mitarbeiter. So auch bei einer Beschwerde durch die Mutter eines kleinen Patienten.

Der Vorfall ereignete sich in meinem Ambulanzdienst. Die Mutter kam mit ihrem neunjährigen Sohn. Er hatte sich eine Schnittwunde am Arm zugezogen. Der Kleine schrie in der Ambulanz immer: „Nein, ich lasse mich nicht nähen." Die Mutter versuchte alles, um ihn zu beruhigen. Dabei machte sie sich fast zum Affen. Ich dachte für mich: „Na das kann ja lustig werden." Die Schwester führte sie in den Behandlungsraum. Dort ging das Spektakel weiter. „Wie heißt Du?" Ich wollte Kontakt zu dem Jungen aufbauen. Keine Reaktion. „Leon, antworte dem Doktor, wenn er Dich fragt!" Der Junge blieb unbeeindruckt. „Wissen Sie, Leon geht nicht in die staatliche Grundschule. In seiner Schule gibt es ein spezielles pädagogisches Konzept. Die Kinder dürfen selbst entscheiden, was sie wollen." „Dann ist mir alles klar. Es ist schön, Kinder in Entscheidungen miteinzubeziehen. Es gibt hingegen Situationen, in denen sie nicht in der Lage sind, die richtige Entscheidung zu treffen. Diese Situation ist jetzt. Die Wunde ist zu groß und tief. Sie muss genäht werden. Eine Alternative habe ich nicht. Machen Sie das Ihrem Kind unmissverständlich klar." „Hast Du gehört, was der Arzt gesagt hat?" Die Mutter raspelte Süßholz, um ihr Kind doch noch dazu bewegen zu können, sich behandeln zu lassen. Ohne Erfolg. Nach einer halben Stunde wurde es mir zu bunt. „Zum letzten Mal. Darf ich Deine Wunde nähen?" Die Antwort war mir klar. Sie lautete nein. „Nehmen Sie Ihr Kind und gehen Sie! Kommen Sie wieder, wenn Sie es gescheit erzogen haben und es sich behandeln lässt." Provisorisch versorgte die Ambulanzschwester die Verletzung mit speziellen Strips, doch bei der Größe der Wunde wäre die Versorgung nicht ausreichend. Wütend verließ die Mutter die Ambulanz. „Ich werde mich bei ihrem Chef beschweren!" „Ja. Tun Sie das." Umgehend setzte ich Dr. Weinelt in Kenntnis. Ich bekam noch mit, wie mein Chef sie in seinem Büro empfing. Es dauerte keine fünf Minuten, bis die Frau das Krankenhaus mit einem hochroten Kopf verließ. Dr. Weinelt bat mich zu ihm. „Ich habe die Mutter mit ihrem unerzogenen Sohn ebenfalls achtkantig rausgeschmissen." Ich war enorm erleichtert.

Anfang September begann Dr. David seinen Wiedereingliederungsversuch. Er startete mit zwei Arbeitsstunden pro Tag. Bis Ende des Jahres sollte er seine Arbeit wieder zu 100 Prozent aufnehmen. Zu diesem Zeitpunkt lief mein Vertrag im Krankenhaus aus. Die Unfallfolgen des Kollegen waren noch nicht ganz ausgeheilt. Immer wieder klagte er über heftige Nackenschmerzen. Ich bezweifelte, dass er langfristig mit dem Arbeitspensum zurechtkommen würde, zumal unter dem künftigen Chefarzt täglich von morgens bis abends operiert wurde. Die gemütliche Zeit unter dem alten Chef war vorbei. Der designierte Chefarzt spürte auch, dass Dr. David den Anforderungen nicht mehr gewachsen sein würde. Daher fragte er mich über meine Zukunftspläne für das nächste Jahr. Er bot sogar eine Vertragsverlängerung an. Ich zögerte, da ich mit ihm nicht so gut zu Recht kam. Mit dem alten Chef würde das Krankenhaus die gute Seele verlieren und anschließend die Chirurgie in einen Handwerksbetrieb verwandelt werden, indem nur noch die Fallzahlen eine Rolle spielten. Ein Dorn im Auge war ihm die Notarztbereitschaft am Tag während der Krankenhausarbeit. Am liebsten hätte er dies unterbunden, aber das Krankenhaus übernahm die Sicherstellung an diesem Standort.

Nach langem Überlegen schlug ich das Angebot unter dem neuen Chef ab. Im Krankenhaus war man nur noch ein kleines Zahnrad einer riesigen Maschinerie. Lediglich in meiner Notarttätigkeit fühlte ich mich wohl. Ich arbeitete direkt am Patienten, hatte niemanden, der mir in irgendeiner Weise Vorschriften machte und der bürokratische Aufwand war gering. Zwischen den Einsätzen hatte ich Zeit für persönliche Angelegenheiten. Ich besprach die Situation mit Dr. Weinelt. Er zeigte großes Verständnis für mich. Der scheidende Chef hatte eine ausgezeichnete Idee. „Tom, was halten Sie davon, wenn Sie an diesem Standort hauptsächlich den

Notartdienst übernehmen? Das hätte viele Vorteile. Zum einen lieben Sie diese Tätigkeit heiß und innig. Zum anderen wäre der neue Chef zufrieden, wenn er tagsüber nicht mehr so viele Kollegen für diesen Dienst abstellen müsste." „Ja, aber wer gibt mir die Garantie, dass ich nicht plötzlich mit leeren Händen dastehe? Ich brauche schließlich genügend Dienste, um meinen Lebensunterhalt zu verdienen." „Die Zusage gebe ich Ihnen. Ich spreche mit meinem Nachfolger. Ab Januar sind Sie hier der Hauptnotarzt." Diese Vorstellung gefiel mir. Endlich aus dem Krankenhaus fort.

Freudestrahlend teilte ich Klaus diese Neuigkeit mit. „Ich beneide Dich Tom. Am liebsten würde ich zusammen mit Dir aufhören. Aber für uns beide reicht der Notarztdienst zum Überleben nicht. Ich muss weiter in diesem Haus durchhalten. Für Dich freue ich mich riesig." „Warte ab, Klaus, vielleicht bekommst Du schneller die Gelegenheit, hier aufzuhören, als Du glaubst. Wunder gibt es immer wieder." „Wir werden sehen."


Für Mitte September war die Einweihung des neuen Notarzteinsatzfahrzeugs angesetzt. Zu dieser feierlichen Zeremonie war der Landrat eingeladen. Er sollte offiziell das Fahrzeug an die Rettungswache übergeben. Der örtliche Pfarrer würde das Auto dort segnen, damit wir allezeit unfallfrei an unser Ziel kommen sollten. Wir Ärzte waren nicht nur traurig, unseren BMW aufgeben zu müssen. Nein, wir waren sehr skeptisch, ob das neue Fahrzeug nicht sogar ein Risiko für uns darstellt.

Am Tag der Übergabe hatte ich Notarztdienst. Nachmittags war es soweit. Alle Mitarbeiter der Wache, die Spitze des Kreisverbandes, Klaus in seiner Funktion als Notarztobmann des Standortes und ich als Diensthabender hatten uns auf dem Hof vor der Rettungswache versammelt. Der Landrat hielt gerade seine Rede, als mein Melder losging. Wehmütig stieg ich in das alte NEF. Ich hatte Tränen in den

Augen. Das würde nun die letzte Fahrt mit diesem fantastischen Auto sein. Demonstrativ fuhren wir mit Horn und Blaulicht vom Hof.

Das Meldebild lautete „Herzinfarkt." Der junge Mann von ungefähr 30 Jahren hinterließ bei mir nicht den Eindruck, dass er einen Herzinfarkt erlitten hatte. Er klagte über Stechen in der Brust. Vor allem beim tiefen Einatmen würden die Beschwerden schlimmer. „Haben Sie Übelkeit, Schweißausbruch, strahlt der Schmerz in den Arm aus?" Dies alles wurde verneint. Ich hatte eine Verdachtsdiagnose. Aber erst wollte ich wirklich einen Infarkt ausschließen. Auf dem EKG-Ausdruck waren keine Veränderungen erkennbar. Ich untersuchte den Patienten. Dabei tastete ich die Muskulatur neben der Brustwirbelsäule ab. „Ja, da tut es weh. Der Schmerz strahlt nach vorne aus." Das wollte ich hören. „Haben Sie in den letzten Tagen schwer gehoben?" „Stimmt. Gestern habe ich eine schwere Kiste aus dem Auto gehoben, hatte direkt danach aber nichts gespürt." „Vermutlich haben Sie sich eine Blockierung an der Wirbelsäule zugezogen. Dadurch kommt es auch zur Reizung der Nerven und der Muskulatur. Sie spüren den Schmerz, der von hinten kommt, bis vorne zum Brustbein. Wenn alles gut funktioniert, sind Ihre Beschwerden in Kürze vorbei." Jetzt konnte ich zeigen, was ich während meiner chirotherapeutischen Ausbildung gelernt hatte. Ich setzte den Patienten auf einen Stuhl. Von hinten griff ich um seine im Nacken verschränkten Hände und zog den Rücken nach oben. Zweimal knackte es gewaltig laut. „Ich hoffe, das war es." Ich quaddelte im Anschluss die verspannte Rückenmuskulatur mit einem Lokalanästhetikum. „So. Stehen Sie bitte auf und bewegen Sie sich." Der Patient war verblüfft. „Meine Schmerzen sind weg. Ich kann es kaum glauben." Oftmals haben Brustschmerzen ihre Ursache in einer Störung der Skelettmuskulatur oder Nervenreizungen. Für den Laien ist das nicht erkennbar. Bei Brustschmerzen denkt man sofort an einen Herzinfarkt. Hinzu kommt meist die Angst der Patienten und Angehörigen, die die

Beschwerden schlimmer erscheinen lassen. Daher wird oft in solchen Fällen der Notarzt gerufen.

Als ich von dem Einsatz zurückkam, war das offizielle Programm auf der Wache beendet. Traurig verließ ich das NEF. Das war sie nun, meine allerletzte Einsatzfahrt mit dem alten NEF. Ab sofort mussten wir das neue Auto benutzen. Ich inspizierte das Fahrzeug sehr genau. Innerlich spürte ich ein ungutes Gefühl. Das Auto schien mir nicht sicher zu sein. Das bekam ich beim nächsten Einsatz zu spüren. Abends war es so weit. Die erste Fahrt stand mir bevor. Von meiner Wohnung aus mussten wir immer eine leicht abschüssige Straße fahren. Am Ende der Straße folgte eine leichte Rechts-Links-Kurve. Schneller als 30km/h fuhren wir nie. Bisher gab es nie Probleme. Doch bei dem Japaner hob bei dieser minimalen Geschwindigkeit fast das Hinterrad ab. Ich erschrak. „Mein Gott, was ist das denn für ein Schrottauto! Da bekommt man ja richtig Angst während der Anfahrt. Wie katastrophal wird das erst im Winter bei schlechten Straßenverhältnissen werden?" Meine Befürchtungen wegen dieses Vehikels hatten sich schon bestätigt. Aber den Verantwortlichen des Roten Kreuzes war die Sicherheit der Ärzte egal. Hauptsache Geld gespart. Ich veranlasste meinen Fahrer, mit diesem Auto nicht mehr so schnell zu fahren wie mit dem Vorgänger. Am Einsatz empfing uns eine besorgte Ehefrau. „Kommen Sie herein und schauen Sie sich meinen Mann an. Jeden Tag ist er betrunken. Seit 20 Jahren ist er Alkoholiker. Doch seit er vor zwei Monaten seinen Job verloren hatte, ist es unerträglich. Sie müssen ihm helfen und ihn mit ins Krankenhaus nehmen. So geht es nicht weiter." Der Mann lag auf der Couch. Vor ihm eine Galerie leerer Bierflaschen. „Sie haben gehört, was Ihre Frau gesagt hat. Sie macht sich Sorgen um Sie. Wie viel trinken Sie denn am Tag?" Die Zunge des Mannes lief nicht mehr rund. „Zurzeit vielleicht einen Kasten Bier am Tag." „Haben Sie schon mal einen Entzug mitgemacht? Der Mann lachte. „Schon einige, aber alle ohne Erfolg." „Sie sehen doch, dass es Ihnen nicht gut geht und Sie Hilfe brauchen." „Ich brauche keine Hilfe. So und jetzt gehen Sie. Ich gehe in kein Krankenhaus." „Dürfen wir wenigstens Ihren Puls und Blutdruck messen?" „Meinetwegen." Die Werte waren normal. „Noch eine letzte Frage. Was ist heute für ein Wochentag?" Der Patient war voll orientiert. Die Frau war inzwischen genervt. „Nehmen Sie in endlich mit?" „Ich darf Ihren Mann ohne seine Einwilligung nicht mitnehmen." „Das gibt's doch gar nicht. Sie sehen seinen miserablen Zustand." „Ich verstehe Sie sehr gut. Aber mir sind seitens des Gesetzes die Hände gebunden. Ich werde es Ihnen erklären. Ihr Mann ist wach und orientiert. Da er keine gesetzliche Betreuung hat, darf er alleine entscheiden. Wenn ich ihn gegen seinen Willen mitnehme, dann ist es Freiheitsberaubung und er kann mich anzeigen." „Dann rufe ich die Polizei, damit die etwas unternehmen." „Auch dies ist zwecklos. Eine Einweisung durch die Polizei erfolgt nur bei akuter Eigengefährdung bzw. Fremdgefährdung." „Aber er ist doch gefährdet. Er säuft sich zu Tode." „Das darf er. Eine Eigengefährdung liegt z.B. bei Androhung eines Selbstmordes vor. Sollte er plötzlich umfallen und bewusstlos werden, dann darf ich ihn ins Krankenhaus bringen. Anders habe ich keine Handhabe." „Sie wollen nicht helfen. Also verschwinden sie jetzt!" Wir zogen uns zurück. In diesem Fall hatte ich Verständnis für die besorgte Ehefrau. Natürlich brauchte der Mann Hilfe. Aber der Notarzt hat in solch einem Fall keinen Handlungsspielraum. Diese Einsätze sind sowohl für die Angehörigen als auch für die Einsatzkräfte unbefriedigend. Es ist immer schwierig, den betroffenen Familien die deutschen Gesetze zu erklären.

Wieder einmal stand ich nach einem Einsatz am Klinikum Augsburg. Im Gespräch mit Kollegen und Rettungsdienstpersonal erfuhr ich immer die neuesten Nachrichten. Diesmal war ich sehr verwundert. Ein Rettungsassistent, den ich als Rotkreuzmitarbeiter einer Wache aus dem Augsburger Raum kannte, stand nun in blauer Kleidung dran. Neugierig fragte ich nach dem Grund. „Hast Du die Seiten gewechselt, Bruno?" „Ja, wie Du siehst. Seit Anfang des Monats arbeite ich bei einem privaten Rettungsdienst im Süden von Augsburg. Die Bezahlung ist deutlich besser. Ich bin außerdem aufgestiegen zum stellvertretenden Wachleiter. Und wie geht es Dir?" „Passt schon. Die Arbeit im Krankenhaus gefällt mir immer weniger. Die Bürokratie hat zu stark zugenommen. Ab Januar wird alles anders. Da werde ich nur noch als Notarzt tätig sein. Ich übernehme den größten Teil der Dienste an unserem Standort. Dort ist das Einsatzaufkommen zwar nicht so hoch, aber es wird reichen." „Das klingt hervorragend. Du wirst bestimmt noch genügend freie Zeit haben. Ich wüsste, wie Du sie sinnvoll nutzen könntest." „Spuck aus, Bruno." „Mein Boss hat seit kurzem die Lizenz für ein Notarzteinsatzfahrzeug erhalten. Im Moment haben wir einen Arzt, der fast rund um die Uhr einsatzbereit ist. Für ihn suchen wir Verstärkung. Du wärst die perfekte Ergänzung."          „Woher bekommt ihr die Einsätze? Ihr seid nicht an die offizielle Leitstelle angeschlossen." „Das ist richtig. Wir haben unsere eigene Notrufnummer. Damit machen wir Werbung, vor allem auch in Altenheimen. Es läuft ganz gut an. Zusätzlich übernimmt Dein Kollege Dienste für die Polizei. Wenn kein Einsatz ist, fährt er auf Anfrage zu den Dienststellen der Polizei und nimmt Blut nach Alkohol- oder Drogenfahrten ab." „Das klingt abwechslungsreich. Ich komme gerne bei euch vorbei und schaue mir alles persönlich an."

Meine Zukunft war gesichert. Mit den Diensten an zwei Standorten brauchte ich keine Existenzangst zu haben. Die Vorstellung, nur noch als Notarzt tätig zu sein, gefiel mir. Zwei Wochen nach meinem Gespräch mit Bruno besuchte ich die Wache im Süden Augsburgs. Wache war in diesem Fall jedoch zu viel behauptet. Es war eine umfunktionierte ehemalige KFZ-Werkstätte. Der Chef des privaten Rettungsdienstes und der Kollege erwarteten mich. Sie zeigten mir die Räumlichkeiten. Ansprechend sah es wirklich nicht aus. Der Inhaber erklärte mir, dass alles erst mal provisorisch sei. Umbaupläne gebe es schon. Weiterhin teilte er mir mit, dass er Mitarbeiter der Leitstelle gewesen sei. Doch jetzt wollte er sich selbständig machen. Im Gebäude hatten sie eine eigene kleine Leitstelle installiert. Ein Disponent war 24 Stunden bereit, die Anrufe entgegenzunehmen und die Einsätze zu disponieren. Die Schlafräume für die Mitarbeiter waren eng. Es gab eine Toilette und eine Dusche. Als Übergangslösung würde es fürs Erste reichen, dachte ich. Der Kollege zeigte mir noch, wie es mit den Blutabnahmen auf den Polizeistationen ablief. Die Örtlichkeiten waren wirklich alles andere als einladend, aber ich sagte zu, ab Januar mit einzusteigen.

Klaus freute sich mit mir. Er war zunehmend mit seiner Situation im Krankenhaus unzufrieden. „Das Klima im Haus gefällt mir nicht mehr. Noch geht es, solange der alte Chef mitmischt. Doch wie wird es dann weitergehen? Dennoch bleibe ich vorerst in der Klinik und warte ab. Schließlich habe ich einen unbefristeten Vertrag, den ich nicht gerne aufgeben möchte." „Das kann ich nachvollziehen. Aber wer weiß, ob Du nicht doch schneller das Krankenhaus verlässt, als Du glaubst. Der Kollege in Augsburg ließ durchblicken, dass er möglicherweise ab April ins Ausland geht. Wir könnten uns die Dienste hier und in Augsburg aufteilen." „Wie würde der Kaiser Franz sagen. Schauen wir Mal."


In unserem Landkreis war gerade der Aufbau einer Leitenden Notarztgruppe im Aufbau befindlich. Voraussetzung zur Bestellung als Leitender Notarzt war eine mindestens zweijährige, regelmäßige Teilnahme am Notarztdienst. Weiterhin mussten die Ärzte Zusatzkurse belegen. Zuletzt bekam man von einem Gremium die offizielle Zulassung. Ich hatte zwar die Voraussetzung nicht erfüllt, aber es gab zu wenige Kollegen, die sich bereit erklärten, diese Tätigkeit zusätzlich auszuüben. Daher stellte ich bei der Ärztekammer den Antrag auf eine Ausnahmegenehmigung. Diese wurde mir erteilt. So konnte ich im Herbst bereits die ersten Schulungen belegen. Was ist die Aufgabe des Leitenden Notarztes? Der LNA kommt bei schweren Unfällen mit vielen Verletzten oder einem Massenanfall von Patienten wie z.B. Lebensmittelvergiftung in einem Altenheim zum Einsatz. Er hat lediglich organisatorische Funktionen, an der Verletztenversorgung nimmt er nicht teil. Bei einem Unfall mit vielen Verletzten wie beispielsweise bei einem Busunfall oder Zugunglück rückt der LNA aus. Auch er wird über einen Funkmelder alarmiert. Entweder fährt er mit seinem eigenen PKW oder einem Fahrzeug des Rettungsdienstes zum Einsatzort. Dort sichtet er alle Verletzten und teilt sie je nach Schwere der erlittenen Verletzungen in unterschiedliche Gruppen ein. Die Verletzten bekommen eine Anhängekarte, auf der die wichtigsten Informationen für die Notärzte und Rettungsdienstmitarbeiter stehen. Anhand der Gruppeneinteilung der Verletzten gibt es zum einen Patienten, die sofort behandelt werden müssen, sonst sterben sie. Dazu gehören unter anderem akute, lebensbedrohliche Blutungen, die man sofort stoppen muss. Andere Verletzte müssen sofort abtransportiert werden, weil man ihnen nur in der Klinik helfen kann. Hier sind innere Blutungen zu nennen. Dann gibt es noch die leicht Verletzten, die erst am Schluss behandelt und in die Krankenhäuser eingeliefert werden. Die letzte und schwerste Gruppe sind die Toten und die Menschen, die keine Überlebenschance haben. Auch die unverletzt Beteiligten werden vor Ort registriert. Es ist psychisch schwer belastend und eine riesige Herausforderung, diese Einteilung unter Zeitdruck vorzunehmen. Der LNA hat maximal ein bis zwei Minuten pro Patient hierfür Zeit. Nach der Sichtung teilt er den Notärzten die Patienten zur Behandlung zu. Weiterhin ist er mit verantwortlich, dass genügend Einsatzkräfte am Einsatzort zur Verfügung stehen. Der nächste Schritt beinhaltet die Verteilung der Verletzten auf die umliegenden Krankenhäuser. Gemeinsam wird dies mit dem Einsatzleiter des Rettungsdienstes koordiniert. Dabei ist es wichtig, die Krankenhäuser mit der Anzahl der Verletzten nicht zu überfordern. Die Leitung eines solchen Einsatzes mit der Nachbearbeitung dauert viele Stunden, je nach Größe der Katastrophe mitunter auch Tage. Bei Großschadensereignissen werden am Ort des Geschehens Zelte aufgebaut. Hier findet dann auch die Versorgung der Einsatzkräfte statt. Dies geschieht meist durch sogenannte schnelle Einsatzgruppen der einzelnen Hilfsorganisationen. In meiner Funktion als LNA sollte ich zweimal zum Einsatz kommen.

Die letzten drei Monate meiner Krankenhaustätigkeit brachen an. Die Stimmung in der Abteilung wurde zusehends schlechter. Ich war dankbar für jeden Einsatz während meiner Arbeitszeit. Da war ich wenigstens mein freier Herr. Wieder einmal hatte mich ein Einsatz vor einer ungeliebten Tätigkeit in der Ambulanz gerettet, ein Frontalzusammenstoß auf einer Landstraße. In einer leichten Linkskurve kam eine Fahranfängerin von der Fahrbahn ab und prallte frontal in den entgegenkommenden PKW. Das Team von unserem Standort sowie ein RTW aus dem benachbarten Landkreis rückten zu diesem Unfall aus. Weitere Einsatzkräfte waren sowohl die örtliche Dorffeuerwehr als auch die Feuerwehr unseres Städtchens, da diese alle Geräte für die technische Rettung zur Verfügung hat. Ich verschaffte mir schnell einen Überblick über das Unfallgeschehen. Bei der jungen Unfallverursacherin war der Airbag aufgegangen. Sie war ansprechbar und klagte über Schmerzen an der gesamten Wirbelsäule. Bei ihrem Kontrahenten sah es schlechter aus. Er war eingeklemmt. Da er ein altes Auto ohne Airbags hatte, waren seine Verletzungen wesentlich schlimmer. Jetzt musste ich zunächst mit der Feuerwehr den Ablauf der medizinischen und der technischen Rettung besprechen. Ein Rettungsassistent kletterte in den Rückraum des schwerer beschädigten Autos und legte dem Fahrer einen Stifneck zur Stabilisierung der HWS an. Durch das Fenster hindurch legte ich eine Infusion. Dabei sah ich schon, dass er eine offene Knieverletzung hatte. Der Mann bekam von mir eine leichte Narkose, bei der der Patient jedoch spontan atmen konnte. Der RA im Fond des Autos kontrollierte regelmäßig Puls und Blutdruck des Verletzten. Nachdem der Patient schmerzfrei war, gab ich grünes Licht für die Feuerwehr. „Jetzt könnt ihr das Dach abtrennen und anschließend noch die Tür spreizen. Den Patienten ziehen wir, wenn er unter den Pedalen befreit ist, nach hinten weg auf unsere Schaufeltrage. Bis ihr soweit seid, versorge ich die andere Fahrerin." Das zweite Rettungsteam kümmerte sich um die junge Autofahrerin. Die HWS war stabilisiert und sie hatte eine Infusion. Die Assistenten waren dabei, ein sogenanntes KED-System anzulegen. Dieses stabilisiert die Wirbelsäule, wenn bei einem Verdacht auf eine Verletzung der Wirbelsäule der Verunfallte aus einem Unfallfahrzeug gerettet wird. Das Anlegen ist zwar zeitaufwendig, aber bewahrt den Patienten vor weiteren Schäden. Von umstehenden Menschen, die unsere Rettung verfolgten, kamen leider immer wieder unqualifizierte Äußerungen wie: „Was brauchen die denn solange? Im Fernsehen geht das alles viel schneller!" Über solche dummen Kommentare regten wir uns schon nicht mehr auf. Eine Menschenrettung läuft in Deutschland ganz anders ab als z.B. in Amerika. In Deutschland sind wir bemüht, denn Patienten am Unfallort optimal zu versorgen. Dabei kann diese Behandlung auch im RTW durchaus länger dauern. Uns ist wichtig, dass der Patient im stabilen Zustand im Krankenhaus ankommt. Für Außenstehende erscheint dieser Aufwand zu lange zu sein. Sie glauben, dass der Patient schnellstmöglich in die Klinik gebracht werden sollte. Studien zeigten hingegen, dass ein schneller Abtransport und optimale Weiterversorgung im Krankenhaus nicht zu besseren Ergebnissen für den Verletzten führten. In Amerika wird meist nach dem Prinzip „load and go" verfahren. Das Rettungswesen wird von sogenannten Paramedics ausgeführt, Notärzte sind nicht im Einsatz. Der Patient wird zügig in den Ambulanzwagen gebracht. Zum größten Teil werden Behandlungsmaßnahmen wie das Legen einer Infusion oder eine Intubation auf dem Weg ins Krankenhaus vollzogen. Das Aufeinanderprallen beider völlig konträrer Rettungssysteme hatte man vor vielen Jahren bei der Flugzeugkatastrophe in Ramstein miterlebt. Dies führte letztendlich zu chaotischen Zuständen. Nachdem die junge Fahrerin offensichtlich keine weiteren Verletzungen davongetragen hatte, schickte ich sie zum Röntgen ins Krankenhaus. Danach wandte ich mich wieder dem Schwerverletzten zu. Die Feuerwehr hatte in der Zwischenzeit das Dach und die Beifahrertür entfernt. Die Füße waren noch zwischen den Pedalen eingeklemmt. Schnell waren auch diese frei zugänglich. Der Patient wurde wieder wacher. Zur weiteren Rettung aus dem Wrack spritzte ich wieder von dem Narkosemittel nach. Wir stellten die Rückenlehne des Fahrersitzes ganz flach und zogen den Verletzten ganz vorsichtig nach hinten auf unsere Schaufeltrage. Zusammen mit den Jungs der Feuerwehr hoben wir ihn aus dem Unfallauto und legten ihn auf die Vakuummatratze unserer Trage. Im RTW führte ich einen kompletten Bodycheck durch. Die Verletzungen konzentrierten sich auf die unteren Körperregionen. Das linke Sprunggelenk war maximal angeschwollen. Doch schlimm sah das rechte Knie aus. Die Verletzung wurde durch den Aufprall auf das Lenkrad verursacht. Hätte das Fahrzeug einen Airbag gehabt, wären die Verletzungen nicht so heftig gewesen. Das Kniegelenk war ganz offen. Ich konnte alle Knochen des Ober- und Unterschenkels sehen, die Kreuzbänder und sogar die Menisken. Die Prognose, dass der Patient sein Bein schnell wieder normal benutzen konnte, war äußerst schlecht. Ich beneidete die Chirurgen in Augsburg, die das Knie zusammenflicken mussten, nicht.

In diesem Herbst gab es viele schwere Unfälle. Diesmal war es ein tödlicher Motorradunfall. Auf einer Kreisstraße wollte ein Fahranfänger mit seinem Motorrad einen LKW überholen. Dabei übersah er ein entgegenkommendes Fahrzeug. Vor Ort erwartete uns ein grausamer Anblick. Der junge Mann, der seinen Führerschein erst ein paar Tage zuvor erhalten hatte, lag auf der Fahrbahn. Er war in drei Teile zerrissen. Augenzeugen berichteten, dass er mit hoher Geschwindigkeit auf den LKW auffuhr. Dann beschleunigte er noch einmal und fuhr an dem Laster vorbei. Als er ausgeschert war, kollidierte er mit einem PKW, den er übersehen hatte. Dabei flog er gegen die hintere Bordwand. Bei diesem Aufprall wurde sein Körper auseinandergerissen. Die Polizei fragte mich, ob ich eine Leichenblutentnahme durchführen würde. Mit einem unguten Gefühl untersuchte ich die einzelnen Körperteile. Wir entfernten den Helm, den er noch auf dem Kopf hatte. Die Augen waren offen. Bei einem solchen Anblick läuft es mir immer noch eiskalt den Rücken herunter. Daran kann man sich nicht gewöhnen, auch wenn man als Notarzt viele tödliche Unfälle erlebt. Ich teilte der Polizei mit, dass eine Blutentnahme nicht mehr möglich sei. Der Körper war total ausgeblutet. Das war wieder einmal ein tödlicher Motorradunfall, bei dem sich der Fahrer überschätzt hatte. Die meisten schweren Unfälle mit Bikern entstehen hingegen dadurch, dass sie von anderen Verkehrsteilnehmern übersehen werden. Ein Grund liegt in der wahnsinnig schnellen Beschleunigung. Du beobachtest den Verkehr und siehst niemanden und im nächsten Moment ist der Motorradfahrer da. Besonders gefährlich ist die Situation bei Fahrzeugen mit langsamer Beschleunigung. Hier sind in unserer ländlichen Region besonders die Traktoren zu nennen. Sie fahren im Schneckentempo von ihren Feldern auf die Straße. Aber nicht nur deswegen geht eine erhöhte Unfallgefahr von ihnen aus. Als weitere Gründe sind die Fahrbahnverschmutzungen zu nennen, die sie von ihren Feldern hinterlassen, oder verlorene Ladungen. Nicht zu vergessen ist auch die schlechte Beleuchtung in der Dunkelheit. Hierzu fallen mir zwei weitere Einsätze in den folgenden Wochen ein.

Der eine Einsatz verlief glimpflich ab. Ein Rollerfahrer stürzte, da er auf einer Kreisstraße nach einer Rechtskurve zu spät erkannte, dass ein Landwirt einen Teil seiner Maisladung verloren hatte. Auf den feinen Körnern rutschte der Rollerfahrer aus und landete im gegenüberliegenden Graben. Er trug nur leichte Verletzungen davon. Zu verdanken hatte er dies seiner Schutzkleidung. Leider sehe ich allzu oft, dass die motorisierten Zweiradfahrer unzureichend gekleidet sind. Jeans und T-Shirt sind keine Bekleidung als Biker. Ein Sturz bei geringer Geschwindigkeit reicht schon, um sehr schmerzhafte großflächige Schürfungen davon zu tragen. Da die Motoradfahrer außer ihrem Körper keine weitere Knautschzone haben, gibt es nur eine Devise: Helm, Lederkombi mit Protektoren, auch bei größter Hitze. Diese Schutzmaßnahmen haben so manchem das Leben gerettet.

Der nächste schwere Unfall mit einem Traktor war auf eine mangelhafte Beleuchtung zurückzuführen. Es war bereits dunkel. Der Fahrer eines Traktors mit zwei Anhängern wollte eine Kreisstraße überqueren. Dabei unterschätzte er die Geschwindigkeit eines herannahenden Fahrzeugs. Da die Anhänger seitlich weder eine Beleuchtung noch reflektierende Leuchtstreifen hatten, konnte der PKW-Fahrer die Gefahr nicht erkennen. Zu spät realisierte er den kreuzenden Traktor. Er konnte nicht mehr rechtzeitig bremsen. So fuhr er mit seinem Auto seitlich unter den letzten Anhänger. Der Fahrer konnte im letzten Augenblick seinen Kopf einziehen. So viel Glück hatte sein Beifahrer nicht. Auch hier zeigte sich für die Retter ein Bild des Grauens. Das Auto war komplett unter dem Anhänger eingeklemmt, das Dach gänzlich eingedrückt. Mit Mühe kamen wir an die Insassen des Autos heran. Der Fahrer war ansprechbar, konnte sich aber in dem Fahrzeugwrack nicht bewegen. Er klagte lediglich über Rückenschmerzen. Sein Beifahrer hingegen hatte es nicht geschafft. Er hatte das Hindernis gar nicht wahrgenommen. Beim Aufprall wurde ihm der Kopf abgetrennt.

Dieser lag hinten auf dem Rücksitz. Wieder war es eine technische Herausforderung für die Feuerwehr, den Fahrer zu befreien. Trotz intensiver Anstrengung dauerte es eine halbe Stunde, bis ich an den verletzten Fahrer herankam. Unterdessen kümmerte ich mich so lange um den Traktorfahrer, der einen Schock erlitten hatte, bis er durch ein Mitglied des Kriseninterventionsteams betreut werden konnte. Hierzu gehören sowohl ehrenamtliche Helfer der Rettungsdienstorganisationen als auch Seelsorger. Zu ihren Aufgaben zählt unter anderem die Betreuung von traumatisierten Ersthelfern an Unfallorten und auch von Familienangehörigen zu Hause nach Verlust eines Verwandten. Für ihren schwierigen Dienst der psychologischen Nachbetreuung werden sie speziell geschult.

Die Untersuchung des Fahrers ergab überraschenderweise nur Prellungen und Schürfungen. Aufgrund der Schwere des Aufpralls wurde er zur Überwachung ins Krankenhaus gebracht. Er fragte immer wieder nach seinem Kumpel auf dem Beifahrersitz. Wegen des eingedrückten Daches konnte er nicht sehen, was mit seinem Freund geschah. Er realisierte nur, dass er nicht mehr antwortete. Es fiel mir nicht leicht, ihm den Tod seines Freundes mitzuteilen, obwohl dieser es schon ahnte. „Mein Kumpel hat nicht überlebt?" „Leider ja." Die weiteren Umstände behielt ich für mich. Der Unfall bedeutete genug Stress für den Patienten.


Weihnachten stand vor der Tür. An Heiligabend hatte ich mich für den Notarztdienst eingetragen. Klaus übernahm den Dienst im Krankenhaus, seine Freundin Sabine den Röntgendienst. Somit konnten die Beiden auch zusammen sein, falls es ruhig blieb. Jeder Assistent mit Familie war erfreut, dass wir Junggesellen an diesem Abend arbeiteten und sie mit Ihrer Familie feiern konnten. Ich hatte meine Eltern und meine Schwester nach Bayern in meine Wohnung eingeladen. Es war zwar etwas eng in meinem Apartment, aber Hauptsache wir waren mal wieder alle zusammen. Da ich wenig Zeit zum Einkaufen hatte, brachten sie die Köstlichkeiten mit. Wenigstens hatte ich einen kleinen Tannenbaum besorgt. Die Nacht vor Heiligabend absolvierte ich meinen letzten Hausdienst in der Klinik. Nach Mitternacht brauchte ich nicht mehr aufzustehen. Relativ erholt konnte ich Weihnachten entgegensehen. Der Tag verlief ganz entspannt. Nur einmal musste ich am Vormittag zu einer Atemnot ausrücken. Dem Patienten mit einer chronischen Lungenerkrankung ging es nach der medikamentösen Behandlung deutlich besser. Er durfte daheim bleiben.

Den Rest des Tages hatte ich Zeit für meine Familie. Wir hatten uns längere Zeit nicht gesehen. Darum gab es viel zu erzählen. Am Spätnachmittag begannen wir mit den Vorbereitungen für das Festessen. Hoffentlich würde der Abend so ruhig bleiben wie der Tag. Erfahrungsgemäß waren in den letzten Jahren an Heiligabend wenige Einsätze. Doch darauf kann man sich nie verlassen. Erstens kommt es anders und zweitens als man denkt. Ich verspürte eine innere Unruhe. Die erste Vorspeise, eine selbstgemachte Tomatensuppe, war fast fertig, als mein Melder losging. „Mist. Ich habe es irgendwie geahnt, dass wir nicht gemütlich zum Essen kommen." „Kein Problem. Fahr Deinen Einsatz. Die Suppe können wir schnell wieder aufwärmen." Eine ältere Frau war in ihrer Wohnung gestürzt. Die Angehörigen hatten sie gefunden. Es war der Klassiker, eine Schenkelhalsfraktur. Ein Fall für unser Krankenhaus. Klaus und Sabine standen im Flur vor der Röntgenabteilung. „Frohe Weihnachten" rief ich von weitem, „ich habe Euch auch ein Geschenk mitgebracht." „Frohe Weihnachten, Tom. Das Geschenk wäre nicht nötig gewesen. Wir haben uns vor fünf Minuten eine Pizza bestellt. Die wird wohl wieder kalt werden." „Ich musste auch meine wohlduftende Vorspeise stehenlassen. Geteiltes Leid ist halbes Leid."

Ich beeilte mich nach Hause zu kommen. Diesmal konnte ich meine

Suppe in Ruhe genießen. Aber für den weiteren Verlauf des Abends hatte ich ein flaues Gefühl in der Magengegend. „Seid ihr bereit für den nächsten Gang?" fragte meine Schwester. „ Dann serviere ich das Krabbencock--". Weiter kam sie nicht. Unser Dinner wurde wieder unterbrochen. „Ich bin dann mal weg. Hoffentlich geht das nicht so weiter." „Und wenn, können wir es auch nicht ändern. Das bringt der Arztberuf so mit sich." Der nächste Einsatz führte mich ins nahegelegene Altenheim. Dort waren die Bewohner beim Essen. Traditionell standen Wiener Würstchen mit Kartoffelsalat auf dem Speiseplan. Das wurde einer Bewohnerin zum Verhängnis. Als unser Team nach zwei Minuten im Heim ankam, lag die Bewohnerin bewusstlos im Speisesaal auf dem Boden. Der Kopf war schon ganz blau angelaufen. „Was genau ist vorgefallen?" „Die Bewohnerin saß am Tisch und fiel während des Essens bewusstlos um." „Was gab es denn zum Essen?" „Würstchen mit Kartoffelsalat." „Jetzt ist mir alles klar." Ich wusste sofort, was zu tun war, um das Leben der Frau zu retten. „Schnell, reicht mir einen Spatel und eine Zange an." Mit dem Spatel stellte ich mir den Eingang der Luftröhre ein. Genau, wie ich vermutete. Dort steckte das Korpus delicti. Mit der Zange entfernte ich ein großes Stück der Wurst aus der Luftröhre. Die Aktion erfolgte noch im rechten Augenblick. Sofort nach der vollständigen Entfernung fing die Patientin spontan zu atmen an. Sie bekam noch Sauerstoff. Nach kurzer Zeit hatte sie sich komplett erholt. Sie war voll orientiert und der Kreislauf im normalen Bereich. Auf der Lunge hörte ich keine Nebengeräusche. Da es der Patientin wieder gut ging und ich keinen Anhalt dafür hatte, dass der vorübergehende Sauerstoffmangel zu einer Hirnschädigung geführt hat, ließ ich die alte Frau guten Gewissens im Altenheim.

In meiner Wohnung erwartete mich der nächste Gang, das Krabbencocktail. „Wie lange darfst Du jetzt Dein Essen genießen?" „Keine Ahnung. Aber mein sechster Sinn sagt mir, dass es heute Nacht so weitergeht, wie es angefangen hat." So war es letztlich auch. Kaum war die zweite Vorspeise verzehrt, piepste es erneut. Meine Familie lachte. Ich schüttelte den Kopf. „So einen kuriosen Abend gab es noch nie." „Na dann bis später zum Hauptgericht." Das Schweinefilet in Blätterteig duftete in der ganzen Wohnung. Ginge es nach dem Gesetz der Serie dürfte ich den Hauptgang in Ruhe essen können.

Das Meldebild des neuen Einsatzes lautete „Bauchschmerzen". Mein Fahrer und ich sahen uns an und grinsten. „Ein typischer Einsatz. Üppiges und fettes Essen, vielleicht noch ein wenig Alkohol dazu, und dann zwickt die Galle." Die Frau mittleren Alters gab krampfartige Bauchschmerzen unterhalb des rechten Rippenbogen sowie Schmerzen an der rechten Schulter an, ein Hinweis auf eine Gallenkolik. Wir fühlten uns mit unserer Vermutung bestätigt. Ich erklärte der Patientin, dass sie trotz der bevorstehenden Feiertage ins Krankenhaus müsse. Die Analgetika würden kurzfristig ihre Beschwerden lindern, aber nicht die Ursache bekämpfen. Schweren Herzens folgte sie unserer Empfehlung. Ich transportierte sie in unser Krankenhaus. Sabine und Klaus hatten mittlerweile ihre Pizza aufgegessen. Wieder einmal hatte ich ihre Ruhe gestört. Sie nahmen es gelassen hin. Für mich ging es nun zum Essen dritter Teil. Knapp eine Stunde war vergangen. Die Qualität des Essens hatte leider unter meiner Abwesenheit gelitten. Trotzdem schmeckte es ausgezeichnet. Meine Familie stichelte. „Und was kommt als Nächstes?" „Eigentlich fehlt mir ein Einsatz in der Kirche." Mein Wunsch wurde prompt erhöht. War die Voraussage Intuition oder eine göttliche Eingebung? Ein älterer Mann wurde während der Christmette ohnmächtig. Die Verwandten brachten ihn in die Sakristei. Damit wir den Gottesdienst nicht störten, wurden wir am Seiteneingang erwartet. Der Mann war sehr blass und schweißig. Schmerzen in der Brust als Indiz für Herzbeschwerden wurden nicht angegeben. Vermutlich waren das Stehen, die vielen Menschen und der Weihrauch zu viel für ihn. Ich ließ eine Kochsalzlösung infundieren, worauf er sich deutlich erholte. Der Patient bat uns inständig, dass er nach Hause zu seiner Familie dürfe. Die Verwandten stimmten seinem Wunsch zu. Aus medizinischer Sicht war meinerseits nichts dagegen einzuwenden. Somit kam ich schneller zurück zu meinem Dessert. Diesmal war ich nur 30 Minuten weg. „Dürfen wir endlich die Nachspeise auftischen?" „Selbstverständlich. Nach dem Verlauf dieses Abendes vermute ich, dass ich sie ohne Unterbrechung genießen darf." Kaum war das Dessert in meinem Bauch, spürte ich wieder ein unbehagliches Gefühl in der Magengegend. „Ich glaube, dass ich noch einmal raus muss." Gesagt, getan. „Piep, piep, piep." Das war mir klar. Es ist immer so, wenn man etwas vorhat oder einen interessanten Film ansehen will. Es kann sein, dass den ganzen Tag über kein Einsatz war. Aber hast Du mit Freunden ein Date ausgemacht, erwischt es dich kurz vor Feierabend nach dem Motto „abends wird der Faule fleißig". Die Weihnachtsgeschenke lagen weiterhin unberührt unter dem kleinen Tannenbaum. Ich zog Schuhe und Jacke an und eilte nach draußen. Mein Fahrer war genau wie ich von dem ungewöhnlichen Ablauf dieser Heiligen Nacht überrascht. Würde dieser Einsatz der Letzte sein? Wir hielten vor einem alten Haus. In der Küche saß eine alte Frau. Zunächst entschuldigte sie sich, dass sie den Notruf gewählt hatte. „Es tut mir sehr leid, dass ich sie an diesem Abend stören muss. Ich habe mir lange überlegt, ob ich überhaupt anrufen soll. Ich habe seit Stunden einen Druck im Kopf. Da habe ich den Blutdruck gemessen. Er ist über 200 mmHg. Ich habe Angst, dass er noch weiter steigt." Ich beruhigte die sympathische, alte Frau. „Das haben Sie richtig gemacht. Auch an Weihnachten sind wir für solche Notfälle da. Haben Sie denn keine Angehörigen mehr?" „Mein Mann ist vor zwei Jahren verstorben, Kinder habe ich nicht." Sie tat mir wirklich leid. Das alte Haus war sehr spartanisch eingerichtet. In der Küche stand ein alter Ofen, den sie mit Holz schüren musste. Ich nahm mir Zeit für diese einsame Frau, die niemanden mehr hatte. Meine Weihnachtsgeschenke konnten warten. Für die Zuwendung und die Aufmerksamkeit, die meine Assistenten und ich dieser alten Frau schenkten, war sie sehr dankbar. Das Strahlen in ihren Augen und das Lächeln in ihrem Gesicht erfüllten mich mit großer Freude. Mit diesen wenigen Minuten unserer Zeit hatten wir diese Frau glücklich gemacht. Mit Hilfe unserer Medikamente sank der Blutdruck stetig. „Möchten Sie daheim bleiben oder sollen wir Sie ins Krankenhaus bringen? Dort wären Sie die kommenden Tage gut versorgt." Diese bescheidene und mit allem zufriedene Frau wollte lieber in ihrem kleinen Häuschen bleiben. Bei meiner Verabschiedung drückte sie mir lange die Hand. Ich konnte nicht anders. Ich nahm sie kurz in den Arm und wünschte ihr alles Gute. „Vielen Dank. Für mich war dies trotz meines erhöhten Blutdrucks seit langem der schönste Abend. Danke für ihre freundliche und menschliche Behandlung. Es ist nicht selbstverständlich." Dann wollte sie uns noch zehn Mark Trinkgeld geben. „Dieses Geld kann ich nicht annehmen. Sie brauchen es viel nötiger als wir, denn Sie haben mit Sicherheit nur eine kleine Rente. Wichtig für mich ist, dass es Ihnen wieder besser geht." Die Frau hatte Tränen in den Augen. Der Einsatz hatte mich berührt. In diesem Augenblick wurde mir bewusst, dass viele Menschen einsam sind, nicht nur an den Feiertagen. Die einen haben keine Familie mehr, die anderen wollen von ihren Verwandten nichts wissen. Wie glücklich dürfen sich all diejenigen schätzen, die Freunde und Verwandte haben, die sich um einen kümmern.

Um Mitternacht war ich zurück. „Was ist los mit Dir? Du siehst so nachdenklich aus." Daraufhin erzählte ich meiner Familie von diesem Einsatz. „Ich bin sehr dankbar, dass ich heute mit euch feiern kann, wenngleich nur in Etappen. Aber jetzt werden wir endlich die Geschenke auspacken." Bis zwei Uhr saßen wir zusammen. Störungsfrei verlief die restliche Zeit meines Dienstes.


Nach Weihnachten fuhr meine Familie zurück. Die letzten Arbeitstage im Krankenhaus lagen vor mir. Es fiel mir sehr leicht, Abschied vom

Krankenhaus zu nehmen. Im Jahr 1996 sollte ein neuer Abschnitt in meinem Leben beginnen. Ab diesem Zeitpunkt würde ich erst einmal nur noch als Notarzt tätig sein.

Ich fuhr zu meinem ersten Dienst beim privaten Rettungsdienst im Süden Augsburgs. Bislang war ich immer in roter Einsatzkleidung gefahren. Jetzt musste ich blaue Kleidung tragen. Das war eine gewaltige Umstellung. Der private Anbieter war bei den öffentlich rechtlichen Rettungsdienstorganisationen nicht beliebt. Die Rivalität war groß, doch eher seitens der Führung der etablierten Hilfsorganisationen. Bei den Rettungsassistenten untereinander spürte man nur gelegentlich Animositäten. Sie verstanden sich in der Regel gut, zumal viele vor ihrem Wechsel zu dem Privaten beim Roten Kreuz angestellt waren. Konkurrenz belebt das Geschäft. Die „Blauen" brachten frischen Wind herein. Die Etablierten waren oft zu rigide in ihren Führungsstrukturen. Vielfach hatte ich das Gefühl, dass in der Führung der Hilfsorganisationen Flexibilität und Professionalität fehlte.

An meiner neuen Wirkungsstätte richtete ich mich für den ersten 24 Stunden Dienst ein. Die Verhältnisse in der ehemaligen Werkstatt waren nicht berauschend. Am Tag fand man kaum ein ruhiges Plätzchen für sich. Die Ruheräume in der Nacht waren sehr beengt. Jedes Mal, wenn der Melder für den RTW ertönte, wurde ich ebenfalls wach. Daher entschloss ich mich, nachts und am Wochenende auf einer Dreibeinliege zu schlafen. Diese stellte ich in das Büro des Wachleiters. Bequem ist anders. Aber dort hatte ich wenigstens mehr Ruhe.

Die Einsatzhäufigkeit war noch recht dürftig, da der Notarztdienst unter der eigenen Rufnummer noch nicht lange bestand. Werbung wurde vornehmlich in den Altenheimen und dem umgebenden Stadtteil betrieben. Viele Altenheime riefen bei unserer privaten Leitstelle an. So kam es häufig vor, dass ich zu einem Notarzteinsatz quer durch die Stadt in einen anderen Stadtteil fahren musste, obwohl ein Notarzteinsatzfahrzeug des Roten Kreuzes näher gewesen wäre. Bei meinem allerersten Einsatz in blauer Kleidung staunten die Assistenten des Rot-Kreuz-RTW, als ich aus dem NEF ausstieg. Entsetzt fragten sie mich: „Oh mein Gott, bist Du jetzt auch ein Abtrünniger?" „Wo liegt das Problem? Ich bin derselbe Mensch, ich bin derselbe Notarzt, egal in welcher Kleidung ich beim Patienten erscheine. Oder ändert sich etwas dadurch? Außerdem muss ich an mich selbst denken. Ich muss sehen, wo ich bleibe. Allein vom Notarztdienst auf dem Land kann ich nicht existieren. Ich muss schließlich auch meinen Lebensunterhalt finanzieren." Es dauerte Monate, bis alle Mitarbeiter bis zu der Führungsspitze der Rettungsdienstorganisationen mein „Doppelleben" akzeptiert hatten. Anfeindungen und spitze, zum Teil sogar herabwürdigende Bemerkungen gab es leider sehr lange in den Ambulanzen und Aufnahmestationen der Krankenhäuser.

Meine durchgeführten Einsätze durfte ich auch bei dem privaten Rettungsdienst über die kassenärztliche Vereinigung abrechnen. Doch im Gegensatz zu meiner Tätigkeit am ländlichen Rot-Kreuz-Strandort erhielt ich kein Geld für meine Bereitschaftsstunden. Aufgrund der anfänglich niedrigen Einsatzfrequenz brauchte ich eine zusätzliche Einnahmequelle. Dies geschah durch die Möglichkeit, polizeidienstliche Tätigkeiten zu übernehmen. Diese Option hatte der Kollege, der den Notarztdienst bei dem Privatunternehmen initiiert hatte, in die Wege geleitet. Die einzelnen Polizeistationen riefen bei unserer Leitstelle an, ob der Arzt für eine Blutentnahme, eine Haftfähigkeit oder eine Leichenschau zur Verfügung steht. Selbst wenn wir noch im Einsatz waren, wartete die Polizei gerne, bis wir für sie bereit standen. Für die Polizisten wäre es ein großer Aufwand gewesen, für jede Blutentnahme in ein Krankenhaus zu fahren. Die Krankenhausärzte ließen sich oft Zeit mit dieser Aufgabe und füllten die Begleitbögen oftmals ungenau aus. Für die Dienststellen war es eine enorme Erleichterung und

Zeitersparnis, da wir diese Tätigkeiten auf der jeweiligen Inspektion durchführten.

Ich erinnere mich sehr genau an meine erste polizeiliche Blutentnahme. Der Betroffene war bei einer Routinekontrolle aufgefallen. Aber nicht, weil er alkoholisiert wirkte. Nein, er war nicht angeschnallt. Bei der Überprüfung des aus Osteuropa stammenden Mannes stellten die Beamten zunächst keine Auffälligkeit fest. Ein Polizist bemerkte hinter dem Fahrersitz eine leere Flasche, die beim Bremsen unter dem Fahrersitz nach hinten rollte. Bei genauer Betrachtung zeigte sich, dass es eine leere Wodkaflasche war. Das rief die Beamten auf den Plan. Der Alkoholtest ergab einen Wert von mehr als 3,5 Promille. Somit kam der Mann um eine Blutprobe nicht herum. Bei den Reaktionstests merkte ich dem Mann seinen hohen Promillegehalt nicht an. Er schien an den Konsum von großen Mengen Alkohol gewohnt zu sein. Die Sprache war normal und ich konnte auch keinen Alkoholgeruch feststellen. Da liegt der Vorteil eben bei Wodka. Das ist der einzig mir bekannte Alkohol, der keine Alkoholfahne hinterlässt. Der Mann war sehr kooperativ. Bereitwillig ließ er die angeordnete Blutentnahme über sich ergehen. Bei den polizeilichen Blutentnahmen gab es einige Besonderheiten zu beachten. Zum Desinfizieren musste ein spezielles Desinfektionsmittel verwendet werden. Dieses durfte keinen Alkohol enthalten, weil sonst die Bestimmung des Alkoholwertes im Blut verfälscht würde. Weiterhin musste ein Vakuumröhrchen verwendet werden. Das wurde speziell verpackt und nach München in die rechtsmedizinische Abteilung geschickt. Bestand der Verdacht auf einen Nachtrunk z.B. nach einer Straftat oder einem Unfall, mussten zwei Blutentnahmen im Abstand von einer halben Stunde erfolgen. Manche Delinquenten gaben zu ihrem Eigenschutz an, sie hätten nach dem Ereignis noch viel Alkohol zu sich genommen. Dies konnte durch die zeitlich versetzte zweite Blutentnahme verifiziert werden. Wäre der Blutalkoholgehalt in der letzten Probe höher als in der ersten, wäre der Nachtrunk bewiesen. Falsche Einlassungen der Betroffenen konnten so widerlegt werden. Bei dem Verdacht auf Drogenkonsum im Straßenverkehr wurde die doppelte Menge an Blut, also zwei Röhrchen gleichzeitig abgenommen. Der Dienst für die Polizei wurde von allen Dienststellen sehr gut angenommen. Natürlich hatten die Notarzteinsätze immer Vorrang. Wir hatten zu diesem Zweck ein Handfunkgerät dabei. So waren wir jederzeit erreichbar. Im Laufe der Zeit spielte sich die Mischung aus Notarzteinsätzen und Polizeidienst bestens ein. Der Notarztdienst über den privaten Rettungsdienst kam bei der Bevölkerung immer besser an. Unsere Einsatzzahlen stiegen deutlich.

Die Blutentnahmen bei der Polizei liefen leider nicht immer so reibungslos wie bei meinem ersten Fall ab. Manche verweigerten zunächst die Blutprobe. Doch nachdem die Personen aufgeklärt wurden, dass die Polizei als verlängerter Arm der Staatsanwaltschaft berechtigt sei, die Blutentnahmen auch gewaltsam durchführen zu lassen, willigten sie ein. Dennoch gab es einige Spezialisten, die sich mit Gewalt wehrten. Dieser Widerstand musste dann leider mit Gegengewalt gebrochen werden. Falls nötig wurden die Personen mit Handschellen gefesselt und auf den Boden gelegt. Einige Beamte legten sich noch obendrauf, damit ich gefahrlos das Blut entnehmen konnte. Beleidigungen und Anspucken der Polizisten waren nicht selten. Ich ließ mich nie abschrecken. Selbst bei erheblichem Widerstand der Betrunkenen oder Drogenkonsumenten entnahm ich die Proben, auch wenn ich gelegentlich massiv bedroht wurde. Ich war der Auffassung, wenn jemand ein Unrecht oder sogar eine Straftat begangen hatte, sollte er dazu stehen und die notwendigen Maßnahmen durchführen lassen. Mitgefühl mit den betroffenen Personen hatte ich im Gegensatz zu meinen Patienten im Notarztdienst nicht. Die Menschen hatten sich selbst in diese missliche Situation gebracht, auch wenn ihnen die nötige Einsicht hierfür fehlte. Oft wurden andere Personen oder ihre Lebensumstände als Verteidigung ins Feld geführt. Meiner Meinung nach haben wir einen freien Willen. Jeder entscheidet für sich, ob er im betrunkenen Zustand mit dem Auto fährt oder durch seinen Drogenkonsum straffällig wird.

Auch bei den Haftfähigkeitsuntersuchungen in den Arrestzellen blieb ich meiner Linie treu. Nur zweimal von unzähligen Begutachtungen befand ich die Verhafteten nicht haftfähig. Bei meinen Untersuchungen sollte ich beurteilen, ob der Inhaftierte bis zum Vorführen beim Haftrichter, gefahrlos in der Zelle bleiben konnte. Meist ging es um einen Zeitraum von zehn bis vierundzwanzig Stunden. In der Regel handelte es um drogenabhängige bzw. stark alkoholisierte Menschen. Ich musste einschätzen, ob sie im Arrest einer Gesundheitsgefährdung ausgesetzt waren. Bei den „Alkoholleichen" ging es um die Möglichkeit, ob die Person im bewusstlosen Zustand erbricht. Sie könnten das Erbrochene aspirieren und daran ersticken. Bei den Junkies bestand das große Problem des Entzuges. Falls sie nicht ihre Drogen bekämen, würde als Erstes Zittern und Schwitzen einsetzen. Es würden anschließend massive Schmerzen am ganzen Körper, vor allem am Rücken, auftreten. Sie hatten alle Angst, wenn sie ihren „Affen" bekamen. Die Meisten waren zwischen 20 und 30 Jahre alt und hatten eine lange Drogenkarriere hinter sich. Im Arrest saßen sie überwiegend wegen Beschaffungskriminalität. Körperlich und seelisch waren sie am Ende. Als Arzt hatte ich die herausfordernde Aufgabe, die Menschen vor den Entzugsfolgen zu bewahren. Das gestaltete sich nicht immer einfach. Einige waren auf Drogenersatzstoffe eingestellt. Bei dieser Gruppe fiel die Problemlösung relativ gut aus. Entweder hatte sie noch Reste der Substanz in ihrer Wohnung. Dann veranlasste die Polizei, dass Freunde oder Verwandte, die Ersatzstoffe in den Arrest brachten. Oder ich rezeptierte die Ersatzdroge auf einem Privatrezept und die Polizei besorgte den Stoff aus einer bestimmten zugelassenen Apotheke, sofern die Personen Geld mit sich führten. Wenn den Beamten die betroffene Person Leid tat, streckten sie in Ausnahmefällen das Geld vor. Leider änderte sich in den darauffolgenden Monaten die Gesetzeslage, so dass man für die Verordnung von Methadon spezielle Rezepte benötigte. Somit fiel diese Möglichkeit für mich flach. Als Letztes blieb mir nur, Medikamente wie Diazepam zu verordnen, um die Entzugserscheinungen zu lindern. Zu von mir festgelegten Zeiten erhielten die Junkies die Beruhigungsmittel. Die verordneten Mengen reichten zwar nicht immer aus, um den Entzug vollkommen zu vermeiden. Dennoch schaffte es jeder bis zur Vorführung zum Haftrichter.

Ich war jetzt viel unterwegs. Ständig pendelte ich zwischen meiner Wohnung und der Wache in Augsburg. Dann bekam ich ein Angebot für ein Handy. Wow, welch ein Fortschritt! Endlich war ich überall erreichbar. Das erste Gerät war sehr klobig mit ausziehbarer Antenne. Ich war mächtig stolz auf meine neue Errungenschaft. Die Anschaffung und die laufenden Kosten waren zwar nicht billig, aber das war mir gleich. Die Vorteile überwiegten.

Mein Leben als Notarzt bereitete mir großes Vergnügen. Eine Tätigkeit im Krankenhaus hätte ich mir nicht mehr vorstellen können. Diese abwechslungsreiche Arbeit machte riesigen Spaß. Ich genoss dieses freie Leben. Keiner schrieb mir vor, was ich zu tun oder lassen habe. Ich teilte mir meine Dienste selbst ein. Klaus beneidete mich sehr. Die Gedanken, seinen unbefristeten Vertrag zugunsten der freien Notarzttätigkeit aufzugeben, reiften mehr und mehr. Mitte Februar kam er auf mich zu und teilte mir mit, dass er sich endlich dazu durchgerungen hatte, den Dienst im Krankenhaus zu quittieren. Er halte es dort nicht mehr aus. Er wolle jedoch nicht nur auf den Notarztdienst bauen. Ihm schwebe vor, mit mir eine naturheilkundliche Gemeinschaftspraxis zu eröffnen. Eine Kassenarztpraxis kam für uns beide nicht in Frage. Wir wollten keine fünfminütige Kassenmedizin betreiben. 100 Patienten am Tag durchschleusen, dazwischen noch die Hausbesuche. Unsere Auffassung war, dass in diesem System keine gute Medizin betrieben werden könne. Am Abend ist man vollkommen ausgelaugt und müde. Auch der Patient fühlt sich nicht aufgehoben. Man wird nur zum Erfüllungsgehilfen der Politik und der Krankenkassen. Nein danke! Wir waren Idealisten. Der Mensch in seiner Ganzheit war uns wichtig. In der Kassenmedizin könnten wir uns nicht verwirklichen. Daher kam für uns nur eine privatärztliche Praxis in Frage. Wir wollten uns Zeit für das Anliegen der Patienten nehmen. Denn Körper, Geist und Seele sind eine untrennbare Einheit. Der Mensch soll in seiner Gesamtheit gesehen werden. Zur Heilung muss die Ursache der Krankheit gefunden werden. Die liegt meist im seelisch-psychischen Bereich. Dafür muss man sich als Arzt intensiv dem Patienten zuwenden. Zeit hingegen wird von den Kassen nicht bezahlt. In dem maroden Gesundheitssystem werden allenfalls die Symptome der Patienten oberflächlich kaschiert. Wahre Heilungen der meist psychosomatischen Erkrankungen finden nicht statt. Klaus und ich hatten nun beruflich unseren idealen Weg gefunden, eine Mischung aus der stressigen Akutmedizin als Notarzt und der vollkommen konträren Naturmedizin. Eine einzigartige Kombination, die Spannung in unser Arztleben bringen sollte. So konnten wir ohne Druck von oben individuelle Medizin zum Nutzen unserer Patienten betreiben. Diese Vorstellung spornte uns an. Jetzt galt es natürlich, viele Fragen zu klären. Wann und wo wollten wir die Praxis eröffnen? Sollten wir neu bauen oder eine Wohnung mieten? Diese Fragen beschäftigten uns in den folgenden Wochen.

Klaus kündigte Ende Februar seinen Vertrag zum 31. März mit einem Lächeln auf den Lippen. Da auch andere Kollegen das Krankenhaus verließen, entstand ein Vakuum im örtlichen Notarztdienst. Klaus und ich übernahmen den größten Teil der anfallenden Dienste. Auch stieg er im Süden Augsburgs mit ein, da der Kollege, mit dem ich die Bereitschaft teilte, nach Amerika auswanderte. Alles schien zu passen. Ich übernahm beim privaten Unternehmen die Einteilung des Dienstplanes, Klaus war ja der Obmann in unserem Städtchen. Das war optimal. So hatten wir alle Fäden in der Hand. Besser hätte es nicht laufen können. Wir konnten auf dem kurzen Dienstweg schnell für den anderen einspringen, wenn plötzlich ein privater Termin anstand. Obwohl wir zur Spitzenzeit um die 40 zwölf-Stunden-Dienste hatten, blieb uns noch genügend Freizeit. Teilweise hatten wir 48 Stunden Bereitschaft am Stück. In der freien Zeit kümmerten wir uns um den Aufbau unserer Praxis und weitere Fortbildungen in der Naturheilkunde. Wir entschlossen uns, ein Haus zu bauen. Unten sollten die Praxisräume sein und oben eine Wohnung für mich. Klaus hatte während seiner chirurgischen Assistenzzeit einen Bauträger kennengelernt. Er war bereit, das Praxishaus für uns zu bauen. Vom Hausbau verstanden wir beide nicht viel und Klaus vertraute ihm. Es blieb nur die Frage des geeigneten Standortes offen. Nach langem hin und her entschlossen wir uns, nicht in unserem Städtchen zu bleiben. Wir entschieden uns für eine kleine Stadt in ungefähr 12 Kilometer Entfernung. Der Ort lag genau im Dreieck zwischen unserem jetzigen Wohnort und zweier größerer Kreisstädte. Nachdem wir uns einen Bauplatz gesichert hatten, sollte Mitte Oktober Baubeginn sein. Im Frühjahr 1997 könnten wir die ersten Patienten in unserer eigenen Praxis behandeln. Es sollte immer nur einer von uns in der Praxis anwesend sein, der andere würde als Notarzt tätig sein. Letztlich wäre es gleich, von welchem Arzt die Patienten behandelt würden, da Klaus und ich auf dem gleichen Ausbildungsstand waren.

Unsere Zukunft schien gesichert. Von einem Rettungsassistenten aus dem Landkreis Augsburg erfuhren wir, dass ein neuer Standort in einer an den Norden Augsburgs angrenzenden Stadt geplant sei. Die Einsatzzahlen des Rettungsdienstes stiegen stetig an. Daher wollten die Politiker des Landkreises einen neuen Standort installieren. Dies gestaltete sich schwierig. Die Krankenkassen verweigerten lange ihre Zustimmung. Unterschriftenaktionen wurden bei der Bevölkerung durchgeführt. Die Kassen mussten irgendwann ihre Blockadehaltung aufgeben. Zu groß war der politische Druck. Am 1. September sollte der Probebetrieb starten. Man wollte die Einsatzzahlen innerhalb eines Jahres abwarten. Danach sollte geprüft werden, ob sich ein fester Notarztstandort rentiere. Innerhalb dieses Jahres würden die Einsätze bezahlt werden, jedoch kein Geld für die Bereitschaftszeiten. Klaus und mir war dies egal. Hauptsache wir wären schon einmal an diesem Standort als Ärzte dabei. Wir waren uns sicher, dass er langfristig etabliert würde. Somit ließen wir uns beim Kreisverband vormerken. Wir hatten gute Chancen dabei zu sein, zumal wir auch super mit den Rettungsassistenten dieser Wache zurechtkamen.

Meine ärztliche Tätigkeit an den beiden Standorten war schon recht vielfältig. Nun tat sich eine weitere Aufgabe für mich auf. Der Rettungsdienstleiter des privaten Anbieters begeisterte sich sehr für die Fliegerei. Er hatte ein Flugprogramm auf seinem Laptop installiert. In seiner Freizeit flog er in seinem eigenen Cockpit am Computer um die halbe Welt. Eines Tages im Frühjahr fragte er mich, ob ich Interesse hätte, einen Patienten mit dem Flieger von München nach Griechenland zu begleiten. Spontan sagte ich zu. Die Patientin war sehr krank. Sie hatte nur noch wenige Wochen zum Leben. Zum Sterben wollte sie in ihr Heimatland zurückkehren. An dem geplanten Reisetermin hatte ich frei, so dass dem Unternehmen nichts im Wege stand. An einem Freitag übernahmen wir die Patientin am Klinikum in Augsburg. Sie war wirklich schlecht beieinander. Daher sollte medizinisches Personal die Frau durchgehend bis nach Saloniki überwachen. Mit einem RTW des Unternehmens fuhren wir zum Flughafen München. Nach einer oberflächlichen Überprüfung unserer Papiere wurden wir direkt zu unserer Linienmaschine einer griechischen Fluggesellschaft gelotst. Zu viert trugen wir die Frau zusammen mit unserem Equipment über den hinteren Zugang in das Flugzeug. Die letzten drei Reihen waren für unsere Patientin reserviert. Die Sitze wurden umgeklappt, so dass wir sie auf einer speziellen Liege fixieren konnten. Durch einen Vorhang war die Frau vor den neugierigen Blicken der Passagiere geschützt. Wir schlossen unsere Überwachung, bestehend aus EKG, Pulsoximetrie und automatischer Blutdruckmessung, an. Richard und ich belegten die hinteren beiden Plätze auf der gegenüberliegenden Seite. Von den Stewardessen wurden wir bevorzugt behandelt. Der Service an Bord war ausgezeichnet. Der Flug verlief ohne Komplikationen. Wir beide hatten schon einen Plan für den Abend in Saloniki, da der Rückflug für uns erst am nächsten Morgen stattfinden sollte. Unsere Geräte wollten wir in einem Schließfach im Flughafengebäude deponieren. Danach planten wir einen gemütlichen Abend in der nahe gelegenen Stadt. In wenigen Minuten wäre sie mit dem Taxi erreichbar. Nach der Landung am Spätnachmittag erwartete uns ein Team des örtlichen Rettungsdienstes. Gemeinsam brachten wir die Patientin, die den Flug gut überstanden hatte, in das Fahrzeug. Jetzt sollte der angenehme Teil unserer Flugbegleitung beginnen. Wir begaben uns im Flughafengebäude auf die Suche, unser Material sicher aufzubewahren. Dabei durchkämmten wir die ganze Halle. Nirgends gab es eine Möglichkeit zur Gepäckaufbewahrung. Was sollten wir jetzt unternehmen? Das Equipment war schwer und sperrig. Damit konnten wir keinesfalls in die Stadt hineinfahren. Um das Flughafengebäude war nichts. Wo gab es am Abend etwas zu essen für uns? Welche Schlafmöglichkeit hatten wir? Wir sahen uns an. Unser

Vorhaben auf einen schönen griechischen Abend geriet ins Wanken. Entmutigt verließen wir das Terminal. Vor dem Flughafen ließen wir uns auf einer Parkbank nieder. Wir suchten nach einer Lösung. Aber wir fanden keine. Die Stadt war zum Greifen nah. Langsam stieg in uns die Gewissheit auf, dass wir die Nacht am Flughafen verbringen mussten. Hier existierte kein Restaurant und auch kein Hotel. Uns wurde klar, dass wir die Chance auf eine romantische Nacht unter dem Sternehimmel hatten. Das Wetter war angenehm, auch die Nacht sollte temperaturmäßig angenehm bleiben. Richard besorgte uns am Flughafenkiosk köstliche griechische Kekse und Getränke. Jeder belegte seine eigene Bank. Wir genossen den Sonnenuntergang. Sehnsüchtig schauten wir Richtung Saloniki. Das Lichtermeer strahlte uns entgegen. Wir hatten uns mit unserer Situation abgefunden. Es sollte meine erste, aber auch letzte Nacht auf einer Parkbank sein. Ich kam mir wie ein Penner vor. Doch dazu fehlte uns sogar der Rotwein. Die Bank war sehr hart und unbequem. Stellenweise fehlten einzelne Holzlatten. An Schlaf war kaum zu denken. Am nächsten Morgen tat uns nicht nur der Rücken von der harten Unterlage weh. Alle Muskeln waren verspannt und wir waren total übermüdet. In der Flughafentoilette machten wir uns frisch. Wenigstens gab es in der Früh etwas Warmes zu trinken. Frühstück würden wir erst an Bord des Fliegers erhalten. Aus dieser Erfahrung zogen wir unsere Konsequenz. Einen Transport mit einem Linienflieger käme für uns nicht mehr in Frage.

Richard orientierte sich bezüglich der Flugrückholung neu. Er versuchte, für seinen Flugdienst einen Privatjet zu chartern. Bei seinen Recherchen stieß auf er einen Arzt und Hobbypiloten. Die beiden einigten sich auf eine Zusammenarbeit. Die Maschine, eine Beechcraft King Air, stand fast immer zur Verfügung. Peter, der fliegende Allgemeinarzt, hatte sie speziell für den Patiententransport umbauen lassen. Zwei Patienten konnten liegend transportiert werden. Zum einen flog Peter selbst sein Flugzeug, zum anderen übernahmen freiberufliche Piloten das Cockpit. Anfragen von Versicherungen kamen bei Richard immer häufiger an. Entscheidend über den Auftrag war der angebotene Pauschalpreis für die Versicherung. Da es viele Anbieter auf diesem Markt gab, war die Auftragslage anfänglich noch gering. Hatte Richard den Auftrag bekommen, konnte es noch passieren, dass sich der Zustand des Patienten so verschlechterte, dass der Flug ganz ausfiel. Lag die schriftliche Zusage der Versicherung vor, musste das Rettungsteam innerhalb weniger Stunden einsatzbereit sein. So erreichte mich auch die nächste Anfrage von Richard auf meinem neu erworbenen Handy. „Hey Tom, was machst Du morgen?" „Ich habe einen freien Tag." „Das trifft sich hervorragend. Ich hätte morgen vormittags eine Rückholung aus Kroatien. Hast Du Zeit und Lust dafür?" „Hoffentlich ist das kein solches Abenteuer wie vor vier Wochen in Griechenland." „Keine Sorge. Diesmal ist alles perfekt geplant. Wir fliegen mit dem Jet nach Zadar. Am Flughafen wartet ein KTW. Der bringt uns zum Krankenhaus. Dort laden wir die Patientin ein. Der KTW bringt uns zurück zum Airport. Von München geht es mit einem RTW von uns nach Augsburg. Also ein Kinderspiel." „Was fehlt der Patientin?" „Sie ist im Urlaub gestürzt. Dabei hat sie sich einen Lendenwirbel gebrochen. Ansonsten ist sie gesund. Ich sehe kein Problem für uns. Ich habe für die Fahrten vor Ort zusätzlich eine Vakuummatratze organisiert. Von der Assekuranz habe ich alles schriftlich bestätigt." „Wann und wo geht es los?" „Du müsstest spätestens um sieben Uhr am GAT sein." „Erkläre mir bitte, was ist der GAT." „Entschuldigung. GAT ist der General Aviation Terminal. Von hier heben Flugzeuge ab, die nicht im Linien- bzw. Charterverkehr im Einsatz sind. Du fährst morgen am normalen Abfertigungsterminal des Münchner Flughafens vorbei und folgst der Beschilderung GAT. Dort befindet sich ein Parkplatz. In der kleinen Abfertigungshalle treffen wir uns. Dann bis morgen." „Bis dann." Ich bereitete mir für den Flug ein Lunchpaket zu. Ich würde den ganzen Tag unterwegs sein. Vor Ort gab es keine Möglichkeit zum Essen. Ich ging rechtzeitig ins Bett, denn ich musste sehr früh aufstehen. Der Wecker klingelte um halb fünf. Um fünf Uhr machte ich mich auf den Weg zum Flughafen. Ich erreichte mein Ziel gegen halb sieben. Richard und der Pilot waren bereits in der Abflughalle. Patrick, unser Pilot, regelte alle Formalitäten wie z.B. die Genehmigung der Flugroute. Jeder Mitarbeiter kannte Patrick. Vor dem Abflug wurden somit lediglich unserer Ausweise kontrolliert. Niemanden interessierte, was wir in unseren Rucksäcken mitführten. Endlich konnten wir starten. Das Flugwetter war ideal. Strahlend blauer Himmel und kein Wind. Es war, als ob ich in den Urlaub fliegen würde. Nach dem Start hatte ich einen fantastischen Panoramablick über die Alpen. Zweieinhalb Stunden später erreichten wir unseren Zielflughafen in Zadar. Er lag in der Einöde. Auf dem Flugplatz standen nur wenige Maschinen. Richard und ich schritten zum Ausgang. Aber wo war der angekündigte KTW? Richard telefonierte mit der Assekuranz. Sie konnten es sich nicht erklären. Sie versprachen uns jedoch, dass am Krankenhaus ein Fahrzeug für uns bereitstehen würde. Wie sollten wir zum Krankenhaus gelangen? Taxis standen nicht zur Verfügung. Wir standen da wie bestellt und nicht abgeholt. Also doch kein Kinderspiel. Wir fanden keine Lösung für unser Problem. Unsere Improvisationsversuche scheiterten. Trotzdem blieben wir ruhig. Plötzlich erschien ein Kombi mit deutschem Kennzeichen. Ein Mann stieg aus und bewegte sich auf uns zu. „Sie sind bestimmt die Crew, die meine Frau nach Hause fliegen soll?" „Das ist richtig. Wir hatten ein Rettungsmittel organisiert, welches nicht erschien." „Das wundert mich nicht. Hier ist alles sehr chaotisch. Ich hatte mir schon so etwas gedacht. Daher bin ich persönlich zum Flughafen gekommen." Wir luden unsere Gerätschaften ins Auto. Der lange Weg ins Krankenhaus führte uns durch ehemaliges Kriegsgebiet. Die meisten Häuser waren verfallen, überall waren noch Einschusslöcher zu sehen, Relikte aus dem Krieg gegen Serbien.

Am Krankenhaus standen zwei KTW's vor dem Eingang. Die Hoffnung, dass wenigstens der Transport der Patientin zum Flughafen funktionieren würde, stieg. Die junge Frau strahlte, als sie uns erblickte. „Endlich kann ich nach Hause. Die Versorgung hier ist katastrophal." Wir suchten nach einer Pflegekraft, die uns die medizinischen Unterlagen übergab. Das Personal war im Stress. Eine Hilfskraft drückte uns die Unterlagen in die Hand und verschwand sofort wieder. Welcher KTW stand für uns bereit? Erneut suchte Richard eine Krankenschwester. Er fand jemand, die ein wenig Deutsch konnte. Sie erklärte, dass die Einsatzfahrzeuge nicht zur Verfügung stehen. Sie hätten bereits andere Fahrten zu erledigen. Das konnte doch nicht wahr sein. Wieder telefonierte Richard mit der Versicherung. Sie konnten uns nicht helfen. Der Ehemann ahnte schon, dass es Schwierigkeiten geben würde. „Hier läuft alles mit Bestechung. Zahlst Du gut, dann funktioniert es. In Ordnung, dann müssen wir wieder improvisieren. Ich klappe in meinem Auto die Rücksitze um. Auf der Ladefläche transportieren wir meine Frau." „Ja. Es bleibt uns nichts anderes übrig." Wir hatten vorsorglich unsere Vakuummatratze aus dem Flieger mitgenommen. Jetzt brauchten wir nur noch einen fahrbaren Untersatz, um die Patientin aus dem Krankenzimmer zu ihrem Kombi zu bringen. Wieder war unser Organisationstalent gefragt. Richard begab sich erneut auf die Suche. Er wurde fündig. Wir rollten die Frau liegend durch das Krankenhaus zu ihrem Auto. Dort hoben wir sie vorsichtig in den Kofferraum. Richard und ich saßen rechts und links neben ihr im Gepäckraum. Langsam fuhr der Mann Richtung Flughafen. Die Straßen waren in einem miserablen Zustand. Wir spürten jedes Schlagloch. Seine Frau verzog hin und wieder schmerzgeplagt ihre Miene, beklagte sich aber nicht. Mit solchen Hindernissen hatten wir nicht gerechnet. Erleichtert waren wir alle, als wir am Airport ankamen. Der Rest der Rückholung war einfach. Der Flug war sehr entspannend für alle Beteiligten. Die Landung auf dem Münchner Flughafen war sehr sanft. Wir durften direkt die Landebahn ansteuern. Alle anderen Passagierflugzeuge mussten in die Warteschleife. Ein Ambulanzflug hat immer Vorrang vor allen übrigen Fliegern. Es verhält sich so, als hätte man ein Blaulicht auf dem Dach. Selbst das Flugzeug mit dem Bayerischen Ministerpräsidenten an Bord müsste uns den Vortritt geben.

In diesem Jahr absolvierte ich noch zwei weitere Rückholtransporte. Mehr Zeit hatte ich nicht, da die Planung unserer Gemeinschaftspraxis auf Hochtouren lief. Beides waren Intensivpatienten. Der nächste Flug brachte uns nach Alicante. Den Patienten mussten wir im Krankenhaus übernehmen. Diesmal funktionierte die Abholung am Rollfeld. Der Patient war wegen einer Hirnhautzündung künstlich beatmet. Ein beatmungspflichtiger Patient stellt immer eine Herausforderung dar, ganz besonders bei einem so langen Transport. Und dann noch im Flugzeug. Obwohl in der Kabine der Druck ausgeglichen wird, bestehen nicht die exakt gleichen Bedingungen wie am Boden. Ein Zwischenfall an Bord könnte fatale Folgen für den Patienten nach sich ziehen. Daher war ich auch sichtlich angespannt. Die Übergabe erfolgte auf Englisch. Der Patient hatte die Tage zuvor die Beatmung gut toleriert. Ich hoffte, dass dies bis zu unserem Zielort in Deutschland auch so blieb. Der Rettungswagen, der nur mit einem Fahrer besetzt war, fuhr uns zügig durch die Stadt zum Flughafen. Auf seinem Weg spielte er wahre Sinfonien auf seinem Martinshorn. In Deutschland klingt das Horn total langweilig. Oftmals realisiert man uns zu spät. Die schrillen Tonfolgen in Spanien fegten die vorausfahrenden Autos zur Seite. Welch eine aufregende Fahrt! Eine Bremse schien unser Fahrer nicht zu kennen. Die Aktion vom Flughafen zur Klinik und zurück dauerte gerade einmal 90 Minuten. Die Narkoseführung in der Luft gestaltete sich problemlos. Wieder hatten wir herrliches Flugwetter. Nach drei Stunden erreichten wir unseren Zielflughafen in Norddeutschland. Ein arztbesetzter Rettungswagen übernahm am Airport unseren Patienten. Dann ging es zurück nach München.

Der letzte Flug für mich in diesem Jahr führte mich nach Algerien. Duplizität der Ereignisse. Auch dieser Patient war wegen eines Hirninfektes künstlich beatmet. Diesmal mussten wir den Patienten nicht am Krankenhaus abholen. Er wurde zu uns aufs Rollfeld gebracht. Die Informationen zu diesem Patienten konnte ich nicht alle verstehen, da sie auf Französisch erfolgte. Die wichtigsten Details verstand ich, aber nicht alles. Mein Französischunterricht lag schon sehr lange zurück. Obwohl ich nahe der französischen Grenze aufgewachsen war, hatte ich die Sprache nur vier Jahre lang auf dem Gymnasium gelernt. Immer wenn ich mit meiner Familie ins Elsass oder nach Lothringen fuhr, sprachen wir Deutsch. Auch dieser Transport verlief ohne Komplikationen, bis wir uns auf die Landung vorbereiteten. Die Windverhältnisse waren extrem. Wir wurden heftig durchgeschüttelt. Da ich schon immer Schwierigkeiten mit meinem Gleichgewichtsorgan hatte, wurde ich immer blasser. Ich begann zu schwitzen und mir war sehr übel. Richard, dem alles das nichts ausmachte, machte sich über mich lustig. „Du siehst ja noch viel schlechter aus als unser Patient." „Vielen Dank für Dein Mitgefühl." Mit Müh und Not hielt ich durch. Ich konnte es kaum abwarten, bis wir standen und ich den Flieger verlassen konnte. Schwankend und bleich wie ein Laken verließ ich das Flugzeug. Glücklicherweise brauchte ich den Transport ins Krankenhaus nicht mehr begleiten. Das war es für dieses Jahr mit den Rückholtransporten. Im Gegensatz zu mir hatte Klaus an der Fliegerei kein Interesse. Ich hingegen empfand diese Tätigkeit als sehr abwechslungsreich. Natürlich war es stressig. Im Schnitt waren wir zwischen 10 und 14 Stunden unterwegs. Und von unseren Reisezielen bekamen wir auch nicht viel mit. Trotzdem hatte es einen Hauch von Abenteuer.

Klaus und ich waren bester Laune. Die Dienste an beiden Standorten liefen hervorragend. Nur mit unserem Einsatzfahrzeug in unserer Kleinstadt waren wir unzufrieden. Wir hielten jeden Fahrer an, langsam und vorsichtig mit dem japanischen Geländewagen zu fahren. Bei jeder Einsatzfahrt begleitete uns ein unangenehmes Gefühl. Immer noch klangen mir Klaus' Worte in den Ohren, dass mit diesem Auto einmal ein Unfall passieren wird. Bis dato lief alles glatt.

Inzwischen waren die Pläne für unser Praxishaus fertig. Entsprechend unserer Vorstellung hatte mein Vater den Grundriss für das Haus erstellt. Er war technischer Zeichner und Maschinenbauingenieur. Schon unser Elternhaus im Saarland hatte er selbst entworfen. Er verwendete hierfür den ihm bekannten Maßstab aus seiner Maschinenbauzeit. Doch der entsprach nicht dem gängigen Maßstab in der Bauindustrie. Dieser Plan wurde dann vom Architekten unsers Bauträgers auf die richtigen Maße abgeändert. Das Grundstück hatten wir mittlerweile gekauft. Jetzt brauchten wir nur noch die Baugenehmigung. Den Zeitplan mit Baubeginn Mitte Oktober würden wir einhalten können. Auch die Finanzierung war gesichert. Wir beide freuten uns auf die neue Ära unserer Zusammenarbeit.

Die freien Wochenenden verbrachten Klaus, Sabine und ich oft zusammen. Bei unseren Streifzügen durch Augsburgs Nachtleben lernte ich einige sympathische Frauen kennen. Zu langfristigen Beziehungen kam es leider nie. Die meisten schreckte mein Leben nach Dienstplan ab. Ich konnte einfach nicht spontan sein. Immer wieder musste ich sagen, dass ich keine Zeit habe, weil ich im Dienst bin. Ich hatte großes Verständnis für die Frauen. Mir wäre es vermutlich genauso ergangen, wenn meine Partnerin wegen ihres Berufes wenig Freizeit hätte. Verstehen würde es nur eine Partnerin, die aus dem gleichen Metier käme. Aber hier fand ich nichts Geeignetes für mich. So blieb es erst einmal beim Singledasein.

Im August kam es in Augsburg zu einem Großeinsatz. Ich war bei den „Blauen" auf der Wache, als der Melder uns von der Couch riss. „Brand in einem Altenheim." „Endlich ist etwas geboten" riefen die Jungs. Die Rettungsleitstelle hatte bei unserer Leitstelle angerufen und alle verfügbaren Einsatzkräfte angefordert. Wir rückten mit einem NEF, zwei RTW und zwei KTW an. Die Feuerwehr und einige RTW des Roten Kreuzes waren schon da. Wir Notärzte und Rettungsassistenten hatten keine Probleme untereinander, egal in welcher Kleidung wir arbeiteten. Um Konflikte mit der Obrigkeit zu vermeiden, teilte der Einsatzleiter uns getrennt ein. Das Rote Kreuz, die Malteser und die Johanniter sollten die Patienten vor dem Altenheim versorgen und wir hinter dem Altenheim. Somit gab es eine rote und eine blaue Fraktion. Um die Bewohner evakuieren zu können, mussten wir auf die Freigabe der Feuerwehr warten. Die Erkundung ergab einen Kabelbrand mit starker Rauchentwicklung im Heim. Eine größere Gefahr würde nicht bestehen. Trotzdem sollte das ganze Altenheim geräumt werden. Eine riesige Herausforderung lag vor uns. Im Heim waren ungefähr 100 alte Menschen untergebracht, darunter auch viele bettlägerige Patienten. Nur zwei Aufzüge standen uns zur Verfügung. Im Heim herrschte nun reges Treiben. Jeder wollte mit seinen Patienten zuerst nach draußen. Uns Rettern bereite der Einsatz riesiges Vergnügen, da niemand ernsthaft verletzt war. Die älteren Menschen hatten wegen der Aufregung höchstens einen schnellen Puls oder einen hohen Blutdruck. Wir sahen diesen Großeinsatz als eine willkommene Übung an. Bis der letzte Bewohner im Freien war, dauerte es zwei Stunden. In dieser Zeit war der Brand gelöscht. Es musste nur noch das Gebäude vom Rauch befreit werden. Wir forderten weitere Kräfte zur Versorgung der Bewohner und der Retter an. Kühle Getränke und belegte Semmeln aus einer nahen Metzgerei wurden organisiert. Draußen war es angenehm warm. Dort veranstalteten wir ein regelrechtes Picknick mit den Heimbewohnern. Fast alle nahmen diese Aktion mit Humor. Nach insgesamt vier Stunden war der Einsatz im Haus beendet. Nun mussten wir alle Personen wieder ins Gebäude zurückbringen. Wieder ging der Kampf um die Fahrstühle von neuem los. Nach einer weiteren Stunde konnten wir zu unseren Standorten zurück. Jeder war zufrieden dank der ausgezeichneten Zusammenarbeit aller Einsatzkräfte.

Am 1. September startete der Probebetrieb an dem neuen Standort. Dank der Unterschriftenaktion bei der Bevölkerung und durch den Druck der Politik mussten die Krankenkassen der zunächst vorläufigen Installation des Notarztstandortes zustimmen. Klaus und ich waren mit an Bord. Im Gegensatz zur Unterkunft bei dem privaten Rettungsdienst hatten wir es jetzt gut getroffen. Wir Notärzte hatten unseren eigenen kleinen Bereich in der ersten Etage. Da waren wir ungestört. Oft hielten wir uns im Erdgeschoss im Gemeinschaftsraum auf. Zusammen mit den Rettungsassistenten sahen wir fern oder aßen gemeinsam. Das Verhältnis untereinander war sehr gut.

Es dauerte einige Zeit, bis die Leitstelle sich daran gewöhnt hatte, dass sie einen weiteren Notarzt zur Verfügung hatte. Leider gab es auch Mitarbeiter der Leitstelle, die uns anfangs bewusst ausbremsten. Sie bevorzugten die etablierten Standorte. Für uns Ärzte war dies unverständlich, zumal es um die Notfallversorgung von Menschen ging. Da haben persönliche Animositäten nichts verloren. Einmal ging es sogar soweit, dass 500 Meter von der Wache entfernt ein Unfall passierte. Zufällig war ein Hubschrauber am Klinikum in Augsburg gestanden, der zu diesem Einsatz geschickt wurde. Der Notarzt, der auf der Wache war und in einer Minute vor Ort gewesen wäre, wurde nicht alarmiert. Nach diesem eklatanten Fehlverhalten griff der Leiter der Leitstelle hart durch. Endlich fand der neue Standort allgemeine Akzeptanz.

Klaus und ich waren ein wenig im Zwiespalt. Einerseits waren wir fest im neuen Team eingeteilt, andererseits war der Standort ein Konkurrent zu unserer Notarztwache auf dem Land. Viele Orte, die wir bislang anfuhren, fielen nun in das Einsatzgebiet des Probestandortes. Die Einsatzzahlen auf dem Land gingen deutlich zurück. Klaus als verantwortlicher Obmann und ich als sein Stellvertreter kämpften um den Erhalt unserer Landwache. Nach vielen Sitzungen wurde das Einsatzgebiet entsprechend der Anfahrtszeiten fair aufgeteilt. Ein Wegfall unseres alten Notarztstandortes wäre fatal gewesen, da sonst ein Vakuum in der Versorgung der ländlichen Bevölkerung aufgetreten wäre. Wir beide verfolgten die Alarmierungen genau, da wir häufig parallel auf beiden Wachen im Dienst waren.

Einer meiner ersten Einsätze auf der neuen Wache führte mich hier zum städtischen Friedhof. Wieder einmal eine „Bewusstlose Person". „Na, wen haben sie denn jetzt ausgegraben?" scherzte ich. Innerhalb zwei Minuten waren wir an. Mein Fahrer und ich liefen bereits vor, die Kollegen des RTW schlenderten gemütlich hinterher. Wir fanden eine leblose, älter Frau auf einer Bank. „Verdammt" rief ich. „Das ist eine Reanimation. Schnell auf den Boden mit ihr." Sie hatte weder einen tastbaren Puls noch eine funktionierende Atmung. Ich drehte mich um. „Wo bleiben denn die Jungs mit unserem Material?" Mein Fahrer und ich begannen mit der Wiederbelebung. Pfeifend kam das RTW-Team näher. Ich brüllte sie an. „Jetzt aber schleunigst hierher, wir haben eine Rea." Plötzlich kam Leben in die Mitarbeiter. Sie begannen endlich zu laufen. Ich wollte die Frau gerade intubieren, als sie zu schnaufen anfing. Wir waren nicht einmal dazu gekommen ein EKG anzulegen. Insgesamt hatten wir vielleicht fünf Minuten lang die Herz-Druck-Massage und Maskenbeatmung durchgeführt, als die Patientin wieder die Augen öffnete. Ihr Herz schlug wieder ganz normal, auch hatte sie einen gut messbaren Blutdruck. Das EKG war unauffällig. Wir hatten noch rechtzeitig eingreifen können. Die alte Frau fragte uns, was denn los sei. Sie habe gut geschlafen und wunderschöne Musik gehört. Völlig unbeschadet hatte sie den kurzen Herzstillstand überlebt. Zur weiteren Beobachtung kam sie ins Krankenhaus. Diesmal hatte wirklich jede Sekunde gezählt. Es immer wieder ein erhebendes Gefühl, wenn man ein Leben retten konnte.

Später fuhren wir zu einem Unfall mit einem Radfahrer. Der Mann fuhr mit seinem Fahrrad langsam aus seiner Hofeinfahrt. Dabei wurde er von einem vorbeifahrenden PKW übersehen. Das Auto berührte den Mann mit seinem rechten Außenspiegel an der linken Rippenseite. Bei unserer Ankunft klagte der Verletzte lediglich über Schmerzen unterhalb des linken Rippenbogens. Er war recht blass, der Blutdruck war niedrig und er hatte einen deutlichen Druckschmerz unter den Rippen. Ich hatte sofort eine Eingebung. Der Mann hatte vermutlich einen Riss in der Milz. Die Milz ist ein sehr gut durchblutetes Organ. Bei stumpfer Gewalteinwirkung konnte sie rupturieren. Für den Patienten bedeutete dies Lebensgefahr durch den großen Blutverlust. Schleunigst versorgten wir den Patienten. Im Krankenhaus meldete ich ihn mit Verdacht auf eine Milzruptur an. Im Schockraum wurde der Bauch sofort mit Ultraschall untersucht. Mein Verdacht bestätigte sich. Es fand sich bereits eine Menge freies Blut im Bauchraum. Der Verletzte wurde umgehend in den OP gebracht. Sein Leben stand auf dem Spiel. Zwei Wochen später kam ein Mann auf den Hof der Wache gefahren. Er stieg aus und kam zum Eingang. In der Hand hatte er einen riesigen Korb mit Köstlichkeiten. Der Mann ging auf mich zu. „Erkennen Sie mich nicht wieder? Sie haben mir vor zwei Wochen das Leben gerettet." Jetzt erkannte ich ihn. Das war der Patient mit der Milzruptur. „Bei mir war es bereits fünf vor zwölf. Im OP konnten die Ärzte die Blutung stillen. Meine Blutwerte waren im Keller. Wäre ich 15 Minuten später in der Klinik eingetroffen, so wäre ich nicht mehr zu retten gewesen.

Nur dank ihres schnellen Eingreifens mit der richtigen Diagnose habe ich überlebt." Ich war total überrascht, dass ein Patient persönlich vorbeikommt und sich für seine Rettung bedankt. Natürlich habe ich mich sehr gefreut, denn Dankbarkeit wird viel zu selten zum Ausdruck gebracht. Als Notarzt ist es mein Beruf, Leben zu retten. Dennoch freut sich jeder über Anerkennung für gute Leistungen.

In diesem Monat standen für mich an zwei Wochenenden Veranstaltungen statt, die ich als Arzt betreuen sollte. Als erstes stand der CSU-Parteitag im südlichen Landkreis Augsburgs auf dem Programm. Da ich politisch interessiert war, wollte ich mir diesen Parteitag aus der Nähe anschauen. Am Vormittag hielt der bayerische Ministerpräsident Edmund Stoiber seine Rede. Ich war absolut enttäuscht. So ein zusammenhangloses, konfuses Gefasel hatte ich nicht erwartet. Ich konnte seiner Rede nicht folgen, da ich nicht wusste, was er eigentlich sagen will. Die Delegierten applaudierten dennoch seiner Rede. Dies konnte ich nicht nachvollziehen. Aber wahrscheinlich muss das in einer Partei so sein, wenn der Chef spricht. Krampfhaft versuchte ich nicht einzuschlafen. Am Nachmittag wurde es dann besser. Da sprach der Finanzminister Theo Waigel. Seine Rede war klar strukturiert. Am Ende der Veranstaltung standen ich und das RTW-Team draußen vor der Tür. Wir beobachteten den Auszug der Politprominenz. Stoiber ging hoch erhobenen Hauptes unter dem Jubel seiner Parteigenossen auf seine Limousine zu. Doch was machte Theo Waigel? Er kam zu uns und bedankte sich für unseren Einsatz vor Ort. Dabei schüttelte er jedem die Hand. Das war eine wunderbare Geste eines großen, volksnahen Politikers.

An dem anderen Wochenende fand auf dem Fliegerhorst bei Landsberg ein internationales Motorradrennen statt. Es war ein riesiges Spektakel. Wir waren mit insgesamt zehn Notärzten, acht RTW und fünf KTW angereist. Die Ärzte standen mit jeweils einem Rettungsteam an den Brennpunkten der Strecke, am Hauptverbandsplatz befand sich der leitende Notarzt. Wir wurden genau instruiert, wann wir bei einem Unfall auf die Strecke durften und auf welchem vorgegebenen Weg der Abtransport der Verletzten zu erfolgen habe. Ich wählte meinen Platz am Ende einer Geraden. Hier wurden in der Königsklasse Spitzengeschwindigkeiten von knapp 300 km/h erreicht, bevor es in eine Kurve ging. Oftmals hatte ich Angst, dass einer nicht mehr rechtzeitig bremsen könnte und über das Ziel hinausschießen würde. Doch es passierte sehr wenig. Nur einmal musste ich auf die Strecke. Beim Seitenwagenrennen verlor der Pilot seinen Mitfahrer. Er stürzte bei hohem Tempo auf die Fahrbahn und überschlug sich mehrfach. Der junge Mann klagte einzig über Schmerzen unter dem linken Rippenbogen. Es ist faszinierend, wie wenig den Motorradfahrern selbst bei großer Geschwindigkeit passiert. Sie lernen eben, sich perfekt abzurollen. Doch bei ihm hatte ich ein Deja-Vu-Erlebnis. Sofort dachte ich an den Verletzten mit der Milzruptur drei Wochen zuvor. Die Symptome bei dem Biker waren ähnlich. Er bekam eine Infusion mit Schmerzmitteln. Ich klärte ihn auf, dass er eine bedrohliche Verletzung der Milz haben könnte. Es wäre sinnvoll, die Verletzung in einem örtlichen Krankenhaus anschauen zu lassen. Doch der Biker wollte partout nicht in die Klinik. Er wurde noch dem leitenden Notarzt vorgestellt, der ihm ebenfalls zur Untersuchung im Krankenhaus riet. Doch auch hier verweigerte er. Gegen ärztlichen Rat wollte er die lange Heimfahrt nach Ostdeutschland antreten. Im Nachhinein erfuhren wir, dass die Schmerzen immer unerträglicher wurden. Der Zustand des Patienten verschlechterte sich auf der Rückfahrt so, dass sie bei ihrer Ankunft sofort ins Krankenhaus fuhren. Die Ärzte diagnostizierten eine Milzruptur, wie von uns bereits vermutet wurde. Es zeigt sich, dass es nicht immer gut ist, einen auf harte Jungs zu machen. Gelegentlich sollte man auf den ärztlichen Rat hören.

Die Einteilung der Dienste an den drei Notarztstandorten verlief sehr gut. Im Süden Augsburg stießen inzwischen mehrere neue Kollegen zu uns, die vereinzelt Dienste übernahmen. Für Klaus und mich allein wurde es langsam zu viel. Wir waren sehr viel unterwegs. Unsere Wohnungen hätten wir untervermieten können, da wir kaum zu Hause waren. Die Hälfte des Monats verbrachten wir auswärts. Dennoch genossen wir das freie Leben.

Am zweiten Oktoberwochenende war ich in Augsburg im Dienst, während Klaus bei uns im Städtchen in Bereitschaft war. Nach einer unruhigen Nacht wurde ich am Sonntag, den 13., gegen halb neun durch einen Anruf auf meinem Handy geweckt. Diesen Tag werde ich nie in meinem Leben vergessen. Der Sonntag wurde für Klaus und mich zum Schicksalstag! Übermüdet griff ich zu meinem Handy. Wer wollte denn schon so früh am Morgen etwas von mir? Am anderen Ende der Leitung war ein Mitarbeiter der Leitstelle. „Guten MorgenTom. Tut mir Leid, wenn ich Dich so früh stören muss. Aber Du bist doch ein guter Freund von Klaus?" „Ja, das ist richtig. Was gibt es denn?" „Wir bräuchten ein paar Angaben von ihm." „Warum denn? Ist etwas mit Klaus passiert?" „Er hat einen Unfall gehabt. Jetzt wollen wir ihn im Klinikum in Augsburg anmelden." Noch im Halbschlaf gab ich die erforderlichen Angaben weiter und legte auf. Und plötzlich sprang ich im Bett auf. Ich war sofort hellwach und erschrak. Meine Güte, warum benötigte die Leitstelle alle Angaben von Klaus? Mir fiel es wie Schuppen von den Augen. Die Daten waren für die Anmeldung im Schockraum gedacht, vor allem wenn jemand keine Angaben mehr machen konnte. Ich zitterte innerlich am ganzen Körper. Sofort rannte ich zum Festnetztelefon und wählte die Nummer der Leitstelle. „Was ist nun wirklich mit Klaus geschehen? Die Angaben, die ich Dir gegeben habe, sind doch für den Schockraum gedacht." „Ja, Du hast Recht. Das NEF hat einen schweren Unfall gehabt. Der RTW ist nun auf dem Weg nach Augsburg. Über die genauen Verletzungen kann ich Dir keine genauen Angaben machen." „Danke für die Auskunft. Ich mache mich umgehend auf den Weg ins Klinikum." Ich teilte allen auf der Wache mit, was passiert war. Jeder erschrak.      „Das ist ja entsetzlich" riefen alle. „Ich melde mich vom Dienst ab. Stehe im Moment für keinen Einsatz zur Verfügung. Ich begebe mich sofort zum Klinikum, um näheres zu erfahren." Mir gingen tausend Gedanken gleichzeitig durch den Kopf. Welche Verletzungen hatte Klaus? Waren diese lebensbedrohlich? War er überhaupt noch ansprechbar? Wie lange würde er ausfallen? Würde er jemals wieder als Notarzt arbeiten können? Ich schnappte meinen Fahrer. Wir beeilten uns, so schnell wie möglich zum Krankenhaus zu kommen. Die Fahrt kam mir wie eine Ewigkeit vor. Immer wieder fielen mir Klaus' Worte ein, das dieser japanische Geländewagen irgendwann einen Unfall haben würde. Leider hatte Klaus mit seiner Weissagung Recht behalten. Doch musste es ausgerechnet ihn erwischen? Ich hatte Tränen in den Augen. Der RTW mit Klaus an Bord und ich trafen zur gleichen Zeit an der Halle zur Notaufnahme an. Ich sprang aus meinem Fahrzeug und rannte zum RTW. Mein Herz schlug mir bis in den Hals. Ich hatte Schmerzen in der Magengegend. Was würde mich wirklich erwarten? Die Rettungsassistenten öffneten die Hecktür des Rettungswagens.  Als sie die Liege mit Klaus herausschoben, wurde mir ganz anders. Vorbei war die Professionalität, die ich bei meinen Einsätzen an den Tag legte. Hier war ein Mensch betroffen, der mir sehr nahe stand. Am liebsten hätte ich losgeweint, als ich ihn sah. Er war noch ansprechbar. Sein Gesicht war blutverschmiert. Die Augen waren so zugeschwollen, dass er sie kaum öffnen konnte. Das linke Sprunggelenk war massiv angeschwollen, der linke Oberschenkel doppelt so dick wie normal, das rechte Kniegelenk hatte eine offene Verletzung. Es sah sehr schlimm aus. Klaus rang nach Luft. Seine Lunge musste auch verletzt sein. Es sah nicht gut aus. Ich hatte große Angst um ihn. Zu diesem Zeitpunkt wusste ich nicht, ob er überleben würde. Das hatte Klaus nicht verdient. Ausgerechnet im Einsatz musste sich dieser folgenschwere Unfall ereignen. „Klaus, ich bin es, Tom. Ich kümmere mich um alles, bis Du wieder gesund bist." Ich drückte seine Hand. „Ich gehe mit hinein und passe auf Dich auf." „Ich danke Dir. Du wirst sehen, dass ich bald wieder fit bin und Notarzt fahre." „Natürlich. Ich weiß, dass Du hart im Nehmen bist." Gemeinsam mit dem behandelnden Notarzt erreichten wir den Schockraum. Ich teilte dem diensthabenden Chirurgen mit, dass ich sein bester Freund sei und gerne bei den Untersuchungen dabei wäre. Doch der Kollege, der mich als Notarzt gut kannte, komplementierte mich unfreundlich heraus. „Bitte verlassen Sie den Schockraum. Wir werden Sie zu gegebener Zeit in Kenntnis setzen." Normalerweise wäre es kein Problem gewesen, wenn ich als Kollege im Nebenraum die Untersuchungen verfolgt hätte. Aber ich hatte die falsche Kleidung an. Der Chirurg hatte eine Abneigung gegen die „Blauen". Wäre ich als Notarzt in Rot-Kreuz-Kleidung erschienen, hätte es vielleicht anders ausgesehen. So musste ich vor der Tür warten. Ein schreckliches Erlebnis. Du weißt nicht, was hinter der Türe vor sich geht. Ich dankte noch dem Notarzt-Kollegen für seinen Einsatz bei Klaus. Er war Internist im Klinikum. Heute war er als Notarzt an unserem Probestandort tätig. Erst viel später erfuhr ich von den Helfern und Klaus, dass er eigentlich bei der Rettung vor Ort und auf dem Transport vollkommen versagt hatte. Rastlos ging ich auf und ab. Ich hatte auch die äußerst unangenehme Aufgabe, Klaus' Eltern zu informieren. Mit bebender Stimme erklärte ich ihnen, was vorgefallen war. Sie waren total geschockt. Fast zwei Stunden musste ich warten, bis der Oberarzt endlich mit mir sprach. Es kam mir wie eine Ewigkeit vor. Der Kollege war im Gegensatz zu seinem Assistenzarzt sehr freundlich. Ausführlich unterrichtete er mich über alle Verletzungen. Die Liste der Verletzungen war lang. Der Oberarzt fing mit den guten Nachrichten an. Es gab kein Schädel-Hirn-Trauma, auch die Wirbelsäule blieb unversehrt. Im Bauchraum lagen keine inneren Blutungen vor. Das war das einzig Erfreuliche. Die einzigen Verletzungen am Kopf waren eine Fraktur der Nase, die Augenlider an beiden Augen waren total zerfetzt. Am linken Thorax hatte er eine Rippenserienfraktur. Dies führte zu erheblichen Einblutungen, weswegen eine Thoraxdrainage zur Entlastung gelegt werden musste. Auch war die Lunge gequetscht worden, was die Atemnot erklärte. Aus diesem Grunde wurde er im Schockraum sofort intubiert und künstlich beatmet. Das rechte Kniegelenk war offen. Hier war die Kniescheibe zertrümmert und die Strecksehne des Oberschenkels abgerissen. Am linken Bein war der Oberschenkel gebrochen, am linken Fuß das Sprunggelenk frakturiert. Die linken Mittelfußknochen erlitten Trümmerbrüche. Zu allerletzt erwähnte der Oberarzt, dass Klaus zwei Drittel seines Blutes verloren habe. Die Situation war absolut lebensbedrohlich. Bei diesem hohen Blutverlust drohte ein generelles Organversagen. Die übergroße Blutung hatte ihre Ursache in den Frakturen. Wenn große Röhrenknochen wie Ober- oder Unterschenkel brechen, kommt es zu verhältnismäßig starken Blutungen. Große Knochen sind sehr gut durchblutet. Kommt es zur Fraktur, fließt das Blut aus den sogenannten Markhöhlen heraus. Bei einer Oberschenkelfraktur verliert der Verletzte ungefähr ein bis zwei Liter Blut, bei einer Unterschenkelfraktur zwischen einem halben und einem Liter. Ganz schlecht sieht es bei einem Beckenbruch aus. Hier können bis zu vier Liter Blut verlorengehen. Das bedeutet, dass ein Verletzter allein an einer Beckenfraktur sterben kann, wenn er nicht rechtzeitig gefunden und ins Krankenhaus gebracht wird. Bei Klaus war der linke Oberschenkel doppelt so dick wie normal, das heißt mindestens zwei Liter Blut waren in die Muskulatur eingeblutet.

Sollten sie sein Leben retten können, würde Klaus nie mehr als Notarzt arbeiten können. Diese Prognosen waren niederschmetternd. Ich versuchte, in dieser schweren Lage Haltung zu bewahren. Der Oberarzt verabschiedete sich, da er Klaus sofort operieren wollte. Das war die schlimmste Stunde meines Lebens. Ich fing an zu beten. Hoffentlich würde Klaus überleben. Sollte er es schaffen, würde ein langer, steiniger Weg vor ihm liegen. Bei der Fülle der Verletzungen würde ein normales Leben nicht mehr möglich sein. Bei dieser Vorstellung konnte ich meine Tränen nicht mehr zurückhalten. Am liebsten wäre ich davongelaufen. Ich resignierte für einen kurzen Moment. Doch in meinem Inneren spürte ich plötzlich eine Stimme, die zu mir sprach. „Tom, Du darfst nicht aufgeben. Es muss weitergehen. Das bist Du Klaus schuldig." Ich bekam neuen Mut. Eine Kraft durchströmte mich, die mir Hoffnung gab. Ich wusste nun selbst, dass ich die Ärmel hochkrempeln musste. Irgendwie musste es ja weitergehen. Am Krankenhaus konnte ich nichts mehr ausrichten. Mit neuem Schwung fuhr ich zurück auf die Wache. „Jetzt erst recht" war mein Motto. In den nächsten Stunden war ich damit beschäftigt, die Dienstpläne zu ändern. Einen kleinen Teil von Klaus' Diensten übernahm ich, auch wenn ich dadurch überhaupt keine Freizeit mehr hatte. Ich telefonierte mit allen Kollegen. Bis zum Nachmittag waren alle Dienste umbesetzt. Jetzt kam ich erst wieder zur Ruhe. Da wurde mir die ganze Tragweite dieses verhängnisvollen Unfalles so richtig bewusst. Wie war der Unfall eigentlich passiert? Bis dahin hatte ich keine Zeit gehabt, mich damit zu beschäftigen. Die Organisation des Notarztdienstes hatte erst einmal Vorrang. Ich rief auf der heimischen Rettungswache an, um mich über die Umstände des Unfalles zu informieren. Dabei erfuhr ich, dass am Morgen dichter Nebel auf dem Land herrschte. Der Zivi habe auf dem Weg zum Einsatz innerorts in einer Kurve die Kontrolle über das Fahrzeug verloren. Nahezu ungebremst sei er in eine Betonmauer gefahren. Die Insassen wurden im Auto eingeklemmt. Der Zivi wurde ebenfalls in Augsburg eingeliefert. Er war auch schwer verletzt, aber nicht lebensbedrohlich wie mein Freund Klaus. Ein gesundes Bein blieb ihm im Gegensatz zu seinem an Bord befindlichen Notarzt. Der Airbag bewahrte den Fahrer vor weiteren Verletzungen. Mehr Informationen bekam ich zu diesem Zeitpunkt nicht. In den kommenden Wochen wollte ich alle Beteiligten nach dem genauen Hergang befragen.

Abends sprach ich mit Klaus' Eltern. Sie waren am Boden zerstört. Die erste Operation habe mehr als fünf Stunden gedauert. Zunächst hatte der Oberarzt die großen Frakturen behandelt. Die meiste Zeit benötigte er jedoch für die Rekonstruktion der Kniescheibe. Dies sei das reinste Puzzlespiel gewesen. Klaus hatte Glück im Unglück, dass dieser Arzt seine Kniescheibe in aufwendigster Kleinarbeit wiederherstellte. Ein anderer Kollege hätte sie einfach entfernt. Dann wäre er nie mehr richtig zum Laufen gekommen. Der HNO-Arzt hatte parallel in filigraner Arbeit die zerrissenen Augenlider kunstvoll repariert. Weiterhin habe Klaus viele Blutkonserven erhalten. Sobald sein Zustand längere Zeit stabil blieb, würden die kleineren Frakturen versorgt werden. Die nächsten Tage würde er auf der Intensivstation im künstlichen Koma bleiben. Ich ermutigte seine Eltern, an seine Genesung zu glauben. „Klaus ist jung und gesund. Er hat einen starken Willen und Charakter. Wenn er sich etwas in den Kopf gesetzt hat, wird er es auch erreichen. Er hat mir versprochen, dass er wieder Notarzt fahren wird. Ich glaube ganz fest daran, dass er es schaffen wird, egal wie lange es dauert."
Am nächsten Morgen hatte ich in unserer Kleinstadt Dienst. Ich ging zur Wache. Vielleicht würde ich mehr über die Hintergründe erfahren. Der Rettungsassistent von gestern war auch heute im Dienst. Er erklärte mir die Umstände auf der Wache vor dem Einsatz. „Um 7:25 Uhr ging der NEF-Piepser. Der Zivi von der Nachtschicht stand auf, ging zum Einsatzfahrzeug und nahm den Auftrag entgegen. Er wollte den Einsatz noch fahren, zumal in der Nacht nichts los war. Dann kam seine Ablöse herein. Der Zivi war spät dran, da er wegen sehr dichten Nebels nur langsam vorankam. Ich traf dann eine verhängnisvolle Entscheidung. Dem Fahrer von der Nachtschicht gebot ich, aus dem Auto auszusteigen. Die Ablöse sollte diesen Einsatz übernehmen. Er war mit dieser Situation wohl vollkommen überfordert, da er darauf noch

nicht eingestellt war. Hektisch zog er sich um und fuhr los. Ich mache mir solche Vorwürfe wegen des Fahrertausches. Ohne meine Aktion wäre der Unfall vielleicht gar nicht geschehen." Ich beruhigte den Assistenten. „Dies konnte keiner voraussehen." Ich erfuhr weiterhin, dass das Unfallauto in der Stadt beim Händler auf dem Hof stand. „Mit welchem Fahrzeug werden wir künftig zu unseren Einsätzen fahren?" wollte ich wissen. In der Garage stand ein alter Mercedes-Kombi, der lange Jahre für Krankentransporte genutzt wurde. Dieses Auto sollte ein Jahr lang unser Einsatzfahrzeug werden. Seitens des Leiters Rettungsdienst wurden keine Anstalten gemacht, dass wir ein neues, sicheres NEF bekommen. Er war zudem Schuld daran, dass Klaus so viele schwere Verletzungen erlitt. Wie konnte er ein Fahrzeug ohne Airbag für den Beifahrer in Betrieb nehmen? Ein absolutes Unding! Der Airbag hätte Klaus die Gesichtsverletzungen erspart, womöglich auch die offene Knieverletzung mit der Patellatrümmerfraktur. Der Funkhörer war leider auch so ungünstig platziert, dass dieser beim Aufprall den linken Brustkorb und die Lunge verletzte. Vieles wäre vermeidbar gewesen, wenn der Zuständige des Kreisverbandes verantwortungsvoll gehandelt und nicht nur Geld gespart hätte! Mit meinem Fahrer fuhr ich noch am gleichen Vormittag zum Autohaus, um mir das Unglücksauto anzusehen. Als ich das total zerstörte Auto sah, schrie ich nur „Oh mein Gott". Es war wie ein Wunder, dass die Beiden überhaupt lebend aus dem Fahrzeug gerettet werden konnten. Der Motorblock war in die Fahrgastzelle eingedrungen, das Dach war eingedrückt. Der Beifahrersitz war nach vorne verschoben, sodass fast kein Platz für die Insassen blieb. Überall am Armaturenbrett war Blut zu sehen. Ich wollte mir nicht vorstellen, welche Qualen die Beiden zu erleiden hatten, bis sie aus dem Wrack befreit werden konnten. Über die Rettung wollte ich Klaus selbst befragen, sobald er das Bewusstsein wiedererlangt hatte.

Täglich erkundigte ich mich nach seinem Zustand. Klaus überstand auch die nächsten Operationen gut. Er war ein zäher Bursche. Nach fünf Tagen wurde er aus dem künstlichen Koma geholt. Als ich Dienst an unserem neuen Standort hatte, besuchte ich Klaus auf der Intensivstation. In Dienstkleidung hatte ich keine Probleme, zu ihm zu gelangen. Bei der Leitstelle meldete ich zum Krankenbesuch ab. Ich sollte Klaus von allen Leitstellenmitarbeitern ihre Genesungswünsche überbringen. Klaus lächelte, als er mich sah. Ich vermied jede Frage zum Unfallhergang. Im Gegenteil. Ich versuchte ihn aufzumuntern. Beide Beine waren noch sehr stark geschwollen. Er bekam immer noch hohe Dosen an Schmerzmitteln. Klaus hatte seinen Humor nicht verloren. „Tom, auch wenn ich momentan noch wie Frankensteins Monster aussehe, so versichere ich Dir, dass ich spätestens in einem halben Jahr wieder als Notarzt unterwegs sein werde." Er klang so zuversichtlich. Doch wie es in seinem Innersten aussah, wusste niemand. So ein heftiges Trauma hinterlässt immer tiefgreifende seelische Störungen. Die Spätfolgen aller Verletzungen konnte niemand einschätzen. Nach zehn Minuten kamen die Ärzte zur Visite. „Klaus, ich muss gehen. Sobald es mir wieder möglich ist, werde ich Dich besuchen." „Es ist sehr schön, dass es Freunde wie Dich gibt." Ich war erleichtert, als ich die Intensivstation verlassen konnte. Natürlich war ich als Arzt an intubierte Patienten, die Überwachungsgeräte, die  ständigen Alarme auf den Monitoren gewöhnt. Doch diesmal spürte ich ein großes Unbehagen. Nie zuvor hatte ich so ein beklemmendes Gefühl bewusst erlebt. Ich spürte eine düstere Stimmung in mir. Ich fühlte die Anwesenheit des Todesengels. Einige der Patienten auf der Intensivstation würden die nächste Tage nicht überleben.

In den folgenden Tagen recherchierte ich weiter. Dabei erfuhr ich, dass Heinrich, ein Rettungsassistent auf unserer Landwache, privat am Ort des Geschehens war. Sein Haus liegt gegenüber der Unglücksstelle. Er berichtete mir, wie er den Unfall mitbekommen habe.  „Um kurz nach halb acht habe ich draußen ein lautes Krachen vernommen. Ich sah aus dem Fenster, konnte aber wegen des Nebels nichts erkennen. Man konnte die Hand vor Augen nicht sehen. Ich zog mich an und begab mich auf die Suche. Bei einem solch lauten Geräusch musste etwas passiert sein. Ich suchte alles ab. Nach einigen Minuten wurde ich auf der gegenüberliegenden Straßenseite in einem Feld fündig. Was ich sah, konnte ich im ersten Augenblick nicht fassen. Unser NEF lag total zertrümmert im Acker. Das Blaulicht leuchtete. Ein Erdhügel hatte das Auto gestoppt. Vorsichtig näherte ich mich dem Fahrzeug. Mir lief es eiskalt den Rücken herunter. Wer sitzt in dem Auto? Sind sie noch am Leben? Die Insassen waren vorne eingeklemmt. Das Gesicht des Beifahrers war blutüberströmt. Dann erkannte ich, dass es sich um Klaus handelte. Er war bei Bewusstsein. Gott sei Dank! Auch der Fahrer lebte. Klaus sagte mir, dass er keinen Notruf mehr absetzen konnte, da der Funkhörer beim Aufprall zerstört wurde. Auch käme er nicht an sein Handy. Da ich in diesem Moment nichts für die Beiden tun konnte, rannte ich zurück ins Haus und rief bei der Rettungsleitstelle an. Zunächst wollten sie mir nicht glauben, dass unser NEF einen schweren Unfall hatte. Als sie nach mehrmaligen Versuchen das Einsatzfahrzeug über Funk nicht erreichen konnten, realisierten sie das Unglück. Der Mitarbeiter der Leitstelle war zunächst wie gelähmt. Nach der ersten Schrecksekunde versprach er mir, dass er alle zur Verfügung stehenden Kräfte alarmieren werde. Dann lief ich zu den Verletzten zurück. Ich konnte sie nur beruhigen. Schier endlos kam mir die Zeit vor, bis die Feuerwehr und unser RTW an der Einsatzstelle erschienen. Jeder war geschockt, als sie sahen, dass Klaus der verunfallte Notarzt war. Sowohl die technische als auch die medizinische Rettung liefen chaotisch ab. Wäre ein Fremder im Fahrzeug gesessen, wäre alles sehr professionell abgelaufen. Doch in diesem speziellen Fall waren alle Helfer wie gelähmt. Sie waren zum Teil so übermotiviert, dass viele Fehler passierten. Der Notarzt traf erst nach 50 Minuten ein. Der dichte

Nebel bremste sie aus. In der Luft hörten wir Rotorengeräusche eines Hubschraubers, doch er konnte wegen schlechter Sicht nicht landen. Es war eine riesige Katastrophe." An dieser Stelle hielt Heinrich inne. Tief bewegt von diesem schockierenden Einsatz konnte er mir nicht weiter berichten. Was mussten die beiden Eingeklemmten durchgemacht haben? Doch noch immer konnte ich mir die genaue Unfallursache nicht erklären. War der Fahrer zu schnell unterwegs? Er kannte doch die Strecke, denn er war sie ja erst wenige Minuten zuvor aus der anderen Richtung auf dem Weg zur Wache gefahren. Diese Antworten würde mir Klaus geben können.

Nach einer Woche auf der Intensivstation wurde Klaus auf die Normalstation verlegt. Nachdem ich wieder einen Patienten ins Klinikum gebracht hatte, nutzte ich die Gelegenheit erneut für einen Krankenbesuch. Zuerst besuchte ich den Unglücksfahrer, dem es verhältnismäßig gut ging. Er hatte ja nur ein gebrochenes Bein. Somit konnte er sich mit Krücken schon ziemlich gut auf Station bewegen. Bei Klaus sah es anders aus. Mit zwei kaputten Beinen konnte er von den Physiotherapeuten nur im Bett mobilisiert werden. Ich bewunderte ihn wegen seiner positiven Lebenseinstellung. Seinen Lebensmut ließ er sich nicht nehmen. Auch wenn die Ärzte ihm keine Chance gaben, dass er je wieder als Notarzt arbeiten könne, wusste ich es besser. Wenn Klaus sich vorgenommen hatte, wieder in den Rettungsdienst einzusteigen, würde er es schaffen. „Hallo Klaus, wie ich sehe, geht es aufwärts mit Dir." „Unkraut vergeht nicht. Die Schwellungen bilden sich ganz langsam zurück. Ich bleibe noch zwei bis drei Wochen stationär hier. Danach werde ich zur Weiterbehandlung und Rehabilitation nach Murnau weiterverlegt. Bis zu unserer Praxiseröffnung bin ich wieder fit. Wie sieht es überhaupt vor Ort aus?" „Ach ja unsere Praxis. Morgen beginnt der Aushub. Der Bauträger kümmert sich um alles. Dieses Projekt ist bei mir ganz in den

Hintergrund getreten. Es gab viel wichtigere Dinge für mich zu erledigen. Ich bin fast pausenlos im Einsatz, um an allen Standorten den Betrieb aufrecht zu erhalten." „Wie geht es dem Fahrer?" „Ich habe ihn vornhin besucht. Nächste Woche darf er das Krankenhaus verlassen. Hat er noch nicht bei Dir vorbergesehen?" „Bis jetzt nicht." „Ich kann nicht verstehen, wie der Unfall geschehen konnte. Aber ich will Dich damit nicht belasten. Falls Du möchtest, kannst Du jederzeit mit mir darüber sprechen." Klaus' Gesichtsausdruck veränderte sich schlagartig. Seine Miene wurde ernst. Stillschweigen. Hätte ich dieses Thema nur nicht angeschnitten. „Tom, vielleicht ist es gut für mich, zur Bewältigung dieses Traumas mit Dir zu reden. Ob ich es wirklich schaffe, weiß ich nicht. Ich versuche es." Klaus' sonst so sichere Stimme bebte. „Am Morgen, um fünf Minuten vor halb acht ertönte mein Melder. Wie gewohnt zog ich mich schnell an und wartete draußen auf das NEF. Mit Verzögerung erschien das Einsatzfahrzeug. Carsten schien sehr nervös zu sein, er war noch gar nicht richtig bei der Sache. Ich fragte ihn, was los sei. Er erklärte mir, dass er zur Tür herein kam und überfallmäßig vom diensthabenden Assistenten aufgefordert wurde, sich umzuziehen. Sie hätten einen Einsatz. Er habe sich so schnell nicht auf diese Situation einstellen können. Ich versuchte, ihn zu beruhigen. Carsten teilte mir mit, dass wir jetzt zu einer bewusstlosen Person nach Sturz fahren würden. Draußen herrschte dichter Nebel. Er war sehr flott unterwegs, so dass ich ihn aufforderte langsamer zu fahren. Nach ein paar Kilometern kam die erste Ortschaft. Mit ungefähr 100 Km/h fuhr er im Ort in die Nebelwand. In der langgezogenen Rechtskurve verlor er die Kontrolle über das Auto. Carsten reagierte überhaupt nicht mehr. Der völlig überforderte Zivi schrie nur noch „Scheiße". Er ließ das Lenkrad los. Es erfolgte kein Bremsversuch. Der Nebel riss ein wenig auf. Ungebremst rasten wir auf eine Betonmauer zu. Ich konnte nicht eingreifen. Das Hindernis kam immer näher." Klaus atmete schwer. Es fiel ihm nicht leicht, weiter zu erzählen. Ich hielt seine Hand. Was muss ihm in dieser lebensbedrohlichen Situation durch den Kopf gegangen sein? Nach einigen Augenblicken hatte er sich gefasst. „Mir gingen tausend Gedanken durch den Kopf. Entweder bin ich gleich tot oder wache mit viel Glück schwerstverletzt auf. Bruchteile vor dem Aufprall lief mein ganzes Leben wie ein Film vor mir ab. Dann erfolgte der Crash. Mit heftiger Wucht durchbrachen wir die Mauer, rissen einen Zaun ab und kamen nach einigen Metern an einem Erdhügel zum Stehen. Wir hatten fürs Erste überlebt. Ich spürte, wie eine warme Flüssigkeit mein Gesicht herunterlief. Es war mein eigenes Blut. Das war so viel, dass ich fast nichts mehr sehen konnte, auch schwollen meine Augenlider schnell zu. Ich konnte mich kaum bewegen, da durch den Aufprall der Sitz ganz nach vorne geschoben wurde. Ich war eingeklemmt. Nach und nach wurden mir meine Verletzungen bewusst. Ich nahm wahr, dass Carsten ebenfalls am Leben war. Er konnte sich aus dem Wrack auch nicht befreien. Wie sollten wir Hilfe bekommen? Wer hatte den Unfall im Ort mitbekommen? Der Nebel war so dicht, dass wir nichts sehen konnten. Die Leitstelle konnte ich nicht informieren. Der Funkhörer zerschellte an meinen Rippen, an mein Handy kam ich nicht heran. Ich hoffte darauf, dass man uns am Einsatz vermissen würde. Doch bis man uns finden würde, verginge zu viel Zeit. Man wüsste ja nicht, wo man uns eigentlich suchen sollte. Ich schöpfte neue Hoffnung, als Heinrich an mein Fenster klopfte. Doch bei der schlechten Wetterlage würde es lange Zeit benötigen, bis wir aus dem Wrack befreit werden könnten." Klaus hielt wieder inne. Das schreckliche Trauma saß tief. „Mir kam es wie eine Ewigkeit vor, bis unsere Feuerwehr und ein Kollege aus einer Hausarztpraxis eintrafen. Sie waren alle total geschockt, als sie uns sahen. Unsere Rettung aus dem Fahrzeug war eine einzige Katastrophe. Bei den sonst so zuverlässigen Helfern schien das Denken auszusetzen. Ich gab ihnen Anweisungen, wie sie mich aus dem Fahrzeug retten sollten. Bei dem Versuch, den Motorblock zu entfernen, klemmten die Retter meine

Beine immer weiter ein. Hätte ich nicht Stopp geschrien, hätten sie womöglich meine Beine vollkommen eingequetscht. Über die Beifahrertür war keine Rettung möglich. Zu sehr war die Seite verkeilt. Der einzig sinnvolle Rettungsweg war über die Heckklappe. Alle unsere Geräte, Koffer und Halterungen mussten entfernt werden. Währenddessen realisierte ich, dass sich die Vakuummatratze, die sich auf dem Rücksitz befand, wie ein Wunder direkt hinter meinem Sitz bis unter das Dach hochschob. Dadurch wurde mein Leben gerettet. Sie hielt den Koffer, der durch den Aufprall wie ein Geschoss nach vorne katapultiert wurde, ab. Ohne den Schutz durch diese Matratze hätte der fliegende Koffer mein Genick gebrochen. Trotz meiner schweren Verletzungen hatte ich also einen großen Schutzengel gehabt. In der Zwischenzeit hörte ich einen Helikopter über uns kreisen. Er konnte jedoch nicht landen. Als der Weg über die Heckklappe frei war, begann mein Martyrium. Ich hatte keinen venösen Zugang und kein Schmerzmittel. Ohne Analgesie wurde ich aus dem Wrack gezogen. Mit meinem frakturierten Bein half ich bei der Rettung mit. Das rechte Bein war durch den Abriss der Sehne bewegungsunfähig. Ich gab den Helfern immer wieder Anweisungen, wie sie ziehen mussten. Der Notarzt war nun eingetroffen. Doch viel brachte mir das auch nicht. Er wartete, bis ich aus dem NEF draußen war. Dann bekam ich eine Ampulle Morphin. Bei einem Polytrauma wie mir absolut unzureichend. Auf dem Weg ins Krankenhaus hatte ich unerträgliche Schmerzen. Eigentlich hätte er mich in eine Narkose versetzen müssen. So eine miserable Verletztenrettung wünsche ich nicht einmal meinem ärgsten Feind!" Ich sah Klaus mitfühlend an. Nach dieser erschütternden Erzählung war ich sprachlos. Ich fand keine tröstenden Worte. Zu allem Überfluss ging in dieser Situation mein Melder Los. Ich rannte aus der neunten Etage die Treppen herunter. Ziemlich außer Puste stieg ich in das Einsatzfahrzeug. „Wohin geht es denn?" „In ein Altenheim in der Innenstadt. Gemeldet ist „Bewusstlose Person". Vermutlich handelt es sich um eine Reanimation." „Na Bravo." Im Eiltempo ging es durch die Stadt. Mein Puls und meine Atmung normalisierten sich langsam. Im Altenheim mussten wir dann in den zweiten Stock laufen. Die Assistenten waren bereits im Zimmer. Sie hatten die alte Frau auf den Boden gelegt und mit der Wiederbelebung angefangen. Mein Fahrer bereitete die Intubation vor, während ich mühevoll eine Vene für die Infusion suchte. Nach kurzer Zeit hatte ich Erfolg. Ich veranlasste die Gabe von Adrenalin. Kurzfristig reagierte das Herz auf die Medikamentengabe. Ein Pulsieren der Halsschlagader war tastbar. Nachdem ich intubiert hatte, wurde die Frau maschinell weiterbeatmet. Aber lange hielt die Medikamentenwirkung nicht an. Wieder war die Nulllinie auf dem EKG sichtbar. Noch einmal wurde Adrenalin verabreicht. Erneut begann das Herz zu schlagen. Dieses Wechselspiel wiederholte sich mehrmals. Dabei wurde die Dosis für das Adrenalin erhöht. Doch der Kreislauf brach immer wieder zusammen. Die Wiederbelebung dauerte knapp 30 Minuten. Danach reagierte das Herz der Patientin auf das Medikament überhaupt nicht mehr. Der Kampf war verloren. Wir entfernten alle Kabel und Schläuche. Dann legten wir den Leichnam ins Bett.

Nur in wenigen Fällen gelingt eine erfolgreiche Wiederbelebung, bei denen der Patient keinen Schaden zurückbehält. Die Überlebenszeit des Gehirns beträgt ohne Sauerstoff ungefähr drei Minuten. Oftmals gelingt es, den Kreislauf des Patienten langfristig in Gang zu bringen. Jedoch hat das Gehirn in vielen Fällen durch den Sauerstoffmangel schon einen Schaden genommen. Das Ergebnis ist ein sogenannter Apalliker. Hierbei kommt es zum Ausfall der Großhirnrinde. Der Patient scheint nach außen wach, aber reagiert auf nichts mehr. Er wirkt lebendig tot. Daran sieht man, dass eine Reanimation um jeden Preis nicht unbedingt sinnvoll ist. Wenn ein Kreislauf-Stillstand nicht in den ersten Minuten gestoppt werden kann, sinkt die Chance auf vollständige Wiederherstellung. Relativ gute Überlebenschancen haben jedoch Menschen mit einem akuten Kammerflimmern bei schnellem Eingreifen. Beim Flimmern hat das Herz eine Frequenz zwischen 250 und 300 Schlägen in der Minute. Das Herz kann hier keinen Druck mehr aufbauen, um das Blut in die Arterien zu pumpen. Es besteht ein funktionelles Herzversagen. Gerettet werden diese Patienten durch die Defibrillation, den Elektroschock. Elektroden werden so auf den Brustkorb platziert, dass ein Strom durch das Herz fließt. Durch den Stromschlag wird das Herz sozusagen resettet. Die Funktion des Herzens beruht auf einer elektrischen Erregungsleitung. Kommt es zu einer Fehlsteuerung, kann daraus ein schneller Pulsschlag bis hin zum Flimmern resultieren. Der von außen mit 200 Joule fließende Strom setzt das Herz auf Null in der Hoffnung, dass in der Folge wieder eine normale Erregungsleitung im Herzen erfolgt. Nur selten gelingt dies mit einem einzigen Elektroschock. Häufig müssen mehrere Salven erfolgen. Gelegentlich bedarf es einer zusätzlichen medikamentösen Unterstützung. Die Erfolgsquoten sind relativ gut. Aus diesem Grund werden an Orten, an denen viele Menschen zusammenkommen, solche Defibrillatoren bereitgestellt. Sie heißen AED, Automatisierter Externer Defibrillator. Man findet sie in vielen öffentlichen Gebäuden, Bahnhöfen oder Flughäfen. Gekennzeichnet sind sie mit einem grünen Hinweisschild. Darauf abgebildet ist ein Herz mit einem Blitz darin. Die Geräte wurden speziell für die Anwendung durch Laien konzipiert. Sie sind in der Handhabung einfach gehalten. Jeder sollte sich zutrauen, diese Geräte anzuwenden, da sie Leben retten können. Man kann damit keinen Fehler begehen. Der einzige Fehler besteht darin, dass man nichts tut. Das Gerät hat einen Sprachmodus, das einem die Anwendung erklärt.

Das war vorerst mein letzter Besuch bei Klaus. Einige Tage später wurde er zur Rehabilitation nach Murnau verlegt. Dort sollte er noch mehr als drei Monate stationär bleiben. Wegen der vielen Dienste hatte ich nur einmal die Gelegenheit, ihn dort zu besuchen. Dies war zu Anfang des Jahres 1997. Die Fortschritte gingen bei Klaus nur langsam voran. Trotzdem war er vollen Mutes. Die Physiotherapeuten behandelten ihn mehrmals täglich. Allmählich konnte er langsam mit zwei Gehstützen ein Stockwerk hoch die Treppen laufen. Die Behandlung der körperlichen Defizite war hervorragend. Dennoch war Klaus nicht zufrieden. „Weißt Du Tom, die Krankengymnasten sind sehr bemüht um mich. Jedoch wegen meines noch nicht verarbeiteten psychologischen Unfalltraumas bat ich zusätzlich um Psychotherapie. Aber dies verwehren mir die Ärzte hier. Ihr Argument lautet, dass ich damit doch wohl selbst fertig werde. Schließlich sei ich Arzt. Sie haben keine Vorstellung von dem, was ich durchgemacht habe. Nun etwas anders. Wie geht es mit unserem Bau voran?" „Der Rohbau ist fertiggestellt. Wir liegen voll im Zeitplan. Ab Mitte Januar geht es mit dem Innenausbau weiter. Der geplanten Eröffnung im April sollte nichts entgegenstehen. Der Bauträger kümmert sich um alles. Ich brauche nur wenige Entscheidungen zu fällen. Somit kann ich mich ganz dem Aufrechterhalten des Notarztdienstes widmen." „Und wie geht es Dir mit allen Belastungen?" „Ich bin manchmal etwas müde, aber ich bin ja noch jung. Den Stress kompensiere ich relativ gut. Langfristig könnte ich diese vielen Dienste nicht durchführen. Aber Du kommst bald wieder. Dann wird es für mich wieder leichter."

Auch wenn ich es nicht zugeben wollte, spürte ich körperlich die vielen Dienste. Den Schlaf, den ich in den Nachtdiensten nicht bekam, versuchte ich tagsüber auszugleichen. Dies gelang mir nur unzureichend. Völlig übermüdet war ich natürlich anfälliger für grippale Infekte. Die große Dienstbelastung hatte mein Immunsystem geschwächt. So geschah das, was kommen musste. Ich wurde krank. Eine massive Bronchitis mit Fieber bis 39°C befiel mich. Bei Anstrengung bekam ich kaum mehr

Luft. Eigentlich gehörte ich ins Bett. Aber wir hatten nicht genügend Ärzte, um an allen Standorten die Dienste zu besetzen. Es war schwierig genug, Klaus' Ausfall zu kompensieren. Was blieb mir anderes übrig, als trotz starker Erkältung weiter zu arbeiten. Eigentlich total unvernünftig. Jeden Patienten hätte ich krankgeschrieben und eine Woche Bettruhe verordnet. So warf ich mir Unmengen Paracetamol und Antibiotika ein. Mühevoll schleppte ich mich von Einsatz zu Einsatz. Oftmals sah ich viel schlechter als meine Patienten aus. Musste ich in Häusern ohne Aufzug in eine höhere Etage gehen, war ich völlig außer Atem. Eine Woche ging es mir sehr schlecht, dann wurde es langsam besser. Ich hatte durchgehalten! Wenn der Wille stark genug ist, geht fast alles.

Im März wurde Klaus aus der Reha entlassen. Bemerkenswert, wie er mit eiserner Energie und Durchhaltevermögen wieder laufen gelernt hatte. Wenn er draußen spazieren ging, benutzte er noch eine Gehhilfe. Er hatte es allen Skeptikern gezeigt, vor allem seinen behandelnden Ärzten. Sie mutmaßten, dass er nie mehr zum Laufen käme. Doch Klaus hatte es allen bewiesen, dass er sein Ziel erreichen werde. Im nächsten Monat wollte er schon in den Notarztdienst einsteigen. „Klaus bist Du Dir wirklich sicher, dass Du im April wieder in den Dienst einsteigen kannst?" „Ich werde dann wieder fahren! Ich habe es mir in den Kopf gesetzt und ich schaffe es auch!" „Wie willst Du denn in den RTW hineinkommen? Die Trittbretter sind relativ hoch." „Ich weiß. Die RA's werden mir mit Sicherheit beim Ein- und Aussteigen behilflich sein." „Und wenn Du jemanden, der auf dem Boden liegt, intubieren musst?" „Mach Dir nicht so viele Gedanken. Ich komme schon zurecht. Mit ein wenig Improvisation wird mir das gelingen. Ich hatte mir fest vorgenommen, nach einem halben Jahr zwangsweiser Auszeit wieder als Notarzt zu arbeiten und das werde ich auch so durchführen. In der Reha habe ich sehr hart dafür gekämpft, dass ich halbwegs wieder hergestellt werde. Die Ärzte dort haben mir keine

Hoffnung gegeben. Aber wenn Du ein festes Ziel vor Augen hast, wirst Du es allen Widerständen zum Trotz erreichen. Ich weiß, dass ich in meinem weiteren Leben nie mehr Sport treiben kann. Jedoch meinen Beruf, den ich über alles liebe, lasse ich mir nicht nehmen." Ich bewunderte Klaus für seinen Lebensmut und seine Entschlossenheit.

Wie angekündigt nahm Klaus seine Notarzttätigkeit im April, knapp ein halbes Jahr nach dem entsetzlichen Unfall wieder auf. Die Assistenten freuten sich riesig über seine Rückkehr in den Rettungsdienst. Jeder war ihm beim Ein- und Aussteigen in die Fahrzeuge behilflich. Nur mit größter Anstrengung kam er in die Autos hinein. Es tat mir in der Seele weh, wenn ich ihm dabei zusah. Dennoch war es für ihn sehr wichtig, dass er wieder zu arbeiten anfing. Sowohl für Klaus als auch für mich war das Arztdasein unsere Berufung. Von Woche zu Woche besserte sich Klaus' Zustand. Nach außen wirkte er ganz normal, doch wie es innerlich aussah, wusste niemand.

Ein weiterer Grund für die Wiederaufnahme seiner Arbeit war die Tatsache, dass er seit dem Unfall kein Einkommen mehr hatte. Wir waren Freiberufler. Ohne Arbeit verdienten wir nichts. Das ist die Kehrseite einer freiberuflichen Tätigkeit. Jeder glaubte, dass die Versicherungen einspringen würden, um den Verdienstausfall auszugleichen. Weit gefehlt. Klaus hatte bislang kein Geld erhalten. Eigentlich wäre die KFZ-Haftpflichtversicherung in der Pflicht gewesen. Diese weigerte sich allerdings zu zahlen. Begründet wurde dies damit, dass der Unfallfahrer ein Zivildienstleistender war. Daher sei das Bundesamt für Zivildienst zuständig. Wäre der Fahrer haupt- bzw. ehrenamtlich für das Rote Kreuz tätig gewesen, hätte die Haftpflichtversicherung die Kosten übernehmen müssen. Klaus' Anwalt wandte sich daraufhin an die Berufsgenossenschaft, da es sich schließlich um einen Arbeitsunfall handelte. Auch diese verwiesen zunächst an das Bundesministerium. Und wenn man mit einem Bundesamt zu tun hat, bedeutet dies gegen

Windmühlen zu kämpfen. Von allein zahlt der Staat nichts. Es sollte viele Jahre dauern, bis über Gerichte das Bundesamt verurteilt wurde, Zahlungen an Klaus zu leisten. Wäre mein Freund von seiner Familie finanziell in dieser schweren Zeit nicht unterstützt worden, hätte er zum Sozialfall werden können. Die monatlichen Verpflichtungen gingen weiter. Keinen interessiert es, ob man unschuldig in eine finanzielle Krise gestürzt wird. Leider mussten wir feststellen, dass ein Unfallopfer in Deutschland sehr schlecht gestellt ist. Recht haben und Recht bekommen, das sind zwei Paar Schuhe.

Endlich stand auch die Eröffnung unserer naturheilkundlichen Privatpraxis vor der Tür. Zur Eröffnung hatten wir alle ortsansässigen Kollegen eingeladen. Wir sahen uns ja nicht als Konkurrenz, sondern wollten das Medizinspektrum zugunsten der Patienten auf dem alternativen Sektor erweitern. Der Start mit unserer Praxis gestaltete sich schwieriger als wir dachten. In den Gesprächen mit den Patienten erfuhren wir, dass die lieben Kollegen ihre Patienten warnten, sich in unserer Praxis behandeln zu lassen. Mit dem Hokuspokus in unserer Voodoo-Praxis könne man doch keine Krankheiten heilen. Wie hatten die lieben Allgemeinärzte doch Angst, als würden wir ihnen ihr Klientel abspenstig machen. Wir ließen uns nicht beirren. Es dauerte zwar eine gewisse Zeit, bis der Zustrom zu uns besser wurde, aber wir waren mit unserer Tätigkeit zufrieden. Auf der einen Seite hatten wir die ganz akuten Krankheitsfälle, bei denen wir sehr schnell handeln mussten. Auf der anderen Seite nahmen wir uns in der Praxis sehr viel Zeit für die Bedürfnisse unserer Patienten. Diese Mischung machte unsere Arbeit interessant.

Dadurch dass Klaus wieder als Notarzt fuhr, wurde ich enorm entlastet. Somit hatte ich erneut Zeit für mich und andere Dinge. So ergab es sich, dass Richard bei mir anfragte, ob ich Lust hätte für eine Rückholung aus Mallorca. Eigentlich passte es mir gar nicht, ich wollte einfach ausspannen. Aber ich ließ mich breitschlagen. Die Tour sollte diesmal zwei Tage dauern. Eine Familie hatte einen Autounfall erlitten. Die Eltern waren schwerer verletzt, sie hatten neben einigen Knochenbrüchen leichtere Brandverletzungen. Die beiden Kinder waren nur leicht verletzt. Da der Flieger nur für zwei Patienten ausgelegt war, mussten wir zweimal fliegen. Samstags vormittags starteten wir von München Richtung Palma de Mallorca. Das Flugwetter war genial. Diesmal saß Peter, der fliegende Allgemeinarzt, selbst auf dem Pilotensessel. Als Co-Pilot fungierte sein Freund, Oberarzt in der Herz-Thorax-Chirurgie. Als wir über dem Mittelmeer waren, fragte mich Peter, ob ich auch einmal das Steuer übernehmen wollte. Ich war zunächst verblüfft. Natürlich wollte ich auf den Chefsessel. Wann würde sich wieder so eine ausgezeichnete Gelegenheit ergeben? Aufgeregt war ich schon, obwohl ich wusste, dass eigentlich nichts passieren kann. Der erfahrene Co-Pilot würde auf mich aufpassen. In 9.000m Höhe übernahm ich das Steuer. Ein fantastisches Gefühl. Nun war ich für eine halbe Stunde der Flugkapitän. Ich verfolgte aufmerksam den Funkverkehr. Den Autopilot schaltete ich aus, damit ich das Gefühl für das Steuer bekam. Obwohl ich dachte, dass ich die Steuersäule ganz sicher festhielt, senkte oder hob sich die Nase des Fliegers. Ständig musste ich korrigieren. Die manuelle Flugsteuerung war schwieriger als ich vermutete. Nach anstrengenden 30 Minuten gab ich das Steuer wieder ab. Ich war schweißgebadet. Dennoch war es ein super Feeling gewesen. Nachdem wir in Palma landeten, gab es keine Verschnaufpause. Peter und sein Freund blieben am Airport und erledigten alle Formalitäten. Richard und ich fuhren zum Krankenhaus, um den ersten Teil der Familie zum Flieger zu begleiten. Der Vater und der Sohn sollten als erstes nach Norddeutschland geflogen werden. Nach zwei Stunden waren wir zum Flug bereit. Wir flogen Richtung Hannover. Dort am

Rollfeld wurden unsere Patienten in Empfang genommen. Sofort ging es zurück nach Mallorca. Gegen 22:00 Uhr erreichten wir erneut Palma. Alle waren hungrig. Bis wir endlich eine warme Mahlzeit einnehmen konnten, vergingen zwei weitere Stunden. Erst mussten wir ins Hotel. Peter organisierte unterdessen einen Tisch für uns. Er kannte ein hervorragendes Restaurant in der Altstadt. Eine frisch zubereitete Paella würde um Mitternacht für uns aufgetischt werden. Dazu gab es ein frisch gezapftes Bier. Leider hatten wir nichts von der schönen Insel. Am nächsten Morgen mussten wir um 6:00 Uhr aufstehen. Gerade einmal vier Stunden Schlaf bekamen wir. Dann fuhren wir erneut zum Krankenhaus, um Mutter und Tochter abzuholen. Auch dieser Flug verlief ohne Komplikationen. Am frühen Nachmittag waren wir zurück in München. Müde von den Strapazen der letzten beiden Tage, fuhr ich nach Hause.

Es sollte meine letzte Flugrückholung sein. Diese Unternehmungen waren ziemlich stressig gewesen. Mit der Tätigkeit an drei Notarztstandorten und in der Praxis war ich ausgelastet. Ein paar Monate später erhielt ich von Richard die erschütternde Nachricht, dass Peter mit einem Teil seiner Familie bei einem Urlaubsflug über Elba abgestürzt sei. Keiner hatte überlebt. Ich war tief betroffen. Kaum auszudenken, wenn dies bei einem Ambulanzflug geschehen wäre.

Obwohl ich wenig Freiraum hatte, ließ ich mich einige Male überreden, auch für das Rote Kreuz Patienten aus dem Ausland mit dem Rettungswagen zurückzubringen. Die Transporte führten mich nach Österreich, Italien und die Schweiz. Überrascht war ich über die miserable pflegerische Betreuung eines Patienten in Italien. Wir übernahmen ihn in der Nähe des Gardasees. Als Motorradfahrer war er gestürzt. Er zog sich eine Oberschenkelfraktur zu, die von den Ärzten gut versorgt wurde. Aber das Pflegepersonal ließ ihn eine Woche lang in seinem schmutzigen, blutverschmierten Bett liegen, ohne einmal die

Wäsche zu wechseln. Von Hygiene war keine Spur. Der junge Mann strahlte über das gesamte Gesicht, als er uns erblickte.

Ende August erfolgte eine Rückholung aus der Schweiz. Hier erschreckte ich meine Begleiter zutiefst. Wir waren alle auf Sommer eingestellt. Doch in den Höhenlagen der Schweiz lag an einem Bergpass Schnee. Die Freude bei uns war riesig. Schnee im Hochsommer. Wir hielten an, um eine kurze Pause einzulegen. Natürlich kamen wir auf die dumme Idee, eine Schneeballschlacht zu veranstalten. Wir waren wie die kleinen Kinder. Bei einem meiner Würfe rutschte ich aus. Mir zog es die Beine einfach weg. Ungebremst wie ein Sack fiel ich auf den Rücken. Bewegungsunfähig blieb ich liegen. Ich bekam keine Luft mehr. Marlene, die Rettungsassistentin auf unserem Fahrzeug, war geschockt. Sie war damals eine der wenigen Frauen im Rettungsdienst, die Notfallrettung war bis dato eine Männerdomäne. Im ersten Moment dachte sie, dass ich mir womöglich einen Wirbel gebrochen hatte, zumal ich mich überhaupt nicht mehr rührte. „Tom" rief sie ängstlich, „was ist Dir passiert?" Marlene war äußerst besorgt um mich. Die ersten fünf Minuten konnte ich gar nicht antworten. Danach begann ich langsam durchzuatmen. Allmählich rappelte ich mich auf. „Marlene, reich mir bitte Deine Hand. Ich versuche aufzustehen." „Sei ganz vorsichtig. Hoffentlich hast Du Dir nichts gebrochen. Sonst müssen wir Dich als Patienten nach Hause transportieren." „Ich bin mir sicher, dass nichts gebrochen ist." Ganz behutsam stand ich mit ihrer Hilfe auf. Ich hatte noch Schmerzen in der Brustwirbelsäule. Dennoch gab ich meinen Begleitern grünes Licht, dass wir unsere Fahrt fortsetzen könnten. Bis zu unserem Zielort in Davos hatte ich mich vollkommen erholt. Diese Schrecksekunde sollten die Beiden nicht so schnell vergessen. Noch heute sprechen wir von diesem Ereignis. Im Nachhinein können wir wenigstens über diese spektakuläre Situation lachen.

Lange Zeit wurde ich vor Selbstmordeinsätzen verschont. Doch irgendwann trifft es jeden Notarzt. Mein erster Suizidtoter seit der Silvesternacht als Praktikant führte mich zu den Bahngleisen. Auf offener Strecke hatte sich ein Mann vor einen ICE geworfen. Der Zug erreichte dort eine Geschwindigkeit von 200 km/h. Die Gleise sind für jedermann zugänglich. Vor Ort fand die Polizei eine leere Wodkaflasche sowie einen Abschiedsbrief. Der Mann muss sehr verzweifelt gewesen sein, um diesen Schritt zu unternehmen. Dennoch musste er sich erst mit Alkohol betäuben. Auf den Gleisen fand ich nur noch Körperfetzen, die über eine Strecke von dreihundert Metern verteilt waren. Eine Identifikation der Person schien nicht mehr möglich zu sein. Bei einem Sprung vor einen Zug wird der Körper allein schon durch die Druckwelle der ICE-Lok zerrissen. Für mich gab es hier nichts mehr zu tun.

In meinem Arztdasein sollte ich noch einige Bahnleichen sehen. Wie gesagt, auf offener Strecke bleiben nur einzelne Körperteile übrig. Es gab aber auch Fälle, in denen sich die Menschen im Bahnhof plötzlich auf die Gleise legten und sich überrollen ließen. Sie legten ihren Kopf auf die Schienen, der dann durch den einfahrenden Zug vom Rumpf abgetrennt wurde. Für die Reisenden am Bahnsteig ein sehr schockierendes Erlebnis. Auch die Lokführer mussten nach solchen Ereignissen psychologisch betreut werden. Sie wurden umgehend durch Kollegen ersetzt.

Einmal hatte eine ältere Selbstmörderin Pech gehabt. Sie hatte sich an einem abgelegenen Bahnhof vor einen Regionalzug geworfen. Ihre Verletzungen waren nicht tödlich. Sie hatte sich den linken Arm und das linke Bein abgetrennt. Ihr Leben konnte gerettet werden. Doch jetzt würde sie noch größere Probleme mit ihren Amputationen haben.

In den kommenden Jahren meiner Notarzttätigkeit hatte ich sehr viele Suizidtote. In Deutschland sind es mehr als 10.000 pro Jahr. Eine

Häufung zu bestimmten Jahreszeiten wie Herbst oder Frühling bzw. an bestimmten Feiertagen konnte ich nie feststellen. Entscheidender Auslöser ist allein der seelische Leidensdruck der Menschen. Die meisten von ihnen hatten sich erhängt. Diese Methode liegt mit gut 40% an erster Stelle. Das Alter reichte von 14-90 Jahren. Einer von ihnen, ein älterer Mann um die 80 Jahre, wollte auf Nummer sicher gehen. Er baute sich eine spezielle Konstruktion, mit der er sich gleichzeitig erhängen und erschießen konnte. Während er von einem Hocker mit einem Strick um den Hals sprang, wurde zugleich mit einem anderen Seil an seinem Gewehr der Hahn betätigt. Die Kugel traf ihn in den Kopf.

Ein anderer Mann hatte sich abseits der Staatsstraße hinter einem Gebüsch in seinem Wagen erschossen. Er hatte das Gewehr im Fußraum vor sich abgestellt. Den Lauf hatte er in den Mund gesteckt und dann abgedrückt. Die hintere Schädeldecke war weggerissen. An der Heckscheibe hatte sich das Blut sowie Reste des Gehirns verteilt. Der Anblick war nicht sehr angenehm. Der Schuss in den Mund ist immer tödlich. Hält man dagegen die Waffe an die Schläfe, besteht die Gefahr, dass man abrutscht. So gab es Fälle, bei denen lediglich ein Auge verloren wurde. Beliebt war eine gewisse Zeit lang auch der Sprung von hohen Gebäuden.


Der Selbstmord der Leidenden lässt sich durch Nichts nicht aufhalten. Wer den festen Vorsatz hegt, sich umzubringen, setzt dies in die Tat um. Selbst Behandlungen in den psychiatrischen Krankenhäusern helfen den Patienten nicht immer. So der Fall einer Frau. Sie wurde seit Wochen wegen Depressionen im Krankenhaus behandelt. Eines Tages rief sie ihren Mann an, er möge sie doch in der Psychiatrie abholen. Die Frau gab an, dass sie offiziell entlassen worden sei. Ihre Aussage schien sehr glaubhaft zu sein, der Ehemann zweifelte nicht daran. Zu Hause nahm sie in einem unbeobachteten Augenblick ihr Fahrrad aus der Garage. Sie fuhr zu einem nahe gelegenen Baggersee, befestigte einen schweren Gegenstand an ihren Füßen und ertränkte sich. Der Ehemann war vollkommen ahnungslos. Er ging von einer erfolgreichen Behandlung in der Klinik aus. Als er sie daheim nicht mehr antraf und feststellte, dass das Fahrrad fehlte, ahnte er das Schlimmste. Erst die Vermisstensuche führte uns durch Zeugenaussagen zu dem See. Helfen konnten wir nicht mehr.

Suizide können für uns Helfer auch sehr gefährlich werden. Ein Beispiel war der Selbstmord einer Frau, die gerade erst aus dem Bezirkskrankenhaus entlassen wurde. Ein besorgter Angehöriger rief bei der Rettungsleitstelle an. Die Wohnung musste durch die Feuerwehr geöffnet werden. Ohne den Hinweis der Frau wären wir Helfer in großer Gefahr gewesen. An der Tür zum Badezimmer hing ein großes Schild. Darauf stand: „Für den Rettungsdienst. Vorsicht beim Eintreten. Gefahr durch Gas!" Somit ließen wir der Feuerwehr den Vortritt. Mit Atemschutzgeräten gingen sie ins Bad. Sofort wurden die Fenster geöffnet und der Holzkohleofen entfernt. Nachdem der Bereich gesichert war, konnte ich mit meinem Team hinein. Die Frau lag tot in der Badewanne. Überall hatte sie Kerzen aufgestellt. Sie hatte ihren Freitod regelrecht inszeniert. Die Frau sah rosig aus. Ein eindeutiger Beweis für eine Vergiftung mit Kohlenmonoxid. Kohlenmonoxid ist ein sehr heimtückisches Gas. Es ist geruchlos. Das Gas entsteht bei unvollständiger Verbrennung, z.B. durch Holzofen und offene Kamine, oder ist in Autoabgasen enthalten. Aufgrund seiner Eigenschaft kommt es häufiger auch zu Unglücksfällen. Ist ein Abzug des Gases vor allem in geschlossenen Räumen unmöglich, verteilt es sich in den Räumen. CO ist schwerer als Sauerstoff und sinkt daher Richtung Boden. Das Gas bindet sich im Blut an den roten Blutfarbstoff Hämoglobin. Dadurch kann kein Sauerstoff mehr gebunden werden. Diese chemische Verbindung erzeugt eine kirschrote Farbe. Daher sehen die Opfer trotzdem aus als wären sie lebendig. Zuerst tritt Müdigkeit ein, dann wird der Mensch bewusstlos. Die CO-Vergiftung schreitet weiter voran, bis der Mensch innerlich erstickt. Im Prinzip stirbt der Mensch im Schlaf.

Weitere unbeliebte Einsätze waren die Wohnungsöffnungen. Man wusste niemals, was man hinter den verschlossenen Türen vorfand. Ausgelöst wurden diese Einsätze durch besorgte Verwandte, Bekannte, Freunde oder Nachbarn. Entweder waren die betreffenden Personen telefonisch nicht erreichbar oder der Briefkasten wurde längere Zeit nicht geleert. Gelegentlich fiel den Nachbarn ein penetranter Geruch aus der Wohnung auf. Somit kamen wir Ärzte ins Spiel. Die Ergebnisse der Wohnungsöffnungen waren ganz unterschiedlich. Im großen Teil der Fälle waren die Apartments leer. Die Mieter waren entweder im Urlaub, im Krankenhaus oder zur Kur. Die meisten Personen, die wir lebend antrafen, brauchten wirklich unsere Hilfe. Sie lagen oft tagelang irgendwo in der Wohnung und konnten ohne unsere Hilfe nicht mehr aufstehen. Gründe hierfür waren in Knochenbrüchen durch einen Sturz zu sehen oder waren bedingt durch einen Schlaganfall. Dabei lagen sie oftmals in ihren Ausscheidungen. Der Geruch war sehr unangenehm. Bevor wir sie in unserem RTW transportieren konnten, mussten wir die Menschen grob säubern. Je nach Jahreszeit waren die zumeist älteren Personen unterkühlt. Schnellere Hilfe erhielten die Menschen, die ein Hausnotrufgerät zu Hause hatten. Diese Menschen tragen am Handgelenk einen Sender. Wenn sie Hilfe benötigen, drücken sie den roten Knopf. Dadurch wird ein Signal in einer Zentrale ausgelöst. Der Mitarbeiter der Organisation meldet sich beim Patienten und fragt nach, was denn los sei. Dementsprechend können die richtigen Schritte eingeleitet werden. Zusätzlich ist oftmals bei diesen Organisationen ein Wohnungsschlüssel hinterlegt, so dass eine aufwendige Türöffnung entfällt. Letztlich finden wir in einer Vielzahl der Fälle den Mieter nur noch tot vor.

Ich erinnere mich an einen Fall, bei dem der alte Mann bereits Monate tot in seiner Wohnung lag. Dafür dass er so lange Zeit unentdeckt blieb, gab es viele Gründe. Zum einen hatte der Mann keine Angehörigen mehr. Zum anderen lebte er sehr zurückgezogen in einem Wohnblock. Keiner in diesem Haus kannte den Nachbarn. Ein großes Problem ist die Anonymisierung in den Städten. Er bekam keine Post und keine Zeitung. Daher quoll auch der Briefkasten nicht über. Der einzige Hinweis, dass irgendetwas nicht stimmte, kam von der Hausverwaltung. Sie wollten die Heizung in der Wohnung ablesen. Mehrere Versuche schlugen fehl. Da der alte Mann sonst sehr zuverlässig war, wurde die Verwaltung aktiv. Aus der Wohnung war auch kein Verwesungsgeruch wahrnehmbar. Das hatte seinen Grund. Nachdem die Feuerwehr die Tür geöffnet hatte, fanden wir die Leiche auf dem Sofa. Sie war mumifiziert. Normalerweise entstehen bei der Verwesung übelriechende Fäulnisgase, die sich rasch ausbreiten. Doch hier lagen besondere Umstände vor. In den Räumlichkeiten war es kühl und die Luftfeuchtigkeit sehr gering. Ideale Voraussetzungen für eine Mumifizierung. Dabei trocknet das Gewebe aus. Daher waren keine unangenehmen Gerüche festzustellen. Er sah wie eine Mumie aus Ägypten aus. Der Körper war ganz eingefallen, die Augen waren allerdings nicht mehr vorhanden. Diese wurden von Maden aufgefressen, die man noch aus den Augenhöhlen krabbeln sah. Es gab keinen Anhalt für ein Fremdverschulden. Der alte Mann war eines natürlichen Todes gestorben.

Ganz anders war es bei einem anderen Einsatz. Die Anwohner hatten die Polizei wegen eines penetranten, stinkenden Geruches in ihrem Wohnhaus angerufen. Der Verdacht auf einen Toten in der Wohnung lag nahe. Der Gestank schwefelhaltigen Gases stieg uns schon im Treppenhaus in die Nasen. Dagegen wirkt der Geruch an den Kläranlagen wie Parfüm. Als die Wohnungstür offen war, wurde der Geruch immer beißender. Niemand wollte zunächst in die Wohnung. Wir schickten zuerst einen Feuerwehrmann mit Atemschutz in die Wohnung, um alle Fenster zu öffnen. Doch das Gas setzt sich in allen Gegenständen fest. Es würde Wochen dauern, bis der Geruch verschwinden würde. Solange konnten wir nicht warten. Für diese unangenehmen Einsätze hatte ich einen Mentholstift parat. Ich atmete den Mentholduft einige Male ein. Das würde mir ein wenig Linderung verschaffen. Im Schlafzimmer lag der Mann. Sein Anblick war gruselig. Seine Haut war durch die Fäulnis ganz schwarz verfärbt. Durch die immense Gasbildung war der Körper wie ein Riesenluftballon aufgequollen. Sein Tod gab Rätsel auf. Er war erst Anfang vierzig. Neben dem Bett wurden leere Tablettenschachteln sowie eine leere Spritze gefunden. Es handelte sich um Schmerzmittel und Blutdruckmedikamente. Über die Todesursache konnte nur spekuliert werden. Ein Abschiedsbrief wurde nicht gefunden. Die Polizisten vor Ort hatten wegen der ungeklärten Situation die Kripo angefordert. Ich wartete noch deren Eintreffen ab. Da ich in Augsburg viel für die Polizei tätig war, war ich auch in diesem Fall bereit, den Totenschein auszufüllen. Als Notarzt bin ich dazu nicht verpflichtet. Dennoch habe ich oft für die Polizei diese Formulare ausgefüllt. Dadurch hatte ich den Beamten viel Zeit erspart, denn sie hätten einen anderen Arzt anfordern müssen, der den Schein ausfüllt. Dies gestaltete sich oft schwierig, da es in Augsburg keinen Polizeiarzt für diese Tätigkeit gibt. So musste sich die Einsatzzentrale um einen Arzt hierfür kümmern. Unter der Woche war fast kein Kollege bereit, seine Praxis zu verlassen, um eine Leichenschau durchzuführen. Auch nachts und am Wochenende konnte es lange dauern, bis ein Arzt vorbeikam. Solange waren die Beamten am Einsatzort gebunden. Daher war ich so freundlich und habe die Totenscheine ausgefüllt. Doch diesmal gab es Probleme mit den Kriminalisten. Obwohl der Tod des Mannes absolut ungeklärt war, drängten mich die Beamten, einen natürlichen Tod zu attestieren. Dazu war ich nicht bereit. Hätte sich später herausgestellt, dass vielleicht doch ein Selbstmord dahintersteckt, hätte ich ein großes rechtliches Problem gehabt. Für Fälle wie diesen gibt es die Möglichkeit, auf dem Totenschein das Feld „ungeklärter Tod" anzukreuzen. Das hätte für die Beamten mehr Arbeit bedeutet, wozu sie scheinbar keine Lust hatten. Sie hätten das Umfeld beleuchten und Nachbarn sowie Verwandte befragen müssen. Diesen Aufwand schienen sie zu scheuen. Bei natürlichem Tod wäre der Fall sofort abgeschlossen gewesen. Als Konsequenz habe ich den Schein verweigert. Jetzt mussten sie einen Arzt finden, der nach ihren Wünschen handelt. Leider blieb dies nicht der einzige Fall, in dem ich von der Polizei gedrängt wurde, bei unklaren Todeseintritten einen natürlichen Tod zu bescheinigen. Ich beschloss daraufhin, nichts mehr für die Kripo zu tun.

Auf dem Rathausplatz in Augsburg stand ein großes Event bevor. Der Chef des privaten Rettungsdienstes hatte als Erster in Bayern ein umweltfreundliches Notarzteinsatzfahrzeug gekauft. Dieses    Auto wurde mit Gas betrieben. Zusätzlich hatte es einen Benzintank, falls wir nicht rechtzeitig zum Auffüllen des Gastanks kommen sollten. Da es zu dieser Zeit nur ganz wenig gasbetriebene Autos gab, stand uns in der Stadt nur eine Auffüllstation zur Verfügung. Zur Einweihung des NEF wurde Politprominenz aus Berlin eingeladen. Hierzu reiste die damalige Umweltministerin Angela Merkel an. Zur feierlichen Fahrzeugübergabe waren auch Klaus und ich als ärztliche Vertreter unseres Standortes dabei. Allen Skeptikern zum Trotz hatte sich Klaus relativ gut erholt. Ihm war der Unfall fast nicht mehr anzumerken. Die Rede von Frau Ministerin Merkel war unspektakulär. Sie wirkte insgesamt sehr unscheinbar. Ihr Auftritt dauerte eine halbe Stunde, dann musste sie zum nächsten Termin. Damals konnte niemand ahnen, wie sich diese Frau noch entwickeln würde. Aus einer grauen Maus wurde eine der mächtigsten Frauen auf unserem Planeten.

An dem neuen Auto sollten wir Ärzte nicht mehr lange Freude haben. Zum Ende des Jahres 1998 wurden allen privaten Rettungsdiensten die Genehmigung für ihre Notarztstandorte entzogen. Am 31.12.98 fuhr ich im Süden Augsburgs meine letzte Schicht in blauer Kleidung. Um Mitternacht war Schluss. Die Rettungswagen der Privaten wurden in das öffentlich-rechtliche Rettungsdienstsystem eingebunden. Doch wie sollte es mit uns nach dem Wegfall dieses Standortes weitergehen? Klaus und ich beschlossen, weiterhin für die Polizei in Augsburg Blutentnahmen durchzuführen. Wir mieteten uns eigens hierfür ein Zimmer, von wo aus wir die einzelnen Inspektionen anfahren konnten. Noch knapp drei Jahre lang boten wir der Polizei unsere Dienste an. Dann hörten wir aus Zeitgründen auf. Die Einsatzzahlen an den anderen beiden Standorten stiegen zusehends. Nach den Diensten brauchten wir ein wenig Erholung. Zudem hatten wir eine neue Baustelle, in die wir viel Zeit investierten.

Klaus wollte nicht immer in seiner Wohnung bleiben. Er wollte in sein eigenes Haus ziehen. Wir verstanden uns nach wie vor hervorragend, wir waren wie Brüder. Ganz gleich, was auch immer war, einer half dem anderen. Durch Zufall wurde uns ein großes Grundstück am Rand unseres Städtchens angeboten. Der Platz war sehr idyllisch gelegen. Das Areal war durch zwei kleine Flüsse begrenzt, eine Oase zum Erholen. Dennoch waren die nächsten Einkaufsmöglichkeiten nur 500 m entfernt. Der riesige Bereich würde für unsere beiden Privathäuser und eine neue Praxis ausreichen. Wir überlegten hin und her. Hatten wir doch erst eine neue Praxis 12 km entfernt gebaut. Wie sollten wir uns entscheiden? Nach langer, reiflicher Überlegung entschlossen wir uns, die Praxis zu verlagern. Der Umzug hätte viele Vorteile. Alles wäre dann auf einem Grundstück. Wir hätten nur wenige Meter von unseren Häusern bis in die Praxis. Weiterhin könnten wir unseren Notarztdienst von zu Hause fahren. Wir kauften die Bauplätze und planten neu für die Zukunft. Im

Jahr 2000 begannen die Arbeiten zu unserem Großprojekt. Wieder war mein Vater gefragt. Wie auch zuvor entwarf er die Pläne für die Praxis und mein Privathaus. Klaus und ich sollten zukünftig Tür an Tür in zwei schönen Doppelhaushälften wohnen. Nach Abschluss der Bauarbeiten begann der Innenausbau ein Jahr später. Bei vielen Arbeiten wollten wir selbst Hand anlegen wie z.B. Tapezieren, Strukturputz im gesamten Keller anbringen sowie Holzdecken montieren. Mein Vater kam immer wieder aus dem Saarland, um uns tatkräftig zu unterstützen. Ich hatte ja noch einen Nebenberuf, meine Notarzttätigkeit. Irgendwie musste alles in Einklang gebracht werden. Ein schweres Jahr lag vor uns. In diesem Jahr nahm ich fast keine privaten Termine war. Ich investierte alle mir zur Verfügung stehende Zeit in die Fertigstellung der Häuser. Es war wirklich eine harte Zeit. Nach meinen Nachtdiensten bei Augsburg ging es sofort an den Innenausbau, egal wie müde ich war. In der Mittagszeit legte ich mich immer zwei Stunden hin, um wenigstens etwas Schlaf nachzuholen, bevor es am Nachmittag weiterging. Oftmals stand am Abend der nächste Dienst an. So zog es sich Monat für Monat hin. Wenn ich in unserem Städtchen Dienst hatte, war es kein Problem, gleichzeitig im Haus zu arbeiten. Immer wenn der Melder losging, zog ich im Eiltempo meine Arbeitskleidung aus und sprang in meine rote Notarztkleidung. Ich schaffte es immer rechtzeitig nach draußen zu kommen, wo mich mein Fahrer abholte. Lange funktionierte das hervorragend, bis wir zu allem Überfluss an unserem heimischen Standort Probleme mit der Besetzung unseres Einsatzfahrzeuges bekamen. Es fehlten auf einmal Fahrer für unser NEF.

Eigentlich wäre es Aufgabe des Kreisverbandes gewesen, dieses Problem zu lösen. Aber niemand kümmerte sich darum. Wir wurden vor die Wahl gestellt, entweder das Einsatzfahrzeug selbst zu fahren oder uns vom Rettungswagen abholen zu lassen. Selbst fahren wollten wir nicht, das war uns zu stressig. Wenn man vor dem RTW am Einsatz ankommt, muss man das Equipment selbst tragen. Aber alles auf einmal schafft man alleine nicht. Bei schwierigen Einsätzen muss man Kreislaufkoffer, Beatmungseinheit, EKG und Absaugpumpe mitnehmen. Also fiel diese Option für uns flach. Aber auch kompakt mit auf dem RTW zu fahren, war keine Lösung. Sollte der Rettungswagen wegen eines anderen Einsatzes belegt sein, stand uns kein Rettungsmittel zur Verfügung, um zum Einsatzort zu gelangen. Wie sollte es für uns weitergehen? Klaus hatte eine gute Idee. Doch würde der Leiter Rettungsdienst dem zustimmen? Er vereinbarte einen Termin. Klaus wusste, dass er vor Jahren wegen der Beschaffung unseres neuen Fahrzeugs schon einmal abgeblitzt war. Dann wurde ja das Auto angeschafft, mit dem Klaus so schwer verunglückte. An der Schwere seiner Verletzungen hatte der Rettungsdienstleiter Mitschuld gehabt. Das wusste er genau, auch wenn er dies nie zugab. Somit war er Klaus einiges schuldig. In diesem Bewusstsein unterbreitete er seinen Vorschlag. Er fragte den Leiter, ob er einverstanden wäre, wenn wir selbst geeignete Fahrer für das NEF suchen würden. Überraschenderweise stimmte er zu. Vermutlich hatte er nicht damit gerechnet, dass wir genügend Fahrer von anderen Rettungsdienstorganisationen finden würden, die bereit waren, auf dem Land einzuspringen. Auf einmal war der Dienstplan voll und wir kamen wie gewohnt zu unseren Notfallpatienten. Dieser Notfallplan zog sich über mehrere Monate hinweg, bis das Fahrerproblem endgültig gelöst wurde. Zwei Fahrer für unser NEF wurden eingestellt. Warum nicht früher so? Das waren nicht die einzigen Schwierigkeiten mit den Verantwortlichen des Kreisverbandes. Man hatte den Eindruck, dass den Mitarbeitern der Rettungswachen immer wieder Steine in den Weg gelegt wurden anstatt für einen reibungslosen Ablauf zu sorgen. Im Gegensatz zu anderen Kreisverbänden war es von oben nicht gewünscht, dass die Rettungsassistenten bei einem Patienten die intravenösen Zugänge legten. Für uns Notärzte absolut unverständlich. Sollten wir zu einem Unfall mit mehreren Verletzten kommen, waren wir froh, wenn wir uns nicht selbst um alles kümmern mussten. Aber in diesem Kreisverband musste ich alle invasiven Eingriffe selbst durchführen. Die Assistenten wurden zu Erfüllungsgehilfen degradiert, eigenständiges Handeln war nicht erwünscht. An den Wachen in den anderen Landkreisen war dies anders. Meist hatten die Assistenten die Zugänge schon gelegt, bis ich mit der Befragung des Patienten fertig war. So ein Arbeiten ist viel entspannter, wenn man weiß, dass man sich 100%ig auf seine Mitarbeiter verlassen kann.

Im Rahmen meiner Funktion als Leitender Notarzt hatte ich bei der zuständigen Regionalregierung einen Antrag auf mein eigenes Blaulicht für meinen Privat-Pkw gestellt. Die Genehmigung hierfür wurde mir erteilt. Sollte ich von nun an einen Einsatz als LNA bekommen, durfte ich das mobile Blaulicht auf meinem Privatauto verwenden. In der ländlichen Region waren fast keine Einsätze als LNA. Am 22. Juni 2001 war ich privat in Augsburg unterwegs. Ich hatte keine Bereitschaft als Leitender Notarzt. Gegen 19:30 erhielt ich einen Anruf von der Rettungsleitstelle „Hallo Tom, wo bist Du gerade?" „Ich halte mich momentan in Augsburg auf. Braucht ihr mich etwa?" „Na ja, kommt drauf an. Bei Tapfheim hat sich ein schweres Zugunglück ereignet. Ich habe zwar schon einen LNA alarmiert. Besser wäre es, wenn Du auch noch vorbeischauen könntest. Die Lage ist absolut unklar. Wie lange brauchst Du?" „Ungefähr 40 Minuten. Ist das in Ordnung?" „Das passt schon. Dann buche ich Dich auf diesen Einsatz." „Ich fahre sofort los." Meine LNA-Ausrüstung hatte ich immer in meinem Fahrzeug. Schnell befestigte ich mein Magnetblaulicht auf dem Dach meines Autos. Eine Sirene hatte ich nicht. Da ich trotz Blaulicht nicht von allen Autofahrern wahrgenommen wurde, benutzte ich zusätzlich meine Hupe. Es war eine irre Anfahrt. Unterwegs löste sich mein Blaulicht vom Dach und fiel gegen die Seitenscheibe. Der Versuch, das Licht bei mehr als 100 km/h wieder zu befestigen, misslang. Ich schaltete mein Warnblinklicht an. Unter ständigem Hupen und mit dem Warnblinker setzte ich meine rasante Fahrt fort. Nach 35 Minuten erreichte ich mein Ziel. Glücklicherweise kam ich unbeschadet in Tapfheim an. Der Einsatzort war großräumig abgesperrt. Ich parkte mein Auto zwischen den Rettungsfahrzeugen.

Tapfheim liegt zwischen Donauwörth und Dillingen/ Donau. Knapp 60 km lagen hinter mir. Unzählige Rettungsfahrzeuge waren am Einsatz. Was war eigentlich geschehen? Ich hatte ja keine Informationen, außer denen, die ich über Radio verfolgte. Einen Funk hatte ich in meinem Auto nicht. Das Zugunglück ereignete sich abends gegen 19:00 Uhr. Ein PKW wurde an einem unbeschrankten Bahnübergang von einem herannahenden Regionalzug erfasst. Laut Angaben der Polizei hatte der Fahrer vermutlich die Signale übersehen. Ein Grund dafür konnte die tiefstehende Sonne gewesen sein, die ihn geblendet hatte. Ungebremst stieß der Regionalzug mit dem Auto zusammen. Es wurde 400 Meter mitgerissen. Die Insassen, eine vierköpfige Familie hatte keine Chance. Das Ehepaar mit seinen beiden 10 und 5 Jahren alten Söhne wurden bei dem Zusammenprall getötet. Durch den heftigen Aufprall sprangen die Waggons aus den Gleisen, kippten um oder bohrten sich in den Bahndamm. Vor Ort musste ich mich zuerst orientieren. Überall sprangen hektisch Menschen umeinander. 200 Meter von mir entfernt sah ich das riesige Trümmerfeld. Fünf Waggons waren ineinander verkeilt. Auf einer großen Wiese war ein Sammelplatz mit Zelten eingerichtet. Ich zog meine Notarztjacke mit der Aufschrift „Leitender Notarzt" an. Ich lief Richtung Zeltplatz, an dem alle Verletzten sowie auch die Unverletzten betreut wurden. Der zuerst alarmierte LNA hatte seine Arbeit schon längst aufgenommen. Er hatte die Sichtung der Verletzten bereits durchgeführt. Die Patienten wurden an die Notarztkollegen zur Weiterbehandlung verteilt. Der Lokführer und vier Passagiere wurden schwer, 16 weitere Insassen leicht verletzt. Die meisten Mitreisenden blieben bis auf den emotionalen Schock unverletzt.

An den Rettungsarbeiten waren rund 300 Helfer beteiligt, 10

Rettungshubschrauber, drei Notärzte und 20 RTW. Eigentlich war meine Anwesenheit überflüssig gewesen, da die Rettungsmaßnahmen in vollem Gang waren. Doch die Polizei kam auf mich zu und bat mich, die Leichenschauen der verunglückten Familie durchzuführen. Zögernd übernahm ich die nicht sehr angenehme Aufgabe. Die Toten lagen zum Teil noch in dem total zertrümmerten Autowrack. Die Identifizierung gestaltete sich trotz vorhandener Ausweise sehr schwierig. Diese grausamen Bilder konnte ich nicht so einfach abschütteln, obwohl ich bereits viele Unfallopfer gesehen hatte. Dieses tragische Ereignis hatte eine ganze Familie ausgelöscht.

Nur noch einmal wurde ich als Leitender Notarzt alarmiert. Diesmal ging es ins örtliche Krankenhaus. Es war gegen 23:00 Uhr. In zwei Minuten war ich dort. Auf einer Station hatte es eine heftige Verpuffung gegeben. Ein Patient, der eigentlich in seinem Bett fixiert war, hatte versucht zu rauchen. Die Frage, wie er an die Zigaretten und das Feuerzeug heran kam, konnte niemand beantworten. Das Fatale war, dass der Patient eine Sauerstoffsonde in der Nase hatte. Durch den Sauerstoff in Verbindung mit der brennenden Zigarette erfolgte eine Verpuffung. Das Bett fing Feuer. Der fixierte Patient verbrannte in seinem Bett. Eine Rettung gab es für ihn nicht mehr. Es folgte eine immense Rauchentwicklung. Der Brand war durch das schnelle Eingreifen unserer Feuerwehr schnell gelöscht. Aber der Flur der Station war total verraucht, die Wände schwarz durch den Ruß. Alle Patienten mussten auf andere Stationen verteilt werden. Tagelang war die Abteilung geschlossen. Weitere Einsätze als LNA hatte ich nicht. Zehn Jahre später gab ich meine Zulassung zurück. Mir wurde die zusätzliche Dienstbereitschaft zu viel. Im Frühling 2002 wurde unsere neue Praxis eingeweiht. Kurze Zeit später waren auch unsere Privathäuser bezugsfertig. Endlich fielen viele Fahrten weg. Es war sehr bequem, einfach nur über den Hof in die Praxis zu gehen.

In diesem Jahr stand für mich eine OP an. Als Brillenträger fühlte ich mich im Rettungsdienst oftmals sehr gehandicapt. Im Winter beschlug die Brille, wenn ich aus der Kälte in die warmen Wohnungen kam. Ich brauchte einige Minuten, bis ich wieder klar sehen konnte. Im Sommer rutschte sie mir durch den Schweiß immer wieder von der Nase. Wenn ich blutige Handschuhe anhatte, konnte ich mein Nasenfahrrad nicht zurechtrücken. Gelegentlich kam es vor, dass mir unruhige Patienten die Brille von der Nase schlugen. Kontaktlinsen waren für mich leider keine Option. Zum einen hatte ich durch meinen Heuschnupfen hin und wieder allergisch bedingte Augenreizungen. Zum anderen musste ich nachts schnell aufstehen, da war keine Zeit zum Anlegen der Linsen. So entschloss ich mich endlich zum Lasern meiner Augen. In München ließ ich mich operieren. Da ich nicht lange ausfallen wollte, bestand ich darauf, beide Augen gleichzeitig zu operieren. Eigentlich lehnen die Kollegen dies wegen möglicher Komplikationen ab, doch bei mir gab es eine Ausnahme. Meine Eltern begleiteten mich. Mit zwei operierten Augen war ich zunächst zwei Tage lang blind. Ich hatte zwei Augenklappen. Von meiner Familie musste ich überall hin geführt werden. Die Nachuntersuchung am Folgetag war unauffällig. Um eine Infektion zu vermeiden und die Augen zu schonen, sollte ich eine Woche lang nicht arbeiten. Am dritten Tag nach der OP war ich zur Kontrolle bei meinem Augenarzt in unserer Kleinstadt. Nichtsahnend wollte ich nach der Untersuchung die Praxis verlassen. Plötzlich standen zwei RA's unserer Rettungswache in der Praxis. „Was macht ihr den in der Praxis? Habt ihr hier einen Einsatz?" „Nein, wir holen Dich ab. Wir brauchen einen weiteren Notarzt. Unser NEF ist bereits woanders unterwegs. Wir waren bei Dir zuhause. Von Deinen Eltern haben wir erfahren, dass Du beim Augenarzt bist." Ich war überrascht. „Vor Euch ist man ja nirgends sicher! Ihr wisst schon, dass ich nach meiner OP noch nicht arbeiten soll?" Die Jungs schmunzelten. „Ja schon. Aber es nützt nichts.

Weit und breit ist kein anderer Arzt verfügbar." Was sollte ich machen? Es blieb mir nichts anders übrig, als den Einsatz zu übernehmen. Ich vertraute darauf, dass ich keine Infektion bekommen würde. Alles ging gut. Der Einsatz verlief ohne Komplikationen. Eins ältere Frau war wenige Sekunden bewusstlos. Bei unserem Eintreffen ging es ihr deutlich besser. Aus Vorsicht brachte ich sie ins Krankenhaus. Nach dieser unplanmäßigen Aktion wurde ich nicht mehr überrascht. Nach einer Woche konnte ich meinen Dienst regulär aufnehmen.

In diesem Jahr erhielt ich einen Anruf vom Leiter Rettungsdienst unseres Landkreises. „Hallo Tom, möchtest Du ins Fernsehen?" Im ersten Augenblick wusste ich nicht, was ich antworten sollte. Nach einer kurzen Pause sagte ich: „Ja, warum nicht." „Na wunderbar. Ich habe eine Anfrage von RTL für die Sendung Notruf. Es geht um einen Verkehrsunfall, bei dem Du als Notarzt im Einsatz warst. Wenn Du einverstanden bist, gebe ich Deine Telefonnummer an die Produktionsfirma Endemol weiter. Die zuständige Redakteurin wird sich in den nächsten Tagen bei Dir melden." Die Sendung mit Hans Meiser hatte ich mir eigentlich nie angeschaut. Einmal habe ich sie zufällig auf der Rettungswache gesehen. Die Ereignisse waren mir ein wenig zu dramatisch dargestellt. Klar fürs Fernsehen muss es genügend Action geben. In der Realität liefen viele Einsätze weniger spektakulär ab. Doch wenn man sonntags abends viele Zuschauer vor die Fernsehgeräte locken möchte, muss man denen etwas bieten. In der darauffolgenden Woche rief die Redakteurin bei mir an. Sie erklärte mir die Modalitäten. Drei Tage würden die Dreharbeiten dauern. Am ersten Tag, einem Freitag, würde der Unfall gedreht werden. Ein Stuntman würde das Auto in den Acker setzen, wobei es sich mehrmals überschlagen sollte. Mein Einsatz mit dem Rettungsteam wäre samstags an der Reihe. Dafür sollte ich einige Stunden einplanen. Mir würde das Drehbuch zugeschickt. Für meinen Einsatz sollte ich 100 Euro erhalten. Ich war sehr auf die Abläufe am Set gespannt. Für die Aufnahmen wurden vom Kreisverband ein ausgedienter RTW und ein KTW, der als NEF-Ersatz diente, zur Verfügung gestellt. Zum vereinbarten Termin fanden sich die beiden Rettungsassistenten, mein Fahrer und ich am Originalschauplatz ein. Das demolierte Fahrzeug lag auf dem Dach im Feld. Nach dem Dreh am Tag zuvor hatte das Aufnahmeteam das Auto zugedeckt, da es von der Kreisstraße aus sichtbar war. Es sollte vermieden werden, dass vorbeifahrende Autos das Wrack entdeckten und bei der Polizei bzw. der Rettungsleitstelle einen Unfall meldeten.

Wir bekamen von dem Aufnahmeleiter und dem Kamerateam eine Einweisung, wie wir uns in jeder Szene verhalten sollten. Eine Textvorgabe hatten wir nicht. Wir sollten uns so real wie möglich benehmen und sprechen, wie wir bei einem wirklichen Einsatz auch mit dem Patienten reden würden. Kameratauglich wurden wir alle noch geschminkt. Dann ging es los. Und Action. Mein Fahrer und ich kamen mit Blaulicht an die Unfallstelle, sprangen aus dem Fahrzeug, nahmen unser Equipment und spurteten zu den Verletzten im Feld. Schnitt. Vom Regisseur hieß es: „Das war schon gut. Aber die ganze Sequenz bitte noch einmal." Insgesamt mussten wir dreimal vorfahren. Dann war der Regisseur zufrieden. So ging es mit jeder Szene. Dreimalige Wiederholung. Als nächstes folgten die Patientenversorgung im Feld und die Abfahrt ins Krankenhaus. Auch meine Übergabe an den Kollegen im Krankenhaus wurde aufgenommen. Zu guter Letzt wurde ich wieder abgepudert. Ich sollte ein kurzes Statement zu dem Unfall abgeben. Noch einmal wurde mir erklärt, was ich ungefähr sagen sollte. Beim dritten Versuch war der Aufnahmeleiter zufrieden. Ich erhielt mein erstes Honorar als Laienschauspieler. Sehr gespannt wartete das ganze Team auf die Ausstrahlung unseres Beitrags. Nach einigen Wochen war es soweit. Es war schon ein besonderes Gefühl, sich im Fernsehen wiederzusehen. Etwas irritiert war ich zunächst über mein Statement zum Abschluss. Anfangs war ich nicht sicher, ob dies wirklich meine Stimme ist. Sie klang sehr befremdlich. Es ist ein großer Unterschied, wenn man seine eigene Stimme über ein anderes Medium wahrnimmt.

Ein paar Monate später wurde wieder seitens RTL angefragt, ob ich noch einen Beitrag für die Reality-Show von Hans Meiser drehen würde. Es ging um einen Sturz von einem Balkon aus dem ersten Stockwerk. An diesen Notarzteinsatz konnte ich mich gut erinnern. Bei einem Umzug wollte die Familie das Bett über den Balkon nach unten befördern. Dabei verlor der Vater der jungen Frau das Gleichgewicht und stürzte über das Geländer in die Tiefe. Glücklicherweise landete er auf dem Rasen, sonst wären seine Verletzungen noch schlimmer gewesen. Dennoch hatte er sich einen komplizierten Bruch an der Hüfte zugezogen. Ich hatte ja bereits meine ersten Filmerfahrungen hinter mir, darum sagte ich spontan zu. Wieder war ein Samstagnachmittag für den Dreh reserviert. Jetzt war ich mit einem anderen Rettungsteam vor Ort. Wieder wurde die Anfahrt des Notarztes gefilmt. Doch diesmal aus einer anderen Perspektive. Der Kameramann saß hinten in unserem Einsatzfahrzeug. Dabei nahm er die Unterhaltung zwischen mir und meinem Fahrer auf. Nach zweimal war alles im Kasten. Für den Dreh im Garten und im Haus sprang ein Double für den verletzten Vater ein. Der Mann ging nach seiner Operation immer noch am Stock. Die Aufnahmen waren diesmal viel schneller abgedreht als beim ersten Dreh. Zuletzt gab es wie gewohnt ein abschließendes Statement zu dem Einsatz. Danach endete meine Filmkarriere. Für Hollywood hatte meine schauspielerische Leistung leider nicht gereicht.

Zurück in der realen Welt wurde ich als Notarzt sehr gefordert. Die größten Herausforderungen stellten die schweren Unfälle dar. Zwei Mofafahrer waren zusammengeprallt. Der Unfallhergang blieb mir rätselhaft. Das Unglück ereignete sich am späten Nachmittag. Auf einer wenig befahrenen Straße stießen zwei Mofafahrer frontal zusammen, ein älterer Mann und ein 17-jähriges Mädchen. Die Straße war breit genug. Warum sich die Entgegenkommenden auf der Mitte der Straße trafen, konnte nie geklärt werden. Zwei Notärzte wurden zur Behandlung der Schwerverletzten alarmiert. Ich übernahm die Versorgung des Mädchens. Bewusstlos lag sie auf dem Boden. Vorsichtig wurde der Helm abgenommen. Sie reagierte schon nicht mehr auf Ansprache, die Lichtreaktion ihrer Pupillen war verzögert. Dies war der Hinweis auf eine sehr schwere Schädel-Hirn-Verletzung. Sonst hatte sie keine gravierenden Verletzungen. Ihr Kreislauf war stabil. Sofort nach dem ersten Bodycheck forderte ich einen Rettungshubschrauber an. Im RTW verschlechterte sich der Zustand der jungen Patientin. Eine Pupille wurde immer weiter. Durch die massive Kopfverletzung stieg der Druck im Gehirn an. Dies löste kurzfristig einen Herzstillstand aus. Sofort begannen wir mit der Herz-Druck-Massage. Nach wenigen Minuten schlug ihr Herz wieder. Ich legte sie daraufhin in ein künstliches Koma. Die Überlebenschancen der Verunglückten waren äußerst schlecht. Alles deutete bereits jetzt darauf hin, dass der Teenager hirntot war. Die Pupillen waren weit und lichtstarr. Einzig der Kreislauf funktionierte noch. So übergab ich das Mädchen dem Hubschrauberarzt. Er war der gleichen Meinung wie ich, dass sie den Unfall aufgrund der Kopfverletzungen nicht überleben werde. „Wir fliegen sie ins Krankenhaus. Dort werden sie so lange wie möglich ihren Kreislauf aufrechterhalten. Die Kollegen werden möglichst schnell versuchen, die Eltern zu erreichen. Sie ist eine Kandidatin für eine Organspende. So makaber es in diesem Augenblick klingen mag, aber durch ihren Tod kann ein anderes Leben gerettet werden." In so einer angespannten Situation ist es für die Familien immer sehr schwer, über die Organspende ihrer Liebsten zu entscheiden. Als Arzt muss man jede Entscheidung der Angehörigen akzeptieren. Es gibt immer persönliche Gründe dafür oder dagegen.

Auch bei einem anderen Einsatz ein paar Wochen später stand die Organspende zur Diskussion. Mitten in der Nacht wurde ich zu einer Frau mit stärksten Kopfschmerzen gerufen. Die Patientin war Ende Dreißig. Bedingt ansprechbar lag sie im Bett. Sie schrie vor Schmerzen. Der Ehemann erklärte uns die Situation. Seine Frau war nicht mehr in der Lage, auf meine Fragen zu antworten. Schon am Nachmittag habe sie über Kopfschmerzen geklagt. Sie hätte das Gefühl gehabt, dass es ihr das Hirn zerreißt. Sie glaubte an einen heftigen Migräneanfall. Nach Einnahme von Schmerzmitteln habe sie Linderung verspürt. Am Abend sei es ihr gut gegangen. Und jetzt in der Nacht sei sie plötzlich aufgewacht und habe vor Schmerzen geschrien. Die Geschichte klang sehr nach einer Hirnblutung, basierend auf einem geplatzten Gefäßaneurysma. Das Schicksalhafte besteht darin, dass nach der ersten Phase eines kopfzerreißenden Schmerzes eine zweite Phase eintritt. Dies ist die Phase der relativen Beschwerdefreiheit. Sie kann einige Stunden andauern. In dieser Zeit verteilt sich das Blut im Gehirn. In der dritten Phase tritt erneut ein nicht mehr auszuhaltender Kopfschmerz ein. Dann ist es in der Regel zu spät für die Rettung. So leider auch in diesem Fall. Die Frau wurde sofort für das CT in Augsburg angemeldet. Ich wartete das Ergebnis der Untersuchung ab. Der Verdacht bestätigte sich. Die Patientin hatte eine Massenblutung im Gehirn. Der Neurochirurg konnte nichts mehr für sie tun. Die Frau wurde nur noch zum Erhalt der Kreislauffunktion auf die Intensivstation gelegt. Auch hier wurde der Ehemann zur möglichen Organspende befragt.

Viele Einsätze kamen wegen Unfällen in Betrieben zustande. Bei den Betriebsunfällen reichte die Palette von Bagatellverletzungen bis hin zu tödlichen Einsätzen. Für den aufnehmenden Disponenten in der Leitstelle ist es oftmals schwer einzuschätzen, ob ein RTW ausreicht oder doch ein Notarzt von Nöten ist. Im Zweifelsfall wird immer der Notarzt mitalarmiert. So kam es häufiger vor, dass ich wegen Prellungen, Schürfungen oder kleinen Platzwunden ausrücken musste. Alle Patienten werden trotzdem ins Krankenhaus gebracht, da Arbeitsunfälle auf speziellen Formularen für die Berufsgenossenschaft dokumentiert werden müssen. Auch die Polizei erscheint am Unfallort. Sie muss ebenfalls den Unfall aufnehmen wegen möglicher Fremdverschuldung. Manchmal stellt sich der Unfall im ersten Moment schlimmer dar als er in Wirklichkeit ist. Bei Reparaturarbeiten hatte sich ein Mann seinen Kopf zwischen dem Förderband eingeklemmt. Ein Kollege konnte noch rechtzeitig den Notschalter bedienen und die Anlage zum Stehen bringen. Bei meinem Eintreffen hing der Kopf noch zwischen den Rollen des Förderbandes. Behutsam befreite die Feuerwehr den Mann aus seiner misslichen Situation. Das Gesicht des Verunglückten war stark angeschwollen. Ich vermutete Brüche im Gesichtsschädel. Wider Erwarten hatte der Verunfallte wenig Schmerzen. Die Untersuchung im Krankenhaus ergab nur Quetschungen und Prellungen. Dieser Mann hatte richtig viel Glück gehabt.

Weniger Fortune hatte ein Metzger. Er kam mit seiner rechten Hand in den Fleischwolf. Bei unserem Eintreffen steckte die Hand noch im Häcksler. Noch bevor wir zum Verletzten gelangten, kam die Inhaberin auf uns zu. Sie fragte uns, ob wir Hunger hätten und eine Leberkäsesemmel wollten. Die Frau war sehr fürsorglich. Sie wusste von ihrem Sohn, dass wir immer hungrig waren. Ihr Sohn war nämlich als Zivi im Rettungsdienst gewesen. Zunächst lehnten wir dankend ab. Die Behandlung des Verletzten stand natürlich im Vordergrund, essen konnten wir nach dem Einsatz. Als erstes musste die Maschine auseinandergebaut werden. Die Hand hatte sich in den scharfen Messern verfangen. Nachdem der Fleischwolf demontiert war, sahen wir das Ausmaß seiner Verletzungen. Ein Blick genügte. Der Mann würde seine Hand nie mehr benutzen können. Die Finger waren zerfetzt, die Sehnen der Hand lagen frei. Diese Hand war kaum mehr zu rekonstruieren. Dennoch forderten wir einen Helikopter an, um diesen Patienten in eine Spezialklinik für Handchirurgie zu verlegen. Vielleicht könnten sie die Hand doch noch irgendwie zum Teil retten. Nach dem Einsatz genossen wir die Leberkäsesemmeln auf unserer Wache.

Leider ereigneten sich einige tödliche Arbeitsunfälle. Bei Rangierarbeiten kam ein Arbeiter zwischen die Puffer zweier Waggons. Lebend traf ich ihn an. Äußerlich war bei dem Mann nicht viel zu erkennen. Ich sah lediglich einige Prellmarken im Bauchbereich. Durch die Darstellung des Unfallmechanismus von Zeugen, wusste ich, dass der Arbeiter keine Überlebenschance hatte. Die Puffer der Waggons hatten den Mann im Bauch für einen kurzen Moment vollkommen zusammengedrückt. Dabei wurden die inneren Organe zerquetscht. Aufgrund des Unfallschocks klagte der Mann kaum über Schmerzen. Ich brachte den Verletzten nach Augsburg, wo er wenige Stunden später seinen schweren Verletzungen erlegen war.

In einem anderen Fall wurden wir in eine Lagerhalle beordert. Es war schon dunkel. Wir fuhren zu dieser Halle. Niemand war anzutreffen. Die Tür stand offen. Wir gingen hinein und fanden einen Mann tot auf dem Boden. Eine riesige Blutlache war zu erkennen. Der Arbeiter hatte ein offenes Schädel-Hirn-Trauma. Beim Blick zum Dach erkannten wir ein Loch. Der Mann musste durch das Dach gestürzt sein, wobei er sich die tödlichen Verletzungen zuzog. Wir sahen uns um. Kein Kollege war in Sicht. Sehr mysteriös. Der Mann konnte doch nicht alleine im Dunkeln auf dem Dach gearbeitet haben. Wir suchten die ganze Halle und den Innenhof ab, bis wir fündig wurden. Die Arbeiter hatten sich vor uns versteckt. In der Zwischenzeit war eine Streife zur Untersuchung des Vorfalles eingetroffen. Die osteuropäischen Arbeiter machten keine

Angaben. Angeblich hatte keiner etwas mitbekommen. Einer erklärte uns in schlechtem Deutsch, dass der Tote seine Jacke vergessen hätte. Daher sei er zurück auf das Dach gestiegen. Dabei sei dieses Unglück geschehen. Später erfuhren wir, dass gegen die Besitzer der Halle wegen grober Verstöße gegen Bauvorschriften und Sicherheitsmängeln ermittelt wurde.

Relativ viele Einsätze resultieren aus dem Konsum von Alkohol und Drogen. Am Wochenende werden von den Rettungswagen in der Hälfte der Fälle Alkoholleichen ins Krankenhaus transportiert. Einige sind so betrunken, dass sie vollkommen bewusstlos sind. Andere werden ausfallend und aggressiv. Wenn wir diese Patienten ins Krankenhaus fahren, werden dort immer der Sicherheitsdienst und ein Bett zum Fixieren mitbestellt. Das Personal ist immer hocherfreut über dieses Klientel. Das aggressive Verhalten der betrunkenen Patienten sowie deren Freunde und Bekannte bekamen wir bei unseren Einsätzen vermehrt zu spüren. Bei einem solchen Einsatz lautete das Meldebild „Herzbeschwerden". Vor Ort wurden wir von einem alkoholisierten Mann aus Osteuropa empfangen. „Kommen sie schnell, mein Freund hat einen Herzanfall." Er führte uns ins Bad, wo der Betroffene halbnackt in der Dusche lag. Auf den ersten Blick war klar, dass sein Freund stark betrunken war. „Der Mann ist betrunken" sagte ich. „Wie viel Wodka hat er denn getrunken?" „Eine halbe Flasche. Das ist nicht viel, er verträgt einiges. Das ist aber nicht sein Problem, nun behandeln Sie ihn endlich. Er stirbt sonst." Ohne Hektik begannen wir Puls und Blutdruck des Mannes zu untersuchen. Der alkoholisierte Freund wurde immer ungeduldiger und ausfallend. Als er zu uns sagte: „Beeilt euch endlich, ihr Nazi-Schweine!" war das Maß voll. Beleidigen ließen wir uns nicht. Sofort wurde unsererseits die Polizei verständigt. Den Ehefrauen der beiden Betrunkenen war dieser Ausraster sehr peinlich. Sie versuchten zu schlichten. Alle Untersuchungsergebnisse einschließlich EKG waren unauffällig. Trotzdem ließ ich zur eigenen Sicherheit den Transport ins Krankenhaus vorbereiten. Unterdessen traf die Polizei ein. Sie nahm unsere Anzeige wegen Beleidigung auf. Ob daraus später eine Strafe folgte, entzieht sich meinen Kenntnissen. Bei der Untersuchung im Krankenhaus bestätigte sich mein Verdacht, dass der Patient nur hochgradig alkoholisiert war. Das Herz war vollkommen gesund.

Gelegentlich kommt es vor, dass ein Betrunkener den Rettungsdienst alarmiert mit dem Hintergedanken, nach Hause gefahren zu werden. Sie argumentieren, dass ein Taxi Geld koste, während die Krankenkasse ja die Kosten für den RTW übernehme. Da haben sie aber die Rechnung ohne den Wirt gemacht. In solchen Fällen bestellen wir eine Polizeistreife. Wenn die Beamten die Betrunkenen in die Ausnüchterungszelle mitnehmen, wird es für die Betreffenden teuer. Für den Aufenthalt in der Zelle ohne Frühstück müssen sie die Kosten selbst tragen.

Manche Zeitgenossen kommen plötzlich in der Nacht oder am Wochenende auf die glorreiche Idee, einen Alkoholentzug im Bezirkskrankenhaus durchführen zu wollen. Doch zu diesen Zeiten werden die Patienten nie aufgenommen. Die Psychiatrien haben in der Regel keine Aufnahmekapazität mehr. Es ist selbst wochentags schwierig, eine Bettenzusage für einen Entzug zu bekommen. Diesen Patienten empfehlen wir, sich irgendwie Alkohol zu besorgen und weiter zu trinken. Eine große Gefahr besteht bei deutlicher Reduktion des Alkoholkonsums oder komplettem Trinkstopp in einem Alkoholentzug. Ein Entzug sollte immer unter klinischer Kontrolle erfolgen. Risiken sind unter anderem ein Entzugsdelir oder sogar epileptische Krampfanfälle. In der Regel bekommen die Menschen beim Entzug Wahnvorstellungen und Halluzinationen. Bekanntes Beispiel sind die weißen Mäuse, die man sieht.

Heftiger sind die Einsätze wegen Drogenkonsums. Die körperlichen Symptome hängen von der Art der eingenommenen Substanz ab. Unberechenbar sind die synthetischen Drogen wie Ecstasy, Badesalz oder Crystal Meth, die in Hinterhoflaboren hergestellt werden. Niemand weiß, wie die Konsumenten darauf reagieren. Schon eine einzige Einnahme kann zur Sucht führen. Die Symptome reichen von Herzrasen, Schmerzen in der Brust wie beim Herzinfarkt, Atemnot, Bauchschmerzen, unkoordinierten Körperbewegungen, Wahnvorstellungen bis hin zur Bewusstlosigkeit mit Atemstillstand. Vom Konsum dieser Substanzen aus Neugierde ist dringend abzuraten. Vorsicht ist besonders beim Besuch von Discos geboten. Niemals sollten die Getränke unbeobachtet gelassen werden. Mehr als einmal wurde ich zu bewusstlosen Personen in Diskotheken gerufen. Betroffen waren überwiegend junge Frauen, denen es plötzlich schlecht ging, sich erbrechen mussten und ohne Grund ihr Bewusstsein verloren. Neben Drogen konnte die Verabreichung von K.O.- Tropfen nicht ausgeschlossen werden.

Besonders kreativ waren zwei 15-jährige Mädchen. Sie hatten sich einen speziellen Tee zubereitet. Aus dem Vorgarten nahmen sie die Blätter einer Pflanze, der Engelstrompete. Daraus kochten sie sich einen Sud. Die Reaktion auf diese Vergiftung werde ich nie vergessen. Alarmiert wurden wir von besorgten Nachbarn, die furchterregende Schreie aus der Wohnung vernahmen. Vor dem Haus hörten wir bereits die schrillen Schreie der Beiden. Es klang wie in einem Horrorfilm. Man hatte den Eindruck, als seien tausend Teufel hinter den Mädchen her. Sie liefen rastlos in der Wohnung auf und ab. Sie schrien in einer Tonhöhe, bei der wir befürchten mussten, dass die Glasscheiben bersten. Sie ließen uns gar nicht an sie heran. Wie wild schlugen sie um sich. Uns blieb keine andere Wahl, als sie mit Hilfe von Polizeibeamten zu schnappen, heraus zu tragen und mit Handschellen auf unseren Liegen zu fixieren.

Der Transport ins Krankenhaus war sehr unangenehm. Die Beiden ließen sich auch durch Medikamente nicht beruhigen. Das schrille Geschrei ging weiter. Ich hatte das Gefühl, dass mein Trommelfell platzt. Erleichtert war ich, als ich beiden Halluzinierenden in der Klinik angeben konnte. Eine Nachahmung solcher giftiger, selbst gebrauter Tees ist nicht zu empfehlen.

Lebensbedrohliche Situationen hatte ich mehrfach nach dem Spritzen von Heroin erlebt. Die Brennpunkte, an denen sich die Junkies aufhielten, waren mir im Laufe der Zeit bekannt. Hieß die Einsatzmeldung „Bewusstlose Person" an bestimmten Plätzen in Augsburg, wussten wir sofort, worum es ging. Hier war der Eigenschutz für uns besonders wichtig, da die meisten Drogenabhängigen mit Hepatitis C, gelegentlich auch mit HIV, infiziert waren. In einigen Fällen fanden wir die Personen mit Atemnot bis hin zum Atemstillstand vor. Sie waren blitzblau im Gesicht. Die Droge lähmt im Gehirn das Atemzentrum. Ein Blick in die Augen genügte und wir wussten, dass Heroin gespritzt wurde. Die Pupillen sind bei Heroinkonsum stecknadelkopfgroß. Für uns bedeutete das die sofortige Gabe des Gegenmittels. Die größte Herausforderung war hierbei das Finden einer geeigneten Vene. Denn diese waren fast immer durch den langjährigen Konsum zerstört. Während die Assistenten den Patienten mit Sauerstoff beatmeten, machte ich mich auf die Suche der Vene. Manchmal fand ich am Fußrücken eine Minivene, die ich anstechen konnte. In vielen Fällen machte ich mir neue medizinische Techniken zunutze. So hatten wir für die Momente, in denen wir keine passende Vene fanden, eine Bohrmaschine an Bord. Das klingt im ersten Augenblick sehr brutal. Aber die Patienten spüren kaum einen Schmerz. Bevorzugt für die Bohrstelle wird der Unterschenkelknochen kurz unterhalb des Kniegelenkes. Ohne örtliche Betäubung wird eine Nadel in die Markhöhle des Knochens gebohrt. Forscher fanden heraus, dass Infusionen und Medikamente über die

Blutversorgung der großen Knochen in den normalen Blutkreislauf gelangen. Der sicherste Zugangsweg für die Bohrung befindet sich eben am Unterschenkelknochen. Unter sterilen Bedingungen wird dort die Infusionsnadel befestigt. Diese neue Methode hat manchem Patienten das Leben gerettet. Die kritischste Phase für die Drogenkonsumenten ist kurz nach dem Setzen ihres Schusses. Gefährlich wird es vor allem, wenn das Rauschgift zu konzentriert bzw. rein ist. Relativ schnell kommt es zu Störungen im Atemzentrum des Gehirns. Werden die Menschen nicht schnell genug gefunden, ersticken sie. Das ist der Hintergrund für den Drogentod nach dem Setzen des sogenannten „Goldenen Schusses".

Ziel unserer Intervention ist die Wirkung des Heroins zu neutralisieren. Heroin wirkt über Rezeptoren im Gehirn. Durch das Gegenmittel, welches wir verabreichen, wird das Rauschgift von den Rezeptoren verdrängt. Dadurch erlangt der Junkie das Bewusstsein zurück und kann wieder normal atmen. Da das Medikament sich schneller wieder abbaut als die Opiate wirken, werden die Patienten für einige Stunden zur Beobachtung ins Krankenhaus eingeliefert. Erstaunlich ist, dass jeder Drogenkonsument, dem wir das Leben gerettet haben, bestreitet, sich einen Schuss gesetzt zu haben. Vermutlich haben sie Angst, dass die Polizei eingeschaltet wird, da die meisten von ihnen Vorstrafen unter anderem wegen Beschaffungskriminalität haben. Die Angst ist jedoch völlig unbegründet, da wir Notärzte und das Rettungsdienstpersonal der Schweigepflicht unterliegen.

Bei der Wahl der Örtlichkeiten für die Befriedigung ihrer Drogensucht sind die Süchtigen mitunter sehr hemmungslos. Ich erinnere mich an einen Mann, der sich das Heroin in einer Frauenklinik gespritzt hatte. Er betrat das Krankenhaus, fuhr in die dritte Etage und fixte sich die Droge auf der Toilette. Er kam gerade noch aus der Toilette, bevor er zusammenbrach. Bewusstlos lag er vor dem Raum, in dem bei den Schwangeren die Herztöne ihrer Babys kontrolliert wurden. Die werdenden Mütter standen unter Schock, als sie den bewusstlosen

Mann vorfanden.

Viele der Drogen- bzw. Alkoholabhängigen hatten schon mehrfach sehr kostenintensive Entziehungskuren hinter sich. Die Rückfallquote hingegen strebt annähernd gegen 100%. Nur ganz wenige schaffen endgültig den Absprung. Voraussetzung ist eine langfristige positive Zukunftsperspektive und ein kompletter Wechsel des Umfeldes. Wer sich nicht von seinen bisherigen Gewohnheiten und vor allem Freunden und Bekannten, die ebenfalls in diesem Milieu stecken, trennt, hat keine Chance auf einen Neuanfang.

Das Erfreuliche an meinem Beruf sind die Einsätze, die einen bis zur Belastungsgrenze fordern und dann zu einem Happy-End führen. Ich saß sonntags nachmittags beim Kaffeetrinken, als mein Melder losging. Ein paar Straßen weiter war eine ältere Frau kollabiert. Für eine kurze Weile war sie nicht ansprechbar. Als ich eintraf, lag sie auf dem Boden, war aber wieder bei Bewusstsein. Die Untersuchungsbefunde waren unauffällig. Ich teilte der Frau, die ihre Tochter übers Wochenende besucht hatte, mit, dass sie nicht ins Krankenhaus müsse. Darüber freute sie sich sehr. Sie sagte zu mir. „Ich bin sehr froh, dass es euch Notärzte gibt. Ich bin jetzt 85 Jahre. Mir wurde vor einigen Jahren ein zweites Leben geschenkt. Da bin ich einmal reanimiert worden. Ich war auf dem Friedhof, als mein Herz aussetzte." Sofort unterbrach ich die Erzählung der alten Frau. „Das war auf einem Friedhof in der Nähe von Augsburg. Relativ schnell hatte ihr Herz wieder geschlagen. Zur Beobachtung kamen sie ins Krankenhaus." Völlig überrascht sah die Frau mich mit großen Augen an. „Woher wissen Sie denn das?" „Ich war der Notarzt, der Sie mit meinem Team wiederbelebt hatte." Die Frau strahlte über das ganze Gesicht. Sie kam auf mich zu und umarmte mich herzlich. „Endlich sehe ich meinen Lebensretter von damals." Auch für mich war dies ein wunderschöner Moment. Diese Frau gehörte zu den wenigen Menschen, die eine Reanimation vollkommen unbeschadet überlebt hatte.

Ebenfalls ohne Hirnschaden blieb ein Ertrinkungsunfall beim Schulschwimmen. Ein Mädchen wollte beim Schulsport am Ende der Bahn wenden. Dabei stieß sie mit dem Kopf gegen den Beckenrand. Unbeobachtet sank sie bewusstlos auf den Grund des Schwimmbeckens. Erst nach einigen Minuten fiel den Mitschülern auf, dass Lisa nicht mehr aufgetaucht war. Regungslos lag sie am Boden des Schwimmbads. Als die Lehrerin das Unglück mitbekam, sprang sie ins Wasser und brachte das Mädchen nach oben. Lisa war blitzblau. Sie wurde von ihrer Lehrerin Mund-zu-Mund beatmet. Bei unserem Eintreffen hatte die Schülerin Streckkrämpfe. Der ganze Körper sowie Arme und Beine waren überstreckt. Ich öffnete die geschlossen Augenlider, wobei ich zunächst nur das Weiß des Augapfels sehen konnte. Die Augen blickten ganz nach oben. Für mich bestand initial der dringende Verdacht auf einen Hirnschaden, bedingt durch den langen Sauerstoffmangel unter Wasser. Das Herz schlug noch. Die Atmung war sehr schwach. Sofort leitete ich die künstliche Beatmung der Schülerin ein. Im Eifer des Gefechts hatten die Assistenten zum Kleben der EKG-Elektroden Lisas Badeanzug teilweise aufgeschnitten. Zügig transportierten wir das junge Mädchen ins Krankenhaus. Ein paar Tage später erhielten wir die Information, dass es Lisa hervorragend ginge. Sie hatte lediglich eine Gedächtnislücke für das Ereignis zurückbehalten. Verärgert war sie jedoch darüber, dass der wunderschöne Badeanzug von uns zerschnitten wurde. Sie konnte einfach nicht verstehen, warum wir das taten.

Viele Schutzengel hatte auch ein junger Mann, der zu Hause beim Nachlaufspielen durch die Scheibe einer Glastür fiel. Mit voller Wucht rannte er gegen das Glas. Dieses zerbrach komplett. Pech hatte er, dass sich beim Sturz ein relativ spitzes Stück in seine rechte

Achselhöhle bohrte. Dieses Bruchstück durchtrennte teilweise die große Armarterie. Auch die Nerven, die den Arm versorgen, wurden mitverletzt. Die Wohnung glich einem riesigen Schlachtfeld. Überall, wo man hintrat, war der Fußboden mit Blut übersät. Im Rhythmus des Herzschlages spritzte weiterhin das Blut aus dem Gefäß. Ich versuchte durch Druck die Blutung zu stoppen. Keine Chance. Der junge Mann trübte wegen des heftigen Blutverlustes immer mehr ein. Ich hatte keine andere Wahl. Ich rief nur noch: „Schnell, gebt mir eine große Gefäßklemme!" Ich fing an zu schwitzen. Der Verletzte drohte mir unter den Händen zu verbluten. Der erste Versuch schlug fehl. Auch beim zweiten Mal rutschte die Klemme ab. Ich wurde sichtlich nervöser. Kurz hielt ich inne. Noch ein kurzes Stoßgebet nach oben. Vorsichtig versuchte ich erneut die blutende Arterie zu fassen. Diesmal hielt die Klemme. Die Blutung war vorerst gestoppt. Der Verletzte bekam relativ viel Flüssigkeit infundiert, um seinen Kreislauf stabil zu halten. Nun stand der Transport an. Da wir uns in einer ländlichen Region befanden, mussten wir mindestens 30 Minuten fahren, um eine geeignete Zielklinik zu erreichen. Für unseren Patienten brauchten wir einen Gefäßchirurgen. Ein Helikopter war momentan nicht verfügbar. Ziemlich ausgeblutet erreichten wir das Krankenhaus. Bei der Ankunft hatte er einen Hb- Wert von 5. Normal bei einem Mann wären 14-16, d.h. fast zwei Drittel seines Blutvolumens gingen verloren. Das war Rettung in letzter Sekunde. Wäre das Bruchstück in der Achselhöhle stecken geblieben, wäre der Blutverlust nicht so hoch gewesen. Der Fremdkörper hätte die Arterie abgedichtet. Daher soll man bei allen Stichverletzungen die Fremdkörper wie z.B. Messer im Körper stecken lassen. Die Arterie konnte erfolgreich rekonstruiert werden. Durch die Verletzung der Armnerven blieb eine deutliche Lähmung des rechten Armes zurück. Trotz dieser Einschränkung konnte er seinen Beruf weiter ausüben.

Ein weiser Spruch lautet, dass man nicht schneller fahren solle, als der Schutzengel fliegen könne. Wir waren mit dem NEF auf dem Weg zu einem Einsatz, als wir an einem schweren Unfall vorbeikamen. Sofort gaben wir der Leitstelle bekannt, dass wir nicht weiterfahren können, da man hier unsere Hilfe brauche. Ein Auto war gegen einen Baum gefahren. Dabei hatte sich das Fahrzeug einmal komplett um den Baum gewickelt. Die Motorhaube berührte fast das Heck. Beim ersten Anblick vermuteten wir, dass diesen Crash niemand überlebt haben könnte. Mit unserem Equipment rannten wir zu dem Wrack. Auf dem Fahrersitz befand sich eine junge Frau. Sie lebte noch. Weitere Personen waren nicht an Bord. Zum Glück. Sie hätten den Aufprall niemals überlebt. Nur über das Fenster hatte ich Kontakt zu ihr. Die Atmung war sehr flach, der Blutdruck kaum tastbar. Wie sollte ich an sie herankommen? Bis zur Befreiung durch die Feuerwehr würde zu viel Zeit verloren gehen. Zuerst gab ich nur Sauerstoff über eine Maske, bis ich einen sicheren venösen Zugang gelegt hatte. Das komplette Erfassen des komplexen Verletzungsmusters war unmöglich. Neben einem Schädel-Hirn-Trauma lagen mit Sicherheit Verletzungen im Brust- und Bauchbereich vor, ebenso multiple Frakturen der Beine. Die Atmung der Verletzten wurde immer schwächer. Sie musste nun künstlich beatmet werden. Für eine normale Intubation so wie bei Operationsnarkosen hatte ich keine Möglichkeit. Dafür hätte ich in das Fahrzeug klettern müssen, um von hinten einen Tubus in die Luftröhre schieben zu können. Doch bei dem total zerstörten Auto war das undenkbar. Hilfreich war in diesem Fall der medizinische Fortschritt in Sachen Atemwegsmanagement. Für diese Fälle wurden unter anderem anderen Kehlkopfmasken entwickelt. Im Gegensatz zu einem normalen Tubus, der in die Luftröhre eingeführt wird, wird diese sogenannte Larynxmaske über den Kehlkopf gestülpt. Über einen Silikonring wird sie mit Luft abgedichtet, so dass der Sauerstoff direkt in die Lunge strömt. Mit diesem effizienten Hilfsmittel war die Beatmung unseres Unfallopfers gesichert. Die Feuerwehr hatte jetzt die Zeit, um die Frau aus dem Wrack herauszuschneiden. Mittlerweile war auch der angeforderte Hubschrauber im Anflug. Fast 45 Minuten hatte es gedauert, bis wir die Patientin aus dem Auto befreit hatten. Im RTW wurde zur Entlastung der Lunge eine Thoraxdrainage gelegt. Nach weiteren 30 Minuten hob der Heli ab. Ich schaute mir das zerstörte Auto noch einmal an. Es grenzte an ein Wunder, das die Frau überlebt hatte. Wie konnte der Unfall auf gerade Strecke passieren? Von der Polizei erfuhr ich, dass es keine Bremsspuren gab. War der Crash absichtlich in Selbstmordabsicht herbeigeführt worden? Einiges sprach dafür. Die Patientin hatte diesen Unfall relativ gut ohne größere Folgeschäden überstanden. Über die Ursache des Crashs erfuhr ich leider nichts mehr.

Das Jahr 2006 war ein besonders ereignisreiches Jahr. Ich erinnere mich noch sehr gut an den neunten März. Wenige Minuten vor elf Uhr wurde ich zum Einsatz alarmiert. Der Donnerstagmorgen verlief bis zu dieser Zeit sehr ruhig. Ich war gerade am Computer mit bürokratischen Arbeiten beschäftigt. Wie gewöhnlich lief ich zum vereinbarten Treffpunkt, an dem ich in unser NEF einstieg. „Halte Dich fest Tom, wir fahren zu einem Großschadensereignis nach Jettingen-Scheppach im Landkreis Günzburg." „Wie bitte? Das glaube ich jetzt nicht. Das sind annähernd 40 Kilometer. Dafür benötigen wir 25 Minuten." „Das ist doch der Wahnsinn. Wir sollen gleich den Funkkanal wechseln. Dieser Rettungseinsatz läuft auf einer speziellen Frequenz." Ich wechselte am Funkhörer die Frequenz. Auf diesem Kanal ging es hektisch zu. Unzählige Fahrzeuge waren auf der Anfahrt. Von der Leitstelle hieß es: „Alle anfahrenden Kräfte bitte den Einsatzort direkt anfahren. Sie werden vor Ort eingewiesen." Zwischendurch meldete sich der Einsatzleiter über Funk: „Bisher ein gesicherter Todesfall, ansonsten ist die Lage vollkommen unübersichtlich. Die Verletztenzahl kann ich noch nicht einschätzen, aber mit 30 bis 40 zum Teil lebensgefährlich

Verletzten ist zu rechnen." Was hatte sich in dieser kleinen Gemeinde schreckliches abgespielt? Um 10:39 Uhr erlitt ein 60-jähriger Paketfahrer am Steuer seines Fahrzeugs einen tödlichen Herzinfarkt. Der Van rollte unvermittelt weiter. Zu allem Unglück raste er in eine große Menschenmenge. Etwa 100 Menschen befanden sich in einem Trauerzug zwischen Kirche und Friedhof. Es geschah alles so schnell, dass nur wenige rechtzeitig den sicheren Sprung zur Seite schafften. Der Van mähte die Menschenmenge auf einer Länge von 30 Metern einfach um, bis er endlich zum Stehen kam. Wir hatten uns auf das Schlimmste einzustellen. Um 11:20 Uhr erreichten wir unser Ziel. Wir stellten unser Auto in einer Seitenstraße ab. Vor uns standen auf einer Länge von 200 Metern unzählige RTW, NEF, KTW und Feuerwehrautos. Die letzten Meter legten wir zu Fuß zurück. Am Straßenrand der Hauptstraße sah ich dutzende, zum Teil blutüberströmte Menschen. Sie lagen schreiend auf dem Asphalt oder lehnten apathisch an den Hauswänden. Ein Horrorszenario, das ich bislang nur aus Katastrophenfilmen kannte. Es sah wie auf einem Schlachtfeld aus. Doch dies war bittere Realität. Viele Einsatzkräfte waren schon dabei, die ersten Verletzten zu behandeln. Der Ablauf schien noch etwas chaotisch, was bei einem Ereignis dieser Größenordnung kein Wunder war. Mein Fahrer und ich suchten einen Einsatzleiter, der uns unsere Patienten zuweisen sollte. Endlich fanden wir einen Verantwortlichen, der uns zwei Patienten übergab. Ich übernahm die Behandlung zweier älterer Frauen. Die eine Frau hatte Frakturen an den Beinen und eine Wirbelsäulenverletzung. Sie war ansprechbar und kreislaufstabil. Mit Infusionen und starken Schmerzmitteln war sie vor Ort relativ gut versorgt. Die zweite Frau bereitete mir viel mehr Sorgen. Sie war zwar bei Bewusstsein, aber sehr ruhig. Ein schlechtes Zeichen. Die Hautfarbe war sehr blass, der Blutdruck niedrig. Bei der Untersuchung war der Bauch äußerst schmerzhaft und hart. Ich hatte den dringenden Verdacht auf innere Verletzungen. Ich versuchte, den Kreislauf stabil zu halten, was mir auch lange Zeit gelang. Doch zweimal wurde es kritisch. Der Puls war kaum noch tastbar. Mit kreislaufstabilisierenden Medikamenten konnte ich den endgültigen Kreislaufzusammenbruch gerade noch stoppen. Die Außentemperatur war sehr niedrig. Zum Wärmeerhalt wickelten wir unsere Patienten in unsere Rettungsfolien. Anwohner brachten uns zusätzliche Decken. Die Hilfsbereitschaft der Bevölkerung war sehr groß. Meine Patientin müsste dringend ins Krankenhaus transportiert werden. Doch diese Anordnung konnte nur der Einsatzleiter treffen. Leider dauerte es sehr lange, womöglich zu lange, bis ich einem Verantwortlichen die Situation meiner Patientin weitergeben konnte. Nach mehr als einer Stunde wurde diese Schwerstverletzte mit dem RTW zum Hauptverbandplatz gefahren. Ihr Zustand hatte sich deutlich verschlechtert. Von dort ging es mit dem Rettungshubschrauber ins Krankenhaus. Kurze Zeit später wurde auch die andere Frau zum Abtransport gebracht. Mittlerweile war es ein Uhr. Nahezu alle Patienten waren jetzt entweder bodengebunden oder in der Luft zur Weiterbehandlung unterwegs. Die Patientenversorgung verlief insgesamt relativ gut. Mehr als 230 Helfer waren bei diesem Mega-Gau im Einsatz, 30 RTW und 13 Hubschrauber aus ganz Süddeutschland. Ich ließ noch einmal den Blick über die Hauptstraße gleiten. Ein Bild der Verwüstung lag vor mir. Überall lagen blutgetränkte Kleidungsstücke, einzelne Schuhe und Unmengen leerer Infusionsflaschen. Der Einsatz schien für mich beendet. Auf dem Rückweg zu unserem NEF wurde ich abgefangen. Angehörige der Feuerwehr führten mich zu einem Haus. Ich sollte mich um einen Mann kümmern, der dieses Schreckliche Ereignis von seinem Fenster aus verfolgt hatte. Er war völlig aufgelöst. Der Mann zitterte am ganzen Körper. Sein Blutdruck war über 200mm Hg angestiegen. Ich verabreichte ein schnell wirksames Blutdruckmedikament und ein Beruhigungsmittel. Nach einer halben Stunde hatte sich sein Zustand stabilisiert. Ins Krankenhaus wollte der Mann nicht, die Familie kümmerte sich um ihn. Endlich konnten wir zurück an unseren Standort. Um drei Uhr war ich zu Hause. Der Einsatz hatte mich körperlich und psychisch sehr erschöpft. Ich war dankbar, dass ich bis zum nächsten Morgen nicht mehr raus musste.

In der Tagesschau um 20 Uhr war dieser Unfall Thema Nummer eins. Es wurde ein ausführlicher Bericht gezeigt. Im Beitrag sah ich mich, als ich meine Patientinnen behandelte. Die vorläufige Bilanz des Unfalls betrug 3 Tote und 33 Schwerverletzte. Später erfuhr ich, dass die ältere Frau, die ich mit Verdacht auf innere Verletzungen behandelt hatte, nicht überlebt hatte. Am nächsten Morgen um wenige Minuten nach sechs Uhr piepste mein Handy. Ich wachte auf. Was ist jetzt schon so früh los? Ich erhielt eine SMS. Wer schickte mir um diese Uhrzeit eine Nachricht? Sie stammte von einem Rettungsassistenten der Tagschicht. Noch im Halbschlaf nahm ich mein Handy und sah nach. „Du bist auf der Titelseite der Bild-Zeitung." Im ersten Moment konnte ich mit der Nachricht nichts anfangen. Wieso sollte ich in dieser Zeitung ganz vorne erscheinen? Langsam realisierte ich, dass dies nur mit dem gestrigen Großereignis zu tun haben konnte. Ich war neugierig geworden. Nach dem Frühstück lief ich zur Tankstelle vor und kaufte mir zum ersten Mal in meinem Leben eine Bild-Zeitung. Es war auch zugleich das letzte Mal. Tatsache! Auf der ersten Seite war ich bei der Behandlung meiner Patienten zu sehen. So hatte mich ein trauriges Ereignis auf die Titelseite gebracht. Von allen Seiten wurde ich an diesem Tag darauf angesprochen.

Die Fußballweltmeisterschaft im eigenen Land stand vor der Tür. Die Vorbereitungen der Hilfsorganisationen für das Großereignis des Jahres liefen auf Hochtouren. Überall wurde angefragt, wer bereit sei, sich ehrenamtlich zur Verfügung zu stellen. Riesige Einsatz- und Katastrophenpläne wurden erstellt. Lediglich eine geringe Aufwandsentschädigung sollte bezahlt werden. Das sah ich nicht ein. Warum sollte ich meine Arbeitskraft kostenlos zur Verfügung stellen, während die FIFA im Geld schwimmt! Durch Werbeeinnahmen der Sponsoren wurden zig Millionen Dollar eingenommen. Da könnte man die diensthabenden Ärzte in den Stadien und den eingerichteten Verbandplätzen auch entsprechend entlohnen. Geld hätte in Hülle und Fülle bereitgestanden. Ich entschloss mich, außen vor zu bleiben und das Sommermärchen entspannt mit Freunden anzusehen. Da hatte ich viel mehr davon, zumal die eingesetzten Kollegen an den Sammelstellen nichts von den Spielen mitbekamen.

In diesem Jahr durfte ich mein persönliches zweites Sommermärchen erleben. An einem Sonntag im Juli fuhr ich am späten Nachmittag spontan nach Augsburg. Es war ein herrlich warmer Sommertag. Ich schlenderte Richtung Rathausplatz, als zwanzig Meter vor mir plötzlich eine Frau umknickte. Auf dem Kopfsteinpflaster geriet sie mit ihrem Absatz in eine Fuge. Instinktiv in meiner gewohnten Notarztmanier rannte ich zu ihr und sagte: „Ich bin Arzt, kann ich Ihnen helfen?" Eine attraktive Frau um die Mitte dreißig saß vor mir. Sie war schlank und hatte lange blonde Haare. Auf Anhieb war mir diese Frau sympathisch. Ihr Gesicht war leicht schmerzverzerrt. Ich untersuchte ihren Fuß. Der Knöchel war diskret druckschmerzhaft, aber nicht stark geschwollen. „Ich glaube, dass Sie noch einmal Glück gehabt haben. Es scheint nur eine leichte Verstauchung zu sein. Die Bänder sind stabil." „Vielen Dank für Ihre spontane Hilfe." Zwei wunderbare Augen strahlten mich an. Endlich einmal eine angenehme Notfallsituation. Im Rettungsdienst behandele ich sonst überwiegend ältere Patienten. „Schaffen Sie es mit meiner Hilfe bis zur nächsten Bank?" „Ja, ich denke schon." „Hervorragend, dann werde ich für Ihr Sprunggelenk etwas Eis besorgen." Ich hakte die junge Frau ein. Langsam bewegten wir uns auf die Bank am Rathausplatz zu. In einem nahe gelegen Lokal organisierte ich eine Tüte mit Eiswürfeln. Die Kühlung tat ihrer Verletzung sehr gut. Nach einer halben Stunde waren die Schmerzen nahezu weg. Wir hatten uns sehr gut unterhalten und viel gelacht. Da ich an diesem Abend nichts Besonderes vorhatte, fragte ich die sympathische Frau, ob ich sie auf den Schreck hin einladen dürfe. Sie willigte gerne ein. An diesem lauen Sommerabend gingen wir in einen Biergarten. Wir verstanden uns so gut, dass der Abend viel zu schnell vorbeiging. Wir sprachen über Gott und die Welt. Langeweile kam nie auf. Bei unserem Gespräch erfuhr ich, dass sie zurzeit allein mit ihrer Tochter lebte. Auch ich hatte keine Beziehung. In den letzten Jahren hatte ich einige kurze bis mittelfristige Beziehungen. Die Frau fürs Leben war mir nie begegnet. Auch mein Beruf mit wenig Freizeit stellte ein großes Hindernis dar. Die Frau gegenüber gefiel mir sehr gut. Nach dem harmonischen Verlauf dieses Abends hoffte ich auf ein Wiedersehen mit Hannah. Wir tauschten unsere Telefonnummern aus. Als Gentleman erkundigte ich mich am nächsten Tag nach ihrem Befinden. Der Fuß war vollkommen in Ordnung. Wir verabredeten uns für das nächste Wochenende zum Essen. Hannah und ich verstanden uns blendend. Sie war die Frau, mit der ich mir die Zukunft vorstellen konnte. Wir telefonierten regelmäßig und trafen uns, wie es mein Dienstplan zuließ. Hannah akzeptierte meinen Beruf mit allen Vor- und Nachteilen, obwohl sie es bisher nicht gewohnt war, ein Leben nach einem Plan zu führen. Sie war eher spontan. Gerne traf sie sich mit Freunden. Nach drei Monaten traf ich zum ersten Mal ihre Tochter. Sollte aus uns Beiden ein Paar werden, müsste Hannahs Tochter Julia mich akzeptieren. Das erste Treffen mit den Beiden verlief ausgezeichnet. Julia kam hervorragend mit mir zurecht. Nun stand unserer Liebe nichts mehr im Wege. Endlich hatte ich die Frau fürs Leben gefunden, die ich mir immer vorgestellt hatte. Ich war sehr glücklich! Für Hannah, die ein freies, ungezwungenes Leben gewohnt war, war die Partnerschaft mit mir eine totale Umstellung ihres bisherigen Lebens. Aber wir arrangierten uns hervorragend. Zwei Jahre lang wohnte noch jeder für sich, bis die Beiden endgültig in mein Haus einzogen. Die erste Zeit verbrachte ich während meiner

Dienstbereitschaft noch im gleichen Schlafzimmer. Doch jedes Mal, wenn der Melder ertönte, wurde Hannah wach. Sie bekam auch mit, wenn ich vom Einsatz zurückkam. Am nächsten Morgen war auch sie nicht ausgeschlafen. Folglich beschlossen wir, dass ich während meiner Dienste mein eigenes Zimmer beziehe. Hannah bekam endlich einen erholsamen Schlaf und ich hatte kein schlechtes Gewissen, wenn ich nachts ausrücken musste. Alles pendelte sich nach und nach ein, vor allem unser Leben nach Dienstplan.

In dieser Zeit handelte ich mir unberechtigterweise nach einem Einsatz den Unmut des Klinikums Augsburg ein. Ich wurde zu einem Patienten mit Atemnot gerufen. Der Vietnamese hatte starken Husten, sehr hohes Fieber und massive Atemnot. Dieser Einsatz fiel in die Zeit, in der täglich in allen Nachrichten von der Vogelgrippe die Rede war. Zusätzlich erzählte mir der Patient, dass er gerade aus seiner Heimat zurückkomme. Was sollte ich jetzt tun? Im vorliegenden Fall könnte es sich um Vogelgrippe handeln oder doch nur um einen normalen hochfieberhaften Infekt. Vor Ort hatte ich ohne Laboruntersuchungen keine Möglichkeit, eine gefährliche Infektionskrankheit auszuschließen. Ich telefonierte mit der Leitstelle. Sie sollten mit dem Klinikum das weitere Vorgehen absprechen. Wir sollten ab sofort den direkten Kontakt mit dem Patienten vermeiden. Uns wurde mit einem Fahrzeug spezielle Schutzkleidung zugebracht. Unter besonderen hygienischen Vorschriften brachten wir den Patienten umgehend auf die Infektionsstation, wo er sofort isoliert wurde. Das Rettungsdienstpersonal, das Kontakt mit dem Patienten hatte, durfte nicht mehr weiterarbeiten. Die Kleidung musste speziell desinfiziert werden. So eine mutmaßliche Infektion bedeutet immer einen immensen Aufwand. Tage später wurde ich vom Leiter der Notaufnahme mit der Frage empfangen, was mir denn einfiele, die Pferde scheu zu machen mit dem eventuellen Vogelgrippeverdacht.

Ich entgegnete ihm, dass ich am Einsatzort keine Möglichkeit zur Differenzierung habe. Außerdem sei es besser, entsprechende Vorsichtsmaßnahmen zu ergreifen, bis die Erkrankung ausgeschlossen sei. Hätte ich den Patienten normal in die Notaufnahme gebracht und die Infektion hätte sich bestätigt, hätte die gesamte Notaufnahme für längere Zeit geschlossen werden müssen. Dann möchte ich nicht wissen, wie ich in der Luft zerrissen worden wäre. Ich hatte folglich völlig korrekt gehandelt. Aber typisch für die Kollegen, dass sie hinterher alle klug daherreden, als hätten sie die Weisheit mit Löffeln gefressen.

In diesem Jahr hatte ich ein weiteres Problem mit einem Oberarzt in der Notaufnahme. Er war erst seit kurzem dort zuständig und musste sich womöglich noch profilieren. Aus unerklärlichen Gründen hatte er mich als „Opfer" ausgesucht. Ich hatte eine Patientin nach einem Verkehrsunfall im Schockraum angemeldet. Sie war bei Tempo 100 km/h ungebremst auf ein Stauende gefahren. Ihr Airbag hatte ausgelöst. Sie klagte über Atemnot und starke Schmerzen im Brustbereich. Ich vermutete einen Bruch des Brustbeines. Durch dieses heftige Thoraxtrauma können auch das Herz und die Lunge verletzt werden. Entsprechend der möglichen Verletzungsfolgen war eine Anmeldung hinsichtlich unserer Einsatzkriterien im Schockraum indiziert. Das sah der Kollege, der bei der Übergabe der Patientin nicht anwesend war, anders. Kaum war ich auf der Rettungswache zurück, hatte er schon angerufen mit dem Hinweis, dass ich umgehend zurückrufen sollte. Bei dem Telefonat kanzelte mich der Kollege, den ich bis dahin nicht persönlich kannte, ab. Er fragte, was ich mir dabei gedacht hätte, die Patientin im Schockraum anzumelden. Dabei würde so viel Personal gebunden. Ob ich nicht wüsste, bei welchen Verletzungen der Schockraum informiert würde und wann nicht. Doch hätte der Kollege den Einsatzkatalog eingehend studiert, hätte er erkennen müssen, dass ich mich richtig verhalten hatte. Ich solle mir ab sofort seinen Namen und seine Telefonnummer merken, denn er sei nun der zuständige Oberarzt in der Notaufnahme! Fantastisch dache ich bei mir. Was würde in Zukunft auf mich zukommen, wenn ich meine Patienten ins Klinikum brächte? Jedes Mal, wenn ich einen Patienten einlieferte, fiel ihm eine andere Unverschämtheit ein. Hier nur einige Beispiele für die Frechheiten dieses unsympathischen Kollegen, der alles konnte außer Hochdeutsch. Seine herablassenden Kommentare teilte er im Beisein von Ärzten und Schwestern mit. Dabei verstieß er eigentlich gegen die Berufsordnung für Ärzte. Einmal sagte er, während ich einen Patienten übergab, dass ich nur „Schrott" ins Krankenhaus brächte. Ein anderes Mal forderte er mich auf, doch regelmäßig Fortbildungen zu besuchen. Natürlich konterte ich verbal. Der Kollege ließ nicht locker. Doch der Gipfel seines ehrabschneidenden Verhaltens war eine persönlich beleidigende Äußerung. Hierfür gab es leider keine Zeugen. In seinem „Spätzledeutsch", d.h. Schwäbisch für Fortgeschrittene, warf er mir vor, dass meine Arbeit nur Pfusch sei. Jetzt reichte es mir. Ich rief den Vorstandsvorsitzenden des Klinikums an und schilderte den Fall. Ich kündigte meinerseits rechtliche Schritte gegen das ungebührliche und unkollegiale Verhalten des Kollegen an. Dies sei vorerst nicht nötig, so die Aussage des Vorsitzenden. Er werde sich der Angelegenheit annehmen. Ab diesem Zeitpunkt war der Kollege für immer aus der Notaufnahme verschwunden. Von nun an war der zwischenmenschliche Umgang mit den aufnehmenden Ärzten wieder vollkommen entspannt.

Das Leben lief für mich nahezu perfekt. Privat war ich glücklich. Im Jahr 2010 haben Hannah und ich geheiratet. Beruflich war ebenfalls alles im Fluss. Klaus und ich teilten uns die Arbeit in der Praxis, auch waren wir immer noch an unseren beiden Standorten als Notarzt aktiv. Besser hätte es uns nicht gehen können. Doch wie immer im Leben läuft nicht alles glatt.

Wieder einmal war Klaus der Leidtragende. Bei einem Einsatz trat ihn ein besoffener Jugendlicher mit voller Wucht gegen sein rechtes Knie. Das Knie schwoll stark an. An Weiterarbeiten war nicht zu denken. Jede Bewegung tat ihm weh. Im Rettungsdienst fiel er für Wochen aus. Für mich bedeutete es erneut, Dienste von ihm zu übernehmen. Meine Freizeit wurde immer weniger. Glücklicherweise akzeptierte meine Frau die neu eingetretene Situation. Bei Klaus musste eine Kniespiegelung durchgeführt werden. Der Befund war niederschmetternd. Durch den Tritt wurde ein Knorpelstück aus dem Kniegelenk gesprengt. Der behandelnde Arzt versuchte, dieses wieder zu fixieren. Würde der Knorpel nicht anwachsen, müsste bei Klaus eine Teilprothese eingesetzt werden. Dann würde er mindestens ein halbes Jahr ausfallen. Das war keine gute Nachricht. Leider wuchs der Knorpel wie befürchtet nicht an. Die Knieteilprothese musste eingesetzt werden. Es war unklar, ob Klaus nach seiner Operation wieder in den Notarztdienst einsteigen könnte. Mit den vielen Diensten und der Praxis kam ich allmählich an meine Belastungsgrenze. Hatte ich meinen Dienst bei Augsburg beendet, hetzte ich nach Hause, um dort den nächsten Dienst zu übernehmen. Meine Frau hatte nur noch einen erschöpften Ehemann zu Hause. Fast sechs Monate dauerte es, bis ich durch einen neuen zusätzlichen Kollegen entlastet wurde. Viel länger hätte ich auch nicht mehr durchgehalten. Mein Akku war ziemlich leer. Und wie es im Leben immer ist, je mehr man sich Ruhe in den Diensten wünscht, umso mehr wird man gefordert. Die Nächte wurden manchmal zum Horror. Bei meinen 24-Stunden-Diensten war ich abends durch die vielen Einsätze oftmals körperlich so am Ende, dass ich mich nach der Tagesschau ins Bett legte. Häufig brannten die Augen vor Müdigkeit, die Augenlider waren schwer wie Blei. Kaum war ich eingeschlafen, ging der Melder. Mühevoll rappelte ich mich auf. Im Halbschlaf stieg ich ins NEF ein. Auf dem Weg zu den Einsätzen hatte ich oft die Augen geschlossen. Nach der Patientenversorgung ging es sofort wieder ins

Bett. Gerade wieder in der ersten Schlafphase angelangt, folgte der nächste Einsatz. Stehend K.O. ging es weiter. Häufig wurden wir wegen Bagatellen alarmiert. Die Beschwerden der Patienten bestanden schon seit längerem, zum Hausarzt ging man aber nicht. Darüber war ich verständlicherweise nicht sonderlich erfreut. Der Körper reagierte immer mehr auf den Schlafentzug. Sehr oft verspürte ich krampfartige Schmerzen in der Magengegend, gelegentlich hatte ich einen Druck in der Brust. Die Regenerationsphasen dauerten immer länger. Doch bevor ich mich richtig erholen konnte, stand der nächste Dienst an.

Ich atmete auf, als Klaus nach seiner langen Abwesenheit wieder mit der Arbeit begann. Jedoch konnte er nicht mehr so viele Dienste wie früher übernehmen. Dennoch spürte ich die Entlastung.

Aber schon bald erreichte mich die nächste Hiobsbotschaft. Bislang war es kein Problem, dass ich meine Dienste von zu Hause aus fahren konnte. Doch jetzt gab es Schwierigkeiten. Das Rettungsdienstgesetz wurde geändert. Die Zwei-Minuten-Regelung wurde verschärft. Ab sofort mussten die Notärzte ihren Dienst auf der Rettungswache verbringen. Wer von daheim aus seinen Dienst versah, musste innerhalb zwei Minuten nach Alarm im Fahrzeug sein. Die Zeiten der Notärzte wurden gemessen. Ich lag mit zweieinhalb Minuten 30 Sekunden außerhalb der vorgeschriebenen Norm. 90% der Einsätze führten dort vorbei, wo ich immer in unser Rettungsfahrzeug einstieg. Also gab es keine Zeitverzögerung für die Patienten. Dennoch fiel ich aus der gesetzlichen Vorgabe heraus. Ich wandte mich an die zuständigen Stellen, ohne Erfolg. Nun hatte ich drei Möglichkeiten. Ich hätte komplett als Notarzt aufhören können. Das ging nicht, da ich davon lebte. Option zwei wäre gewesen, dass ich meine Dienstzeit auf der Wache verbringe. Das kam für mich überhaupt nicht in Frage. Mein Haus war nur 1,5 km von der Wache entfernt. Zu Hause konnte ich viele Dinge zwischen meinen Einsätzen erledigen. Blieb nur noch die dritte

Variante. Dies bedeutete für mich wieder eine höhere Stressbelastung. Ich musste das Einsatzfahrzeug alleine fahren. Für mich hieß es, mich vor meinem Dienst auf die Rettungswache begeben. Dort übernahm ich das NEF. Zunächst musste ich jedes einzelne Gerät auf seine Funktionstüchtigkeit überprüfen, die Koffer auf Vollständigkeit der Materialien kontrollieren. Zuletzt wurde das Auto selbst gecheckt. Alles wurde in den entsprechenden Listen dokumentiert. Der komplette Fahrzeugcheck einschließlich Equipment dauerte ungefähr 30 Minuten. Gemäß der Vorschrift wurde der Check vor jedem Dienstbeginn durchgeführt. Erst danach durfte ich das Auto mit nach Hause nehmen. In meiner Garage wurde es dann an die Steckdose angeschlossen, damit die Geräte wie das EKG immer voll aufgeladen waren.

Als Alleinfahrer stand ich immer unter Anspannung, vor allem in der Nacht. Ich befürchtete, dass ich nachts nicht schnell genug aus dem Bett käme. So hatte ich keinen erholsamen Schlaf, auch wenn ich nicht ausrücken musste. Meine Abläufe hatten sich mit der Zeit ritualisiert. Wurde ich aus dem Schlaf gerissen, zog ich mich in Windeseile an, nahm meinen Melder, mein Handy, lief die Treppe herunter, mit der Fernbedienung wurde die Garage geöffnet, schnell noch einmal auf die Toilette, da es sich mit voller Blase schlecht arbeiten lässt. Dann noch in die Schuhe, Jacke anziehen, das Auto von der Steckdose abkoppeln, weil es sonst nicht gestartet werden kann. Dies sollte in zwei bis drei Minuten geschafft werden. Anschließend wird am Funkhörer der Status 1 gedrückt. Alle Rettungsfahrzeuge sind mit dem sogenannten Funkmeldesystem (FMS) ausgestattet. Es können die Zahlen von 1 bis 9 gedrückt werden. Jeder Zahlenstatus hat eine gewisse Bedeutung. 1 bedeutet einsatzklar auf Funk. Jetzt kann die Rettungsleitstelle den Auftrag absetzen. 2 bedeutet, dass das Fahrzeug auf der Wache ist, bei 3 ist man auf dem Weg zum Patienten, im Status 4 ist man am Einsatz angekommen. Drückt man die 5, hat man einen Sprechwunsch, bei 6 ist das Fahrzeug nicht einsatzklar oder außer Dienst. 7 bedeutet, dass wir mit dem Patienten auf dem Weg ins Krankenhaus sind, im Status 8 sind wir am Zielkrankenhaus angekommen. Somit weiß die Leitstelle über den aktuellen Stand Bescheid. Auch waren die Rettungsmittel inzwischen mit GPS ausgestattet, der Standort konnte nun jederzeit bestimmt werden. Im Aufbau befand sich gerade ein neues Verfahren zur Übermittlung der Einsatzdaten. Sinn und Zweck des neuen Systems war es, die kompletten Daten auf ein Display zu senden, um Missverständnisse durch Verständigungsprobleme über Funk zu vermeiden. Leider war dieses System noch nicht einsatzfähig. Darum musste ich meine Aufträge noch selbst notieren. Den Zielort gab ich in das Navi ein und los ging es.

Es ist immer besser, wenn man zu zweit unterwegs ist. War ich vor dem RTW am Einsatz, musste ich alle erforderlichen Geräte alleine tragen. Das war nicht möglich. Die Angehörigen vor Ort waren mir meistens behilflich. Hinzu kam die Bürokratie. Neben dem Fahrtenbuch waren weitere, zum Teil unnötige Zettel, auszufüllen. Das kostete viel Zeit. Manchmal war ich mit dem Schreiben noch nicht fertig, da sollte ich schon weiter zum nächsten Patienten. Stress war vorprogrammiert. Eine besondere Schwierigkeit bestand dann, wenn ich einen Patienten im kritischen Zustand begleiten musste. Was sollte ich mit meinem PKW machen? Zu meinem Leidwesen war es den Rettungsassistenten untersagt, mit dem NEF hinter dem RTW hinterher zu fahren. Ich wäre zwar mit dem Patienten im RTW alleine gewesen, aber nach zwanzig Jahren Notarzttätigkeit kannte ich mich in den RTW's gut aus. So blieb mir in solchen Fällen nichts anderes übrig, als den Wagen vor Ort stehen zu lassen. Die RTW-Besatzung musste mich nach dem Einsatz zurück zu meinem Fahrzeug bringen. Bei weniger kritischen Patienten fuhr ich hinter dem RTW her. Im Notfall konnte der RTW an den Straßenrand fahren und ich stieg zu.

Angst hatte ich wirklich davor, zu einer Reanimation zu fahren und erst einmal alleine zu sein. Genau dieser Fall trat auch ein. Der Mann lag bewusstlos auf dem Gehweg. Passanten hatten ihn dort vorgefunden. Aufgeregt winkten mir die Menschen vor Ort zu. Ich stellte mein Auto ab. Ich fragte umgehend: „Kann mir einer helfen, das Material aus dem Auto zu nehmen?" Sofort sprangen zwei Männer herbei. Sie trugen die Koffer und das EKG zum Patienten. Der Patient wurde von den Passanten zuvor in stabile Seitenlage gelegt, eine Reanimation war leider nicht begonnen worden. Ich drehte den Mann zurück in Rückenlage. Der Puls an der Halsschlagader war nicht tastbar, die Atmung hatte ausgesetzt. Nun war ich alleine mit den Passanten. Eine Wiederbelebung ganz alleine durchzuführen ist äußerst anstrengend. Ich begann mit der Herzdruck-Massage, während ich in die Runde fragte: „Wer von Ihnen hat noch Erfahrung in Erster Hilfe und traut sich die Herzdruck-Massage zu?" Ein junger Mann war spontan bereit, diese Aufgabe zu übernehmen. Ich leitete ihn noch einmal an. Wichtig ist, dass man im Rhythmus bleibt. Ungefähr 80-100 Mal sollte pro Minute gedrückt werden. Hierbei kann man sich das Lied der Bee Gees „ Stayin' alive" zu Hilfe nehmen. Wer in diesem Rhythmus bleibt, macht alles richtig. Als nächstes braucht man den richtigen Druckpunkt. Dieser befindet sich in der Mitte des Brustbeines. Weiterhin muss die richtige Drucktiefe beachtet werden. Das Brustbein wird ca. 5-7 cm senkrecht von oben gegen die Wirbelsäule gedrückt. Durch die Kompression wird das Blut aus dem Herzen ins Gehirn und den Körper gepumpt. Die Hände sollten während der Reanimation immer direkt auf dem Brustbein liegen und niemals abgehoben werden. Sind zwei Personen vor Ort, wird 30 Mal die Herzdruckmassage durchgeführt, danach beatmet die zweite Person zweimal. Der Kopf des Patienten ist vorsichtig zu überstrecken, damit die Atemwege frei sind. Der Unterkiefer wird nach oben gedrückt. Dadurch wird der Mund geschlossen. Jetzt kann der Helfer seinen Mund über die Nase stülpen und Luft über die Nase in die Lunge des Patienten blasen.

Aus hygienischen Gründen kann ein Taschentuch über die Nase des Patienten gelegt werden. In dem Rhythmus 30:2 (Herzdruck-Massage: Beatmung) gehen die sogenannten Basismaßnahmen weiter, bis durch den Rettungsdienst bzw. Notarzt die nächsten Schritte wie Intubation, Infusion, Medikamentengabe oder Elektroschock eingeleitet werden.

Im vorliegenden Fall funktionierten die Basismaßnahmen hervorragend. Nach fünf Minuten bekamen wir Unterstützung durch den First Responder. Diese Helfer vor Ort versehen ihren Dienst ehrenamtlich. Seit mehreren Jahren haben sie sich in vielen Orten etabliert. Sie überbrücken die Zeit, bis der reguläre Rettungsdienst eintrifft. Alle sind in den Basismaßnahmen wie Reanimation für die ersten Schritte in der Notfallrettung ausgebildet. Die beiden Helfer übernahmen die Beatmung und die Druckmassage. Jetzt konnte ich mich um einen venösen Zugang und Medikamentengabe kümmern. Der Patient blieb weiter in kritischem Zustand, sein Herz begann immer noch nicht, wieder von alleine zu schlagen. Endlich nach weiteren fünf Minuten erschien der RTW. Wir lagerten den Patienten auf die Trage. Im RTW intubierte ich den Mann. Unter Reanimationsbedingungen fuhren wir in das nahe gelegene Krankenhaus. Auf die Gabe von Adrenalin reagierte das Herz immer nur kurzfristig. In der Klinik brachen sie die Wiederbelebung nach einer halben Stunde ab.

Als Alleinfahrer blieben mir weitere Reanimationen erspart. Fast 14 Monate war ich als Selbstfahrer unterwegs. Dann wurden die Alarmzeiten mit der Zwei-Minuten-Regelung noch einmal überprüft. Wir verlagerten den Treffpunkt, an dem ich zustieg. Jetzt konnten wir die gesetzliche Regelung wieder einhalten. Von diesem Zeitpunkt an erhielt ich wieder durchgehend einen Fahrer. Ich war darüber sehr erleichtert. Auf Dauer hätte ich die vielen Dienste als Alleinfahrer nicht durchgehalten. Ich spürte die Entlastung deutlich. Spuren hatten meine Einsatzfahrten dennoch hinterlassen. Ich war mit dem NEF immer sehr zügig unterwegs. Dies übertrug sich auch in den privaten Bereich.

Mehr als einmal musste meine Frau mit den Worten eingreifen: „Tom, Du hast auf unserem Auto kein Blaulicht drauf! Fahre bitte langsamer und halte Dich an die Geschwindigkeitsbegrenzungen."

Doch die nächsten Schwierigkeiten tauchten auf. Wieder traf es Klaus. Er zog sich eine Infektion am linken Fuß zu, an dem bei dem Unfall die Mittelfußfrakturen gebrochen waren. Der Infekt griff die Knochen an. Für viele Wochen fiel er aus. Nachdem er mehrfach operiert werden musste, um den Fuß zu erhalten, kam der nächste Schicksalsschlag für ihn. An der linken Hüfte bildete sich Knochen in der Muskulatur. Wie war das möglich? Bei der Operation nach dem schweren Unfall wurden einige kleine Bruchstücke aus dem Oberschenkelknochen nicht entfernt. Aus unerklärlichen Gründen fingen diese Fragmente an zu wachsen. Sie wurden so groß, dass die Bewegung im Hüftgelenk immer weiter eingeschränkt wurde. Die nächsten Operationen standen an. Leider verliefen sie nicht sehr erfolgreich. Klaus konnte für längere Zeit nur an Gehstützen laufen. Bewegte er sich außerhalb des Hauses, musste er sogar einen Rollator verwenden. Uns Beiden war klar, dass Klaus nie mehr als Arzt arbeiten könnte. Einige Monate später wurden seine Rentenanträge bewilligt. Knapp 20 Jahre nach dem vermeidbaren Unfall hatten die Spätfolgen dazu geführt, dass mein bester Freund und Kollege seine geliebte Tätigkeit als Arzt für immer beenden musste. Doch nicht nur seinen Beruf musste er aufgeben. Auf Grund der vielen Operationen hatte er so große Schwierigkeiten, dass er sein Haus verkaufen musste. Er konnte keine Treppen mehr steigen. Er zog mit Sabine, die immer zu ihm hielt, nach Augsburg in eine behindertengerechte Wohnung. Ein kurzer unachtsamer Augenblick hatte Klaus' Schicksal besiegelt. Mir tat sein schwerer Lebensweg in der Seele weh, so als ob ich alles selbst erlebt hätte. Wir hatten uns optimal ergänzt. Nun stand ich alleine da. Ich musste alles umorganisieren. Die Praxis konnte ich nur noch an zwei Tagen öffnen, da ich weiterhin meine Notarztdienste wie gewohnt übernehmen wollte.

Nach wie vor liebte ich meinen Beruf. Ich hatte in meinem Berufsleben so viele schwere Einsätze erlebt. Daher freute ich mich über die Fälle, in denen es den Patienten durch mein Handeln schnell besser ging. Die großen Herausforderungen brauchte ich nicht mehr. Aber seine Einsätze kann man sich nicht aussuchen.

Ungewiss war die Schwere der Verletzungen bei den Patienten nach Brandeinsätzen. Relativ oft mussten wir ausrücken, wenn eine Brandmeldeanlage Alarm auslöste. Gemäß gesetzlichen Vorschriften wurde zusätzlich zur Feuerwehr auch immer der Rettungsdienst einschließlich Notarzt alarmiert, vor allem wenn es sich um Einrichtungen wie Altenheime, Behörden, Hotels, große Firmen oder Krankenhäuser handelte. In 99% der Fälle handelte es sich um einen Fehlalarm. Viele Einsätze erfolgten im Herbst, wenn durch den feinen Nebel die Sensoren aktiviert wurden oder jemand in der Nähe der Rauchmelder seine Zigarette genoss. Viele kleine Brände entstanden in der Küche durch angebrannte Speisen. Zum Teil gab es heftige Rauchentwicklung. Die Rauchgase sind in ihrer Wirkung nicht zu unterschätzen. Neben Kohlenmonoxid sind die Gase besonders tückisch, die durch das Verbrennen von Plastik oder bei Kabelbränden entstehen. Sie können zu massiven Atembeschwerden bis hin zum Tod führen. Daher wird jeder betroffene Patient vor Ort eingehend untersucht. Eine Belastung mit Kohlenmonoxid kann mit speziellen Messgeräten ermittelt werden. Eine Vergiftung mit anderen Reizgasen kann nur auf Grund der klinischen Beschwerden grob eingeschätzt werden. Bis 24 Stunden nach der Gasexposition kann sich in der Lunge noch Wasser ansammeln, was zu heftigster Atemnot führt. Dies nennt man toxisches Lungenödem. Bei Bränden mit starker Rauchentwicklung sind häufig mehrere Personen betroffen. Nicht selten hatte ich 5-8 Patienten zu untersuchen. Meist brauchte ich länger für die

Dokumentation jedes einzelnen Patienten auf meinem Protokoll als für die eigentliche Untersuchung. In der Regel war ich noch mit Schreiben beschäftigt, da war die Feuerwehr schon längst wieder eingerückt. Nur wenige Patienten mussten zur Überwachung ins Krankenhaus.

Schlimm erwischt hatte es eine junge Frau beim Besuch einer Bar in Augsburgs Innenstadt. Es passierte an einem Samstag gegen 23 Uhr. Der Barkeeper zeigte am Tresen einige seiner Kunststücke. In einer tiefen Rille am Tresen hatte er hochprozentigen Alkohol eingefüllt. Diesen zündete er an. Wie ein Lauffeuer entzündete sich der Alkohol. Auf unerklärliche Weise kam es plötzlich zu einer unerwarteten Verpuffung. Eine riesige Stichflamme traf die Frau auf dem Barhocker im Kopf- und Halsbereich. Bei meinem Eintreffen lag die Frau auf dem Boden. Die schönen schwarzen Haare waren komplett angesengt, im Gesicht, am Hals und im Brustbereich hatte sie zum Teil Verbrennungen dritten Grades. Durch das Einatmen der großen Hitze musste ich auch von einer Lungenbeteiligung ausgehen. Zunächst verabreichte ich ihr eine starke Dosis an Schmerzmitteln. Zügig brachten wir die junge Frau in unseren RTW. Um Ihre Schmerzen weiter zu lindern und auch angesichts der wahrscheinlichen Lungenverletzung, versetzte ich sie ins künstliche Koma. Für diese Patientin benötigte ich dringend ein Bett in einer Verbrennungsklinik. Die Leitstelle organisierte einen Hubschrauber für den Transport in die Spezialklinik in München-Bogenhausen. Ich fuhr unterdessen mit ihr ins Klinikum in Augsburg, wo sie bis zu ihrer Verlegung betreut werden konnte. Leider würde diese hübsche junge Frau für immer Narben zurückbehalten.

Glück im Unglück hatte ein Pärchen auf einem Campingplatz. Die Frau hatte abends an ihrem Wohnmobil die Gasflasche ausgetauscht. In der Nacht kam es zu einer heftigen Explosion. Die Flammen waren in der Umgebung weithin sichtbar. Als ich eintraf, hatte die Feuerwehr den

Brand nahezu gelöscht. Ich sah das total zerstörte Wohnmobil. Kaum zu glauben, dass das Paar dieses Unglück überlebt hatte. Wie durch ein Wunder konnten sie sich ins Freie retten. Die Frau hatte außer einem Schock nur wenige Brandwunden erlitten. Ihren Partner hatte es deutlich schlimmer erwischt. Er hatte am Körper und den Extremitäten schwere Verbrennungen. Für ihn benötigte ich ebenfalls wie im zuvor beschrieben Fall ein Verbrennungsbett. Mit dem Hubschrauber wurde auch er nach München geflogen. Die Ursache für die Explosion war schnell gefunden. Beim Wechseln der Gasflaschen hatte die Frau das Ventil nicht korrekt verschlossen. Das ausströmende Gas hatte sich entzündet und ließ die Gasflasche explodieren.

Im Rahmen meiner Notarzttätigkeit wurde ich mehrfach vor Gericht geladen. Natürlich immer nur als Zeuge. Über die Vorladungen war ich nie erfreut. Für mich bedeutete das einen hohen Zeitaufwand und Geldverlust, denn ich musste dafür entweder meine Praxis schließen oder einen Dienst abgegeben. Und die Entschädigung als Zeuge war nur gering. In den vorliegenden Fällen behandelte ich Patienten, die eine Straftat begangen hatte oder Opfer einer Tat wurden. Meistens ging es um schwere Körperverletzung oder sogar Mord.

Einer dieser Einsätze spielte sich im Drogenmilieu ab. Von Anfang an war die Situation unklar. Wir erhielten die Einsatzadresse mit dem Meldebild „Verletzt". Der Einsatz war über die Einsatzzentrale der Polizei eingegangen. Vor der besagten Adresse stand ein Mann blutend auf der Straße. Zwei Polizeistreifen waren schon am Tatort. Zwei weitere waren auf Anfahrt. Der Mann war nur mit Jogginghose und Unterhemd bekleidet. Er hatte Schnittwunden an der Hand. Sonst konnte ich keine Verletzungen erkennen. Er schien unter dem Einfluss von Drogen zu stehen. Zwei Beamte passten auf, damit der Mann nicht flüchtete. Ein anderer Polizist kam auf mich zu. „Herr Doktor, über Funk habe ich vernommen, dass es im Haus noch einen weiteren Verletzten geben soll. Kommen Sie bitte schnell mit." Ich übergab den leicht Verletzten der RTW-Besatzung und erteilte ihnen die Freigabe, den Mann unter Polizeibegleitung zur Versorgung der Schnittwunden ins Krankenhaus zu bringen. Dann schnappte ich meinen Fahrer mitsamt unserem Notfallequipment. Über Telefon forderte ich einen zweiten Rettungswagen an. In der Wohnung eröffnete sich ein grausames Bild. Blutüberströmt lag ein Mann auf dem Boden. Der Fußboden des gesamten Apartments war mit Blut übersät. Egal wo wir hintraten, wir standen überall im Blut. Ein Polizeibeamter kniete neben dem lebensbedrohlich Verletzten und drückte die spritzende Blutung an der linken Halsseite ab. Der Verletzte reagierte kaum, zu viel Blut hatte er verloren. Der Mann brauchte viel Flüssigkeit, um seinen Kreislauf zu erhalten. Sein Blutdruck war nur noch sehr schwach tastbar. Jetzt hieß es für uns nur möglichst schnell Atmung und Kreislauf sichern und zügig in die Klinik fahren. Bis zum Eintreffen des nachgeforderten RTW hatte ich den Patienten ins künstliche Koma versetzt. Ein anderer Beamter zeigte uns die Tatwaffe. Ein langes Messer. Dieses wurde seitlich in den Hals gerammt. Die Spitze der Klinge war um 90° verbogen. Mit welcher Wucht musste der Täter im Streit zugestochen haben? Ich war soeben mit der Patientenversorgung fertig, als der RTW eintraf. Wir verloren keine Zeit mehr. Patienten einladen und ab in den Schockraum. Dort wartete ich das Ergebnis der CT-Untersuchung ab. Der Angreifer war mit dem Messer seitlich an den Halswirbeln abgerutscht. Das erklärte die extreme Verbiegung der Klinge. Dabei hatte er eine Halsarterie angeschnitten, die eigentlich geschützt seitlich in den Wirbeln verläuft. Sofort kam der Verletzte in den OP. Das Leben des Mannes konnte gerettet werden.


Zwei Tote gab es bei einem Eifersuchtsdrama. In der Wohnung konnte ich nur noch den Tod des Ehepaares feststellen. Sie lagen nebeneinander auf dem Fußboden. Beide hatten viele Einstichstellen am Oberkörper.

Wie war diese Tat abgelaufen? Durch die Befragung der Nachbarn und der Kinder des Paares seitens der Polizei konnte der Hergang rekonstruiert werden. Die Familie stammte vom Balkan. Die Frau hatte den Mann verlassen, was er einfach nicht akzeptieren konnte. Die Mutter wohnte mit den drei Kindern alleine in der Wohnung. Der Mann kam unter dem Vorwand in die Wohnung, um mit seiner getrennt lebenden Frau noch einige Sachverhalte zu klären. Die Kinder schickte er nach draußen zum Spielen. Die Nachbarn berichteten von einem heftigen Streit. Danach hörten sie laute Schreie. Auf einmal war es ruhig. Totenstille. Der Mann hatte seine Noch-Ehefrau in voller Absicht mit vielen Messerstichen in Brust und Hals getötet. Anschließend rammte er sich mehrmals selbst das Messer in die Brust. Aus verletztem Stolz und Eitelkeit hatte er seine Frau und sich selbst ohne Rücksicht auf die gemeinsamen Kinder umgebracht. Welch eine Wahnsinnstat! Die Kinder wurden sofort in psychologische Betreuung gegeben.

Besonders mitgenommen hatte mich die Tat einer Mutter. Gemeldet war „Versuchter Selbstmord". Die Frau öffnete selbst die Wohnungstür. Sie rief nur: „Ich musste es tun. Eine innere Stimme hat es mir befohlen. Folgen sie mir." An ihrem linken Handgelenk konnte ich bereits Schnittwunden erkennen. Sie führte uns durch den Flur ins Wohnzimmer. Ich erschrak. Was ich sah, konnte ich nicht glauben. Auf dem Sofa lagen ihre beiden Kinder, ein Junge und ein Mädchen. Sie waren zwischen vier und sechs Jahre alt. Beide waren tot. Entsetzt schaute ich die Mutter an. „Wie ist das geschehen?" Sie antwortete nur in gebrochenem Deutsch: „Ich habe so und so gemacht." Ihre beiden Hände führte sie dabei zu Mund und Nase und drückte sie symbolisch fest darauf. Sie hatte ihre beiden Kinder im Schlaf erstickt. Anschließend wollte sie sich selbst das Leben nehmen. Das hatte sie auf drei verschieden Weisen probiert. Zum einen hatte sie sich mit einem scharfen Messer die Wunden am Handgelenk zugefügt. Die Schnitte waren nicht tief genug.

Als nächstes trank sie einen Medikamentencocktail. Zuletzt versuchte die geistig verwirrte Frau, sich durch einen Stromschlag umzubringen. Hierfür hatte sie eine Stricknadel in die Steckdose gesteckt. Doch der häusliche Strom reicht für einen tödlichen Stromschlag nicht aus. Obwohl die Polizei mitalarmiert wurde, waren wir immer noch alleine am Tatort. Inzwischen traf der Ehemann ein, ein großer kräftiger Mann. „Was ist hier los?" Noch bevor ich antworten konnte, stürmte er ins Wohnzimmer. Er fand die toten Kinder auf dem Sofa. Vom Boden hob er das blutverschmierte Messer auf. Der Mann war fassungslos. Mit dem Messer in der Hand blickte er in meine Richtung. Ich bekam panische Angst. Hoffentlich würde es jetzt keine Kurzschlussreaktion geben. Der Mann stand regungslos da. Er fing an zu weinen. In diesem Moment traf endlich die Polizei ein. Sie nahmen ihm das Messer ab. Nach einer kurzen Orientierung über die Gesamtsituation wurde die Frau wegen der Vergiftung durch die Medikamente ins Krankenhaus eingeliefert. Das Gericht stellte später während der Gerichtsverhandlung bei der psychisch kranken Frau Schuldunfähigkeit fest. Sie wurde langfristig in die Psychiatrie eingeliefert.

Die Einsätze mit psychischem Hintergrund nahmen immer mehr zu. In den Anfängen meiner Notarzttätigkeit wurde ich fast ausschließlich wegen körperlicher Beschwerden gerufen. Das Spektrum psychischer Störungen reichte von Familienstreitigkeiten über pädagogisch überforderte Lehrer und Schulleitungen bis hin zu akuten psychiatrischen Erkrankungen wie Schizophrenie. Suizidandrohungen und Selbstmordversuche gehörten ebenfalls dazu. Auf die Menschen strömen zu viele Einflüsse von außen ein. In diesem Rahmen müssen unter anderem häusliche Gewalt, Mobbing, seelischer Druck durch Vorgesetzte am Arbeitsplatz, Probleme mit suchtkranken Familienmitgliedern genannt werden. Aber zum Teil sind die Personen auch selbst schuld. Das digitale Zeitalter vereinnahmt die Menschen immer mehr. Ständig und überall muss man heutzutage erreichbar sein. Die wenigsten gönnen sich eine Auszeit am Wochenende. Die Menschen sind reizüberflutet. Dies führt zwangsläufig dazu, dass seelische Schwierigkeiten immer schlechter kompensiert werden. Und wenn die Menschen mit ihren Problemen nicht mehr zurechtkommen, ruft man den Rettungsdienst oder den Notarzt. Als ob wir diese Probleme, die in der Regel schon länger bestehen, in wenigen Minuten lösen könnten.

Mitten in der Nacht gegen drei Uhr wurden wir zu einem Streit gerufen. Die Frau empfing uns. Sie erklärte uns, dass sie sich in einen anderen Mann verliebt habe. Ihr depressiver Mann sei daraufhin laut geworden und habe heftig mit ihr gestritten. Sie und ihre 20-jährige Tochter hätten sich jetzt nicht mehr zu helfen gewusst. Daher seien wir jetzt da. Innerlich kochte ich bereits. Eigentlich sind wir Tag und Nacht bereit, um akut bedrohte Menschen zu retten. Eheprobleme lösen wir keine, vor allem nicht nachts. Ich war jetzt nicht mehr so freundlich. Hier waren wir vollkommen fehl am Platz. Es war schon eine Frechheit, uns hierfür anzufordern. Wer fremd „schnackselt", muss auch mit den Konsequenzen rechnen. Ich konnte den Ehemann sogar verstehen. Nun war ich vor Ort. Aus formaljuristischen Gründen musste ich mich vergewissern, dass keine Eigen- bzw. Fremdgefährdung seitens des Ehemanns vorlag. Die Frage, ob er sich umbringen wolle, wurde mehrmals verneint. Er versicherte, dass er auch seiner Frau und seiner Tochter nichts antun würde. Seine Aussagen klangen sehr glaubhaft. Die Frauen entgegneten, dass sie jedoch Angst hätten, im Haus zu bleiben. „Das ist doch kein Problem" sagte ich, „sie können entweder zu Freunden fahren oder ins Hotel gehen!" Mit dieser Antwort hatten die Frauen nicht gerechnet. Inzwischen traf auch eine Polizeistreife ein. Nachdem sie den Sachverhalt beider Seiten eingehend geprüft hatten, kamen sie zu dem gleichen Ergebnis wie ich. Für uns gab es keinen Grund, in irgendeiner Art und Weise zu intervenieren. Somit fuhren wir wieder. Die Frau musste ihre Ehekrise, die sie selbst zu verantworten hatte, alleine lösen.

In Schulen hatten Lehrer und Schulleitungen wiederholt Schwierigkeiten mit auffälligen Schülern. Wenn die Pädagogen mit ihren Mitteln am Ende waren, kamen wir Notärzte ins Spiel. Oftmals hatte ich das Gefühl, dass es sich die Schulleitung zu einfach machte. Häufig handelte es sich um ADHS-Kinder. In den Gesprächen mit mir waren sie zumeist sehr zugänglich. In der Regel sahen sie ein, dass sie über das Ziel hinausgeschossen waren. Diese Kinder brauchten einfach Zuwendung. Die zuständigen Lehrer und Rektoren waren zum Teil überfordert. Einige konnten den Schülern nicht weiterhelfen, andere wollten es wohl nicht. Das wäre sehr zeitintensiv gewesen. Bei einem solchen Einsatz wurden wir an der Eingangstüre zur Schule bereits von der Rektorin empfangen. Der Schüler sei schon mehrfach auffällig gewesen. Jetzt müsse unbedingt etwas geschehen. So könne sie ihn unmöglich weiterhin in der Schule unterrichten. Mir war sofort klar, worauf die Rektorin abzielte. Wir sollten ihn die Jugendpsychiatrie einliefern. Doch ohne den Jungen gesehen und den genauen Hergang bereits erfahren zu haben, sträubte ich mich innerlich schon dagegen. Ich war gespannt, was mir die Lehrerin zu berichten hatte. Die Lehrerin war ganz aufgeregt. Vor der Klassentür erzählte sie mir den Vorfall. Tim habe wie so oft den Unterricht gestört. Dann habe er Papier gegessen. Ich schaute die Lehrerin an und sagte: „Ja und?" Sie wiederholte noch einmal: „Er hat Papier gegessen!" Erwartungsvoll blickte sie zu mir. Sie hatte es mir so dramatisch zu vermitteln versucht, als ob er Zyankali geschluckt hätte und er gleich sterben müssen. Ich blieb ganz gelassen. „Wissen Sie, Papier besteht aus Zellulose. Jetzt hat er eben ein paar Ballaststoffe zu sich genommen. Da passiert nichts." Voller Entsetzen sah sie mich an. Sie rechnete mit Sicherheit damit, dass ich aus Besorgnis über die ungewöhnliche Nahrungszufuhr den

Jungen sofort mitnehmen würde. Mit meinem Verhalten hatte sie nicht gerechnet. Doch jetzt setzte sie noch eins drauf. „Außerdem hat er Flaschendeckel durch die Gegend geschossen. Er hätte die Mitschüler dadurch verletzten können." Innerlich lächelte ich. Mehr hatte die gestresste Lehrerin nicht zu bieten. Als Fremdgefährdung konnte ich auch diese Handlung nicht bewerten. Ich hatte keinen Grund, Tim in die Psychiatrie einzuweisen. Wie waren wir in unserer Jugend? Da waren wir auch nie die bravsten Schüler. Den ein oder anderen hätte man dann auch in der Jugendpsychiatrie unterbringen müssen. Mit dem betroffenen Schüler sprach ich persönlich. Er wisse, dass er den Unterricht gestört habe. Der Unterricht langweile ihn halt. Natürlich tue es ihm leid, dass er so einen riesigen Wirbel verursacht habe. Nach dem Schuljahr wolle er sowieso aufhören. Er strebe eine Lehre als Maler an. Ich konnte mich ganz vernünftig mit dem jungen Burschen unterhalten. Nachdem meine Befragung beendet war, übernahm die Polizei ihren Part. Sie folgten meiner Auffassung, den Jungen in der Schule zu belassen. Die Rektorin war mit unserer Entscheidung nicht zufrieden, das konnten wir ihrem Gesichtsausdruck entnehmen.

Heftigen Streit gab es zwischen der Heimleitung einer Einrichtung für geistig Behinderte und der Polizei. Nachts wurden wir von der Nachtwache alarmiert. Zwei junge Frauen, die die Aufsicht über die Behinderten hatten, waren hoffnungslos mit der Situation überfordert. Ein seit seiner Geburt geistig beeinträchtigter junger Mann wollte nicht einschlafen. Stattdessen ging er singend in seinem Zimmer auf und ab. Dies störte die Frauen. Er bekam ein Medikament zur Beruhigung, das aber nicht wirkte. Er sang weiter. Mehr hatte der Heimbewohner nicht getan. Die beiden Mitarbeiterinnen, die meiner nach für diese Aufgabe keine ausreichende psychologisch fundierte Ausbildung hatten, störte das ungemein. Kurzerhand wollten die Frauen das vermeintliche Problem selbst lösen. Sie sperrten den Heimbewohner in einen dunklen Raum ein. Verständlicherweise reagierte er auf diese ungerechtfertigte Maßnahme. Er hämmerte gegen die Tür. Dabei zerkratzte er seine Fingernägel. Die Situation entglitt den Frauen. Sie informierten die Heimleiterin. Über Telefon bekamen sie von ihr die Anweisung, Polizei und Notarzt anzurufen, um den jungen Mann in die Psychiatrie bringen zu lassen. Wir befahlen den Frauen, die Tür zu öffnen. Verängstigt kam der Patient aus dem dunklen Raum. Er war jetzt ganz friedlich. Wir alle schüttelten nur den Kopf über die unverhältnismäßige Vorgehensweise der Nachtwachen. Wir konnten nicht glauben, wie sie mit dem Behinderten umgegangen waren, nur damit sie nachts ihre Ruhe hatten. Einer der Polizisten telefonierte sofort mit der Heimleiterin. Sie bestand immer noch darauf, den nächtlichen Ruhestörer in die Psychiatrie einzuweisen. Aber nicht mit uns. Der Beamte diskutierte intensiv mit der Leiterin. Das Ende vom Lied war, dass der Bewohner in der Einrichtung bleiben durfte. Weiterhin wollte die Polizei die entsprechende Behörde über die Missstände dieser Einrichtung informieren. Der Schuss war für das Personal und ihre Chefin nach hinten losgegangen.

Ganz schwierig einzuschätzen waren die Patienten mit einer akuten Psychose wie z.B. bei Schizophrenie. Bei einem akuten Schub dieser Erkrankung konnten sich völlig abstruse Szenen abspielen. Diese endogen, also von innen, verursachten Krankheiten zeigen vielgestaltige Erscheinungsbilder. Es kommt zum Realitätsverlust und zu Wahnvorstellungen wie Liebeswahn, Vergiftungswahn, Verfolgungswahn oder Größenwahn. Wahn ist eine Störung des Denkens. Oft halten sich diese Menschen für Persönlichkeiten wie Jesus, Napoleon oder Hitler. Halluzinationen als Störung der Wahrnehmung zählen ebenso zu den Symptomen wie Störung der Sprache und der Gefühlswelt als auch das Hören von Stimmen. Die Intelligenz ist entgegen aller Vermutungen nicht gemindert. Das

Verhalten der Betroffenen erscheint für die Außenstehenden scheinbar völlig unsinnig. Es ist das Resultat von Fehlwahrnehmung und Fehlinterpretation der Umwelt. Der Umgang mit diesen Patienten als Therapeut ist in der Akutphase äußerst anstrengend. Die Situation mag zwar erheiternd wirken, ist aber absolut ernst. Daher dürfen wir den Patienten nicht auslachen über den Unsinn, den er verbreitet. Auch bringt es nichts, den Patient zu überzeugen, dass seine Realität falsch ist. Die einzige Möglichkeit im Notfall besteht darin, sich auf die Ebene des Patienten einzulassen, d.h. „mitzuspielen".

Nachfolgend stelle ich einen solchen bizarr anmutenden Einsatz dar. Mit NEF und RTW fuhren wir zu dem ländlichen Anwesen. Vor der Haustüre saß der Mann auf einem Gartenstuhl. Auf seinen Kopf hatte er ein Metallsieb gestülpt, in der rechten Hand hielt er einen Hexenbesen. Die Frau kam schnell auf mich zu. „Mein Mann dreht völlig durch. Seit einer Stunde sitzt er hier draußen. Er glaubt, dass er von Außerirdischen verfolgt wird." „Keine Sorge, wir bekommen die Lage schon in den Griff." Der Mann schaute kurz zu. Dann sprach er zu mir. „Was wollte diese Frau von Ihnen? Gehören Sie auch zu denen?" Sofort realisierte ich, dass der Mann in seinem Wahnsystem war. Seine Frau hielt er für eine Mitverschwörerin. Ich spielte den Ahnungslosen. „Wen meinen Sie mit denen?" „Zu denen halt, den Außerirdischen." „Nein, sehe ich etwa so aus?" „Sie haben Recht. Sie sind vom Rettungsdienst. Was wollen Sie denn hier?" Jetzt musste ich aufpassen, was ich sage. Ein falsches Wort und der Patient würde dichtmachen. Ich musste sein Vertrauen gewinnen. Wollten wir ihn ohne Gewalt in unseren RTW bringen, musste ich meine Phantasie arbeiten lassen. Mein großer Auftritt begann. „Nach außen sehen wir vielleicht so aus, als ob wir vom Rettungsdienst sind. Aber das ist unsere Tarnung." „Ihre Tarnung?" Der Mann schien anzubeißen. „Eigentlich gehören wir zum Ministerium des Inneren, einer Sonderabteilung zur Bekämpfung der Invasion Außerirdischer." „Davon habe ich noch nie gehört." „Das ist kein Wunder. Wir operieren im Geheimen und wurden erst vor kurzem gegründet." „Aber das ist doch ein normaler Rettungswagen?" Ich lachte. „Sehen Sie, auch Sie fallen auf diesen Trick herein. Unsere Tarnung ist doch perfekt. Dieses Fahrzeug ist unsere mobile Einsatzzentrale. Damit können wir den Funkverkehr der Aliens überwachen. Außerdem ist er gegen die Strahlung der Außerirdischen gesichert." Der Mann wurde neugierig. Langsam erhob er sich von seinem Sitz. Er schritt langsam Richtung RTW. „Ihr Sieb und der Besen erfüllen doch auch einen bestimmten Zweck." „Das stimmt. Die Fremden wollten in mein Gehirn eindringen. Das ist ein spezielles Sieb. Das schützt meinen Kopf. Der Besen hält ihre Strahlung ab." „Hervorragend. Aber am besten geschützt sind sie in unserem Spezialfahrzeug. Die beste Wirkung wird erzielt, wenn wir uns mit ihm fortbewegen. Sie möchten bestimmt als einer der Ersten mitfahren?" Ich schien am Ziel zu sein. Da bemerkte ich das nahende Polizeifahrzeug. Zügig instruierte ich einen Assistenten, die Polizisten fern zu halten. Sie könnten meine Arbeit schnell zunichtemachen. Der psychisch kranke Mann bekam von dieser Blitzaktion nichts mit. Zu sehr war er auf unseren RTW konzentriert. Anstandslos stieg er in unseren RTW. Meine Präsentation war überzeugend gewesen. Während ein anderer Assistent ihm die „alienabwehrende Ausstattung" des Autos erklärte, gab ich der Polizei einen Lagebericht. Ich wollte schnell losfahren, bevor es sich der Patient wieder anders überlegte. Auch während der Fahrt konnte ich den Mann gut ablenken. Meine List war geglückt. Problemlos erreichten wir die Psychiatrie. Beim Betreten der geschlossenen Abteilung merkte er jedoch, dass ich ihn an der Nase herumgeführt hatte. Er beschimpfte mich heftig. Doch nun war es zu spät. Meine Mitarbeiter lachten über meine spontanen Einfälle und die exzellente schauspielerische Leistung. Eigentlich waren der Mann und seine Familie zu bedauern.

Besonders verärgert war ich häufig über die Schaulustigen. Die Neugierde der Menschen bei Unfällen oder anderen Schadensereignissen ist riesig. Sehen die Menschen Blaulicht, Rettungswagen, Polizei und Feuerwehr, wird sogar der Letzte hinter dem Ofen hervorgelockt. Solange wir die Neugierigen nur an den Fenstern oder in weiter Entfernung vom Unfallort sehen, ist dies noch akzeptabel. Behindern diese Leute aber unsere wichtige Arbeit zur Rettung eines Menschenlebens, hört bei mir jedes Verständnis auf. Sie zeigen keinerlei Respekt vor anderen Menschen, Ethik und Moral sind scheinbar Fremdwörter für sie. Dass sie oftmals die Menschenwürde und Persönlichkeitsrechte der Betroffenen verletzen, ist ihnen augenscheinlich egal. Aufgebracht bin ich vor allem, wenn diese Proleten dann ihre Handys zücken und das Leid anderer Menschen filmen. Da geht jeglicher Anstand verloren. Ich weiß nicht, wie diese Leute reagieren würden, wenn sie selbst als Unfallopfer gefilmt würden?

Bei einem schweren Unfall verlor ein junger Mann auf einer gut ausgebauten Straße in Augsburg wegen überhöhter Geschwindigkeit die Kontrolle über sein Fahrzeug. Er prallte gegen einen Baum. Da er nicht angeschnallt war, wurde der Alleinfahrer aus dem Auto geschleudert. Dabei erlitt er tödliche Verletzungen. Durch den lauten Aufprall wurden zahlreiche Anwohner an den Unfallort gelockt. Während ich den Toten untersuchte, kam eine Frau mit ihrem Kleinkind sehr nahe an das Geschehen heran. In scharfem Ton sprach ich sie an: „Was wollen Sie mit dem Kind hier? Gehen Sie sofort weiter!" „Ich wollte meinem Sohn einmal einen Toten zeigen. So etwas sollte er auch gesehen habe." Ich kochte innerlich. Wütend fuhr ich sie an: „Machen Sie sofort, dass sie hier wegkommen. Sonst vergesse ich meine gute Kinderstube!" Ich wies einen Feuerwehrmann, die Frau vom Einsatzort zu entfernen. Weiterhin sollten sie weitere Schaulustige fernhalten. Beim Weggehen hörte ich die Frau noch sagen: „Mein Gott, was ist denn schon dabei, wenn ich meinem Kind einen Toten zeige? Es soll doch etwas von dem wahren Leben mitbekommen." Ich konnte diese Aussage nicht fassen. Das kann sie so durchführen, wenn ein Verwandter eines natürlichen Todes stirbt, aber doch nicht bei einem blutüberströmten Unfalltoten. Diese Leute zeigen keine Einsicht in ihr widerwärtiges Verhalten. Von diesem Zeitpunkt an passte ich auf, dass der Unfallort großräumig für Fremde abgesperrt wurde. Zusätzlich ließ ich bei der Behandlung der Verletzten Decken aufspannen, damit wir von Spannern geschützt ungestört arbeiten konnten.

Aufgeregt habe ich mich oft über das Verhalten der Autofahrer. Wir sind ja nicht zum Spaß mit Blaulicht unterwegs. Auch wenn wir uns im Rahmen unserer Einsatzfahrten trotz Sonderrechten an die Straßenverkehrsordnung halten müssen, ist bei unseren Einsätzen Eile geboten. Dabei haben wir ein eingeschränktes Wegerecht. Für uns bedeutet dies, vorsichtig an Kreuzungen und rote Ampeln heranzufahren. Wir müssen zuerst anhalten und uns dann vorsichtig in den Kreuzungsbereich hineintasten. Erst wenn wir sichere und freie Fahrt haben, dürfen wir weiterfahren. Sind wir an diesen Verkehrsschwerpunkten mit Blaulicht unterwegs und in einen Unfall verwickelt, bekommt der Fahrer des Rettungsmittels eine Teilschuld. Anstrengend sind die Fahrten mitten im Berufsverkehr. Oftmals bleibt uns nichts anderes übrig, als eine dritte Spur zu benutzen, d.h. auf breiten Straßen fahren wir auf der Mittellinie. Schwierig wird auch teilweise das Überholen vorausfahrender Autos, wenn diese ihre Geschwindigkeit nicht verringern. Sie blinken mitunter als Zeichen, dass sie uns wahrgenommen haben, aber zum Vorbeifahren genügt uns das nicht. Unser NEF ist vollbeladen. Mit dieser erheblichen Zuladung können wir nicht so schnell beschleunigen, dass wir immer an den fahrenden Autos vorbeikommen. Wir müssen ja zusätzlich den Gegenverkehr berücksichtigen. Nicht jedes Fahrzeug realisiert uns. Viele rasen unvermittelt im normalen Tempo weiter. Bei unseren

Einsatzfahrten wäre es wichtig, dass die Autofahrer rechts an den Straßenrand fahren, um uns vorbeizulassen. Gefährlich für uns wird es dann, wenn wir von einer vorausfahrenden Kolonne von fast allen bis auf einen wahrgenommen werden. Dieser schert dann plötzlich aus, um die anderen zu überholen. Erst im letzten Moment, wenn wir schon nahezu am Heck dieses Wagens hängen, wird dem Fahrer bewusst, dass wir mit Sonderrechten vorbeifahren wollen. Dann verreißt der Fahrer in der letzten Sekunde das Lenkrad und macht Platz für uns. Mit diesen gefährlichen Situationen rechnen wir immer wieder. Daher ist umsichtiges und vorausschauendes Fahren so wichtig. Insgesamt habe ich das Gefühl, dass wir von anderen Verkehrsteilnehmern immer weniger beachtet werden, zum einen unabsichtlich, wenn sie mit anderen Dingen wie Telefonieren beschäftigt sind oder laute Musik hören. Einige sind bei unserem Anblick völlig überfordert und wissen gar nicht, wie sie reagieren sollen. Erstaunlicherweise sind dies nicht nur Menschen höheren Alters. Vielfach sind es junge Frauen, die gerade erst den Führerschein gemacht haben und wissen sollten, wie sie sich bei Blaulicht zu verhalten haben. Von anderen werden wir sogar absichtlich ignoriert. Manche Driver sind mittlerweile zu wahren Egoisten mutiert. Den Gipfel der Unverfrorenheit leistete sich ein junger Mann mit seinem aufgemotzten Fahrzeug. Auf der Bundesstraße fuhren wir durch eine Rettungsgasse. Der Fahrer kannte keine Scheu. Er hing sich an unser NEF und fuhr uns durch die Gasse einfach nach. Unglaublich! So etwas gehört hart bestraft!

Apropos Rettungsgasse in Deutschland. Die Deutschen sind einfach nicht in der Lage, diese zu bilden. Es läuft immer katastrophal ab! Dadurch verlieren wir im Ernstfall jede Menge Zeit. Dabei könnte es doch so einfach sein. Wenn die Autofahrer merken, dass sich ein Stau bildet, könnte die Gasse bereits in der Entstehungsphase des Staus eingerichtet werden. Aber nein. Warum denn? Erst wenn die

Rettungskräfte anrücken, machen die Autos Platz. Dies erfolgt sehr langsam. Dabei wird von einigen Zeitgenossen noch vor uns die Spur gewechselt. Das behindert unsere Einsatzfahrt erheblich. Mein Appell: „Leute bleibt im Stau auf eurer Spur!" Es ist immer ein Trauerspiel den Fahrern zuzusehen. Eigentlich gibt es Regeln für die Bildung der Rettungsgasse. In Ländern wie Österreich funktioniert es. Ich frage mich, warum dies nicht in Deutschland geht? Hierfür sollten im Fernsehen Spots für das richtige Verhalten gezeigt werden, vor allem vor Beginn der Reisezeit!

Natürlich gab es auch witzige und überraschende Augenblicke bei unseren Einsätzen. Eines Nachts wurden wir wegen Herzbeschwerden in ein Altenheim gerufen. Die Patientin hatte die Augen geschlossen und stöhnte ungemein. Auf meine Fragen, was ihr denn wehtue, kam keine Antwort. Wir schrieben ein EKG, welches unauffällig war, auch der Blutdruck war in Ordnung. Da seitens der Patientin immer noch keine Reaktion kam, legte ich ihr eine Infusion. Weil ich nicht feststellen konnte, was der älteren Frau wirklich fehlte, entschloss ich mich, sie ins Krankenhaus zu bringen. Das Team lagerte die Frau auf unsere Liege um. Plötzlich machte sie die Augen auf und fragte, was denn los sei. Ich erklärte ihr, dass die Pflegekraft uns alarmiert hätte, weil sie so gejammert habe. Die Patientin versicherte mir, dass es ihr gut gehe. Die Frau hatte nur tief geschlafen. Beim Umlagern war sie aufgewacht. Von unseren Untersuchungen hatte sie nichts realisiert. So einen tiefen Schlaf hätte ich auch gerne. Wir legten die Frau zurück ins Bett, packten unsere Sachen zusammen und fuhren auf die Wache.

Ein anderes Mal waren wir in der Abenddämmerung zu einer Kieferluxation unterwegs. Auf der Anfahrt rätselten mein Fahrer und ich, wie man sich wohl ein Kiefergelenk ausrenken kann. Die Einsatzfahrt ging innerstädtisch über die zweispurige Bundesstraße in den Süden von Augsburg. Zu dieser Zeit waren immense Bauarbeiten an der Straße im Gange. Einige Auf- und Abfahrten waren gesperrt. Ein Schilderwald sollte den Autofahrern den richtigen Weg zeigen. Während wir uns über den vorliegenden Fall unterhielten, fielen uns zwei Lichter auf, die dort eigentlich nicht hingehörten. Wir schauten uns fragend an. „Siehst Du auch, was ich sehe?" fragte mein Fahrer ziemlich nervös. „Ja, die beiden Scheinwerfer kommen uns immer näher." Unser Pulsschlag erhöhte sich. Die Hände wurden feucht. Tatsächlich. Uns kam ein Auto auf der falschen Spur entgegen. Warum fuhr das Auto auf der falschen Seite? War es vielleicht sogar ein Selbstmörder? Zum ersten Mal hatte ich direkten Kontakt zu einem Geisterfahrer. Sonst hörte ich die Falschfahrermeldungen immer nur über den Verkehrsfunk. Mein Fahrer drosselte sofort das Tempo auf Schrittgeschwindigkeit. Das andere Fahrzeug kam uns glücklicherweise auch nur in geringer Geschwindigkeit entgegen. Sofort gaben wir über Funk die Geisterfahrermeldung weiter. Ganz langsam fuhren wir aneinander vorbei. Mein Fahrer und ich schauten gespannt Richtung Geisterfahrer. Die Person am Lenkrad konnten wir jedoch in der Dunkelheit nicht genau erkennen, aber sie schien älter zu sein. Als die Gefahr vorüber war, atmeten wir auf. Unsere Blaulichtfahrt setzen wir jetzt unvermittelt im normalen Tempo weiter. Nach diesem Schreckmoment konnten wir am Einsatzort schon wieder Lachen. Und so schnell sollten wir aus dem Lachen nicht mehr herauskommen. Wir betraten das Mehrfamilienhaus. Der Patient kam uns entgegen. Er hatte eine komplette Kiefersperre, das heißt beide Kiefergelenke waren ausgerenkt. „Wobei haben Sie sich den Kiefer ausgerenkt?" Mit luxiertem Kiefer versuchte der Student mir den Sachverhalt zu erklären. Seine Freundin schien über den Vorfall nicht sehr amüsiert zu sein. Aber nicht nur durch die Kiefersperre, sondern auch seinen erhöhten Alkoholpegel fiel ihm das Reden schwer. Er fing an zu erzählen. Wir waren auf seine Story höchst gespannt. „Ich war mit meinen Freunden auf dem Augsburger Volksfest. Dort haben wir einige Maß Bier getrunken. Plötzlich war mir unheimlich schlecht. Ich schaffte es noch bis zur Toilette. Dann musste ich in hohem Bogen erbrechen. Der Druck aus dem Magen war so immens hoch, dass ich mir dabei die Kiefergelenke ausgerenkt habe." Wir mussten uns in diesem Augenblick das Lachen verbeißen. Allein die Vorstellung genügte, wie bei einem Menschen beim Kotzen die Kiefergelenke heausspringen. Wahnsinn. Welcher Druck musste dahintergesteckt haben? Und dann musste er mit offenem Mund mit der Straßenbahn nach Hause fahren. Nachdem ich mein inneres Lachen überwunden hatte, wandte ich mich der Behandlung des Patienten zu. „Zum Einrenken sollten wir ins Krankenhaus fahren. Sie sind stark alkoholisiert, da möchte ich hier kein Risiko eingehen." „Ich will auf keinen Fall in die Klinik. Bitte versuchen sie es jetzt." Eine schwierige Entscheidung lag vor mir. Zu allem Überfluss studierte der junge Mann auch noch Jura. Da muss man sich besonders absichern. Nach kurzer Überlegung erklärte ich mich bereit, den Versuch zu wagen und die Gelenke vor Ort zu reponieren. Peinlichst genau unter Zeugen klärte ich den Studenten über alle Risiken der Kurznarkose auf. Der Patient setzte sich in einen bequemen Sessel. Ich zog meine Handschuhe an, legte eine Infusion. Zur Überwachung wurden Puls, Blutdruck und die Sauerstoffsättigung kontrolliert. Ich injizierte nur wenig von dem Narkosemittel. Der Patient sollte nicht komplett schlafen. Vorsichtig steckte ich meine beiden Daumen rechts und links in den Mund. Meine Finger platzierte ich direkt unter dem Gelenk. Ich hatte schon viele Gelenke wie Schulter oder Kniescheibe eingerenkt, aber die Reposition eines Kiefergelenkes war eine Premiere für mich. Bedenken hatte ich nur, dass der betäubte Patient plötzlich zubeißt, während meine Finger noch in seinem Mund steckten. Der Student und ich waren soweit, die Show konnte beginnen. Ein schneller Ruck links, einer rechts. Knacks, Knacks. Erleichterung. Die Gelenke waren wieder an der richtigen Stelle. Mir fiel ein Stein vom Herzen. Die Prozedur verlief besser als ich dachte. Der Freundin gab ich den Auftrag, gut auf ihren Partner aufzupassen. Sie zeigte nur wenig Begeisterung dafür. Auf dem Rückweg informierten wir uns über den Geisterfahrer. Wir erhielten die Information, dass es sich um eine 80-jährige Dame handelte. Wegen der unübersichtlichen Verkehrsführung habe sie die falsche Auffahrt genommen. Auf ihrer Geisterfahrt habe sie schon das Gefühl gehabt, dass irgendetwas nicht stimme. Daher sei sie bewusst sehr langsam gefahren. Und weil sie nicht wusste, wie sie reagieren solle, sei sie einfach weitergefahren. Erst zehn Kilometer später konnte eine Streife die alte Frau aufhalten. Ihren Führerschein würde sie nach diesem Ereignis freiwillig abgeben.

Einsätze für mich als Notarzt kamen auch zustande, weil der Telefonist in der Leitstelle Schlüsselwörter falsch interpretierte. So wurde ich nachts zu einem Krampfanfall alarmiert. Mit Sonderrechten ging es durch die ganze Stadt. Der vermeintliche Patient lag ansprechbar im Schlafzimmer. Die Rettungsassistenten hatten ein breites Grinsen im Gesicht. Schlecht schien es dem Patienten nicht zu gehen. Die Jungs klärten mit auf. Der Krampf befand sich in den Waden. Es handelte sich schlichtweg um einen nächtlichen Wadenkrampf und nicht um einen epileptischen Krampfanfall. Ich schüttelte den Kopf. Das konnte doch nicht wahr sein. Zum einen, wie kann ich wegen eines Wadenkrampfes den Rettungsdienst alarmieren? Zum anderen wunderte ich mich über die schlechte Abfrage am Telefon. Denn beim Telefonisten entscheidet sich, welche Fahrzeuge zu einem Patienten geschickt werden. Hätte er genauer nachgefragt, wäre ich nicht erforderlich gewesen. So werden unnötige Einsätze generiert.

Es kommt aber noch besser. Eines Tages hieß es für mich „Bewusstlose Person in einem Fahrzeug am Seitenstreifen der Autobahn". Los ging es. Mit Tempo 180km/h über die BAB 8 Richtung München. Am besagten Einsatzort stand wahrhaftig ein PKW am Seitenrand. Wir stellten unser NEF ab, ließen Blaulicht und Warnblinklicht weiterlaufen. Ich lief zu dem Auto. Auf dem Fahrersitz saß ein Mann, eine weitere Person war nicht zu erkennen. Er ließ die Scheibe herunter. Ich fragte, was ihm fehle. In gebrochenem Deutsch antwortete er mir. „Mir geht es gut. Mein Motor geht nicht mehr." Mir fiel fast die Kinnlade herunter. „Sind sie allein im Auto?" „Ja. Alles in Ordnung. Ich brauche technische Hilfe." Mir blieb es rätselhaft, wie die Leitstelle zu dem Einsatzbild einer bewusstlosen Person gekommen ist. Die einzige Erklärung, die mir einfiel, war vielleicht, dass der Disponent anstatt Motor „Mutter geht es schlecht" verstanden hatte. Leider konnte im Nachhinein nicht mehr geklärt werden, wie es zu diesem Einsatz kam. Schade. Das wäre sehr aufschlussreich gewesen.

„Den Mutigen gehört die Welt, zu den Übermütigen kommt der Notarzt!" Diesen Leitspruch habe ich während meiner langjährigen Tätigkeit kreiert. Er hatte sich wieder einmal bei einer Mutprobe bewahrheitet. Einige Jungs hatten in der Schule eine megascharfe Sauce, die sich einer von ihnen im Internet bestellt hatte, zu sich genommen. Kurze Zeit später ging der Notruf bei der Rettungsleitstelle ein. Ich rückte als einziger Notarzt mit einem Rettungswagen zusammen aus. Im Sekretariat wurde ich erwartet. Zehn Schüler saßen dort mit scherzgeplagtem Gesicht. Mit einer so großen Anzahl an Betroffenen hatte ich wahrlich nicht gerechnet. Ich forderte sofort einen Einsatzleiter und weitere RTW's an. Tränen liefen bei den meisten Schülern die Wangen herunter, einige rangen nach Luft. Neben einem massiven Brennen im Hals und in der Speiseröhre klagten fast alle über starke, krampfhafte Bauchschmerzen. Einige hatten sogar erbrochen. Aber das hatten sich die übermütigen Jungs selbst zuzuschreiben. So fing ich an, einem nach dem anderen eine Infusion zu legen. Jeder erhielt noch ein krampflösendes Schmerzmittel und ein Medikament gegen die Übelkeit. Ich arbeitete wie am Fließband. Nach einer Stunde waren endlich alle Schüler versorgt. Der einen Hälfte ging es nach der Behandlung besser, so dass sie von ihren Eltern abgeholt werden konnten. Die andere Hälfte wurde ins Krankenhaus gebracht. Dieser

Einsatz war am folgenden Tag in allen Schlagzeilen. Selbst in Australien wurde darüber in den Zeitungen berichtet. Ich erhielt auch einen Anruf von einer Redakteurin von RTL. Sie wollte einen Beitrag drehen. Ich gab jedoch aus rechtlichen Gründen keine Daten weiter. Mut ist eine wichtige Tugend. Doch wie aus dem Beispiel deutlich wird, sollte man nicht übertreiben.

Vor Verletzungen ist auch das Rettungsdienstpersonal nicht geschützt. Einsatz bei einem Patienten im Unterzucker. Eigentlich ein Routineeinsatz. Der Patient bekommt Glukose in die Vene injiziert und nach wenigen Minuten ist das Problem behoben. Der junge Mann lag auf dem Boden. Er war sehr unruhig, aber nicht mehr ansprechbar. Uns blieb keine andere Wahl, als eine Infusion zu legen. Zu unserem Pech kam, dass der Patient sich dagegen wehrte. Wäre ja nicht das erste Mal gewesen, dass man den Patienten dazu festhalten muss. Leider war der Mann Bodybuilder. Einen der beiden Rettungsassistenten hob der bewusstseinsgetrübte Mann mit einem Arm hoch und schleuderte ihn fort. Der RA hörte noch ein Knacksen an den Rippen. Alleine hatten wir keine Chance gegen diesen starken Mann. Wir forderten Verstärkung an. Da kein weiterer RTW momentan zur Verfügung stand, rückten zwei Streifenwagen an. Letztendlich lagen sieben Personen auf dem Patienten, bis ich nun die rettende Infusion legen und den Zucker spritzen konnte. Einige Minuten später öffnete der Mann die Augen. Er wunderte sich, dass so viele Personen auf ihm lagen. Jetzt konnten alle loslassen. Wir erklärten ihm die Situation, die ihm sehr peinlich war. Besonders entschuldigte er sich bei dem Assistenten, den er durch die Luft wirbelte. Im Krankenhaus wurde nach dem Röntgen der Bruch einer Rippe diagnostiziert, weswegen er daraufhin drei Wochen krankgeschrieben wurde.

Gelegentlich hatten wir zu unseren Einsatzorten sehr lange Anfahrtswege. Wenn alle anderen Rettungsmittel unterwegs sind, müssen wir auch in weit entfernte Gebiete fahren. So geschehen eines nachts. Es war gegen 23:45. Ich war zu Hause in meinem Bett bereits im ersten Tiefschlaf, als der Melder losging. Im Halbschlaf hörte ich noch die Durchsage: „Nachforderung zur Analgesie in Augsburg." Zunächst konnte ich nicht glauben, was ich hörte. Wir hatten eine Strecke von 40 km vor uns. Wo waren all die anderen Kollegen? Es nutzte nichts, wir machten uns auf den Weg. 25 Minuten später waren wir mitten in Augsburg eingetroffen. Wegen starker Rückenschmerzen sollte der Patient mit einem Krankenwagen in die Klinik eingeliefert werden. Die Schmerzen waren so heftig, dass der Patient von der dritten Etage nicht nach unten getragen werden konnte. Folglich wurde ein Notarzt zur Analgesie angefordert. Mit Hilfe des Betäubungsmittels ging es dem Mann schnell besser. Den restlichen Transport schaffte das Rettungsdienstpersonal allein. Mein Fahrer und ich verspürten einen leichten Hunger nach dieser weiten Fahrt mitten in der Nacht. Ein kleiner Burger passte schon hinein. Zügig fuhren wir zum „Goldenen M", bevor er schloss. Solche nächtlichen Belohnungen gönnte ich mir häufiger. Man weiß ja nie, wie die Nacht weitergeht. Und so ein Snack geht immer.

An einem herrlichen Frühlingstag hatte ich einen Einsatz in einem Mehrfamilienhaus in Augsburg. Eine Patientin mit Bauchschmerzen. Wir sollten bei Sommer im zweiten Stock läuten. Im Treppenhaus fiel mir an den Klingeln auf, dass im Erdgeschoss „Winter" stand, in der ersten Etage „Herbst". Ich dachte mir zunächst nichts dabei. Mein Gedanke war nur, seltsam dass hier nur Familien zusammen wohnen, deren Nachnamen nach den Jahreszeiten benannt sind. Im zweiten Stockwerk angekommen, klingelte ich. Mein Fahrer und ich waren allein, der RTW war erst auf der Anfahrt. Es war ein wenig düster im

Treppenhaus. Die Tür öffnete sich. Wow, eine attraktive Frau mit langen schwarzen Haaren und einem tollen Kleid stand in der Tür. Doch hoppla. Da stimmte doch etwas nicht. Ich sah der Frau ins Gesicht. Der Adamsapfel stand etwas höher. Als sie uns dann hereinbat, war alles klar. Die Stimme klang auch ein wenig maskulin. Vor uns stand eine Transe. Und sie sah verdammt gut aus. Von ihr hätte sich so manche Frau bezüglich ihres Aussehens eine Scheibe abschneiden können. Wir folgten ihr. Sie öffnete die Tür zum Zimmer der Patientin. Wir staunten ein zweites Mal. Auf dem Bett lag in verkrampfter Haltung eine attraktive junge Frau, nur in Unterwäsche gekleidet. Sie sah fantastisch aus, schlank mit einer Toppfigur. Den Kopf der Patientin hielt eine weitere schöne junge Frau, ebenfalls nur in Dessous gehüllt. In diesem Moment war uns klar, wo wir uns befanden. Wir waren in einem privaten Bordell gelandet. Von außen war das Haus vollkommen unscheinbar, nirgendwo ein Hinweis auf einen Puff. Daher in jeder Etage die Namen der Jahreszeiten, damit die Kunden wissen, wo sie hinmöchten. Nachdem wir kurz den bezaubernden Anblick genossen hatten, versuchte ich mich, nur auf die Beschwerden der jungen Frau zu konzentrieren. Der Bauch war weich, lediglich ein Druckschmerz im rechten Unterbauch war festzustellen. Eine Blinddarmentzündung konnte ich nicht ausschließen, daher empfahl ich weitere Untersuchungen im Krankenhaus. Die Patienten lehnte dies jedoch ab. Sie wollte nur ein Schmerzmittel. Inzwischen war die Retter-Besatzung eingetroffen. Sie standen mit offenem Mund im Zimmer. Ich wies sie an, mir eine Infusion und ein Medikament vorzubereiten. Regungslos standen die beiden Rettungsassistenten immer noch im Zimmer. Ich wurde etwas lauter. „Hallo Jungs, kommt zurück auf die Erde. Macht endlich den Mund zu und zieht mir das Schmerzmittel auf." Wie hypnotisiert führten sie meine Anweisungen aus. Sie starrten weiterhin in Richtung der jungen Damen. Beim Aufziehen der Spritze hätte sich einer der beiden fast die Nadel in den eigenen Finger gerammt. Das

Analgetikum linderte die Schmerzen der Frau deutlich. Ich wies sie noch einmal darauf hin, dass ich lediglich die Symptome gelindert habe. Die Ursache sollte auf jeden Fall abgeklärt werden, doch sie wollte nicht ins Krankenhaus. Da wir sonst überwiegend ältere Patientin therapieren, war dieser Einsatz äußerst angenehm.

Dies blieb nicht das einzige Mal, dass ich im Bordell arbeitete. Leider musste ich auch schon eine Mitarbeiterin reanimieren. An einem Samstagabend fuhren wir zu einem Etablissement in Augsburg. Die Adresse war stadtbekannt. Die Prostituierten empfingen uns sehr aufgeregt. Sie brachten uns zu der Hausbar. Dort lag die Geschäftsführerin, eine Mittvierzigerin, auf dem Boden. Ein kurzer Blick genügte. Atem- und Herzstillstand. Sofort begannen wir mit der Wiederbelebung. Ein RA übernahm die Herz-Druck-Massage, ich beatmete die Patientin, während die beiden anderen die Intubation und die Medikamente vorbereiteten. Auf die Frage, ob die Frau Vorerkrankungen habe oder Drogen einnehme, was in diesen Kreisen nicht ungewöhnlich wäre, erhielt ich stets ein Nein. Es dauerte mindesten eine Viertelstunde, dann war die Patientin stabil. Ihr Herz schlug von alleine. Die Beatmung übernahm unsere Maschine. So brachten wir die Frau eigentlich in einem respektablen Zustand in die Klinik. Für unser Team eine erfolgreiche Wiederbelebung. Als wir uns ein paar Tage später nach dem Zustand der Patientin erkundigten, erfuhren wir, dass sie zwei Tage später gestorben sei. Wir waren verwundert, da sie doch optimale Voraussetzungen hatte. Sie war relativ gesund. Am Einsatzort waren wir innerhalb weniger Minuten, so dass das Gehirn nur kurze Zeit ohne Sauerstoff war. Woran das Herzversagen letztlich gelegen war, konnte uns niemand mitteilen.

Es folgten im Laufe der Zeit weitere erotische Einsätze. Ich erinnere mich an eine Behandlung in einem Pornokino. Das Beschwerdebild lautete „Herzrhythmusstörung". Im Erotikshop mussten wir zuerst durch den ganzen Laden laufen, vorbei an Videos, DVD und allen möglichen Accessoires. Dann ging es durch eine Tür in den Keller. Es war ziemlich dunkel und laut. Aus allen Ecken war Stöhnen und Ächzen zu hören. Der Mitarbeiter brachte uns zu dem Patienten. Er war kollaptisch und schweißig. Zum Arbeiten war es zu dunkel für uns. Wegen der Lustschreie von den Leinwänden konnten wir unser eigenes Wort kaum verstehen. Die einzelnen Leinwände waren nur durch einige Trennwände voneinander abgeteilt. Wir ließen die Filme abstellen und das Licht einschalten, damit wir unsere Arbeit am Patienten verrichten konnten. Sobald das Licht anging, wurden von allen Seiten die Köpfe rausgestreckt. Sofort als man uns erblickte, waren die Köpfe umgehend verschwunden. Niemand wollte erkannt werden. Der Ort schien wohl ein Treffpunkt für Gays zu sein, an dem man seine Kontakte knüpfen konnten. Unserem Patienten ging es sehr schlecht. Er hatte einen ganz unregelmäßigen Puls von 160 Schlägen in der Minute. Sein Blutdruck war recht niedrig. Eile war geboten. Zügig trugen wir den Mann auf unserer Liege hinauf. Im RTW versuchte ich, medikamentös seinen schnellen, arrhythmischen Herzschlag zu korrigieren. Auf die Medikamente reagierte er nicht. Schleunigst transportierten wir ihn in die Klinik. Wahrscheinlich müssten die Kollegen dort seinen Herzschlag mittels Elektroschock in einen regelrechten Rhythmus bringen.

Sexuelle Handlungen am eigenen Körper können manchmal verheerende Folgen haben, wie die folgenden Beispiele zeigen. Wegen einer Penisverletzung wurde ich angefordert. Auf dem Weg zu dem Patienten hatte ich mir Gedanken darüber gemacht, was passiert sein könnte. In der Wohnung saß ein Mann, dem man seine starken Schmerzen deutlich ansah. Als ich ihn fragte, wo er die Schmerzen genau habe, zeigte er uns sein Genitale. Solch eine Verletzung hatte ich mein ganzes Leben nicht gesehen. Die Eichel und die Vorhaut waren zerrissen, die Hoden massiv geschwollen. Das gesamte Genitale war blutunterlaufen und bereits schwarz verfärbt. Während ich das Betäubungsmittel injizierte, fragte ich nach dem genauen Hergang, die zu dieser enormen Verletzung führte. Er erklärte uns, dass er nackt seine Wohnung gesaugt hätte. Dann sei er gestolpert und irgendwie sei sein Penis durch den starken Sog in die Saugbürste geraten. Ich sagte nichts dazu, aber niemand von uns kaufte ihm diese Version ab. Nicht selten kommt es bei sexuellen Stimulationen durch Staubsauger zu diesen Verletzungen. Wie dem auch sei, der Mann brauchte dringend urologische Hilfe, sollte sein Geschlechtsteil gerettet werden können. Doch bei dem Schweregrad der Verletzung bezweifelte ich, dass die Ärzte im Krankenhaus alles rekonstruieren konnten. Mit Einschränkungen in seinem Liebesleben musste er rechnen. Wir waren gerade auf dem Weg zu unserem Fahrzeug, als seine Frau eintraf. Wie würde sie seine Erklärung für die Verletzung aufnehmen?

Ein anderes Mal führte mich die erotische Eigenbehandlung zu einem Teenager von fünfzehn Jahren. Was ich vorfand, konnte ich nicht glauben. Sie schrie vor Schmerzen. Blut und Gewebefetzen hingen aus der Vagina. Darin steckte noch ein Knethaken. Unvorstellbar! Was muss in dem Kopf des Mädchens vorgegangen sein. Sie hatte sich einen Knethaken, wie er zum Backen verwendet wird vaginal eingeführt. Dann hat sie ihn an das Rührgerät angeschlossen und eingeschaltet. Wahnsinn! Das Backzubehör hatte sich natürlich an der Schleimhaut verhakt. Dieses Teil hatte die Vagina inklusive Klitoris fast komplett zerstört. Wegen der kaum aushaltbaren Schmerzen, legte ich das Mädchen schlafen. Die Kollegen, die sie nun operieren mussten, waren nicht zu beneiden. Wegen so eines unbedachten Blödsinns würde dieser Teenager beim Geschlechtsverkehr nie mehr etwas empfinden können.

Wer allein oder mit seinem Partner außergewöhnliche Liebesspiele erleben möchte, sollte bitte nicht so kreativ wie in den vorbeschrieben Fällen sein. Es gibt entsprechende geprüfte Sextoys, bei denen die Gefahr der Selbstverletzung sehr gering ist.

Dass erotische Spielereien tödlich enden können, zeigt der nächste Fall. Die Leitstelle schickte uns zu einer Wohnungsöffnung. Ein Mann mittleren Alters wurde vermisst. Sein Freund war mit ihm verabredet, doch zu dem Treffen war er nicht erschienen. Über Telefon war er ebenfalls nicht erreichbar. Da sich der Mann Sorgen wegen seines Partners machte, rief er den Rettungsdienst. Bei einer Wohnungsöffnung werden Polizei und Feuerwehr zum Öffnen der Tür mitalarmiert. Die Floriansjünger waren dabei, die verriegelte Wohnungstür zu öffnen, als ich eintraf. Die vermisste Person wurde am gestrigen Tag zuletzt gesehen. Nach zehn Minuten war der Weg für uns frei. Die Polizisten gingen voran. Zimmer für Zimmer wurden abgesucht. Im Bad wurden wir fündig. Ich musste zweimal hinsehen. Wir suchten doch einen Mann. Auf der Toilette hing eine Person in Frauenkleidern. Dem ersten Anschein nach war die Person tot. Ich schaute jetzt zusammen mit den Polizeibeamten genauer nach. Die Person hatte eine blonde Perücke auf. Gekleidet war sie mit Bluse, Rock, halterlosen Strümpfen und Highheels. Der Slip war heruntergelassen, so dass sein Genitale frei war. Auf dem Boden vor ihm lag ein Hochglanzmagazin. Das Besondere an ihm war die Schlinge um seinen Hals. Hatte der Mann am Ende Selbstmord begangen? Nach genauer Betrachtung der Umstände sprach vieles dagegen. Die Auffindesituation sprach vielmehr für einen Unfall. Um sich sexuell zu stimulieren hatte er die Schlinge um den Hals gelegt. Durch die Strangulation wurde die Sauerstoffzufuhr im Gehirn reduziert. Dies führt zu einer erhöhten sexuellen Stimulation und Euphorie. Es besteht jedoch die große Gefahr, sein Bewusstsein und dadurch die Kontrolle zu verlieren. Das war hier der Fall. Alleine konnte er sich nicht mehr von der Schlinge befreien. Als der Mann sein

Bewusstsein verlor, sank er nieder. Die Schlinge zog sich weiter zu. Der Mann erstickte. Er starb im Rahmen eines sogenannten autoerotischen Unfalls.

Ebenfalls den Tod fand ein älterer Mann beim Liebesakt. Ziemlich aufgelöst wurden ich und mein Rettungsteam von einer Frau empfangen. Sie war nur mit einem Bademantel bekleidet. „Beeilen Sie sich, mein Partner atmet nicht mehr." Im Schlafzimmer lag er regungslos auf dem Bett. Er hatte einen Herzstillstand erlitten. Der Mann war um die 70 Jahre alt. Er war auf den ersten Blick mindestens 20 Jahre älter als seine Partnerin. Wir legten ihn auf den Boden. Auf dem EKG war keine Herzaktion mehr sichtbar. Wir versuchten alles, doch sein Herz reagierte auf das Adrenalin nicht mehr. Als wir die Wiederbelebung erfolglos abbrachen, reagierte die Frau recht verstört. „Sie bringen ihn doch noch ins Krankenhaus? Hier kann er nicht liegen bleiben." „Es tut mir leid, dass wir ihren Partner nicht mehr retten konnten. Er ist verstorben." Die Frau zitterte am ganzen Körper. „Bitte, transportieren sie ihn in die Klinik." „Wir dürfen aus rechtlichen Gründen keine Toten transportieren. Ich erkläre Ihnen den weiteren Ablauf. Er hat mit Sicherheit einen Hausarzt, den wir informieren können. Als Notarzt stelle ich keinen Totenschein aus. Das wird der Hausarzt übernehmen." „Das geht nicht so einfach. Wir leben nicht zusammen, sondern treffen uns nur hin und wieder. Er lebt in München und ist verheiratet. Seine Frau weiß nichts von unserem Verhältnis. Oh mein Gott, was mache ich jetzt nur?" „Das macht die Situation verständlicherweise komplizierter. Rufen Sie doch bei Ihrem Hausarzt an. Vielleicht ist er ja bereit, den Totenschein auszufüllen. Die Ehefrau des Verstorbenen müssen Sie leider selbst informieren. Das bleibt Ihnen nicht erspart." Die Frau erzählte mir, dass er sich bei seiner Ankunft schon nicht so wohl gefühlt hatte. Während des Liebesaktes griff er sich ans Herz und fiel bewusstlos aufs Bett. Ich erklärte ihr, dass er höchstwahrscheinlich einen ganz akuten Herzinfarkt erlitten hätte. Das erklärte auch, warum wir keine Chance hatten, den Mann erfolgreich zu reanimieren. Mehr konnten wir für die Frau nicht tun. Die unangenehme Aufgabe, die betrogene Ehefrau über den Tod ihres Gatten zu unterrichten, konnte und wollte ich ihr nicht abnehmen.

An einem Samstag im September 2014 hatte ich Dienst bei Augsburg. Den ganzen Tag über waren wir ständig im Einsatz. Mein Fahrer und ich waren immer nur kurz auf der Wache gewesen. Wieder einmal spielten wir Blaulichttaxi. Eigentlich waren es überwiegend Fälle, die auch ein niedergelassener Bereitschaftsarzt hätte behandeln können. Jedoch die Patienten wissen oft, was sie sagen müssen, damit der Notarzt mit Blaulicht anrückt. Viele Menschen möchten nicht ein bis zwei Stunden auf den Arzt warten, während wir Notärzte sofort erscheinen. Dabei liegen meist keine lebensbedrohlichen Zustände vor. Zum anderen haben die Hausärzte manchmal keine große Lust auf dringende Hausbesuche. Dann werden wir Notärzte zur Behandlung dieser Patienten alarmiert. So fuhren wir mit Blaulicht durch die halbe Stadt zu einem kardialen Notfall. Eine ältere Frau öffnete die Tür. „Wer ist denn der Patient?" fragte ich. „Es handelt sich um meinen Mann!" „Wo ist er und welche Beschwerden hat er denn?" „Einen Moment bitte, ich muss ihn holen. Er sitzt im Keller. Wissen Sie, ihm schmeckt das Essen seit ein paar Tagen nicht mehr!" Mir fiel die Kinnlade herunter. Ich zweifelte an meinem Arztdasein. Wir eilten wegen einer Lappalie mit Sonderrechten herbei. Ich fragte noch einmal ungläubig nach den angeblichen Herzbeschwerden. „Nein sonst fehlt ihm nichts." Trotzdem untersuchten wir den Patienten, der einen für sein Alter gesunden Eindruck hinterließ. Natürlich war alles in Ordnung. Kopfschüttelnd verließen wir schnell das Haus, um für wirklich kranke Menschen zur Verfügung zu stehen.

Als nächstes fuhren wir zu einem „erkrankten Kind", so das Meldebild. Wir stiegen in die dritte Etage des Mehrfamilienhauses. Eine junge Mutter erwartete uns. Sofort fiel uns die Unordnung und Unsauberkeit in der Wohnung auf. Die Frau führte uns zu ihrer knapp einjährigen Tochter. „Was fehlt der Kleinen denn?" „Sie ist erkältet und hat Fieber von 38°C." „Haben Sie ihr bereits ein fiebersenkendes Zäpfchen oder Saft gegeben?" „Nein, das ist ja das Problem. Ich habe Paracetamol-Zäpfchen da, aber ich bin nicht in der Lage, sie meiner Tochter zu verabreichen. Deshalb habe ich sie angefordert." Ich schaute die total überforderte Frau ungläubig an. Die in mir aufkeimende Wut musste ich unterdrücken. Mit fester Stimme sagte ich: „Das ist doch unmöglich. Sie lassen einen Notarzt kommen, um ihrer Tochter ein Zäpfchen zu verabreichen. Wissen Sie überhaupt, was so ein Einsatz kostet?" Die Frau war relativ unbeeindruckt und forderte uns unverfroren auf, ihrer Tochter doch endlich das Zäpfchen zu geben. Diese Aufgabe übernahm der Rettungsassistent. Wir bedauerten beim Verlassen der Wohnung das arme Kind. „Sind denn heute alle verrückt? Hoffentlich geht das nicht so weiter!"

Danach Fahrt auf das Land. „Fingeramputation". Eine gerechtfertigte Indikation dachten wir uns. Als wir um die Ecke zum Zielort bogen, kam uns eine Frau mit ihrem Sohn entgegengelaufen. Die Finger der linken Hand waren mit einem Tuch umwickelt. Ich bewegte mich auf sie zu. „Er hat sich in den Finger geschnitten" rief mir die Mutter zu. Nachdem ich mir die Handschuhe angezogen hatte, nahm ich vorsichtig das Tuch von den Fingern. Ich fing laut an zu lachen. Da waren vielleicht fünf rote Blutkörperchen zu sehen, jeden einzelnen hätte ich per Handschlag begrüßen können. Allenfalls ein oberflächlicher Kratzer kam zum Vorschein, von einer Amputation keine Spur. Auch hier fragte ich mich, wie man zu dieser Einsatzdiagnose kam. Der junge Patient wurde mit einem Pflaster versorgt, das hätte die Mutter ebenfalls durchführen können. Ironisch kommentierte ich auch diese Patientenversorgung: „Mit diesen lebensbedrohlichen Einsätzen fühle ich mich langsam überfordert! Noch so ein schwerwiegender Einsatz und ich hänge meinen Beruf an den Nagel."

Nach einer kurzen Ruhephase durften wir erneut zum Einsatz. „Schlaganfall auf der Straße in der Innenstadt." Auf der Anfahrt wollten mein Fahrer und ich Wetten abschließen, ob es wieder ein unnötiger Notarzteinsatz ist. Doch diesmal war der Patient wirklich krank. Der alte Mann hatte die klassischen Symptome eines Apoplex. Die Sprache war verwaschen, der Mundwinkel verstrichen und der Arm war gelähmt. Seine Ehefrau erzählte uns ganz aufgeregt, dass sie auf dem Weg zur Straßenbahn waren. Plötzlich griff ihr Mann sich an den Kopf und fiel Langsam zu Boden. Ich versuchte sie zu beruhigen und erklärte ihr die Situation. „Ihr Mann hat einen akuten Schlaganfall erlitten. Jetzt fahren wir umgehend mit ihm in die Neurologie ins Klinikum. Von uns wird er dort angemeldet, dann wird ein CT von seinem Kopf gemacht. Wenn alles gut verläuft, werden die Kollegen das verschlossene Gefäß wieder öffnen und ihr Mann erholt sich wieder." „Vielen Dank, Sie sind sehr freundlich." Ich ergriff ihre Hand und sagte: „Glauben Sie mir, das wird wieder."

Vom Klinikum aus ging es für uns weiter zu einem Fahrradsturz aufs Land. Dem Jungen fehlte außer Prellungen und Schürfungen nichts, so dass wir uns sehr schnell wieder einsatzklar melden konnten. Der RTW brachte den Patienten zur Kontrolle ins Krankenhaus. Wir orientierten uns zügig Richtung Augsburg, da die Leitstelle wegen unglaublich hohen Einsatzaufkommens ständig auf der Suche nach einem freien Notarzt war. Es dauerte nicht lange bis wir unseren nächsten Einsatz hatten, „Bewusstlos auf einer Parkbank am Bahnhof". „Das wird mit Sicherheit ein Junkie oder Betrunkener sein!" „Was sonst" bestätigte mein Fahrer.

Der Platz vor dem Bahnhof war ein beliebter Treffpunkt für Alkoholiker und Drogensüchtige. Der RTW vor Ort kümmerte sich bereits um den Mann. Er hatte einen Rausch von mindestens zwei Promille im Gesicht. Seine Kumpels, ebenfalls total alkoholisiert, lallten. „Unser Freund war mindestens fünf Minuten nicht ansprechbar." „Was ist los?" fragte der Betroffene mit kaum verständlicher Sprache. „Mir geht es gut. Und ins Krankenhaus gehe ich sowieso nicht mit." „Müssen Sie auch nicht" antwortete ich. „Vielleicht sollten Sie jetzt weniger trinken, damit wir nicht noch einmal zu Ihnen kommen müssen." Schnell beendeten wir den Einsatz, um für wirklich kranke Menschen zur Verfügung zu stehen.

Die Leitstelle dankte uns dafür mit dem nächsten Notfallpatienten. Die Patientin war sehr besorgt wegen ihres Blutdruckes. Sie hatte mit ihrem Gerät einen Wert über 200 mm Hg gemessen. Ich habe mit unserer Manschette nachgemessen und kam auf 140/80. „Ihr Blutdruck ist perfekt. Womit haben Sie denn gemessen?" Sie zeigte auf das Handgelenkmessgerät. „Wahrscheinlich haben Sie es verkehrt angelegt, dann zeigt das Gerät häufig falsche Werte an. Das erleben wir immer wieder. Am besten werfen Sie dieses Gerät weg und kaufen sich eins für den Oberarm. Die sind viel besser. Sie bekommen von mir noch eine Tablette zur Beruhigung." Auch dieser Einsatz war schnell erledigt. Inzwischen war auf dem Funk Ruhe eingekehrt und wir durften zurück zur Wache. Bis zum Schichtwechsel des Fahrers kam kein Einsatz mehr. Entspannt konnten wir auch die Zusammenfassungen der Bundesliga-Spiele im Fernsehen anschauen.

Gegen 21 Uhr wurden wir erneut alarmiert. „Sturz mit Bewusstlosigkeit". Der Patient war sturzbetrunken gestürzt. Er hatte sich eine Kopfplatzwunde zugezogen, ansonsten war nicht viel passiert. Zu den Rettungsassistenten gewandt: „Ich fahre zurück auf die Wache, den Rest schafft ihr mit Sicherheit allein." Wir kamen nicht weit. „Ich habe wieder etwas für euch" kam die neue Meldung über Funk. „Eine bewusstlose Person im Schnellimbiss!" Wir waren nicht weit entfernt und erreichten nach vier Minuten den Ort des Geschehens. Mein Fahrer Tobias und ich betraten die Location. Drinnen fanden wir vier Personen stehend, einen Mann und eine Frau mittleren Alters sowie zwei männliche Jugendliche. Von einer bewusstlosen Person keine Spur. Auf mein Befragen, wer der zu behandelnde Patient sei, deuteten die Frau und die Jungen auf den Mann, der sich hinter dem Tresen abstützte. Es handelte sich um den Inhaber des Imbisses sowie seine Familie. „Was war denn los?" Die Familie antwortete, dass der Inhaber umgefallen sei und für mehrere Minuten nicht ansprechbar war." „Hat er Vorerkrankungen wie Epilepsie, Diabetes oder hat er Alkohol getrunken?" „Wahrscheinlich hat er zu viel Alkohol zu sich genommen" sagte ein Sohn. Wir führten den Mann zu einem Stuhl. „Tobias messe Puls, Blutdruck und den Zucker." Während mein Fahrer die Vitalwerte untersuchte, begann ich mein Protokoll zu schreiben. Die Werte waren alle in Ordnung. Ich trug sie in meinen Vordruck ein, da fragte der Patient mit monotoner Stimme: „Was muss man machen, um tot zu sein?" „Darauf gebe ich keine Antwort!" Er wiederholte seine Frage, diesmal mit lauter Stimme: „Was muss ich machen, um tot zu sein?" „Möchten Sie sich umbringen?" Ich bekam keine Antwort. „Falls Sie die Ansicht haben, sich umzubringen, bin ich verpflichtet, die Polizei zu rufen und Sie in die Psychiatrie einweisen zu lassen." Keine Reaktion seitens des Patienten. Zu den Jungs sagte ich, sie sollen ihren nach Hause bringen, damit er seinen Rausch ausschlafen könne. Auf die seltsamen Fragen des Mannes war ich nicht mehr eingegangen. In der Zwischenzeit war auch der RTW eingetroffen. Der Besatzung erklärte ich kurz die Sachlage. „Also für uns wird es eine Versorgung werden, die Jungs begleiten den Vater nach Hause. Wir können unser Equipment wieder verstauen. Mein Fahrer und ein RA brachten unsere Geräte zu den Einsatzfahrzeugen. Eigentlich war dieser Einsatz für uns abgeschlossen, als der Patient sich von seinem Stuhl erhob und langsam in zunächst in Richtung des verbliebenen RA ging. Er zeigte auf mich und sagte: „Das ist mein Freund und Du nicht." Den RA fragte er, ob er Probleme habe. Dieser antwortete: „Wer nicht?" Dann fragte er mich: „Hast Du Probleme?" Meine Antwort lautete „Nein". „Aber ich!" entgegnete der Mann. Langsamen Schrittes kam er mit emotionslosem Gesichtsausdruck auf mich zu. Als er vor mir stand, packte er mich plötzlich mit seinem rechten Arm an meiner linken Schulter und seine linke Hand griff um meinen Hals. Er drückte mit maximaler Kraft meine Kehle zu. Der Angriff kam für mich so überraschend aus dem Nichts, dass ich gar nicht mehr reagieren und mich wehren konnte. Wie gelähmt stand ich da. Geistesgegenwärtig riss der Assistent, der nur wenige Schritte von uns entfernt war, den Angreifer von mir los. Ich verspürte sehr starke Schmerzen in meiner Halsmuskulatur und rang nach Luft. Noch unter Schock stehend rief ich zu meinem Assistenten: „Alarmiere sofort die Polizei!" „Bitte keine Polizei!" schrie die Ehefrau. Von dem Lärm angezogen stürmten mein Fahrer und der andere Rettungsassistent in den Laden. „Was ist los?" wollten sie wissen. Noch nach Luft ringend, erklärte ich das Geschehen. Die RTW-Besatzung schirmte mich von dem Angreifer ab. Mein Fahrer informierte umgehend die Einsatzzentrale der Polizei. Von meinem Hals hat mein Fahrer dann Aufnahmen zur Beweissicherung angefertigt. Während dieser ganzen Aktion verhielt sich die Familie des Aggressors total teilnahmslos. Die Frau arbeitete hinter der Theke weiter und die Jungs standen regungslos im Raum. Keiner von ihnen hat sich um mich gekümmert geschweige nach meinem Befinden gefragt. Das hatte mich doch sehr getroffen. Langsam konnte ich wieder normal durchatmen. In mir schossen die Gedanken durch den Kopf, was wohl passiert wäre, wenn der Assistent den Mann nicht von mir weggezogen hätte. Wie weit wäre er gegangen? Hätte er mich vielleicht sogar umgebracht? Diesen Gedanken versuchte ich zu verdrängen.

Inzwischen war die Streife eingetroffen. Sie brauchte gerade einmal fünf Minuten. Meine Mitarbeiter und ich erklärten den Polizisten den Sachverhalt. Nachdem sie unsere Zeugenaussagen aufgenommen hatten, wendeten sie sich dem Angreifer zu. Zunächst war er schweigsam. Die Polizisten fragten die Ehefrau, ob sie den mit ihm allein jetzt klarkäme. „Wie bitte?" unterbrach ich entsetzt, „ihr wollt ihn nach dieser Attacke nicht mit aufs Revier nehmen?" Ich konnte es nicht fassen. Dann wurde der Mann aktiv. Er provozierte die Beamten: „Fesselt mich endlich, ich wollte ihn umbringen!" Dies wiederholte er mehrmals. Mir lief es eiskalt den Rücken herunter. Die Polizisten handelten endlich, legten ihm die Handschellen auf dem Rücken an und führten ihn ab. Kurz darauf verließen wir diesen Ort. „Kannst Du überhaupt noch arbeiten?" Fragte Tobias besorgt. Mittlerweile war es 23 Uhr. „Ich werde auf die Zähne beißen und bis zum Morgen durchhalten. Um diese Zeit finde ich doch keinen Ersatz mehr für den Rest der Schicht. Wir werden uns nur vorübergehend bei der Leitstelle abmelden. Jetzt bringe mich ins Krankenhaus, damit meine Verletzungen dokumentiert werden. Schließlich ist es ein Arbeitsunfall, der bei der Berufsgenossenschaft registriert werden muss." Mein Befund im Krankenhaus war schnell aufgenommen, da es wider Erwarten relativ ruhig in der chirurgischen Ambulanz war. Um Mitternacht war alles notiert und wir meldeten uns wieder einsatzbereit. Der Hals schmerzte immer noch ungemein. Doch ich beabsichtigte, den Dienst selbst bis zum Ende durchzuziehen. Ich wollte weiterhin pflichtbewusst für die Menschen, die wirklich einen Notarzt brauchen, da sein. In dieser Nacht kam ich nicht mehr zur Ruhe. Viele Fragen  gingen mir durch den Kopf. Warum hat der Mann das getan? Trotz seiner Alkoholisierung hatte er diesen Angriff zielgerichtet durchgeführt. Was bezweckte er damit? Wollte er vielleicht eine Behandlung in der Psychiatrie erzwingen? Instrumentalisierte er mich für seine Zwecke? Hätte er mich umgebracht oder doch vorher von mir abgelassen? Welche psychischen Probleme steckten bei ihm dahinter? Hätte ich diese Attacke vorhersehen können? Fragen über Fragen quälten mich. Ich konnte sie nicht beantworten. Unterdessen ging die Sonne auf. Schon lange nicht mehr habe ich mich so sehr auf meine Ablöse gefreut. Mitgenommen von den Ereignissen der Nacht fuhr ich wie in Trance nach Hause. Übermüdet legte ich mich ins Bett. Ich konnte nicht einschlafen, da sich das Gedankenkarussell immer weiter drehte. Darum stand ich auf, setzte mich an den Computer und schrieb für die Polizei und meinen Rechtsanwalt, den ich am Montag kontaktieren wollte, einen exakten Einsatzbericht. Auch telefonierte ich bereits mit der Polizeidienststelle, die den Vorfall aufgenommen hatte, um das Aktenzeichen des Polizeiberichtes zu erfragen. Durch meine langjährige ärztliche Tätigkeit für die Polizei kannte ich mich recht gut aus.

Ich saß im Arbeitszimmer, als meine Frau die Treppe herunterkam. „Wieso bist Du noch auf, sonst legst Du Dich nach dem Dienst doch sofort ins Bett?" „Sei froh, dass ich überhaupt lebend heimgekommen bin" sagte ich mit ernster Stimme. Verständnislos blickte meine Frau mich an. Ich erzählte ihr, was mir letzte Nacht im Einsatz zugestoßen war. Während meiner Berichterstattung wurde sie blasser und blasser. Sie kam zu mir und nahm mich zärtlich in die Arme. Plötzlich ließ sie mich los und schrie wütend mit hochrotem Kopf: „Das gibt es doch nicht. So einen Verrückten muss man sofort einsperren! Hoffentlich bekommt er seine gerechte Strafe!" „Das werde ich morgen mit meinem Anwalt besprechen. Er wird alles Notwendige in die Wege leiten." „Kannst Du überhaupt in den nächsten Tagen Deine Dienste übernehmen?" „Morgen kann ich ja hier von zu Hause aus fahren. In unserer ländlichen Region wird mir schon nichts passieren. Außerdem werde ich bei jedem Einsatz vorsichtig sein." In mehr als 20 Jahren war mit nichts zugestoßen. Natürlich gab es immer wieder sehr aggressive, meist alkoholisierte Patienten, aber die hatten wir im Griff. Da hatte es bislang keiner gewagt mich tätlich anzugreifen. Ich versuchte mich untertags hinzulegen, aber ich fand keine Ruhe. Zu sehr beschäftigte mich dieser persönliche Angriff.

Am Abend fiel ich total erschöpft ins Bett. Mitten in der Nacht wachte ich schweißgebadet auf. Mein Herz raste und pulsierte bis in den Hals. Jemand verfolgte mich und wollte mich umbringen. Es war nur ein Albtraum. Doch ich wusste jetzt, dass mich die Attacke psychisch mehr belastete als ich es mir eingestehen wollte. Erschlagen von den Ereignissen der letzten Stunden trat ich dennoch meinen Dienst um halb acht an. Da ich von zu Hause aus fuhr, konnte ich mich jederzeit hinlegen. Als der Melder dann zum ersten Mal auslöste, erschrak ich sehr. Ich spürte mein Herz schneller schlagen. Was erwartet mich nun? Glücklicherweise war es ein Routineeinsatz. Ein älterer Patient mit Atemnot bei einer chronischen Lungenerkrankung. Zurück in meinem Haus telefonierte ich mit meinem Anwalt. Auch er war total geschockt von meinem Bericht. Ich solle ihm meine Aufzeichnungen zukommen lassen, er werde sich um alles Weitere kümmern. Der Rest meines 24-Stunden-Dienstes blieb sehr ruhig. Am Abend fuhren wir noch zu einem Kollaps. Das war es. Darüber war ich sehr erleichtert.


Auch die folgenden Nächte schlief ich sehr schlecht. Immer wieder tauchten die Bilder des Angreifers vor mir auf. Ich fürchtete mich ein wenig vor dem ersten Dienst bei Augsburg. Ich wusste nicht, wie ich reagieren würde, falls ich an dem Tatort vorbeifahren müsste. Vorsorglich hatte ich einen Termin bei einem Psychiater wegen meiner Belastungsstörung vereinbart. Erst zwei Wochen später bekam ich einen Termin. Ich spürte, wie mich das Ereignis immer mehr belastete. Mein Appetit ließ nach. Ich verlor an Gewicht. Meine Fröhlichkeit verschwand. Ich wurde immer vergesslicher. Dieser Zustand war sehr gravierend. Meine Frau sagte etwas zu mir, ich drehte mich um und hatte schon vergessen, was sie mir mitteilte. Dies war auch eine enorme Belastung für meine Familie. Meine Frau Hannah unterstützte mich, wo sie konnte. Allein schaffte ich es nicht mehr, obwohl ich sonst mental sehr stark war. Ich hätte niemals gedacht, wie heftig die Auswirkungen einer solchen Attacke sein würden. Meiner Notarzttätigkeit ging ich weiterhin nach. Bei meinen Einsätzen war ich sehr wachsam, dass mir niemand zu nahe kam. Doch einmal kam ich in Bedrängnis.

Der Einsatz führte uns in ein Einkaufscenter. Ein Mann war plötzlich umgefallen und hatte gekrampft. Dabei hatte er sich eine relativ große Platzwunde am Kopf zugezogen. Als ich eintraf, war er noch sehr benommen. Der Patient realisierte nichts. Ich versuchte ihm klar zu machen, dass er ins Krankenhaus müsse. Auf keinen Fall wollte er mitgehen. Ich sagte ihm, dass seine Wunde genäht werde müsse. Obwohl er das Blut an seinen Händen und auf dem Boden sah, glaubte er nicht, dass es von ihm stamme. Selbst als wir ihm einen Spiegel gaben, realisierte er seine Verletzung nicht. Er stand auf und ging langsam auf mich zu. Der Patient war kräftig und mindestens einen Kopf größer als ich. Ich spürte, wie meine Hände feucht wurden und mein Herz schneller schlug. Vorsichtig wich ich nach hinten aus. Er kam immer näher. Ich fühlte mich bedroht. Sofort war der Würgeangriff in meinen Gedanken präsent. Als er noch knapp einen Meter von mir entfernt war, streckte ich reflexartig meinen rechten Arm nach vorne aus. Sofort hielt der Mann inne. Ich atmete tief durch. Von meinen Assistenten ließ er sich jetzt zur Trage führen und ins Krankenhaus fahren. Dieser Einsatz zeigte mir deutlich, wie dringend ich professionelle Hilfe zur Bewältigung meiner Belastungsstörung benötigte.


Der Psychiater und Psychotherapeut diagnostizierte bei mir eine posttraumatische Belastungsstörung. Er empfahl mir eine stationäre Therapie. Ich lehnte sie ab. Zuerst wollte ich es ambulant versuchen. Der Kollege schrieb mich eine Woche krank, damit ich zur Ruhe kommen konnte. Auch verschrieb er mir Psychopharmaka, welche ich ebenfalls ablehnte. Ich wollte es mit pflanzlichen Medikamenten probieren. Aus meiner Praxis kannte ich zu viele Patienten, deren Wesen sich aufgrund der Einnahme von Psychopharmaka veränderte. Die Meisten fühlten sich fremdgesteuert.

Die Woche Auszeit tat mir sehr gut. Ich versuchte, einen Therapeuten für die ambulante Behandlung zu finden. Dass es sich so schwierig gestalten würde, einen geeigneten Psychotherapeuten zu finden, hätte ich nicht gedacht. Fast alle, die ich kontaktierte, hätten mir vielleicht ein halbes Jahr später einen Termin geben können. So lange konnte ich nicht warten. Endlich fand ich nach langem Suchen einen Therapeuten, der bereit war, mich zu therapieren. Da kam die nächste Hürde. Ohne die Kostenzusage der Berufsgenossenschaft durfte er nicht beginnen. Also telefonierte ich mit der BG. Sie hatten noch keinen Bericht vom erstbehandelnden Arzt. Ohne Befundbericht läuft nichts. In Ordnung. Ich rief den Kollegen an, damit der Bericht endlich an die BG ging. Nach einer Woche erneuter Anruf in München bei der Berufsgenossenschaft. Der Befund sei eingegangen. Die Bearbeitung läge nun bei einem anderen Sachbearbeiter. Er müsse sich erst in den Fall einarbeiten. Die Zeit verrann, ohne dass etwas passierte. Eine Woche nach der anderen verstrich. Nach der einen Woche Krankenschein hatte ich meine Arbeit wieder aufgenommen. Ich war innerlich richtig wütend und aufgebracht, weil nichts weiterging. In der Zwischenzeit bekam ich von der BG einige Formulare zum Ausfüllen, ohne die der Sachbearbeiter den Vorgang nicht weiter bearbeiten könne. Weihnachten stand mittlerweile vor der Tür. Noch immer hatte ich keine Zusage für meine Behandlung. Mir war inzwischen bewusst, dass bis zum Neuen Jahr nichts mehr geschehen würde. Meine Wut wurde immer größer. Typisch Bürokratie in Deutschland. Und wieder wurde es deutlich, dass du als Opfer in unserem Land schlechte Karten hast. Ich hatte es bei Klaus miterlebt, wie lange er warten musste, bis er seinen finanziellen Ausgleich erhalten hatte.

Parallel erhielten wir Notärzte von der Kassenärztlichen Vereinigung zwei Wochen vor Weihnachten die Information, dass unser Vergütungssystem geändert würde. Geschickt eingefädelt, damit wir Ärzte nicht mehr dagegen reagieren konnten. Das neue System sollte schon zum 01. Januar gelten. Seit Jahren hatten wir keine Erhöhung unserer Vergütung erhalten. Doch jetzt ging es ans Eingemachte. Diese Veränderung bedeutete für mich einen Einkommensverlust von ungefähr 15-20 %, für andere Kollegen bis 40%. Eine absolute Frechheit. Wir Notärzte arbeiten Tag und Nacht, an Wochenenden und Feiertagen. Vor allem die Nachtdienste sind eine massive Belastung für den Körper. Nach einem Nachtdienst mit vielen Einsätzen sind wir Ärzte am Folgetag nicht mehr in der Lage weiterzuarbeiten. Die meisten Kollegen übernehmen die Dienste zusätzlich neben ihrer Tätigkeit als Krankenhausärzte oder als niedergelassene Ärzte. Dabei vernachlässigen wir zum Wohl der Patienten sowohl unsere eigenen Bedürfnisse als auch die unserer Angehörigen. Wer wäre nicht erzürnt, wenn man ihm ein Fünftel oder mehr seines Geldes wegnehmen würde? So hörten viele der Kollegen an einsatzstarken Standorten auf. Wer wollte es den Kollegen verdenken? Der Notarztdienst beruht bis auf wenige Ausnahmen, z.B. als Dienstverpflichtung am Tag seitens der Krankenhäuser, auf freiwilliger Basis. Nur wenige Kollegen wie ich arbeiten hauptsächlich als Notarzt. So blieben im Großraum Augsburg wiederholt Dienste unbesetzt. Von Seiten der Medien wurde dies als Streik dargestellt. Doch da muss vehement widersprochen werden. Jeder Mensch hat das Recht auf Selbstbestimmung. Und wenn ein Arzt entscheidet, die physisch und psychisch belastende Notarzttätigkeit unter diesen schlechten Konditionen nicht mehr auszuüben, muss das akzeptiert werden. Leider wurde in der Öffentlichkeit den Ärzten der schwarze Peter untergeschoben. Doch verantwortlich für alles sind die Krankenkassen und die Führung der Kassenärztlichen Vereinigung. Also letztlich diejenigen, die am Schreibtisch sitzen und die fette Kohle einschieben. Jeder von denen hat ein Jahreseinkommen zwischen 200.000- 260.000 Euro. Aber man fragt sich doch für welche Leistungen? Wirtschaftet eine Kasse schlecht, wird eben ein Zusatzbeitrag erhoben. Welches Risiko tragen die Vorstände eigentlich? Keines! Sie verschleudern das Geld der Versicherten für Werbung und Sponsoring. Für die eigene Verwaltung werden ungefähr 45% der Beiträge ausgegeben. Doch wir Ärzte, die große Verantwortung für die Rettung von Menschenleben haben und unsere eigene Gesundheit riskieren, sollen die finanziellen Einbußen einfach so hinnehmen. Daran sieht man, was ein Menschenleben in Deutschland wert ist. Nicht viel! Was waren die Gründe für die Honoraränderung?

In Bayern gibt es viele Standorte in strukturarmen Regionen. Dort werden zwischen einem und zwei Einsätzen in 24 Stunden gefahren. An diesen Standorten herrschte häufig ein Ärztemangel. Dies sollte geändert werden durch die Umverteilung der Gelder. Den Ärzten an den einsatzstarken Standorten nimmt man Geld weg und verteilt es an die kleinen Wachen. Zum besseren Verständnis, als Notarzt erhielt man bislang eine minimale Stundenpauschale (an Standorten mit wenig Einsätzen gab es einen höheren Stundensatz als an einsatzstarken Wachen), dafür wurde jeder Einsatz mit einer Einsatzpauschale vergütet. Jetzt wurde die Pauschale für jede Patientenversorgung um die Hälfte gekürzt und die Stundenpauschale für die kleinen Wachen erhöht. Das führte zu einer ungerechten Umverteilung. Ich musste z.B. sieben Einsätze fahren, um das gleiche Geld zu verdienen wie ein Kollege auf einer kleinen Wache, der in 24 Stunden keinen einzigen Patienten versorgte. Dies führte bei vielen Kollegen zu großen Missstimmungen. Wer arbeitet, wird bestraft.

Das Problem lag bei den Kassen. Sie weigerten sich, mehr Geld für die Notarztversorgung zur Verfügung zu stellen. Eigentlich sprechen wir hier von Peanuts. Die Kosten für den Rettungsdienst insgesamt betragen weniger als 1% aller Ausgaben der Krankenkassen. Für die Vergütung der Notärzte in Bayern wurden jährlich ca. 62 Millionen Euro bereitgestellt. Würde der Betrag um 6 Millionen erhöht werden, umgerechnet wären das 50 Cent pro Einwohner im Jahr, könnten die Notärzte für ihre wichtige Arbeit leistungsgerecht entlohnt werden. Zum Vergleich der Dimensionen. Pro Jahr geben die Krankenkassen für die medizinische Versorgung in unserer Republik mehr als 330 Milliarden Euro aus. 2 Milliarden davon sind allein für die Behandlung von Medikamentennebenwirkungen veranschlagt. Wahnsinn! Was sind dagegen 6 Millionen Euro für die Vergütung von Notärzten, die qualitativ ausgezeichnete Arbeit leisten?

Was hatte diese Änderung für die Patientenversorgung gebracht? Unter dem Strich gar nichts. An den kleinen Standorten übernahmen mehr Kollegen Dienste, im Gegenzug hörten an den großen Wachen einige Kollegen auf. Dienste blieben unbesetzt. Die Kritik der Ärzte blieb bei den Verantwortlichen lange ohne Gehör. Das neue Honorarsystem wurde überall, auch in der Presse, als großen Wurf seitens der Kassen und der Kassenärztlichen Vereinigung gelobt. Keiner hätte zugegeben, dass es der größte Nonsens war. Typisch wie bei den Politikern, alles wird schön geredet. Einen Fehler würde man nie zugeben! Für mich persönlich kam eine Reduzierung oder sogar Aufgabe meiner notärztlichen Tätigkeit trotz der hohen finanziellen Einbußen nicht in Frage, da ich von diesen Einnahmen lebte. So sollte das Jahr 2014 sehr unerfreulich für mich enden. Keiner wusste, wie es weitergehen würde. Ich unterhielt mich mit Klaus, zu dem ich immer noch regelmäßig Kontakt hatte, über die berufspolitische Lage der Ärzteschaft. Ihn betraf es persönlich nicht mehr, dennoch interessierte er sich brennend, wie es weitergehen würde. Tauschen wollte ich nicht mit ihm. Nach unzähligen Operationen wegen der Langzeitschäden nach seinem Unfall hatte er immense Probleme. Die Muskulatur an der

Hüfte hatte sich zurückgebildet. Ohne Schmerzen konnte er nicht mehr gehen. Regelmäßig musste er sich weiterhin physiotherapeutisch behandeln lassen, um eine weitere Verschlimmerung zu verhindern. „Tom, wie die Krankenkassenkassen mit euch umgehen, ist eine Unverschämtheit. Keiner von denen kann ermessen, wie anstrengend und belastend der Notarztdienst ist. Die schieben das große Geld ein, während ihr Tag und Nacht um das Leben vieler Menschen kämpft. Und dann nimmt man euch noch Geld weg. Skandalös." „Das ist richtig. Die Bevölkerung bekommt davon nichts mit, wie man mit uns Ärzten umspringt. Die meisten glauben wahrscheinlich, dass wir sowieso zu viel verdienen. Es ist ein Witz, wenn wir für einen Notarzteinsatz eine Pauschale von 45,- Euro bekommen. Dafür kommt kein Handwerker zu dir. Ich arbeite seit über 20 Jahren als Notarzt. Sehr deutlich merke ich, wie diese Tätigkeit seine Spuren hinterlassen hat. Mein Biorhythmus ist total durcheinander. Nachts fällt es mir immer schwerer zum Einsatz aufzustehen. Meine Regenerationszeit wird immer länger. Ich bin dauermüde. Meine Frau hat nicht mehr viel von mir. Mein Leben reduziert sich fast nur noch auf Essen, Trinken, Schlafen und Arbeiten. Ich weiß nicht, wie lange mein Körper noch durchhält?" „Das kann ich nachvollziehen. Eigentlich müsstet ihr für eure Leistung endlich mehr Geld bekommen. Die Politiker erhöhen sich ständig ihre Diäten. Ihr bekommt nicht mal einen Inflationsausgleich. Wenn man sich die Gebührenordnung für die Abrechnung der Privatpatienten ansieht, steigt innerlich eine starke Wut auf. Seit 1996 gab es keine Erhöhung mehr. Im Jahr 2016 wird das gleiche Geld wie vor 20 Jahren gezahlt. Der einzige Unterschied ist, dass seit 2002 der Betrag in Euro ausbezahlt wird. Wäre ich Gesundheitsminister in Deutschland, dann würde ich vieles verändern. Heute existieren noch ungefähr 120 Krankenkassen. Wozu brauchen wir noch so viele? Die Vorstände und leitenden Angestellten kosten Unsummen, die man sich locker einsparen könnte. Ich würde die Anzahl der Kassen auf 4-5 reduzieren. Das genügt vollkommen. Der Krankenkassenbeitrag wird sowieso von der Politik vorgegeben. Reicht das Geld nicht aus, werden Zusatzbeiträge erhoben. Also welches Risiko tragen die Kassen? Weiterhin würde ich Werbung und Sponsoring verbieten. Die Bürokratie könnte gestrafft werden. Einsparpotential ist in den oberen Etagen zu suchen. Sachbearbeiter zur Bearbeitung der Anträge von Versicherten sollten in ausreichendem Maße beschäftigt werden. Da würden zig Millionen eingespart werden. Diese Beträge sollten wieder den Patienten und behandelnden Ärzten zur Verfügung stehen." „Leider hört niemand auf uns. Die Krankenkassen haben im Gegensatz zu uns Ärzten eine große Lobby. Und jeder weiß, dass die Lobbyisten in Berlin im Bundestag ein und ausgehen. Da heben wir keine Chance. Und das wissen die Großkopferten auch. Deswegen können sie so mit uns umspringen." „Ja und die Vertreter der Kassenärzte kannst du auch vergessen. Was tun sie für uns? Zumindest schlecht vertreten!"


In dieser Phase mit schlechten Nachrichten ereignete sich kurz vor Weihnachten ein katastrophaler Unfall. An einem Wochenende nach 23:00 war ein mit drei Jugendlichen besetzter Pkw verunfallt. Sie waren auf dem Weg nach Hause. 200 Meter vor dem Ortseingang kam ihr Wagen ins Schleudern. Auf einer Strecke von 50 Metern war die Fahrbahn plötzlich spiegelglatt. Der Fahranfänger konnte sein Auto nicht mehr auf der Straße halten. Mit der aus dem Nichts aufgetretenen lebensgefährlichen Situation war er in diesem Moment überfordert. Der PKW kam ins Rutschen und schleuderte mit dem Heck gegen einen Baum. Im hinteren Teil saßen zwei 16-jährige Jugendliche, Cousin und Cousine. Zwei Notärzte, drei Rettungswagen und die Feuerwehr wurden alarmiert. Ich kam aus Richtung Augsburg und hatte die längste Anfahrt. Unterwegs verfolgte ich die ersten Lagemeldungen vom Unfallort. Als ich vernahm, dass es zwei laufende Reanimationen gibt, wusste ich, dass dies ein sehr belastender Einsatz wird. Wenn es bei einem Traumapatienten zu einem Herz-Kreislauf-Stillstand kommt, sind die Überlebenschancen fast gleich Null. Ich erreichte als Letzter den Einsatzort. Die Feuerwehr leuchtete den Unfallort bereits aus. Auf der Straße war ein Team mit dem Versuch der Wiederbelebung eines der Unfallopfer beschäftigt. Ein weiteres Team mit einer Notärztin kämpfte im Feld um das Überleben des jungen Mädchens. Schnell untersuchte ich den Jungen. Die Pupillen waren weit und lichtstarr. Die letzten Reflexe waren auch schon ausgefallen. Er war hirntot. Als die Rettungsassistenten die Wiederbelebung auf meine Anweisung hin für einen kurzen Augenblick unterbrachen, sah ich die Nulllinie auf dem Monitor des EKG. Äußerlich waren kaum Verletzungen festzustellen. Ich konzentrierte mich nun auf die Halswirbelsäule. Sie war instabil. Genickbruch. Ich brach daraufhin die Reanimation ab. Die RTW-Besatzung, die alles gegeben hatte, war tief betroffen. Es konnte nicht sein, dass dieser junge Mensch nicht mehr zu retten war. Doch bei einem Genickbruch fallen sofort alle lebenswichtigen Verbindungen des Gehirns aus. Reflexartig treten Atem- und Herzstillstand ein. Eine Überlebenschance gibt es nicht. Ich dankte dem Team für seine aufopferungsvolle Leistung. Wir deckten die Leiche mit einem Tuch ab. Da die Kollegin noch mit dem zweiten Opfer beschäftigt war, kümmerte ich mich um den 18-jährigen Fahrer. Er stand massiv unter Schock. Außer ein paar Prellungen hatte er keine Verletzungen davongetragen. Ich übergab ihn zur psychischen Betreuung an den mittlerweile eingetroffenen Notfallseelsorger weiter. Die Kollegin hatte ihren Wiederbelebungsversuch bei ihrer Patientin ebenfalls erfolglos eingestellt. Durch den heftigen Aufprall in der Nähe des Dorfes, kamen von dort einige Personen zum Unfallort. Einer von ihnen erkannte das Auto und kam aufgeregt auf uns zu. „Wer saß denn in dem Auto?" fragte er nervös. Bis zu diesem Zeitpunkt hatte ich noch keine Angaben zu den betroffenen Personen. „Wissen Sie, ich warte auf meine Tochter. Sie war auf einer Weihnachtsfeier und wollte zusammen mit ihrem Cousin später nach Hause kommen. Ein älterer Freund aus dem Dorf wollte sie mitnehmen." Mich überkam ein ungutes Gefühl. Vermutlich stand der Vater eines der getöteten Jugendlichen vor mir. „Bitte bleiben Sie einen Moment hier stehen. Ich kümmere mich um die Personalien der Verunfallten." Die pure Angst war dem Mann ins Gesicht geschrieben. Er zitterte nicht nur vor Kälte. Von der Polizei erfuhr ich die Identität der beiden Unfallopfer. Ich ging zurück zu dem Mann. Er schien das Schlimmste bereits zu ahnen. Nachdem ich ihm die Namen der tödlich verletzten Jugendlichen nannte, stand er regungslos vor mir. Er war der Vater des Mädchens. Der Junge war der einzige Sohn seines Bruders. Ich nahm seine Hand. Wir sahen uns eine Weile wortlos an. Ich fand keine tröstenden Worte für den geschockten Mann. „Wie bringe ich das meiner Frau bei, dass unser Kind tot ist?" Ich konnte ihm keine Antwort darauf geben. Erleichtert war ich, als ich ihn in die psychologische Obhut des Notfallseelsorgers übergeben konnte. Er würde die passenden Worte finden, auch wenn dadurch die Jugendlichen nicht mehr lebendig würden. Zuletzt fragte ich den Mann, wie wir seinen Bruder erreichen könnten. Er versuchte ihn, telefonisch zu erreichen. Um die späte Uhrzeit ging er nicht mehr ans Telefon. Es war schon nach Mitternacht. Mit der Polizei und einem weiteren Seelsorger fuhren wir zum Haus der zweiten betroffenen Familie. Das Haus war dunkel. Wir klingelten. Niemand öffnete. Wir versuchten es mehrmals vergeblich. Dann schlichen wir wie Einbrecher um das Haus auf der Suche nach einer Möglichkeit, um uns bemerkbar zu machen. Endlich nach zehn Minuten wurde es hell im Treppenhaus. Ein älterer Mann, vermutlich der Großvater der beiden Unfallopfer, öffnete die Haustür. Er erschrak, als er Polizei und Notarzt erblickte. „Was wollen sie um diese Uhrzeit? Ist etwas geschehen?" wollte der alte Mann wissen. „Dürfen wir hereinkommen?" fragte einer der beiden Polizisten. „Bitte sehr." Wir gingen in die obere Etage. Ein Ehepaar, halb verschlafen, empfing uns im Wohnzimmer. Unser Klingeln hatte die Familie geweckt. Noch im Schlafanzug standen sie uns gegenüber. „Was wünschen sie um diese Uhrzeit von uns?" Das Ehepaar und der Großvater schauten uns erwartungsvoll an. Einer der Polizeibeamten ergriff das Wort. „Leider muss ich ihnen eine sehr traurige Nachricht überbringen." Nervös unterbrach ihn die Frau. „Ist etwas mit unserem Sohn passiert? Nun sagen Sie schon!" Die Frau fing an zu zittern. „Bitte setzen sie sich. Ihr Sohn hat einen Unfall gehabt." „Ist er schwer verletzt? In welchem Krankenhaus ist er?" Das Ehepaar und der alte Mann setzten sich hin. Sie wurden immer unruhiger. Die Angst zeigte sich in ihrem Gesichtsausdruck. Sie wurden immer blasser. Der Polizist fuhr fort. „Der Unfall war sehr schwer. Er hat nicht überlebt. Es tut mir leid." Die Familie weinte und schrie. „Das kann nicht sein. Unser einziger Sohn." Es dauerte ungefähr fünf Minuten, bis der Vater in der Lage war, uns Fragen über Einzelheiten des Geschehens zu stellen. Sowohl die Polizei als auch ich klärten sie über den Unfallhergang und den Rettungsversuch unsererseits auf. Das war die bitterste Stunde dieser Familie. Das Ehepaar hatte den einzigen Sohn verloren und der Großvater gleich zwei Enkelkinder. Welche Tragik! Nach solch einem heftigen Unfall kann man nicht sofort zur gewohnten Routine zurückkehren. Dennoch muss ich als Notarzt wieder 100%ig für den nächsten Patienten einsatzbereit sein. Das ist nicht immer einfach, vor allem wenn junge Menschen sterben, die eigentlich noch das ganze Leben vor sich haben. Mit diesen vielen negativen Erlebnissen endete das Jahr. Was würde das Neue Jahr bringen?

Anfang Januar telefonierte ich erneut mit der Berufsgenossenschaft. Ich wollte endlich wissen, wann meine Therapie genehmigt wird. Am Telefon war ich dem Sachbearbeiter gegenüber sehr bestimmt und nicht gerade freundlich. Zwei Tage später hatte ich meine Behandlungszusage, dreieinhalb Monate nach dem Übergriff auf mich. Anfang Februar konnte ich die Behandlung meines Traumas starten.

Einmal die Woche musste ich nach Augsburg fahren. Nach acht Wochen fühlte ich mich wieder besser. Was war in der Zwischenzeit mit meinem Angreifer geschehen? Mein Anwalt hielt mich auf dem Laufenden. Nach dem Gewaltakt im September hatte er die anschließende Nacht im Gewahrsam der Polizei verbracht. Danach wurde er auf freien Fuß gesetzt. Von der Staatsanwaltschaft erhielt er ohne Prozess einen Strafbefehl. Ich musste nicht weiter aussagen, da der Sachverhalt eindeutig war. Außerdem wird Gewalt gegenüber dem Rettungsdienst seit einiger Zeit von der Schwere gleichgesetzt, als hätte der Mann einen Polizisten attackiert. Der Täter hatte jedoch einen cleveren Anwalt. Zunächst wurde Widerspruch gegen den Strafbefehl eingelegt. Das hatte zur Folge, dass es im April zu einem Strafprozess kommen sollte. Die Tatsache, dass ich diesem Mann im Gericht noch einmal gegenübertreten sollte, ließ meinen psychischen Zustand verschlechtern. Ich empfand es als eine Dreistigkeit nicht zur Tat zu stehen. Kurz vor dem angesetzten Gerichtstermin war ich so aufgewühlt, dass ich mich krankschreiben lassen musste. Ich schlief schlecht. Alles kam wieder in mein Bewusstsein. Es war mir unmöglich, meinen Notarztdienst bis zum Prozess durchzuführen. Ich hatte mich schon psychisch auf die persönliche Begegnung eingestellt, als zwei Tage vor dem Termin der Einspruch zurückgezogen wurde. Innerlich war ich erleichtert. Aufregen musste ich mich trotzdem. Sein Rechtsbeistand erwirkte bei der Staatsanwaltschaft eine deutliche Reduzierung des Strafmaßes. Er erklärte, dass sein Mandant kaum Einkommen habe. Die Strafe von 90 Tagessätzen wurde auf ein Minimum reduziert. Ich hatte durch meine Arbeitsunfähigkeit einen nicht unerheblichen Verdienstausfall. Auch hatte ich für die erlittenen körperlichen und seelischen Schäden Anspruch auf Zahlung von Schmerzensgeld. Lange musste mein Anwalt kämpfen, um die entsprechende Entschädigung zu erhalten. In Deutschland habe ich das Gefühl, dass Täter mehr Schutz und Rechte genießen als Opfer von Unfällen und Verbrechen. Auch wenn ich wieder normal meiner Notarzttätigkeit nachgehe, so hat die Attacke gegen mich unterbewusst Spuren hinterlassen. Dies zeigte sich in einem meiner Dienste.

Am 01.Mai 2015 hatte ich Bereitschaft bei Augsburg. Vormittags waren einige Einsätze. Nach dem Mittagessen zog ich mich in mein Dienstzimmer zurück. Das Fernsehprogramm war sehr langweilig, so dass ich einschlief. Um 16:15 wurde ich durch den Melder geweckt. Als ich vom Bett aufsprang, fühlte ich eine Benommenheit. Ich dachte, dass es vom schnellen Aufstehen komme. Auf dem Weg zum Patienten blieb das dumpfe Gefühl im Kopf bestehen. Beim Patienten angekommen, spürte ich bereits Übelkeit und einen leichten Schwindel. Ich untersuchte die Patientin kurz. Den Rest ließ ich mein Team übernehmen. Ich musste mich hinsetzen, da sich alles wie im Karussell zu drehen begann. Ein Assistent legte der Frau die Infusion bei dem Verdacht auf eine Durchblutungsstörung im Gehirn. Schwankend ging ich zum RTW und begleitete den Transport zum Klinikum. Dort war ich nicht mehr in der Lage aufzustehen. Ich bat mein Team, die Patientin ohne mich im Krankenhaus zu übergeben. Ich blieb im Rettungswagen sitzen. Ich war blass und sehr schweißig. Als die Jungs zurückkamen, kümmerten sie sich um mich. Ich legte mich auf die Trage. Sie schrieben noch ein EKG, weil sie Angst hatten, dass ich einen Herzinfarkt erlitten hätte. Das EKG war unauffällig. Ein RA organsierte in der Notaufnahme sofort eine Kabine für mich. So fuhren sie mich in meiner roten Dienstkleidung vorbei an Patienten und anderen Rettungsassistenten in die freie Kabine. Mir war diese Situation sehr unangenehm. Tausende Patienten hatte ich in die Notaufnahme gebracht. Jetzt hatte es mich erwischt. Diese Perspektive gefiel mir gar nicht. Für mich war es ein befremdliches Gefühl, plötzlich selbst als Patient in der Notfallambulanz zu liegen. Die Kollegin, die ich schon seit vielen Jahren kannte, kümmerte sich umgehend um mich. Mir wurde eine Infusion gelegt und Blut abgenommen. Nach einer halben Stunde war ein Herzinfarkt vollkommen ausgeschlossen. Nun übernahm die Neurologin die weitere Untersuchung. Sie bewegte meinen Kopf hin und her. Bei Bewegungen in eine bestimmte Richtung wurde meine Übelkeit immer heftiger. Dabei untersuchte sie mit speziellen Geräten meine Augenbewegungen. Die Kollegin hatte wie auch ich die Vermutung, dass mein Gleichgewichtsorgan betroffen sei. Im Innenohr haben wir drei sogenannte Bogengänge. Sie sind dafür verantwortlich, Drehbewegungen zu registrieren. Wichtig sind sie für die Orientierung im Raum. Der Verdacht auf einen gutartigen Lagerungsschwindel lag nahe. Es kommt zu Ablagerungen von Kristallen in den Bogengängen. Dadurch wird das System gereizt und der lageabhängige Schwindel und Übelkeit setzen ein. Die einzige Möglichkeit zur Verbesserung der Situation sind die „Befreiungsmanöver". Hier wird der Kopf ganz schnell in bestimmte Richtungen gelenkt in der Hoffnung, dass sich die Kristalle lösen und aus den Bogengängen entfernt werden. Diese Manöver fand ich im wahrsten Sinne des Wortes zum Kotzen. Mein Gleichgewichtsorgan war so stark gereizt, dass ich mich zweimal übergeben musste. Ich empfand dies als sehr peinlich, aber ich konnte nichts dagegen unternehmen. Medikamente gegen Übelkeit helfen überhaupt nicht. Ich war ziemlich erledigt. Meine Frau war inzwischen im Krankenhaus eingetroffen. Ein RA hatte sie informiert. Die Nacht wollte ich nicht im Krankenhaus verbringen. Darum verließ ich gemeinsam mit ihr die Klinik. Mein Gang war immer noch unsicher, als ob ich auf dem Münchner Oktoberfest eine Maß zu viel getrunken hätte. Mein Kopf fühlte sich an, als sei er in Watte gepackt. Drei Tage lang hatte ich noch mit leichtem Schwindel und unsicherem Gehen zu kämpfen. Täglich musste ich mich mehrmals auf meinem Bett mit schnellen Bewegungen nach rechts und links werfen, damit die Kristalle sich nicht mehr anlagern konnte. Stetig ging es aufwärts. Nach dieser Zeit konnte ich meine Arbeit wieder aufnehmen. Schmerzlich musste ich feststellen, dass wir Ärzte keine Roboter sind, die ununterbrochen ihre Leistung bringen können. Diese unfreiwillige kurze Auszeit nahm ich zum Anlass, um über meine Tätigkeit nachzudenken. Ich hatte bereits gelernt, dass Arbeit bzw. der Dienst am Nächsten nicht alles ist. Schließlich hatte ich ja noch eine Familie, für die ich da sein wollte. Und meine Energie ist nicht unbegrenzt vorhanden. Darum entschloss ich mich, zwei Nachtdienste im Monat abzugeben. Gerade die Nächte sind immense Energieräuber. Auch wenn kein Einsatz ist, kann man nicht in den Tiefschlaf fallen. Du bist innerlich immer etwas angespannt in der Erwartung, dass der Melder ertönt. Immerhin hatte ich noch 18-20 12-Stunden-Dienste neben meiner Praxistätigkeit.

Wir litten gerade unter einer Hitzewelle. Die Tagestemperaturen lagen bei 36°-38°C. Ich hatte Dienst in Augsburg. Der Morgen verlief zunächst sehr ruhig. Der erste Alarm kam um 10:31. Es handelte sich um Herzbeschwerden, was bei diesem Wetter kein Wunder war. Von diesem Zeitpunkt an sollten wir keine Ruhepause mehr bekommen. Es folgte ein Einsatz nach dem anderen, Kreislaufkollaps, Blutdruckentgleisungen, Schlaganfälle und kleinere Unfälle. Glücklicherweise hatten wir genügend Wasser mitgenommen, sonst hätten mein Fahrer und ich schon nach kurzer Zeit Probleme bekommen. Nur zum Essen bekamen wir nichts. Es war schon nach Drei, wir beide hatten einen Riesenhunger. Uns war schon schlecht. Wir meldeten uns am Krankenhaus frei und hofften, endlich zurück auf die Wache zu kommen. Doch leider keine Chance. Die nächsten Einsätze warteten auf uns. Endlich um 17:35 konnten wir zur Rettungswache fahren. Kräftemäßig waren wir ziemlich fertig. Als Erstes ging es zum Kühlschrank. Nach sieben Stunden Dauereinsatz und mehr als 200 gefahrenen Kilometern konnte ich endlich mein Mittagessen genießen. So etwas hatte ich schon lange nicht mehr erlebt. Ich sehnte nach diesem ereignisreichen Tag das Dienstende herbei. Wenigstens konnte ich pünktlich um 19:00 nach

Hause fahren. An diesem Abend war daheim nur noch Regeneration angesagt.

Glücklicherweise hatte ich jetzt ein verlängertes freies Wochenende vor mir. Gemeinsam mit meiner Frau fuhr ich ins Allgäu. Mit unserem Wohnmobil übernachteten wir auf einem Campingplatz an einem schönen See. Diese kurze Auszeit tat uns Beiden gut. Hier konnten wir wieder viel neue Energie auftanken, denn montags sollte es schon wieder weitergehen. Leider ging das Wochenende viel zu schnell vorbei. Montags morgens war ich dann im Dienst an meinem Heimatort. Zunächst hatten wir einen Einsatz in einer Arztpraxis. Den Patienten mit Angina pectoris begleitete ich ins nächste Krankenhaus. Der weitere Vormittag verlief ruhig. Ich hatte zu Hause Zeit, um meine bürokratischen Angelegenheiten zu erledigen. Nach dem Mittagessen um 12:50 ertönte der Piepser. Ich hörte schon gleich die Einsatzmeldung „Schwerer Verkehrsunfall". Die Anfahrtszeit dauerte fast 20 Minuten. Von weitem sah ich schon zwei Rettungswagen und viele Einsatzkräfte von der Feuerwehr. Ich stieg sofort aus meinem Fahrzeug aus und lief zu den Verunfallten. Zwei PKW waren auf einer Landstraße frontal aufeinander geprallt. Eine Fahrerin saß leblos auf dem Fahrersitz. Die Rettungskräfte versuchten sie zu reanimieren. Ich konnte nur noch den Tod der jungen Frau feststellen. Aufgrund ihrer schwersten Verletzungen hatte sie trotz der Wiederbelebungsmaßnahmen keine Chance. Da ich noch allein als Notarzt vor Ort war, kümmerte ich mich um die weiteren Verletzten. Es blieb keine Zeit, um über diese tragischen Momente  nachzudenken. Denn am Straßenrand lagen noch zwei schwerverletzte Personen, ein Kind und eine junge Frau. Mittlerweile traf der erste Rettungshubschrauber ein, der das Kind versorgte. Ich behandelte die polytraumatisierte Frau. Sie war noch ansprechbar und orientiert. Aufgrund ihrer starken Schmerzen bat sie mich, ich solle sie doch schnell in Narkose versetzen. Als erstes bekam sie ein Schlafmittel, bis ich sie im Rettungswagen dann narkotisieren konnte. Vom Einsatzleiter erfuhr ich, dass ein weiterer Hubschrauber im Anflug sei. Allerdings sei es ein Bundeswehrhubschrauber und wahrscheinlich kein Arzt an Bord. Dies bedeutete für mich nun mitzufliegen. Nachdem die Patientin stabilisiert und an den Monitoren angeschlossen war, brachten wir sie zum Hubschrauber. Nach mehr als 15 Jahren hatte ich endlich wieder die Gelegenheit zu einem Flug. Unsere Flugzeit zum Klinikum betrug nur sechs Minuten. Der Transport verlief für die Patientin ohne Zwischenfälle. Die alte „Bell" rumpelte arg in der Luft. Ich hatte das Gefühl, dass ich über eine Schotterpiste mit hunderttausend Schlaglöchern fuhr. Wir landeten auf dem Dach des Krankenhauses, dem höchstgelegenen Hubschrauberlandeplatz Deutschlands. Anschließend ging es mit dem Fahrstuhl hinab ins Erdgeschoß zum Schockraum. Dort wartete bereits ein Team von Ärzten und Schwestern auf uns. Nach der Übergabe kam auch schon meine Fahrerin und wir fuhren zurück zu unserem Standort. Insgesamt hatte dieser Einsatz mehr als zwei Stunden gedauert. Später fuhren wir dann noch zu einem Kollaps. Bis zum nächsten Morgen war es ruhig geblieben. Das war auch gut so, denn nach so einem körperlich und seelisch belastenden Einsatz muss man wieder neue Energie tanken.

Immer wieder gab es Momente während der Ausübung meines Berufes, in denen ich an einem gerechten Gott zweifelte. Im Herbst dieses Jahres gab es so einen Tag. Neben zahlreichen Routineeinsätzen hatte ich zwei Reanimationen, die unterschiedlich erfolgreich verliefen. Bei der ersten Rea am Nachmittag hatten wir eine Anfahrt von mehr als zwanzig Minuten, der Rettungswagen kam von noch weiter her. Alle Rettungsmittel der näheren Umgebung waren unterwegs. Wie so häufig war „Bewusstlos" gemeldet. In der Einfahrt des Hauses wurden wir sehr hektisch empfangen. Mir schwante nichts Gutes. Im Wohnzimmer sah ich die junge Frau liegen. Beim ersten Blick war mir bereits klar, dass wir keine Chance mehr haben würden. Die junge Frau war bereits grau im Gesicht, Arme und Beine zeigten schon deutliche Gefäßzeichnungen als erste Anzeichen für beginnende Totenflecke. Sie war Mitte zwanzig und hochschwanger. Dramatische Szenen spielten sich ab. Das EKG zeigte keine Herzaktion mehr. Wir begannen trotz allem mit der Wiederbelebung. Fünf Minuten nach uns traf der RTW ein. Wir versuchten alles. Aber die junge Frau war tot. Während unserer Bemühungen um ihr junges Leben kamen seitens der Familie immer wieder die gleichen Fragen: „Schlägt ihr Herz wieder? Können Sie das Baby retten?" Ratlos schaute ich zu meinen Helfern. Ich wusste, dass es lautes Schreien und Weinen geben würde, sobald wir mit der Herzdruckmassage aufhören würden. Solange wir an der jungen Frau arbeiteten, hatte die Familie Hoffnung. Die gab es aber nicht mehr, weder für sie noch für ihr Ungeborenes. Ein notfallmäßiger Kaiserschnitt hätte das Baby auch nicht retten können, da die Frau bei meinem Eintreffen schon tot war. Zwanzig Minuten waren wir bereits am Reanimieren. Irgendwann mussten wir aufhören. Eine sehr schwere Entscheidung lag vor mir. Aber die Fortführung der Wiederbelebungsversuche machte keinen Sinn mehr. Wie erwartet ertönte bei unserem Aufhören ein schreckliches Geschrei. Vorsorglich ließ ich zwischendurch durch einen Assistenten einen Notfallseelsorger für die Nachbetreuung alarmieren. Ich konnte den Angehörigen in dieser schweren Stunde keinen Trost spenden. Mir fehlten die Worte. Die Ursache für ihren Herzstillstand war absolut unklar. Am ehesten vermutete ich eine Embolie auf Grund der Schwangerschaft. Wortlos schrieb ich mein Einsatzprotokoll. Nach und nach trafen mehr Familienmitglieder und Freunde ein. Jeder war fassungslos. Nach einer Stunde übernahm der Seelsorger die Betreuung der Anwesenden.

Am späten Abend folgte die nächste Wiederbelebung. Diesmal war der Patient 80 Jahre. Die Besatzung des RTW hatte schon begonnen, bis ich dazukam. Zunächst hatte ich für diesen Patienten keine große

Hoffnung. Wider Erwarten fing sein Herz nach Adrenalingabe innerhalb zehn Minuten wieder an zu schlagen. Er wurde künstlich beatmet. Mit stabilem Kreislauf erreichten wir das Krankenhaus. Nach mehreren Tagen auf der Intensivstation konnte der Mann in relativ gutem Zustand das Krankenhaus verlassen. An diesem Tag musste eine junge Frau sterben, während wir einen alten Mann retten konnten. Immer wieder stellt sich die Frage nach dem „Warum?", die wir nie beantworten können. Aus unerklärlichen Gründen war die Lebensuhr der jungen Frau abgelaufen. Wir Menschen müssen akzeptieren, dass eine höhere Macht unsere Lebensfäden in der Hand hält.

Mittlerweile bin ich über 50 Jahre und blicke auf mehr als 20 Jahre Notarzttätigkeit zurück. In dieser langen Zeit habe ich mehr als 15.000 Menschen notfallmäßig behandelt. Zu Beginn meiner Tätigkeit war ich während meiner Dienstzeit sehr aufgeregt. Nachts lag ich oft wach. Doch im Laufe der Zeit legte sich mit zunehmender Routine die Anspannung. Teilweise war ich sogar enttäuscht, wenn ich am Tage keinen Einsatz hatte und nicht nach draußen kam. Nach den Nachtdiensten regenerierte ich mich eigentlich ziemlich schnell. Aber nun dauern die Regenerationsphasen immer länger. Mittlerweile freue ich mich, wenn ich nachts nicht ausrücken muss, denn am Folgetag bin ich kaum mehr in der Lage zu arbeiten. Der Biorhythmus meines Körpers ist komplett aus den Fugen. Immer häufiger verspüre ich Magen-Darm-Beschwerden sowie gelegentliche Herzrhythmusstörungen. Ich leide unter chronischer Dauermüdigkeit. Durch die andauernden Unterbrechungen des Schlafrhythmus kommt es gehäuft zu Konzentrations-und Merkfähigkeitsstörungen.

In den letzten Jahren ist die Einsatzfrequenz deutlich angestiegen. Einsätze mit psychischem Hintergrund haben dabei deutlich zugenommen. Die Anzahl der Einsätze insgesamt ist inzwischen doppelt so hoch wie vor 20 Jahren. Hierfür gibt es ganz unterschiedliche Gründe. Zum einen werden die Menschen immer älter. Relativ oft werden wir in Altenheime gerufen. Häufig frage ich mich, warum ich als Notarzt anrücken muss. Ein Besuch des Hausarztes würde ausreichen. Mitunter liegt es an schlecht ausgebildetem Pflegepersonal, welches die Situationen falsch einschätzt oder Angst hat, einen Fehler zu begehen. Sie möchten sich rechtlich absichern. Auch werden wir in den Heimen zu jedem Herzstillstand alarmiert, egal wie alt und krank der Patient ist. Dann sind wir erst einmal verpflichtet zu reanimieren, egal ob es Sinn macht oder nicht. Nur in den wenigsten Fällen liegen uns Patientenverfügungen vor, die uns ganz eindeutig über den Willen des Patienten unterrichten. Daher bin ich der Meinung, dass jeder Mensch mittels einer Patientenverfügung zu Lebzeiten seinen Willen bezüglich Wiederbelebung bzw. Vorgehensweisen bei nicht heilbaren Krankheiten festlegen sollte. Viele unnötige Notarzteinsätze könnten dadurch verhindert werden. Zum anderen werden wir Notärzte häufig wegen Bagatellen alarmiert. Die Patienten haben keine Lust, zum Hausarzt zu gehen und sich stundenlang ins Wartezimmer zu setzen oder am Wochenende längere Zeit auf den Besuch des niedergelassenen Arztes zu warten. Auffällig ist hierbei ein deutliches Stadt-Land-Gefälle. Während in der Stadt die Schwelle, einen Notarzt zu alarmieren recht niedrig ist, wird in den ländlichen Regionen oftmals der Arzt zu spät gerufen. Vor allem die ältere Bevölkerung zögert zu häufig. Somit kommt es durchaus vor, dass ich manche Patienten nicht mehr retten kann. Einige Menschen geben als Grund an, dass sie uns in der Nacht nicht aufwecken wollen. Wir bräuchten ja ebenfalls unseren Schlaf. Das ist falsch verstandene Rücksichtnahme.

Einige Einsätze kommen auch wegen Verständigungsschwierigkeiten in der Leitstelle zustande. Wenn der Disponent aufgrund Sprachproblemen die Lage nicht abschätzen kann, wird aus Sicherheitsgründen der Notarzt losgeschickt. Doch auch wir haben vor Ort z.B. in Flüchtlings-

oder Asylantenheimen wegen der Sprachbarrieren Probleme, den medizinischen Sachverhalt eindeutig zu klären. Nicht immer steht ein Dolmetscher zur Verfügung. Zur weiteren Abklärung werden all diese Patienten ins Krankenhaus gebracht. Aber auch Menschen, die schon lange, zum Teil 20 Jahre, in Deutschland leben, können uns ihre Beschwerden unverständlicherweise nicht in unserer Landessprache mitteilen.

Hinter jedem Einsatz verbirgt sich ein menschliches Schicksal. Jeder Notfallpatient sieht seine Beschwerden, egal ob lebensbedrohlich oder nur leicht erkrankt, als besonders schwerwiegend an. Es gibt Dauerpatienten, zu denen wir immer wieder wegen Unterzucker, Herzrhythmusstörungen oder Atemnot bei chronischen Lungenerkrankungen hinfahren müssen. Einige Patienten können wir nach erfolgreicher Behandlung zu Hause lassen, die meisten müssen wir ins Krankenhaus bringen. Mit der Übergabe in der Klinik ist unsere Aufgabe beendet. Bedauerlicherweise erhalten wir von den Krankenhäusern nie ein Feedback in Form eines Entlassungsbriefes. Diese Rückmeldung wäre aber zur Qualitätssicherung sehr wichtig für uns Notärzte, um zu erfahren, ob unsere Verdachtsdiagnosen richtig waren. Vor Ort haben wir nur wenig diagnostische Möglichkeiten. Wir behandeln nur Symptome und versuchen, den Patienten in einem guten Zustand ins Krankenhaus zu transportieren. Bei erfolglosen Reanimationen oder schweren Unfällen benötigen die Angehörigen psychische Unterstützung. Während ich in den Anfängen meiner Tätigkeit diese Betreuung noch selbst übernommen hatte, wird dieser so wichtige Dienst jetzt von Notfallseelsorgern oder ehrenamtlichen Mitgliedern des Kriseninterventionsdienstes übernommen. Auf meinen Einsatzfahrten werde ich immer wieder an tödliche Unfälle erinnert durch die vielen Kreuze am Wegesrand.

Im Verlauf meiner langjährigen Notarzttätigkeit bin ich viel herumgekommen. Dabei habe ich nicht nur saubere und aufgeräumte Wohnungen und Häuser betreten. Ich musste mich wundern, in wie vielen Wohnungen Hygiene ein Fremdwort war. Häufig klebte der Boden, in Küchen standen Pfannen und Kochtöpfe der letzten Tage und Wochen herum. Schimmel und Haare hatten sich bereits auf den Essensresten entwickelt, sogar in Wohnungen, in denen kleine Kinder betreut wurden. Messiwohnungen oder Apartments, in denen überall der Müll auf dem Boden verteilt lag, waren keine Seltenheit. Haustiere stellten bei der Patientenbehandlung immer wieder ein Problem für uns dar. Hunde ließen wir vor unserer Behandlung grundsätzlich in ein anderes Zimmer bringen. „Aber er tut doch nichts!" hörten wir bei jeder Gelegenheit von den Besitzern. Erstens behindern uns die Tiere, wenn sie im Zimmer umeinander springen. Zweitens wissen die Tiere nicht, dass wir dem Herrchen oder Frauchen nur helfen wollen. Das Risiko, dass doch einmal ein Hund zuschnappt, wollen wir nicht eingehen.

An üble Gerüche wie Erbrochenes oder Stuhlgang konnte ich mich nie gewöhnen. Meine Nase und mein Magen reagierten äußerst empfindlich. Ich musste mich wegdrehen, wenn sich ein Patient erbrechen musste, damit auch ich mich nicht zusätzlich übergeben muss. Überwinden musste ich mich, wenn ich bei einem Patienten vor der künstlichen Beatmung erst den Mund von Erbrochenem säubern musste. Patienten, die sich eingestuhlt hatten, ließ ich falls möglich, zuerst grob reinigen, bevor ich weiter an ihnen arbeitete.

Persönlich konnte ich einen Einfluss des Wetters auf die Einsatzfrequenz und die Art der Notfälle feststellen. Die meisten Einsätze hatte ich im Herbst und Winter, die Sommermonate waren deutlich ruhiger. Im Sommer geht es den Menschen in der Regel besser, auch bei höheren Temperaturen. Dafür steigt im Sommer das Unfallrisiko. Schwere

Unfälle ereignen sich vermehrt bei schönem Wetter. Mehr Einsätze verzeichnete ich bei Wetterwechsel, wenn ein Tief im Anmarsch ist. Durch das Tiefdrucksystem reagieren die Patienten vornehmlich im Herz-Kreislauf-System. Der Blutdruck steigt bei vielen an. Auch hatte ich mehr Patienten mit Herzinfarkt oder Durchblutungsstörungen im Gehirn. Umgekehrt wird der Wechsel von der Tiefdrucklage zum Hoch viel besser toleriert. Bei Vollmond hatte ich nicht mehr Einsätze als sonst. Bedingt durch die vielen tausend Einsätze hatte sich bei mir ein sechster Sinn entwickelt. Manchmal habe ich Patienten aus einem Bauchgefühl heraus ins Krankenhaus gebracht, obwohl vor Ort eigentlich alle Werte in Ordnung waren. Meist stellte sich hinterher raus, dass sie doch behandlungsbedürftige Krankheiten hatten. Zugute kam mir dieses Feingespür bei einem Patienten, der zu Hause umgefallen und kurz bewusstlos gewesen war. Bei unserem Eintreffen ging es ihm hervorragend, Puls und Blutdruck waren normal. Durch eine innere Eingebung ließ ich den Patienten aufstehen und ein paar Schritte gehen. Das war sein Glück. Beim Aufstehen wurde ihm schwindlig, sein Puls sank auf 30 Schläge in der Minute ab. Beim Hinsetzen normalisierte sich alles wieder. Erneut ließ ich ihn aufstehen. Der Puls rauschte sofort in den Keller. Wir brachten den Mann ins Krankenhaus. Er brauchte umgehend einen Herzschrittmacher. Der langsame Puls im Stehen war die Ursache für den Kollaps mit dem kurzen Bewusstseinsverlust.

Als Notarzt wünscht man sich nie, Angehörige in lebensbedrohlichen Situationen selbst behandeln zu müssen. Doch vor der Behandlung von Familienmitgliedern während meiner Dienstzeit blieb ich nicht verschont. Glücklicherweise waren die Erkrankungen nicht so dramatisch. Meine Eltern waren gerade zu Besuch. In dieser Zeit wohnten sie in der Wohnung über der Praxis. Meine Mutter rief mich ganz aufgeregt an, dass sich mein Vater mehrfach erbrochen habe. Es drehe sich alles bei ihm, beim Gehen sei er total unsicher.

Sofort ging ich aus meinem Haus rüber in die Wohnung. Mein Vater sah nicht gut aus, er war blass und schweißig. Entweder hatte er eine akute Durchblutungsstörung im Gehirn oder nur eine Reizung des Gleichgewichtsorgans. Vor Ort konnte ich das nicht unterscheiden. Sofort rief ich bei der Leitstelle an und forderte unseren örtlichen Rettungswagen an. Zügig fuhren wir in die Neurologie nach Augsburg. Eine Woche musste er stationär behandelt werden. Ein Schlaganfall konnte ausgeschlossen werden.

Auch bei meiner Ehefrau musste ich einmal notärztlich eingreifen. Sie hatte sich noch nicht ganz von einem heftigen grippalen Infekt erholt, als sie nach zweiwöchigem Krankenstand wieder zur Arbeit ging. Am Nachmittag klingelte zu Hause das Telefon. Am anderen Ende der Leitung war meine Frau. „Hallo Schatz, mir geht es sehr schlecht. Mir ist schwindlig, mein Puls rast und ich habe einen leichten Druck in der Brust." Das Problem bestand darin, dass meine Frau in Augsburg arbeitete, während ich 40 km entfernt zu Hause im Dienst war. Erst einmal konnte ich nicht persönlich eingreifen. Ich riet ihr, zuerst einen Kardiologen in der Stadt anzurufen, ob sie notfallmäßig einen Termin bekommen könne. Fehlanzeige. Kein Kollege hatte einen Termin für sie. Jeder sagte, dass sie akut in die Notaufnahme des Klinikums gehen sollte. Aufgelöst rief sie mich wieder an. „Ich kann nirgendwo bei einem niedergelassenen Kollegen notfallmäßig einen Termin bekommen. Alle verweisen aufs Krankenhaus. Was soll ich jetzt machen? Ich bin nicht in der Lage, selbst Auto zu fahren." „Dann schicke ich Dir einen Notarztkollegen aus Augsburg vorbei, der Dich in die Notaufnahme begleitet." „Bitte Tom, kannst nicht Du vorbeikommen? Ich möchte keinen fremden Arzt." „Hannah, das muss ich erst mit der Leitstelle besprechen, ob das möglich ist." „In Ordnung. Aber melde Dich sofort." Nachdem ich dem Disponenten, den ich schon lange Jahre kannte, die Lage erklärt hatte, erhielt ich die Erlaubnis, als Notarzt nach Augsburg zu meiner Frau zu fahren. Dann ging es offiziell für mich in die Schwabenmetropole. Nach 25 Minuten war ich angekommen. Meine Frau befand sich schon im RTW. Dort wurde sie wie jeder andere Patient auch behandelt. Sie erhielt eine Infusion, Medikamente und wurde auf dem Transport mittels EKG überwacht. Ich meldete eine Kabine für sie an, damit wir nicht auf dem Gang stehen mussten. Im Klinikum Augsburg, der zweitgrößten Notaufnahme Deutschlands, ist immer viel los. Ein Oberarzt stand schon für die erste Untersuchung bereit. Es war unklar, wie lange meine Frau in der Klinik bleiben musste. Ich blieb noch fast eine Stunde bei Hannah, dann fuhr ich zurück. Unterwegs organisierte ich einen Kollegen, der meinen Nachtdienst übernahm. Anschließend wollte ich sofort zurück ins Krankenhaus. Bis dahin sollten alle Laborergebnisse vorliegen. Doch wie so oft, durfte ich nicht gleich nach Hause. Es war so viel los in Augsburg, dass ich noch zwei Notarzteinsätze bekam. Zwei Stunden später als gehofft war ich endlich daheim. Dort übernahm der Kollege sofort meinen Nachtdienst. Ich eilte wieder nach Augsburg, um mich um meine Frau zu kümmern. Gegen Mitternacht konnte Entwarnung gegeben werden. Kein Herzinfarkt, keine Herzmuskelentzündung. Ich durfte meine Frau jetzt mit nach Hause nehmen. Ein aufregender Tag ging zu Ende.

So wie meine Frau Schwierigkeiten hatte, kurzfristig einen Termin bei einem Facharzt zu bekommen, sind wir auch gelegentlich auf der Suche nach einem Krankenhaus, welches unseren Notfallpatienten aufnimmt. Immer häufiger melden sich die Kliniken ab, weil sie voll belegt sind. Eigentlich ist dies nicht erlaubt. Eine erste Notfallversorgung zum Stabilisieren eines Patienten kann jede Klinik durchführen. Sekundär kann der Patient immer noch in ein anderes Haus verlegt werden. Daher kam es gelegentlich zu sogenannten „Zwangsbelegungen" durch Notarztkollegen. Selbst bei einem Haus der Maximalversorgung wie dem Augsburger Klinikum erleben wir Notärzte immer wieder, dass keine Aufnahmekapazität für unsere Patienten besteht. Teilweise müssen wir dann Fahrten von 60-100 km in Kauf nehmen, bis wir die Patienten abgeben können. Einmal musste ich einen Mann mit einem akuten Herzinfarkt direkt nach München fahren. Leider kommt es in Ausnahmefällen vor, dass einer der Patienten im kritischen Zustand den Transport nicht überlebt.

Ein anderes Mal wäre es mir fast so mit einem höchst lebensgefährlich bedrohten Patienten ergangen. Gerufen wurde ich zu einem „Schlaganfall". Der alte Mann hing bewusstlos auf einem Stuhl in der Küche. Er schnarchte sehr tief und war auch auf einen heftigen Schmerzreiz nicht erweckbar. Der Blick in seine Augen ließ in mir den Verdacht auf eine Hirnblutung aufkommen. Mit diesem Patienten brauchte ich unser nahe gelegenes Kreiskrankenhaus nicht ansteuern. Ich benötigte eine neurochirurgische Abteilung. Folglich wurde der Patient in Augsburg angemeldet. Alles wurde für einen schnellen Transport vorbereitet. Im Rettungswagen verschlechterte sich der Zustand des Patienten. Langsam wurde eine Pupille größer als die andere, das deutliche Zeichen für eine Hirndruckerhöhung. Meine Vermutung auf eine massive Hirnblutung schien sich zu bestätigen. Ich entschloss mich sofort, den Patienten zu intubieren, um ihn vor einer Aspiration durch Erbrechen zu schützen. Wir machten uns auf den Weg nach Augsburg, wo unsere Voranmeldung durch die Leitstelle bestätigt wurde. Auf dem Weg ins Krankenhaus waren wir nur drei Minuten von unserem örtlichen Krankenhaus entfernt, als uns die erste schlechte Nachricht erreichte. Augsburg könne unseren Patienten doch nicht aufnehmen. Wir hielten an, denn wir brauchten eine neue Zielklinik. Wir ließen über unsere Leitstelle alle Krankenhäuser im Radius von 100 km abfragen. Günzburg, Ulm, Ingolstadt, München. Parallel lief die Anfrage für einen Hubschrauber für den Weitertransport. Der Heli würde aber erst starten, wenn wir eine Zusage für eine Krankenhausaufnahme hätten. Wir standen am Straßenrand und warteten. Nach fünf Minuten kam die nächste Absage. Unterdessen weitete sich die Pupille immer mehr. Weitere fünf Minuten vergingen. Dann die nächsten Absagen. Kein Krankenhaus war bereit, unseren Patienten aufzunehmen. Wir konnten doch nicht abwarten, bis der alte Mann in unserem Fahrzeug stirbt. Jetzt mussten wir handeln, zumal es draußen immer dunkler wurde. Spontan beschlossen wir, unser Kreiskrankenhaus anzufahren, bis eine Lösung gefunden werden konnte. Über die Leitstelle wurden wir für den Schockraum angekündigt. Der Kollege war sehr freundlich. Er hatte großes Verständnis für unsere Lage. Zusätzlich hatten wir Glück, dass an diesem Abend das CT einsatzbereit war. Nach 15 Minuten hatten wir Gewissheit, dass der Mann nicht mehr zu retten war. Die Blutung war aussichtslos im ganzen Gehirn verteilt. Der Kollege nahm den Patienten auf. Er durfte in Anwesenheit seiner Familie hier sterben. Ein weiteres schwerwiegendes Problem stellen Infektionskrankheiten dar. Sind unsere Patienten mit einem schwer behandelbaren multiresistenten Keim infiziert, lehnen viele Krankenhäuser die Aufnahme schon im Vorfeld ab. Betroffen sind meist ältere Menschen, die in Altenheimen leben. Selbst Durchfallerkrankungen werden in vielen Kliniken nicht mehr behandelt aus Angst vor dem berüchtigten Noro-Virus. Gelegentlich führte ich schon heftigste Diskussionen mit den aufnehmenden Kollegen, meistens ergebnislos. Die Ärzte blieben stur bei ihrer ablehnenden Haltung zu Lasten der therapiebedürftigen Patienten.

Ganz unfallfrei blieb ich bei meinen vielen Blaulichtfahrten leider auch nicht. Doch im Gegensatz zu dem katastrophalen Unfall von Klaus lief es bei mir immer glimpflich ab. Ich kam jeweils mit Prellungen und einem Schleudertrauma der Halswirbelsäule davon. Insgesamt war ich in drei Unfälle involviert, alle an roten Ampeln im Kreuzungsbereich. Diese sind für uns besonders risikoreich. Auch wenn wir uns langsam vortasten und die meisten Autofahrer uns registriert haben, so gibt es den ein oder anderen Zeitgenossen, der abgelenkt ist und uns übersieht. Bei einem der Crashs war unser Einsatzfahrzeug erst wenige Wochen alt. Der PKW erlitt einen Totalschaden, durch den Aufprall war der gesamte Rahmen verzogen. Meine Fahrer sowie die Unfallgegner blieben in allen Fällen unverletzt.

Einen erheblichen Vorteil brachte der technische Fortschritt. In den ersten Jahren musste ich als Beifahrer meinen Fahrer immer mittels Landkarten navigieren. Oft waren die Straßen so klein eingezeichnet, dass ich sie in der Kürze der Zeit nicht auf Anhieb fand. Meine Nervosität stieg, wenn wir schon fast in der Nähe des Einsatzortes waren und ich die Straße auf der Karte noch immer nicht gefunden hatte. Häufig wurde mir beim Kartenlesen schlecht. Ich war hocherfreut, als wir die ersten Navis erhielten. Mittlerweile wird uns von der Rettungsleitstelle der Zielort und das vorliegende Krankheitsbild direkt auf das Display des Navigationsgerätes gesendet. Wir brauchen nur noch auf „Start" drücken und schon führt uns das Gerät genau zu unserem Ziel. Auch auf dem medizinischen Sektor profitieren die Patienten von neuen innovativen Entwicklungen wie den bereits erwähnten neuen Atemwegshilfen, den Kehlkopfmasken, oder den Bohrern für die Infusionen über den Knochen. Die Rettungswagen sind gut ausgestattete mobile Intensiveinheiten.

Auf die letzten 20 Jahre zurückblickend, kann ich behaupten, dass ich die richtige Berufswahl getroffen habe. Auch wenn es immer wieder körperlich und psychisch sehr belastende Einsätze gab, so überwogen doch die schönen Momente, in denen ich vielen Menschen das Leben retten konnte. Sofern es die Umstände erlaubten, haben wir mit den Patienten auf dem Weg ins Krankenhaus entspannende und lustige Gespräche geführt. Die Smalltalks mit Kollegen oder Rettungsassistenten an den Krankenhäusern empfand ich immer als

Bereicherung. Ich bin sicher, dass ich den gleichen Weg noch einmal gehen würde. Sehr demotivierend hingegen ist die Geringschätzung unserer wichtigen notärztlichen Tätigkeit durch die Krankenkassen, indem sie unsere Vergütung gekürzt haben. Auch gesetzliche Vorgaben und erhöhter bürokratischer Aufwand erschweren die Freude am Beruf. Doch trotz erheblicher finanzieller Einbußen und teilweise schlechten Rahmenbedingungen werde ich solange als Notarzt tätig sein, wie mein Körper noch mitmacht!

# Nachwort

Viele Notarzteinsätze könnten vermieden werden, wenn wir gesundheitsbewusst mit unserem Körper umgehen würden. Viele Krankheiten bzw. akute Notfälle wie z.B. Herzinfarkte, hoher Blutdruck, Alterszucker, Lungenkrankheiten usw. entstehen als Folge von Stress, übermäßigem Essen, Nikotingenuss, mangelnder Bewegung. Hinzu kommen Alkohol- und Drogenexzesse. Durch psychischen Druck werden ebenfalls immer mehr Menschen krank. Zum einen durch den Arbeitgeber, der seine Mitarbeiter vor allem in großen Konzernen bis aufs Letzte aussaugt, um seine Gewinne zu optimieren und die Aktionäre zu bereichern. Das Motto „Höher, schneller, weiter" stößt irgendwann an seine Grenzen. Doch auch privat sollte man sich nicht von den digitalen Medien ganz vereinnahmen lassen. Vor allem an den Wochenenden und Feiertagen sollten die Menschen einmal komplett abschalten. Am besten Handy aus und keine E-Mails lesen. Eine verbesserte Aufmerksamkeit könnte viele Unfälle im Haushalt, in den Betrieben oder auf der Straße verhindern. Die meisten Unfälle passieren im Haushalt. Aus Bequemlichkeit verzichten wir oft auf ausreichende Unfallsicherung. Im Straßenverkehr sollten alle Verkehrsteilnehmer rücksichtsvoll miteinander umgehen. Dazu gehören keine riskanten Überholmanöver sowie angepasste Geschwindigkeit. Ebenfalls gilt: Hände weg von Handys, Drogen und Alkohol beim Autofahren!

So habe ich mir als Notarzt aus der Erfahrung meiner letzten 20 Jahre eine Wunschliste erstellt.

1. Schauen Sie nicht weg, wenn andere Menschen Hilfe brauchen. Helfen Sie bei Unfällen oder bewusstlosen Personen, denn Sie können Menschenleben retten. Sollten Sie sich unsicher fühlen, empfehle ich dringend die Auffrischung in Erster Hilfe.

2. Gehen Sie respektvoll mit ihren Mitmenschen um. Behindern Sie nicht als Gaffer die Rettungsarbeiten. Zeigen Sie Ethik und Moral. Unterlassen Sie das Filmen kranker, verletzter oder toter Personen! Sie würden es selbst bestimmt auch nicht wollen.

3. Fahren Sie bitte angemessen und rücksichtsvoll hinsichtlich der übrigen Verkehrsteilnehmer. Wenn Sie ein Fahrzeug mit Blaulicht vor sich oder im Rückspiegel erkennen, blinken Sie, verringern ihre Geschwindigkeit und halten am Fahrbahnrand an! Bilden Sie bei Stau rechtzeitig eine Rettungsgasse! Alkohol und Drogen haben im Straßenverkehr nichts zu suchen. Ohne Freisprechanlage keine Nutzung von Mobiltelefonen!

4. Gehen Sie wegen Bagatellen wie grippalen Infekten oder länger bestehenden chronischen Beschwerden rechtzeitig zum Hausarzt oder informieren Sie an den Wochenenden den Bereitschaftsarzt unter der Nummer 116117! Wird der Notarzt wegen solcher banalen Beschwerden gerufen, steht er unter Umständen für einen wirklich lebensgefährlich erkrankten Menschen im Notfall nicht zur Verfügung.

5. Anders sollte das Vorgehen im akuten Notfall sein. Warten Sie bei akut lebensbedrohlichen Symptomen nicht zu lange, um professionelle Hilfe zu erhalten. Wählen Sie direkt die Notrufnummer 112! Fahren Sie bitte nicht zuerst zu ihrem Hausarzt. Zu viel Zeit könnte verloren gehen. Der Zeitfaktor spielt unter anderem beim Herzinfarkt oder Schlaganfall eine ganz

entscheidende Rolle.

6. Ich empfehle jedem Menschen, seinen Willen bezüglich Verhalten im Krankheitsfall oder bei Wiederbelebungen zu bekunden. Hierzu gibt es Vordrucke aus dem Internet. Besser ist jedoch eine Beurkundung durch einen Notar. Spätestens beim Eintritt in ein Altenheim oder beim Pflegefall auch zu Hause sollte diese Willenserklärung vorliegen! Im Notfall erleichtert dies dem Notarzt die Entscheidung über die medizinischen Maßnahmen.

7. Leben Sie gesund und vermeiden Sie Risikofaktoren wie Alkohol, übermäßiges Essen, Nikotin oder Drogen. Eine ausgewogene Ernährung, viel Bewegung, wenig Stress und ausreichend Schlaf erhalten ihre Vitalität. Gönnen Sie sich Auszeiten von der digitalen Welt. Dadurch vermeiden Sie Krankheiten. Dann muss vielleicht nie ein Notarzt zu Ihnen kommen.

8. An die Betriebe appelliere ich, sorgsam mit ihren Arbeitskräften umzugehen. Nur zufriedene und gesunde Arbeitnehmer bringen Leistung. Gewinnsteigerung um jeden Preis zu Lasten der Arbeitnehmer ist menschenverachtend.

9. Auch die Politik ist gefordert. Baut nicht noch mehr Betten in den Krankenhäusern ab! Schon jetzt reicht die Kapazität vor allem in den Wintermonaten (bedingt durch Grippewellen oder Durchfall-Epidemien) nicht aus. Weiterhin sollte die Politik bessere Rahmenbedingungen für alle Menschen schaffen, die im Gesundheitswesen arbeiten.

Bibliografische Information der Deutschen Nationalbibliothek: Die Deutsche Nationalbibliothek verzeichnet diese Publikation in der Deutschen Nationalbibliografie; detaillierte bibliografische Daten sind im Internet über dnb.d-nb.de abrufbar.

TWENTYSIX – der Self-Publishing-Verlag
Eine Kooperation zwischen der Verlagsgruppe Random House und BoD – Books on Demand

© 2018 Dr. Hans-Jürgen Brünnet

Herstellung und Verlag:
BoD – Books on Demand, Norderstedt

ISBN: 9783740744304